人生

唯有情难懂

○ 方灵子 著

●

浙江大学出版社
ZHEJIANG UNIVERSITY PRESS

序言：假如诗词和港乐谈恋爱

提起古典诗词，你有什么看法？你很可能会说："那是优秀的传统文化，但已经和我们的时代脱节，是老古董了。如今读起来，有些不明所以，很难产生什么共鸣。"

提起现代流行歌，你有什么看法？你很可能会说："流行歌唱的正是我们这个时代的感情，而唱流行歌也是我们这个时代最喜爱的娱乐之一。不过这些流行歌词嘛，难登大雅之堂，也谈不上什么文学价值，还是古人的文采好呀。"

关于古典诗词和现代流行歌，上述的观点非常有代表性和普遍性。而我呢，同时是一个古典诗词和现代香港流行歌（简称"港乐"）的脑残粉，既渴望看到古典诗词受人喜爱，又希望现代流行歌中一些优秀作品的价值得到正视。所以每当听到上述这种观点，我总忍不住替古典诗词辩护几句，又替现代流行歌辩护几句。但这种短暂的激辩总是没有足够的空间让我展开我的观点和证据，根本不能和别人互相说服，常常只能在混乱中不了了之。于是我感到愧对我所钟爱的诗与歌，十分郁闷。

这种郁闷心情简直如骨鲠在喉，不吐不快，我便想了一个近乎荒唐的法子：一个人躲进书房，听歌读诗思考，然后用洋洋洒洒数十万字，不

1

被别人打断地阐述我对古典诗词和现代流行歌的看法。于是就有了这本书。

我想到的比较古典诗词和现代流行歌的方式是,让它们来谈恋爱!现代华语流行歌的绝大部分都是情歌,古典诗词也有非常多的爱情叙事。让大量的古今诗歌文本来谈论同一件事情,就有很多可供比较的地方了。

我不满足于让诗与歌笼统地来谈爱情,而是进一步细心地把爱情这个母题划分为诸多子题,这些子题既相对独立又非孤立,而是相互延展、印证、支撑、拆解、对峙,形成一个流动的不确定的平衡的系统性的整体,其中浪漫与现实交织,光明与阴影交织。这个系统架构大致是这样的:第一部分先讨论古今诗歌对爱情的追问,以及遇见、暗恋这些爱情的初始形态;第二部分讨论恋爱过程中送花、昵称这些浪漫元素,主要是讲爱情好的一面;第三部分讨论流泪等爱情的代价和爱情的一些风险性,主要是讲爱情不太好的一面;第四部分讨论恩怨是非这些爱情的两面性;第五部分讨论分手的相关事宜;第六部分把爱情比作一个旅程,这个旅程有风景、乘客、家、行李、街灯、纪念册。这六部分构成这本书的经线。

本书的纬线则是《沿路旅程如歌褪变(时代史)》《沿路旅程如歌褪变(个人史)》这两篇文章。古典诗词有好些本是古代历朝历代的歌词,是音乐文学。《沿路旅程如歌褪变(时代史)》从宏观层面粗略考察汉语音乐文学两三千年来的流变史,《沿路旅程如歌褪变(个人史)》则从微观层面谈论了历朝历代的歌曲是如何陪伴和见证当时的爱情。

每一篇文章中,我都选取了一些有代表性的古典诗词和现代港乐(包括少量内地歌曲和台湾歌曲),从每一个细节将它们互相比较,用它们互相诠释。你会发现,虽然表面上,古典诗词和现代流行歌长得很不一样,但其实它们的相似之处简直多到俯拾即是。很多人寻找现代流行歌和古典诗词的相似之处,只在"中国风""古风"歌曲中下功夫。殊不知,这种流行歌曲刻意传承和模仿诗词造成的相似还是比较表面的。真正耐人寻味的相似之处在于,现代流行歌并未刻意模仿,却无意中和古典诗词想到一块儿去的情况。这些巧合，或许可以说向我们透露了一些深层、基本的人性的秘密。

或许这些内容会让你惊讶道："哇，我们和古人还是很像的嘛。人性真的有很多亘古未变的东西。古典诗词还活着，还能说中现代人的心事。很多我们以为是现代人独特的感受，原创的表达，其实古人早已感受过和写过。而且诗词中弥漫的清气、静气，以及那种精微的美感，也许能帮助我们反思这个时代的轻躁和粗糙。我们应该对古典诗词有更多的亲切感和敬意。"

或许这些内容还会让你惊讶道："哇，现代流行歌虽有大量粗制滥造之作，也有不少佳作嘛。这些佳作诚非高雅脱俗，但也绝不低俗恶俗，而是致力于用一种世俗的语言去把世俗的情感写透彻。致力于采取现代的城市的意象，而非沿袭古典的意象。这种定位，这种努力难能可贵。在对人性的探索上，某些流行歌甚至比古典诗词更加深刻，也比古典诗词更多地正视了人性的不完美，也更多地尊重了情感的多样性。我们应该对我们当代的流行歌有更多的自信。"

我除了大量采取古典诗词和现代港乐的文本讨论爱情，还借助了一些戏曲小说的资料，比如大家熟悉的《红楼梦》《西厢记》（包括其前身《莺莺传》）《牡丹亭》，有些素材甚至会反复使用。法国哲学家罗兰·巴特有探讨爱情的名著《恋人絮语》，主要以德国作家歌德的《少年维特之烦恼》为分析底本。本书的写作方式有向其借鉴。

书末还有两个特别的附录。一个附录是从我搜集的近两百组诗词和香港流行歌词相似的句子中挑选出的五十组。这个附录更是集中体现了古典诗词和当代流行歌词的相似性，体现了古今人性的相似性。从中可以看出很多有趣的东西来。

还有一个附录是我用诗词翻译的香港流行歌。这是贪玩好奇，人为地给诗词和流行歌增添更多的缘分，同时也是在探索用诗词来表达现代情感的可能性。当然笔者水平十分有限，这些不成熟的文字实验就博大家一笑吧。

读者对本书可能还有一个重要的疑问：在华语流行音乐中，为什么选择了港乐作为和古典诗词比较的主要对象,而未选择内地或台湾的流行歌?

大量采取港乐的文本首先是因为我比较熟悉和喜爱港乐,很想向人们推介其中的佳作。从港乐的特点来讲,粉丝对港乐最常使用的一个评语就是"到肉"。所谓"到肉",就是"隔靴搔痒"的反义词,就是说这些歌的确能击中人的身心,挠到现代人真正的情感之痛痒,而非浮泛之辞。也正是因为港乐善于抒写世情,那么拿来和反映古人情感的诗词对比,非常有利于让我们观察古今人性的异同。当我把爱情分为诸多子题后,几乎每个子题都能找到写得不错的港乐,也佐证了港乐对各类情感现象都有较深刻的洞察。当然,零星插入的一些内地歌曲和台湾歌曲也很精彩,对本书探讨古典诗词和现代流行歌中爱情叙事的异同起了很大帮助。

从香港流行歌文化的内在诉求来讲,香港流行歌文化本身渴望和古典诗词相比较,已有多位重要的香港音乐人和乐评人表述过这一想法。比如香港资深乐评人黄志华在他所著的《香港词人词话》中,第一章《以古为鉴》第一篇就是《粤语歌词与宋词》,并陆续谈及柳永、周邦彦、苏东坡、纳兰容若这些词人,明显致力于将诗词和歌词放在一个系统里比较。而在香港资深乐评人黄志华、朱耀伟、梁伟诗编著的《词家有道——香港 16 词人访谈录》一书中,其中的词人普遍认为香港流行歌词的(文学)价值被低估。其中香港著名填词人卢国沾(获得过香港作曲家及作词家协会的终身成就奖)和卢永强更大胆地点出,唐诗、宋词曾是当时的流行文化,我们今天的流行歌词是唐诗、宋词一脉相承的延续。当流行歌词积累到一定程度时,研究它的价值就是一个十分值得做的工作。卢国沾说:"今天的作品(指香港流行歌词)数十年,以至百年二百年后,自有人替我们分类和评价。"

于是我不揣愚陋,冒昧地去尝试了这个分类和评价的工作。虽然已有不少人呼吁乃至实践了对古典诗词和香港流行乐的比较研究,但对之做如此大型且细致的爬梳,我相信本书应属首例。

说　明

一、本书中的歌曲，只注明填词人和歌手。注明歌手是因为，一首歌作为包含词曲唱的综合产品是从属在原唱歌手名下的。注明填词人是因为，本书讨论的几乎都是歌词文本。而好些歌曲的作曲人、编曲人的资料查找比较困难，本书也不涉及这方面的讨论，就干脆统一不附上这部分资料。绝非荒谬到认为音乐作品的作曲、编曲不重要，也无意对作曲人、编曲人不敬。

二、本书大部分的歌曲为香港流行乐，也包括少部分内地歌曲和台湾歌曲。凡是内地、台湾的歌曲皆注明地域，没注明地域的默认为港乐。但有一些歌曲要论地域的话会比较复杂。比如孙燕姿的《遇见》这首歌，这是一个籍贯新加坡、活跃于台湾乐坛的歌手给一部香港电影唱的主题曲，作曲人林一峰为香港人，且歌曲还获得过香港十大中文金曲奖。该算台湾歌曲还是香港歌曲呢？凡是这种"血统复杂"的歌，只要是具有一些香港血统，一般我都将之纳为广义的港乐。这也是为论述简便起见，并非想为港乐争取更多的歌曲，大家可以对歌曲的地域归属保留自己的判断。

三、本书在谈到歌曲中的人物时，有时会用他、她，有时会用 TA。用 TA 的情况表示性别未明或性别有游移性。其实我觉得可能有一半的歌曲性别有游移的可能性，所以文章中采用他、她还是 TA，具有很大随机性，也有照顾到行文的方便。大家可以对歌曲中人物的性别保留自己的看法。

目 录

1

代　价

两　面

分 手

逆 旅

纬线部分

经线部分

| 缘　起 |

问世间，情为何物？——元好问《摸鱼儿·雁丘词》
参一生参不透这条难题。——林夕《难念的经》

问世间，情是何物？

"问世间，情是何物？"金、元之际的大词人元好问的《摸鱼儿·雁丘词》一起笔就劈空而来这么一问。真是"大哉问"！依我看，这首词不论其他，光是凭这石破天惊的一问就足以千古。

爱情是什么？从有人类以来就已经有了吧，从有语言文字以来就已被咏唱和探讨了吧。可是，时至如今，我们弄明白它了吗？没有。哪怕江山代代都有很多富于感性和擅长思辨的人物，对其进行哲学、诗学、心理学、生理学、社会学的探讨，但这个问题真的从来没有被彻底说明白过。爱情看不见摸不着，却让人那么痴狂。让人那么快乐，又让人那么痛苦。让人那么自私，又让人那么无私。你说，这是为什么呢？

从雁丘到侠侣，从诗词到港乐

那是金章宗泰和五年，词人元好问在赶考的途中，遇到一个捕雁的人。那人说："我今天捕到了一只雁，把它打死了。本来另一只已经脱网了，见到伴侣之死不禁悲鸣不去，往地上撞死了。"元好问听了这个故事非常震撼和感动，于是他把这两只雁买了下来，合葬在一起，还写下了这首《雁丘词》咏赞此事。一起笔："问世间，情是何物？"紧接着道：

"直教生死相许?"真是气势磅礴,可谓情词中有大气象者。俗话说,"除却死生无大事",爱情竟能让人舍生,这是多么可赞可叹可敬可畏的魔力。

词中这样描写双雁:"天南地北双飞客,老翅几回寒暑。欢乐趣,离别苦,就中更有痴儿女。君应有语:渺万里层云,千山暮雪,只影向谁去?"无论去到天涯海角,都要成双成对相互追随,不离不弃,历经寒暑,一直到老。在一起是多么开心,离别是多么难过,这是多么痴缠的儿女之情啊。是啊,世界那么大,那么冷,孤孤单单的一个,去哪里啊,又有什么意思啊?这既是在咏赞双雁的感情,也是在咏赞人世间生死相依的至情。

金庸大概也震撼于《雁丘词》,于是据此展开奇想,创造出《神雕侠侣》这个武侠爱情神话,描写了一对超凡脱俗,至情至性的侠侣——小龙女和杨过。小龙女是不食人间烟火的如玉佳人,杨过是桀骜不驯的怪杰侠客,作为女师父和男徒弟的恋人组合,他们饱受质疑,历经坎坷,而始终彼此守候。哪怕十六年生死未卜的分离都没想过放弃,最后得以终成眷属。这一对恋人的苦情与坚贞的确堪比《雁丘词》。

1995年,李若彤和古天乐演绎了我心目中迄今最经典的一版《神雕侠侣》电视剧,而这版电视剧的主题曲也是港乐的经典。主题曲有粤语版和国语版两个版本,粤语版叫《神话·情话》,国语版叫《天下有情人》。均为林夕作词,周华健和齐豫演唱。两版歌词大意相同,只有细节表述的差异,其中粤语版歌词比国语版要精致。歌词是本着《雁丘词》写的。

既然《雁丘词》提出了"问世间,情是何物"这么经典的一问,于是《神话·情话》《天下有情人》几乎均以"爱是……,爱是……"这样的句式贯穿始终。听起来重重叠叠呢呢喃喃。歌曲试图对爱做一种多角度解读。这些解读与其说是要找一个答案,毋宁说是在表达对爱情无穷无尽的好奇和咏赞。

歌词的细节上也颇多呼应《雁丘词》,且不是那种机械的堆砌原词,而是有进一步的发挥,发挥处还颇耐人寻味。比如《雁丘词》写道:"君应有语，渺万里层云，千山暮雪，只影向谁去？"是说在广漠寒冷的冰雪世界中独活没意思，真是语苦情深。而《神话·情话》则写道："爱是何价是何故在何世，又何以对这世界雪中送火？"挖掘出爱在这个世界上具有雪中送火般的美好珍贵的意义。虽然这句歌词缺乏《雁丘词》"万里层云，千山暮雪"那么摄人的气场和优美的意境，但在人性的探讨上却比《雁丘词》这句更有一层递进。《神话·情话》还略带过几笔写爱情闪烁不定的一面，并非像《雁丘词》那样一味地歌颂纯粹浓烈的理想化的爱情，这也是值得品味之处。

《神话·情话》的结尾也特别棒："爱在迷迷糊糊盘古初开便开始，这浪浪漫漫旧故事。爱在朦朦胧胧前生今生和他生，怕错过了也不会知。跌落茫茫红尘南北西东亦相依，怕独自活着没意思。爱是来来回回情丝一丝又一丝，至你与我此生永不阔别时。"爱是那么古老，那么神秘。爱是人与人自然而然地寻求相依。爱是前世今生人们无法洞悉的神秘缘分。爱将两个人牵绊缠绕，让他们再也没法离开对方！这一段词，总摄古今又能聚焦于个体，开阔而细腻。

至情如神

古代论情最振聋发聩的奇绝之语，除了《雁丘词》的起句，就要数明代戏曲家汤显祖的名著《牡丹亭》的《作者题词》："情不知所起，一往而深。生者可以死，死可以生。生而不可与死，死而不可复生者，皆非情之至也。"其实这几句就是《雁丘词》起句的翻版嘛。"情不知所起，一往而深"这种迷惘就相当于"问世间，情是何物"。而"生者可以死，死可以生。生而不可与死，死而不可复生者，皆非情之至也"也和"直教生死相许"类似，都用牵动生死来谈论至情。

但《牡丹亭》此处写得更加深细，尤其是还写道："梦中之情，何必非真？天下岂少梦中之人耶？……嗟夫！人世之事，非人世所可尽。自非通人，恒以理相格耳！第云理之所必无，安知情之所必有邪！"更加让人心中一凛。爱情如梦一般虚幻，但并非不重要。至深的爱情啊，真的不能用理性去揆度,也不能用短浅的世俗的功利主义去看待,它的力量和光辉超越于这些之上!

《牡丹亭》讲了这样一个故事:官宦小姐杜丽娘和书生柳梦梅在梦中一见钟情。痴心的杜丽娘因相思病故。后来柳梦梅高中状元,掘开坟墓,令杜丽娘还魂。于是有情人终成眷属。这个故事框架其实是完全照搬《杜丽娘慕色还魂》这一明代话本。话本的写作比较平庸,汤显祖的改写赋予了它瑰丽的外表与火热的灵魂,使这个故事成为一个深刻的爱情寓言。

"生者可以死,死可以生!"《牡丹亭》中,你可以感到爱情这种怒放的生命之光对于一潭死水的突围,那么泼泼洒洒,一放不收,无可抵挡。杜丽娘游览了后园的春色之后,发出叹息:"原来姹紫嫣红开遍,似这般都付与断井颓垣!"这是青春的觉醒,是心灵的重生!如果一个鲜活的年轻人在礼教中唯唯诺诺、行尸走肉地活着,不就跟"姹紫嫣红付与断井颓垣"是同样的悲剧吗?无论如何,要有爱,要和真正喜欢的人在一起!否则生活就没有意义了。主人公就那样不由自主地、大无畏地被爱情裹挟,被它摧毁,又被它保佑和拯救,最终和它一起战胜了人情世故的既定秩序。

不满足于包办婚姻,追求自由恋爱,这种思想贯穿于中国古代众多的才子佳人故事中。《牡丹亭》奏响了其中最荡气回肠的一曲,它是有着深刻心灵觉醒且抵死缠绵的"性命书写"。

杜丽娘死了都能复生,这是在寓意:豁出去的至情能感天动地,以至于天从人愿!《中庸》说:"至诚如神。"一个人如果诚挚到极致,就能够具有神明那样不可思议的力量。《牡丹亭》等于在说:"至情如神。"这并非纯属夸诞。时见新闻报道,至深的感情带来医学上的奇迹。爱的鼓励、祈祷和守护,将温暖和力量注入病重垂危者心中,让他活了过来,好了起来。必须承认,还有更多得多例子是,虽有至爱照料,也回天乏术。但应该相信,爱这种属于精神意志的能量对人的影响是巨大的。至情如神,这并不是一种容易达到的心灵境界,能够长期凝聚强烈纯净的心念的人,毕竟是极少数。或者说,净化是一个过程,不是一开始就能如此。

至此，我们谈论爱情，已经提到了几个关涉根本的概念：生死、梦境、三生、亘古以来。这些概念非常重要，而它们同时又具有大而无当、虚无缥缈、浪漫主义、理想主义的特性。这些壮丽的抒情虽然显得和一地鸡毛的现实生活尚隔一尘，但的确非常迷人。

生生不息的追问

在《牡丹亭》第一出的《蝶恋花》中，我们还可以获得和"问世间，情是何物""情不知所起"类似的一句："世间只有情难诉。"欲问、不知和难诉，都是在感叹爱情的神秘难测。

"问世间，情是何物"陆续不断产生各种翻版。比如近代词人俞平伯的《蝶恋花》写道："闻道同衾还隔梦。世间只有情难懂。"如果说《雁丘词》和《牡丹亭》里所谓的爱情之难懂，是在做一种高歌猛进的赞叹。那么俞平伯此处说的爱情之难懂，则是在感叹爱情的同床异梦，流露出对爱情的怀疑和沮丧。而这一叹却也拓宽了我们对"问世间，情是何物"的理解，爱情的难懂，除了它真善美的一面，还有它不够完美的一面。

不仅历代古典诗词里追问"情为何物"，现代流行歌里也有类似的咏叹。比如林夕作词、周华健演唱的《难念的经》。歌中说爱情本是镜花水月般的玩意儿，却让世人为之痴狂。歌中唱道："啊，舍不得璀璨俗世。啊，躲不开痴恋的欣慰。啊，找不到色相代替。啊，参一生参不透这条难题。"是啊，谁能完全免俗？虽然爱情或会带来苦楚，但人们仍渴望啜饮那苦中之甘。而人们又为什么偏偏喜欢某一个人，即使希望渺茫，也难以移情于他者呢？歌中对人们执迷于爱情，既表示了极大的理解，又表示了极大的困惑。

又比如陈少琪作词、张靓颖演唱的歌曲《画心》："一阵风，一场梦，爱如生命般莫测。""一阵风，一场梦"，好经典的比喻，简练到位，很好地形容出爱情的莫测感。

又比如陈升作词并演唱的台湾歌曲《牡丹亭外》:"黄粱一梦二十年,依旧是不懂爱也不懂情。"《牡丹亭外》真是一首神奇的歌,用了《牡丹亭》的典故和《女驸马》的桥段,却让人搞不懂这首歌的内容到底和《女驸马》《牡丹亭》有何干系。虽然让人搞不懂,却饶有风味,且很感人,能触到心底的那种感觉。或许是在讲主人公也曾有一个类似《牡丹亭》那样的爱情梦吧。结果这个梦并没有成真,只把一段苍凉遗落在漫漫岁月。回头望去,觉得自己仍然没看透爱情是什么。

还有罗大佑作词作曲并演唱的台湾歌曲《爱的箴言》:"爱是没人能了解的东西,爱是永恒的旋律。爱是欢笑泪珠飘落的过程,爱曾经是我也是你。"罗大佑的词曲唱有一种书生气,有一种庄雅的感觉。带来感动的同时让人心中升起一种肃然感。这里讲的爱情让人不解之处在于:为何我们甘愿爱护一个人,哪怕让自己受伤?寄慨也很深。

看来,从古到今,"情为何物"都是普遍性的困惑和感慨啊。

爱这么难以明白,怎么办呢?周耀辉作词、林二汶演唱的《玫瑰奴隶》认为这不妨事:"但爱是怪东西,难明白都美丽。……但爱是怪东西,连幸福跟伤痛都美丽。"不明白也好,不明白也美。

周耀辉作词、卢巧音演唱的《佛洛伊德爱上林夕》这首歌也说爱情是不必明白、不必分析的。歌名非常巧妙有趣。大家都知道佛洛依德(注:内地一般译为弗洛伊德)是著名的心理学家,擅长分析人类的爱欲心理,有名著《梦的解析》。大家也都知道林夕是著名香港填词人,而林夕本名梁伟文,林夕这个笔名正是由"梦"字拆开而成的。林夕写的情歌歌词也擅长心理分析。所以这个歌名既是在说"佛洛依德爱上梦的解析",也顺带调侃了一把同样喜欢分析爱欲的林夕。

这首歌也许是把"爱欲之梦境难解"写得最到位的一首歌。虽然这首歌调侃林夕,但写法的确是再典型不过的周耀辉式,非常西方的、抽象的、充满象征性和意识流的笔法,十分精致。卢巧音的唱腔带着一种深紫色的梦幻神秘:"黑太空飘羽毛,一千只金蚂蚁爬入窄路。痕痕如阵痛。拗得破什么煎熬。在晚上发的到今朝记住,敲你门钟很想讲梦。"爱欲好像混沌中降临的某种虚无缥缈的东西,又恍如一千只耀眼的蚂蚁涌进来。那种细小的钻心的啮咬，痒痒得发痛，真是难耐的煎熬。主人公很想把这种迷梦诉说出来，看有没有人能帮到自己。

歌中最好玩的句子要数："我看见佛洛依德一丝不挂挂念着林夕。……我听见佛洛依德一声尖叫叫唤着林夕。""一丝不挂"是讲企图卸掉装饰看到最真实的人性，而"一声尖叫"则讲那些人性中的乖戾处，或者指向心理分析中那些骇人听闻之语。歌的结尾唱道："答应我你会天天专心倾听由我梦见的，无须分析。不要解，只要认。"那些爱欲的梦境啊，只要如是观照就好，只要陈述就好，只要去感受就好，其实不必要分析。

关于"问世间，情是何物"这个问题，以上两首周耀辉写的歌词认为其实爱情不用明白，不用分析，这的确是通透之言。我觉得，焦安溥作词、陈珊妮和张悬演唱的台湾歌曲《Dear you and the boy》写得也很通透。歌中唱道："很多原因适合考虑用完了就丢弃。……亲爱的，若你觉得爱情一定要有自己能懂的道理。你继续，我有空听。"当我们谈论爱情时，总是免不了加入自己的分析。哪怕声称"爱情不用明白，不用分析"的周耀辉其实也在分析爱情。但这首《Dear you and the boy》则说，分析就分析吧，就当这些理解方式只是一种工具，犹如渡我们摆脱失恋悲伤的津筏，或者让我们感到生活甜蜜的糖果。但不要太在意和执着于这些分析，这些理解方式，用完了就可以丢。就如同舍舟登岸、见月忘指的道理。我们日常对爱情的谈论，就当是有一搭没一搭的消遣就好，不必太在意的。不过既然这样，还是选择一个比较愉快的理解方式为好，所以我很喜欢一个叫董惜白的小姑娘写的一句词："只从好处窥前事。"人应该从好的方面去看待过往的爱情经历。黄伟文作词、王菀之演唱的《小团圆》那句"镜破了，看着那闪亮，而不是碎片"讲的也是同样的道理。

这本书因为要写到种种色色的人之种种色色的爱情，所以免不了又生出种种色色的分析。关于这些种种色色，希望大家也记得《Dear you and the boy》这首歌的态度，无须执信，轻轻地扫过一眼，哼唱几句，不必在心中留下什么滞碍。

　　"问世间，情是何物？"关于这个问题，任凭做千千万万的分析，或许都不如用李商隐的那句诗回答："只是当时已惘然。"爱情就是惘然，而不是明白。如果还要追问，或许就只能乞灵于苏格拉底那句名言来回答了："我只知道一件事——我什么也不知道。"

遇见：不是冤家不聚头

你从来都不知道，你会不会遇见，会在何时何地遇见某个人，怦然心动。或是携手此生，或是相恋后分飞天涯……

在那个带着露水的清晨……

其实在《诗经》中，就已经写过最美的相遇。《诗经·郑风·野有蔓草》写道："野有蔓草，零露漙兮。有美一人，清扬婉兮。邂逅相遇，适我愿兮。野有蔓草，零露瀼瀼。有美一人，婉如清扬。邂逅相遇，与子偕臧。"郊野上芳草芊绵，朝露清圆闪烁。在这样的早晨踏青，心情是多么舒畅。更重要的是，我意外地遇见了一位美人。她蛾眉轻扬，清秀绝伦。正如我梦寐以求的那样啊。我想和她一同藏起来，享受二人世界。景与人俱清美。令人想起内地歌手李健的那首《一往情深的恋人》："她给我的爱就像是，带着露水的清晨。"这首诗教给我们一个词：邂逅——美丽的不期而遇。

先秦时代的男女，婚恋还比较自由。仲春之际，男男女女可以在野外自由地相会对歌，互相看上了就能够"与子偕臧"。《野有蔓草》的男主人公显然追到了一个很棒的姑娘。

那一场清如晨露的相遇，千载之下，依然沁人心脾。

向左走，向右走，回溯到长干里

孙燕姿演唱、易家扬作词的《遇见》中，女主人公在忙碌冷漠的现代都市左顾右盼。她也期待一场美丽的不期而遇，期待一份真感情："听见冬天的离开，我在某年某月醒过来。……向左向右向前看，爱要拐几个弯才来。我遇见谁，会有怎样的对白。我等的人，他在多远的未来。我听见风，来自地铁和人海。……我们也曾在爱情里受伤害。我看着路，梦的入口有点窄。我遇见你是最美丽的意外。总有一天，我的谜底会揭开。"

关于地铁、人海的描写，捕捉了特别典型的现代都市景观，风声拂拂，飘逸而恍惚。可贵的是，主人公虽然受过情伤，但能够毅然走出阴霾。哪怕深知缘分的莫测，仍对感情怀有正向的信念，坚信会有美好的遇见。我想这首歌大概也能给有过糟糕情感经历的人以安慰和鼓励。"我们也曾在爱情里受伤害"以及后面的吉言都很贴心。

《遇见》是香港电影《向左走，向右走》的主题曲。电影是根据台湾漫画师几米的著名绘本《向左走，向右走》拍成的。绘本讲的是一个奇巧的相遇：一对气质、爱好十分般配的青年男女，住在同一栋公寓楼许久，从都没碰见过。却巧合地在公园一见钟情了。又阴差阳错地失去联系，仍然同住一栋公寓却仍然互不知晓……情节很简单，却很经典，以至于"向左走，向右走"这六个字都几乎成了关于"缘分弄人"的代名词。绘本被拍成过电影、电视剧，还被写成过好些流行歌。

黄伟文作词、黄耀明演唱、张国荣念白的《这么远，那么近》就是根据这个绘本来写的一首佳作，它可谓是把缘分的微妙写得最透彻的一首歌。原绘本是种小清新的风格，这首歌却华丽、深邃、诡谲、大气。歌中，都市的夜，幽深而璀璨，热闹而寂寞。黄耀明的嗓音质感本来就如一个华灯四射、充满悸动的夜。张国荣压低嗓音的沙沙念白更为之增添了神秘的魅惑。

人们在这样的夜里都怀着对爱的渴望,张望着,但不知在哪里能遇到真正来电的人。歌中唱道:"命运,就放在桌上。地球仪,正旋动。找个点,凭直觉按下去,可不可按住你?"这一句,充分写出对缘分用力的渴求和认为"缘分渺茫到近乎不可能"的沮丧。

歌中唱道:"在池袋碰面,在南极碰面。或其实根本在这大楼里面?但是每一天,当我在左转,你便行向右,终不会遇见。喜欢的歌,差不多吧?对你会否曾打错号码?我坐这里,你坐过吗?偶尔看着,同一片落霞。"主人公想象,在全世界寻寻觅觅,踏破铁鞋后会在天涯海角遇见吗?还是说,就近在咫尺?那个和你很配的人,也许一直住在你附近,也许曾在某地和你擦肩而过。因为日常生活习惯,或某次出行路线的一念之差,终不会相识。有一双冥冥之眼,注视、了解这一切,却残忍地不肯点破,任由人们彷徨、孤单着。

歌的唱词以"都不会遇见"的哀叹结束,哪知最后杀出一句峰回路转的念白:"我买了两本几米的漫画,另一本将来送给你。"令人莞尔。几米的漫画当然指《向左走,向右走》啦,主人公想将它送给将来的恋人。原来,歌中不是想表达"一定不会遇见"这个意思,而是在说:错过的几率太高,万一遇到真爱,这缘分该是多么值得赞叹的事情。歌中的结尾是开放性的,无限多的神秘可能性在蔓延……

"向左走,向右走"这个故事看似一个极具现代感的创意,其实古典诗词早就已经写过了,见唐代诗人崔颢的《长干曲》。《长干曲·其一》:"君家何处住,妾住在横塘。停船暂借问,或恐是同乡。"《长干曲·其二》:"家临九江水,去来九江侧。同是长干人,生小不相识。"几句简单的问答,捕捉了一幕戏剧性的相遇,口吻质朴欢脆。第一首说的是,一个坐船的姑娘,大概独自背井离乡吧。听到邻舟有人说着家乡话。欢喜到急忙把船停靠过去,问他是不是老乡。第二首说的是,两个人果然是老乡,且都住在长干里这一小片区域。还都靠着九江住,从小都在九江附近玩耍,应该有很多共同的熟人。居然这么久都没有相识。反而在异乡相识。口吻中既有对相识的惊喜,也有对没有早些相识的惋惜,流露出微妙的情思。

13

《向左走,向右走》里,男女主人公久住同一栋公寓楼没有相识,却在公园相识了。《长干曲》中,男女主人公从小同住长干里、九江边没有相识,却在他乡相识。但愿这样的奇缘相遇都有幸福美好的结局。

这个妹妹我曾见过

《向左走,向右走》中,男女主人公初见的感受是:"有如失散多年的恋人。"其实这也有古典版。《红楼梦》中贾宝玉和林黛玉初见的情形即是如此。

黛玉刚进贾府时,听了长辈对宝玉的介绍。以为只是个没出息的纨绔子弟。孤高的她一开始并不感兴趣。哪知见到宝玉本人就大吃一惊,心想:"好生奇怪,倒像在那里见过一般,何等眼熟到如此!"而宝玉见了黛玉的第一句话就是:"这个妹妹我曾见过的。"如此言之凿凿。贾母笑话宝玉,宝玉就说:"虽然未曾见过他,然我看着面善。心里就算是旧相识,今日只作远别重逢,亦未为不可。"好一个"远别重逢"!两个人互相间都有这种"似曾相识"的强烈感受,令人不禁怀疑有前世今生、夙世因缘。这种神奇的亲切感,和现在的人有时拿"看着眼熟"这些话来搭讪调侃不可同日而语。

其实这样的桥段,《牡丹亭》就已经写过。柳梦梅和杜丽娘梦中初见时的感受时:"是那处曾相见? 相看俨然。早难道这好处相逢无一言?"好像在哪里见过,就这样怔怔地互相凝望,欢喜,却不知说什么才好。

不是冤家不聚头

林夕作词、王菲演唱的《流年》,则为华语诗歌写相遇的悸动留下了最经典的表述:"上帝在云端,只眨了一眨眼。然后眉一皱,头一点。……你在我旁边,只打了个照面。五月的晴天,闪了电。有生之年,狭路相逢,终不能幸免。手心忽然长出纠缠的曲线。……紫微星流过,来不及说再见，已经远离我一光年。……懂事之前，情动以后，长不过一天。那一年让一生改变。"主人公遇到了那个人，就好像一道闪电划破了沉闷的天空。总会被那个人吸引、刺激。命运因为那个人的出现而多了波折，内心因为他而多了细腻婉曲的爱恨缠绵。刹那间，有无数感受和领悟涌溢，近乎一种神秘体验。这份爱情揭去了她心中的那层蒙昧，让她看到了自己心灵更深的地方，或者说，赋予她一种更深邃的心灵的特质。但是只有相逢的运气，没有留住的运气。转眼那人已经离开，一如古人的"来何迟，去何速"之叹。其实一开始就预料到留不住吧。懵懵地没回过神来，只感到内心的激荡未止。但这短暂的相遇，已足以改变一生的轨迹。或是长久的颓废苍凉，犹如因爱盛放后的萎谢；或是新的眼界，新的领悟，新的追寻。

"有生之年，狭路相逢，终不能幸免。"多么深沉的感慨。遇到那人，是宿命，是幸运，为那份惊艳、灵犀和启迪；也是劫数，因为过程的折腾，还有最后的成空。

这句话其实是有古代版的，见《红楼梦》第二十九回。贾宝玉和林黛玉这一对小情人又闹别扭了，疼爱他俩的老祖宗不禁着急抱怨道："不是冤家不聚头。""冤家"意为仇人。老祖宗引用这句古老俗语的言下之意，或许是说这俩不省事的熊孩子是她的"冤家"，让她不省心，给她添烦恼。但被情迷心窍的这俩听了去，觉得"冤家"说的就是他俩啊。于是竟像参禅一般地参起这句话来："我俩是冤家，所以命中注定我们相遇相爱。所以我们相遇相爱后会互相较劲，会生气吵嘴。所以我们互相伤害后还是放不下，还是会互相关心。甚至会为互相关心而生气吵嘴。根本是两心紧箍离不开呀。于是更加体会到这份爱的深与韧。"想到这一层，那种滋味啊，让两个人都痴了。于是黛玉在潇湘馆临风洒泪，宝玉在怡红院对月长吁。这是《红楼梦》言情最细腻处之一。

"不是冤家不聚头"，再联想到那个成语"冤家路窄"，刚好与《流年》的"有生之年，狭路相逢，终不能幸免"相对应。"路窄"对"狭路"；"聚头"对"相逢"；"冤家"正好对"不能幸免"。这句古代俗语和这句现代歌词，可谓是对爱情中宿命般的相遇最好的形容。

杨花犹有春风管

讲了那么多美好的相遇，可还有很多人并没有遇到爱情，现代港乐和古典诗词都写过这种情况。

黄伟文作词、陈奕迅演唱的《1874》就是讲没遇到心仪之人。这首歌很有意思，主人公发生了一个荒唐而浪漫的奇想：那个跟他绝配的人，和他生在了不同时代。于是他们永远都等不到对方，只能各自孤独终老。歌中咏叹道："情人若寂寥地出生在1874，刚刚早一百年一个世纪。是否终身都这样顽强地等，雨季会降临赤地？为何未及时地出生在1874？邂逅你，看守你，一起老死。……漫天烽火失散在同年代中，仍可同生共死。"这种感慨大概一般发生在耽于幻想的年轻人身上，尤其在对古代某位传奇而寂寥的人物产生了特别强烈的爱慕，引为异代知己的情况下。于是主人公超级希望，和那人出生入死，互相照料陪伴。

宋代词人戴复古在一首《清平乐·嘲人》也写了没有遇到真爱的情况："相如谩赋凌雪，琴台不遇文君。江上琵琶旧曲，只堪分付商人。"司马相如的琴声如果没有遇到卓文君这样的红颜知己，那么具有凌云才气的他会感到分外孤独吧。白居易《琵琶行》中那位惊才绝艳的琵琶女，最终只能嫁给一个平庸的商人，无缘和知心爱人结为连理。

苏东坡的《蝶恋花》也写了一个单身姑娘："蝶懒莺慵春过半。花落狂风，小院残红满。午醉未醒红日晚。黄昏帘幕无人卷。　云鬓髻松眉黛浅。总是愁媒，欲诉谁消遣。未信此情难系绊。杨花犹有东风管。"这是一首闺情词。一个女孩子坐在窗边看风景。晚春的黄昏，光线暗淡恍惚，何况，她中午又喝了一点酒，到现在酒还没醒。院子里，覆着青苔的石砖上又铺满了殷红的落花，在夕阳下，很协调，很美。蝴蝶和黄莺都懒懒的，宅着不出来。她也懒懒的，宅着不出去。这种心情不知和谁诉说。她没有爱人。她怀疑，这样下去会是"注定孤独一生"的结局，这辈子都不会和人相爱了。但她又不愿相信，哎，连杨花也没被忘记,也有春风去吹拂照管呢。

结句非常有意思。可以解作姑娘的自怜之语,难道我的命运连这杨花都不如了? 也可以解作旷达语、吉祥语: 春风没有忘记每一朵花、每一个人,终会有美好的遇见,终会有真情的系绊!

人生若只如初见

可是相遇相爱乃至结婚了就是一劳永逸了吗? 就是王子公主从此幸福地生活在一起了吗? 有很多诗人词人对此不持乐观态度,他们很清楚爱情是会随时间褪变的。

关于这点最著名的表述应该要数清代词人纳兰性德《玉楼春·拟古决绝词》的那句叹息:"人生若只如初见。"情侣如果能维持彼此初见时那种美好印象和热情态度多好啊,可惜往往并不能够。

其实早在先秦时代的《诗经》里面就已经写过爱情的褪变了。比如《诗经·卫风·氓》这一篇:开始的时候,男方嬉皮笑脸地追求女主人公,后来结婚了,男方逐渐表现得懒惰、暴躁、花心,让女主人公很受不了。她叹道:"总角之宴,言笑晏晏。信誓旦旦,不思其反。反是不思,亦已焉哉。"少年时代的宴会上,你我说说笑笑多么美好。指天誓日说得多么响亮,没有想到却不能遵守诺言。哎,当时真是欠考虑,但也只能这样结束关系了。

《诗经·大雅·荡》写道:"靡不有初,鲜克有终。"能在开头的时候表现好的人太多了,但到了最后还能表现好的真是少之又少啊。《荡》并非情诗,但这一句可谓是关于"善始善终之难"的最经典的表述,概括力强大到可以移用来形容很多方面的事情,同时也很适合拿来勉励自己做事不要虎头蛇尾。

关于爱情褪变最经典的典故要数"秋风团扇"的故事:班婕妤是汉成帝的妃子,美貌贤德,才华尤其出众。她曾经是汉成帝最宠爱的妃子。后来轻盈妖媚、长袖善舞的赵飞燕姊妹入宫,她就失宠了。于是班婕妤写了一首《怨歌行》(又名《团扇诗》)来表达自己的感受:"新裂齐纨

17

素,鲜洁如霜雪。裁为合欢扇,团团似明月。出入君怀袖,动摇微风发。常恐秋节至,凉飙夺炎热。弃绢箧笥中,恩情中道绝。"截下一幅刚织出来的白色细绢,它就像霜雪一样皎洁。将它裁做寓意爱人合欢的团扇,圆圆像月亮,还发出朗朗的光辉。但愿我和你也像这样永远团圆。你曾是如此珍爱这柄扇子,不让它顷刻离了怀袖之间。你轻轻摇动它,它便用清风拂面替你驱除夏天的闷热。它却担心秋天的到来,天气转凉,扇子不再被需要。于是你就会把它扔进箱子里遗忘掉,就像你将不再爱我,将我也淡忘掉一样。诗中的团扇既是在比喻班婕妤自己,也是在比喻这份感情。而"素""鲜洁""霜雪""明月"这些词也显示出班婕妤自己的感情洁癖,这既是她本人的立身之道,也是她对汉成帝的期许。当然,最终失望了。

晋代诗人傅玄的《短歌行》也为爱情褪变做了经典譬喻:"昔君视我,如掌中珠。何意一朝,弃我沟渠。昔君与我,如影如形。何意一去,心如流星。昔君与我,两心相结。何意今日,忽然两绝。"此诗分为三节,每一节换一韵,做一组对比。前两节设譬,后一组总结。对比强烈,设譬通俗而精准。最后"相结""两绝"的对比再加上入声韵的运用,有无限的凄咽之感。

流行歌里抒发"人生若只如初见"这种感慨的作品也不少,这里仅讲林夕作词、苏永康演唱的《越吻越伤心》。歌中排比了各种相处的细节去描写这种褪变。这些细节也非简单堆砌,而是具有一定的层次感:"问你哪个配搭穿起使我最配衬,但你冷冷两眼似看着无聊闲人。……问你我喝醉了可不可对我吻吻,但你碰碰嘴角动作像撩撩途人。问你会否因工作太累两目完全无神,而你似强制内心的抖震。……问到你跟他相处背后那段缠绵传闻,而你却窃笑像偷偷兴奋。"从这几条看得出主人公的爱人现在对他是冷漠、敷衍、脾气差,还有出轨嫌疑,毫不在乎他的感受。歌名"越吻越伤心"谐音"越问越伤心"。哎,有些事情还是不要去问比较好。

这首歌可以和《诗经·卫风·氓》《诗经·邶风·谷风》《诗经·小雅·谷风》这三首讲爱情随时间褪变的诗对比。《越吻越伤心》选择呈现的细节是比较有浪漫爱色彩的，比如服装搭配、接吻之类的。但《氓》和两首《谷风》则非常现实主义，让人看到了爱人变心指向更沉重的生活现实，远不只是卿卿我我这个层面的。比如《氓》这首写道："三岁为妇，靡室劳矣。夙兴夜寐，靡有朝矣。言既遂矣，至于暴矣。"嫁给你三年，日日夜夜操劳，没有个尽头。你既然娶到了媳妇儿，就不知珍惜了，变得冷酷而暴力。《诗经·邶风·谷风》写道："既生既育，比予于毒。……宴尔新昏，以我御穷。"我给你生了孩子后，你却当我是毒物那样抛弃掉。想当年新婚之时，还是靠我的经济基础来接济你呢。《诗经·小雅·谷风》写道："将恐将惧，寘予于怀。将安将乐，弃予如遗。……忘我大德，思我小怨。"在困顿恐慌的时日，你紧紧把我抱在怀中。等到生活安稳快乐了，你却把我像废物一样抛弃。忘记了我的美德，却盯住我小小的过错不放。可以说，这三首诗写的情况都非常令人心寒，也警醒人们要善于择偶，一辈子的事情，不是闹着玩儿的。要注重爱人承担生活的责任感和能力，以及德行、义气之类的。

不过，我们也不能给一切爱情的褪变和辜负都加上苛刻的道德审判。在现代人的观念中，如果能坦诚沟通、妥善处理这些情感问题的话，也值得谅解。

但无论如何，那种能相扶相助、恩爱到老的感情仍然最值得赞美、艳羡。古典诗词中早就表达过这样的祈愿。比如《诗经·邶风·击鼓》的那句："执子之手，与子偕老。"比如北朝乐府《捉搦歌》那句："天生男女共一处，愿得两个成翁妪。"古典诗词中也记载了实现这种祈愿的爱情故事，比如清代诗人魏燮均的《赠内子》："贫贱夫妻老更亲，白头相敬转如宾。起居每问关心切，恩爱方知结发真。善体性情唯有尔，若论儿女亦他人。独怜文字非知己，不解吟诗已六旬。"都说"贫贱夫妻百事哀"，但我怎么觉得，我们这对贫贱夫妻，到老来感情越发好了。我们之间是那么地互相尊重。日常起居你都细致关心，于是我才知道结发为夫妻的恩义是多么真切。只有你是那么懂我，那么体贴，和你相比，连儿女都显得是外人呢。只是啊，你不懂学问，在这方面没法做我的知己。不会写诗的可爱的你今天已经 60 岁了，祝你生日快乐！这是魏燮均在妻子 60 岁生日那天写赠她的，真是一个浪漫的老头子。这首诗其实很值得大家留意，因为写青春爱情的诗词太多，而写老年夫妻感情的作品实在是非常之少。

现代流行乐中，姚若龙作词、赵咏华演唱的台湾歌曲《最浪漫的事》也表达了白头到老的祈愿："我能想到最浪漫的事，就是和你一起慢慢变老。一路上收藏点点滴滴的欢笑，留到以后坐着摇椅慢慢聊。"这首歌很简单，但经典至极！

小柯作词作曲、王菲和陈奕迅演唱的《因为爱情》则讲了一份真正相爱到老的感情，它比《最浪漫的事》有着更细腻的抒情："给你一张过去的 CD，听听那时我们的爱情。有时会突然忘了，我还在爱着你。再唱不出那样的歌曲，听到都会红着脸躲避。虽然会经常忘了，我依然爱着你。"少年情怀总是歌，年轻时的爱情，总觉得像 CD 里唱的情歌那样浪漫。不再年轻了，感觉唱情歌都好肉麻好害羞啊。而相处久了，感觉爱情就是生活啊，不会再说什么爱不爱的。但其实这份爱，已经是那种"不思量，自难忘"般地自然而重要了吧。而歌中的那几条"因为爱情"也写得很动人："因为爱情，不会轻易悲伤，所以一切都是幸福的模样。因为爱情，简单的生长，依然随时可以为你疯狂。因为爱情，怎么会有沧桑，所以我们还是年轻的模样。因为爱情，在那个地方，依然还有人在那里游荡，人来人往。"爱情能够帮人疗愈一些悲伤。虽然现在爱情已是细水长流的日常，但需要的话，还能够为爱人做出那种少年的浪漫举动。简单明朗的爱，会滋养人的身心，让人显得年轻。虽然现在爱情这样东西备受质疑和嘲弄，但每个时代仍然是有人相信爱情，并在那里留连不去。如果说纳兰的那声"人生若只如初见"的叹息的确让很多人对爱情疑虑重重，那么就让《最浪漫的事》和《因为爱情》作为对爱情终极的祝福吧。

占卜:凭运气决定我生死

爱情会带来种种不安:不知自己爱的人爱不爱自己,有多爱自己,不知这份爱能否顺利走下去。在古代,因为交通、通讯不便,还有一种情况经常会造成不安——如果所爱的人远行,不知他会不会回来,什么时候回来。这些不安,有时只好乞灵于占卜,让占卜带来虚渺的慰藉或更深的黯然。占卜是一种古老的民俗信仰,是用可见的事物去预测未知的事情。诗词中写的关于爱情的占卜,一般不是操作复杂的"卜筮正法",而是比较直观、简便的。有些是根据约定俗成的民间说法,认为日常偶然所见的事物中藏着吉凶之兆;有些则是随手取物打"相思卦"。诗词中用来占卜爱情的东西丰富多样,比如喜鹊、蜘蛛、裙带、花、灯、香、钱币、金钗、鞋、镜子等等。而现代港乐中则写了交通灯占卜和塔罗牌占卜。

灵鹊很吉祥,蜘蛛喜洋洋

古人认为某些动物和昆虫是很吉祥的,比如喜鹊和蜘蛛。晋人葛洪所著的《西京杂记》就记载了这样的俗语:"乾鹊噪而行人至,蜘蛛集而百事喜。"如果喜鹊叫个不停,那么就会有佳客到来;如果蜘蛛聚集成堆,那么就会有喜事发生。更早在春秋时期,师旷的《禽经》就已经有"灵鹊兆喜"之说。可见,喜鹊和蜘蛛作为吉祥物由来已久。爱情诗词中,也写到了以喜鹊和蜘蛛来占吉的现象。

在我看来,唐代诗人权德舆的《玉台体十二首·其十一》是写占卜爱情的诗词中最经典的一首,它写到了蜘蛛占吉:"昨夜裙带解,今朝蟢子飞。铅华不可弃,莫是藁砧归。"古人认为,裙带解开是夫妻好合的预兆;"蟢子"是一种长腿小蜘蛛,从这个名字就能感觉到古人觉得蜘蛛是多么喜庆的小家伙。""藁砧"是对丈夫的别称。这首诗翻译成现代汉语就是:"昨晚裙带无端端滑落,衣裳开了。今天早上看到小蜘蛛喜洋洋地迈着大长腿飞跑。丈夫走后,一直没什么心思打扮。今儿遇到这些个好兆头,还是要画个美美的妆呀,说不定他就要回来了!"这首诗笔势爽快,简单质朴,真挚欢喜。具有浓郁的民俗风味,又俗不伤雅。

最妙的是,《玉台体十二首》是一组剧情连贯的闺情诗,到了第十二首时,女主人公的丈夫真的应了"裙带"和"蜘蛛"的吉兆回来啦:"万里行人至,深闺夜未眠。双眉灯下扫,不待镜台前。"远行万里的丈夫半夜归来,女主人公像有心灵感应似的,还没有睡。她听到他的响动,等不及对着镜子细细妆扮了,在灯下草草画了双眉,就跑出去迎接他!女主人公急不可耐地想见到丈夫的心情,就是最自然流露的深深爱意。连读者也似乎被感染了那份激动喜悦。

五代词人冯延巳的一首经典的《玉楼春》则写了灵鹊兆喜:"风乍起,吹皱一池春水。闲引鸳鸯香径里,手接红杏蕊。 斗鸭阑干独倚,碧玉搔头斜坠。终日望君君不至,举头闻鹊喜。"在极美丽的自然环境中,一位贵族妇女满怀相思。忽然一阵风,吹皱了池水,也吹动了她心中的涟漪。她用花枝百无聊赖地逗引鸳鸯玩。倦倚栏杆,没留心发髻松了,玉钗斜坠。每天都望眼欲穿盼那人归来,那人却仍未归。咦?喜鹊在叫!她抬头,心湖也掠起一点欢喜。

和权德舆那两首《玉台体》抒情的爽快不同,这首《玉楼春》的抒情则更加婉约,心理活动都是极细微的,隐隐透出来的。女主人公的心绪一直慵懒、飘忽、低徊,精神忽因喜鹊稍稍振起,全词便在此戛然顿住,留下袅袅余音和悬念。她所等的那位爱人会应着喜鹊的吉兆归来吗？我们不知道。只是感到一条笼罩着优雅阴翳的情绪之波纹，流动中变幻明暗，赏心悦目。

东西方的花瓣占卜

古典诗词很喜欢写数花瓣占卜。比如南宋大词人辛弃疾《祝英台近·晚春》中很经典的那句："鬓边觑，试把花卜归期，才簪又重数。"姑娘把鬓边的花取下来，数花瓣来占卜心上人的归期。数了一遍还不放心，把才簪回鬓上的花又取下来一瓣一瓣再数一遍。反复地去数花瓣这一细节，把女主人公的痴态形容得很妙。

在西方国家中，则历来有用雏菊花来占卜爱情的风俗。具体操作的方法是：拿一朵雏菊数花瓣。撕一瓣念一句，轮流念"他爱我"和"他不爱我"。最后一瓣所念则代表心上人的心意。而在现在的西方电影电视剧中，我们有时还能看到数花瓣占卜爱情的桥段。比如迪士尼动画片《小美人鱼》中，美人鱼艾莉儿就数着花瓣占卜王子爱不爱她。这也是个中西文化的有趣相似性。

港乐中也有一首周礼茂作词、黎瑞恩演唱的歌叫《花瓣占卜》："拿花瓣去替我占卜，爱我和未爱。我心一边讲一边去撕开。"可以看到，这是直接承继的西方的传统，但整首歌写得比较普通。

古代诗词中写的和花有关的占卜方式还有寻找并蒂花。宋代大词人周邦彦在一首《浣溪沙慢》写道："心事暗卜，叶底寻双朵。"双朵指并蒂花。并蒂花在中国古典文化中是有情人恩爱相依的象征，所以找寻到并蒂花，就是得了爱情的吉兆。国外则有寻找到四叶草便会得到幸福的说法。四叶草是指四叶的车轴草。车轴草一般都是三叶，据说十万棵车轴草中才有一棵四叶草，故此找到四叶草被认为是极其难得的幸运。寻找并蒂花和寻找四叶草这两种风俗，也可以共参。

好事灯花双结蕊

古人还有拿灯花来占卜的习俗,如果灯烛烧尽后结成花朵的形状则为吉兆。灯烛为古人家家户户每日所用之物,所以这种风俗非常普遍,诗词中也多有反映。这里举宋代词人赵师侠的一首《菩萨蛮》的下片为例:"故国今渐近,应卜灯花信。一喜一牵萦,平分两处心。"归心似箭的主人公就快到家啦,他想象家中的妻子正用灯花占卜他的归期。主人公心怀即将团圆的喜悦,妻子则因未得到确切消息还充满牵挂担心。这两种截然不同的心情,分量都是那么重,都是发自深深的爱意。读起来很温馨的一首词。

宋代词人吕渭老的《菩萨蛮》有"好事灯花双作蕊"之语,黄梅戏《碧玉簪》亦有《夜来灯花结双蕊》的唱段。都是在讲,一对灯烛双双结了花蕊,更是吉利得不得了。

为情深,嫌怕断头烟

前面讲的蜘蛛、喜鹊、灯花都是令人喜闻乐见的吉兆,而断头香、断头烟一听就不是什么好兆头。的确如此。断头香、断头烟指没烧完就自己灭了的香,其中断头香还指折断的香。民间有种迷信的说法是,用断头香供佛,来世会得与亲爱之人离散的果报。《西厢记》里有言:"若今生难得有情人,则除是前世烧了断头香。"

不仅供佛的香断头不祥,生活中所用的熏香断头亦不祥。苏轼有首《翻香令》专拿"断头香"做文章:"金炉犹暖麝煤残。惜香更把宝钗翻。重闻处,余熏在,这一番、气味胜从前。 背人偷盖小蓬山。更将沈水暗同然。且图得,氤氲久,为情深、嫌怕断头烟。"香炉还是暖的,香煤却快烧完了。女主人公爱惜这香,于是摘下金钗去拨火,让它燃烧得更好。再闻一闻,嗯,这一番的气味,比刚刚更加美妙了。她暗地加了沉水香一同燃烧,然后偷偷盖上雕镂成仙山形状的香炉盖。只希望这香味长长久久地氤氲，深情的人儿呀，从来最不想看到断头香。

苏轼非常巧妙地用翻香的过程来写女主人公的恋爱心理。一直到结句之前，读者只会看到一个女子如何细致灵巧地玩香。结句却揭开谜底，原来女子照看香火亦是有寄意的，怕香没烧好，中途熄了，成为不好的爱情预兆。于是我们也可以把女主人公翻香的过程看作对感情的苦心经营。香残了，感情淡了。就再撩一撩，拨一拨，重新擦起火花。经过经营的感情，又比最初相恋的悸动，多了一番韵味。巧妙地堆香并增加沉水香，就像学习和爱人相处的技巧并给爱情增添更丰富的内容。而这一切，都是希望，芬芳长绕，两情永久！

"金钱卜"和"金钗卜"

钱币是中国从古到今民间最常用的占卜工具。卜法不一，一般是将一枚或三枚钱币掷于地上，观其阴阳正反形成卦象，然后根据卦书或其他约定的解释去预测。诗词中，钱币也常常被用于占卜爱情。唐代诗人于鹄有一首《江南曲》即写这种风俗："偶向江边采白蘋，还随女伴赛江神。众中不敢分明语，暗掷金钱卜远人。"古人有用蘋花祭祀和赠人的风俗。女主人公在江边采了白蘋，便和女伴赛江神。不好意思让别人知道自己的心事，只是暗中抛掷钱币来占卜心上人何时归来。"偶向""还随"这些词隐隐透露女主人公只是应付式地随众嬉戏而已。"不敢分明"和"暗掷"则写出了她的羞涩和对爱人的深深牵挂。这首诗的写作富有民歌风味，但粗粝中有细腻，直白中有宛转，耐人寻味。

清代词人黄钧宰的《相见欢·卜钱声》则写了一个较详细的卜钱过程："灯前祝语盈盈，掷来轻。笑向旁人佯说，问阴晴。 心中事，眼前字，是佳音。却有一圆旋转，未分明。"女主人公先是祷祝，然后掷钱币。和《江南曲》的女主人公一样，她也不好意思说占卜爱情，只说占卜天气。她怀着强烈的愿力，眼看着钱币即将朝上的一面是好兆头，但它还有一圈儿没转完，还没完全落定呢。一个痴情而可爱的姑娘跃然纸上，最后定格在那枚旋转未定的钱币上，留下了悬念并制造了情绪的紧张感,让读者的心和那位姑娘的心一齐提到了嗓子眼。

"金钱卜"后来有一种变体,就是"金钗卜"。唐代女伶刘采春所作的《啰唝曲六首·其三》即是写"金钗卜"的代表作:"莫作商人妇,金钗当卜钱。朝朝江口望,错认几人船。"诗中叹道:"哎,不要做商人的妻子,只能把金钗当作钱币占卜他的归期。天天望向江口,总是把别人的船误认作他的归舟。"商人重利轻别离,害得商人的妻子只能时常占卜他的归期。据说,当时刘采春一唱这首歌,游子和闺妇都会落泪,可见当时妇女占卜的确是蔚然成风。

"鞋打卦"和"镜听"

古代还有拿女人的绣鞋和镜子打"相思卦"的。这两种占卜方式都有一种巫术气质,皆被写入过清代蒲松龄的志怪小说集《聊斋志异》,见《凤阳士人》和《镜听》两篇。

"鞋打卦"这一风俗,论者一般认为是从元代开始有记载,而盛行于明清时期。但我认为,唐代或已有此风俗。见唐传奇《霍小玉传》。女主人公霍小玉被书生李益抛弃后,一病不起。有一天,小玉梦见黄衫客挟李益来看她,并让她把鞋子脱了。小玉惊醒。然后自己解梦道:"鞋指'谐',意味着我将与爱人再会合。'脱'是解除之意,意味着我和他再见之后就会永别,而那将是我的死期。"如此娴熟地解"鞋卦",这种创作很可能是有"鞋打卦"的社会民俗基础的。

《霍小玉传》中写的这一节非常恐怖,其实"鞋打卦"有个别称就叫"占鬼卦"。而《聊斋志异》中《凤阳士人》里那支"鞋打卦"的曲子更是充分渲染了这种鬼气:"黄昏卸得残妆罢,窗外西风冷透纱。听蕉声,一阵一阵细雨下。何处与人闲磕牙?望穿秋水,不见还家,潸潸泪似麻。又是想他,又是恨他,手拿着红绣鞋儿占鬼卦。"

黄昏,女主人公卸了妆,只听得凄风苦雨打芭蕉,不知丈夫在何处勾搭妹子。流着泪想他怨他。便拿着尖尖的红绣鞋来向鬼神问卜。突出"绣鞋"之"红"和"鬼卦",格外有种凄厉和森寒之感,让人不禁打个激

人生唯有情难懂

灵。尤其是联系这首曲子的故事背景来读：凤阳士人久游不归，妻子害相思。士人和妻子在异地做了同一个梦。梦中士人勾搭一个美女，不理妻子。美女伴和士人调笑，接着便弹唱了这首讲述"妻子苦盼丈夫，丈夫却在外风流"的曲子。细思极恐，又带着轻盈的幽默和善意的箴规。

清代的吕湛思在这支曲子后注道："夫外出，以所著履卜之，仰则归，俯则否，名曰占鬼卦。"这告诉了我们解"鞋卦"的方式，鞋口朝上意味着丈夫归来，鞋口朝下则意味着不归来。

"鞋卦"的解法并不只这一种。明代李先念有首《锁南枝·鞋打卦》就写了其他解卦方式："鞋打卦，无处所求。粉脸上含羞，可在神面前出丑，神前出丑。告上圣听诉缘由：他如何把人不睬不瞅，丢了我又去别人家闲走？绣鞋儿亵渎神明，告上圣权将就。或是他不来，或是他另有；不来呵跟儿对着跟儿，来时节头儿抱着头。丁字儿满怀，八字儿开手。"

非常杰出的一首曲子，和诗、词的庄雅不同，曲这种文体则擅长展示自然活泼的生活趣味。这首曲子讲的是被情人冷落的姑娘跑到神像准备来个"鞋打卦"。她虽觉得在神灵面前脱鞋扔鞋有些不雅，但也顾不上了。她向神灵羞涩道歉并至心祷祝："神灵啊，请原谅我这下界凡女的无礼，这都是因为爱情啊。我想知道，为什么我的爱人最近那么冷淡，不来找我，是不是有了别的相好？我不知何去何从，祈求您以'鞋卦'给我指引。如果鞋跟对着鞋跟（仿佛两人背对背），他便不会来找我。若是鞋头叠着鞋头（仿佛两人头靠头），他就会来找我。如果两鞋呈丁字状，那么我将要和他抱个满怀，如果是呈八字状，那么我就和他分手。"这一段姑娘对神像的祷告，叨叨那些恩怨尔汝，鲁莽而可爱，令人莞尔。倘若神像有灵，或许也会生怜惜护佑之心吧。从这首曲子也可以看出，"鞋打卦"之类的"相思卦"如何解卦，常常和当事人祷祝时与鬼神的个性化约定有关。

"镜听"则是一种专在过年时使用的占卜术，方法是：除夕或开年之际，拿一面古镜用锦囊包好。不要让别人知道，独自到灶神面前下跪祷祝。然后把镜子藏进衣服里出门,听到别人说吉利的话则吉祥如愿,听到别人说糟糕的事则不祥不顺。

唐代诗人王建的《镜听词》里就详细记载了一个女子用镜听占卜的故事:"重重摩挲嫁时镜,夫婿远行凭镜听。回身不遣别人知,人意丁宁镜神圣。怀中收拾双锦带,恐畏街头见惊怪。嗟嗟际际下堂阶,独自灶前来跪拜。出门愿不闻悲哀,郎在任郎回未回。月明地上人过尽,好语多同皆道来。卷帷上床喜不定,与郎裁衣失翻正。可中三日得相见,重绣锦囊磨镜面。"

女主人公特地用陪嫁的镜子来占卜,严格按照"镜听"的规定步骤来做。她怀揣镜子站在街头听啊听,一直到夜深月明,行人过尽之时。她不想听见人们谈论悲伤的事情,怕是什么不好的兆头。在她心目中,丈夫回不回来过年倒是次要的,最重要的是他要好好的。这个心理细节也极见深情。还好听到的都是吉祥话呢。她开心得不得了,以至于给丈夫缝制衣服时把正反都弄错了。她还许诺,如果丈夫三天内真的回来了,她要给镜子绣个美美的新镜囊并去把它磨得锃亮来答谢镜子大神! 这首诗可当作一篇"民俗志"来读。

古代诗词的爱情占卜种类大略如上。可以看到占卜爱情者多为女性,其中一些占卜爱情的方式也尤其具有女性特色,比如"金钗卜""鞋打卦"和"镜听"等。占卜显示了女性情感的细腻宛转;也显示了这种易于不安、富于"第六感"的性别对灵性事物的喜好。

港乐中的爱情占卜

比之古代爱情诗词,现代华语流行歌整体较少出现占卜的情节。其中港乐写占卜爱情的歌曲当然也屈指可数,除了前面提到的黎瑞恩的《花瓣占卜》,还有罗文的《占卜》,以及杨千嬅的《少女的祈祷》和《塔罗迷》。但《花瓣占卜》和《占卜》都比较平庸,只有杨千嬅那两首足以称道,两首均为林夕作词。

《少女的祈祷》尤为优秀,为杨千嬅的代表作之一,横扫了 2000 年香港四台颁奖典礼的金曲奖。歌曲写的是用交通灯占卜。这首歌的作曲者陈辉阳在他的精选集《陈辉阳钢琴作品集一：声音变魔术》的文案中透露灵感来源："还记得这首歌的灵感是来自1999年的圣诞节晚上，在林夕家吃完晚饭后外出，车子路经红绿灯前，突然想出一个小情侣过红绿灯的故事。故事发生在巴士上，天阴，女孩在心里祷告，如果能顺利通过三盏交通灯都是绿灯的话，就可以永远和那个男孩在一起，但巴士过的第二盏灯，男孩就下车了。"

显然，这和前面讲的古典诗词中的各种占卜方式不同，用交通灯占卜并不具有社会民俗基础，只是源于创作者的灵机一动。但合情合理，"相思卦"就是具有这样因地制宜、随手取物的特点。女孩见到红绿灯闪烁，临时想用来占卜下爱情运势，也是有可能的。

杨千嬅把《少女的祈祷》唱得非常恳切动人："沿途与他车厢中私奔般恋爱，再挤迫都不放开。祈求在路上没任何的阻碍，令愉快旅程变悲哀。连气两次绿灯都过渡了，与他再爱几公里。当这盏灯转红便会别离，凭运气决定我生死。……我爱主同时也爱一位世人，祈求沿途未变心。……为了他不懂祷告都敢祷告，谁愿眷顾这种信徒？用两手遮掩双眼专心倾诉，宁愿答案望不到。唯求与他车厢中可抵达未来……"

可见女主人公对这份爱情非常执着，同时也非常不安。旅程遇到的红绿灯也隐喻着爱情中那些关卡，比如吵架闹矛盾什么的。女主人公占卜和祷祝道："如果车卡在红灯处则意味着这段情不能长久，天父保佑，但愿是一路绿灯吧！"这番祈祷和占卜并不是按照某种规范的仪轨进行，和前面提到的明代李先念那首《锁南枝·鞋打卦》相似，都是出于一腔深情的个性化语言，真朴可爱。但《锁南枝·鞋打卦》有一种俚俗的趣味，《少女的祈祷》世俗而不俚俗。"我爱主同时也爱一位世人"，这口吻稚气盎然，是在神灵面前对世俗情感的理直气壮，真是一句很拉风的情话。而遮住双眼不敢看占卜的答案，也极生动地写出痴情少女娇怯不安的情态。

只可惜后来少女的恋人还是弃她而去，歌中叹道："到我睁开眼，无明灯指引。"红绿灯没有占卜出顺利情路，天父也坐视她被爱人抛弃。

落寞迷惘的少女,睁开眼学会长大……

《塔罗迷》讲的是用塔罗牌占卜。塔罗牌是西方流行的占卜方式,它由78张纸牌组成,每张牌绘有不同的图案,是一套神秘的符号象征系统。塔罗牌如今也为很多华语地区的年轻人所喜爱。

《塔罗迷》中,女主人公暗恋的男孩就是个超级塔罗迷。女主人公便请这个男孩用塔罗牌给她算命。她按规则抽出数张覆盖着的塔罗牌,由男孩去揭开解说。她觉得,让他去揭开和解说她的宿命,这一举动本身就像具有某种隐喻:她爱他,于是他决定着她的爱情命运。

歌中唱道:"皇帝说示爱不用犹疑,教宗识穿我微热的手指。……男孩倒吊在卷曲的树枝,你双眼与他很似,让我摸多次。皇帝说像你一代男儿,我都很想着皇后的新衣。……要是占卜说明暗恋过你的梦,我信我命运实在难自控。"

"皇帝""教宗""倒吊的男孩"都是塔罗牌上的图案。女主人公的情感与这些塔罗牌发生微妙的联系与沟通。女主人公不知和这男孩的恋爱会不会蓦然开始,会不会顺利发展。她微微笑着,听他在解说,看他看得入迷。就算预测不准,她也很享受与他一起游戏的微醺。凝聚心力的恍惚间,她压在纸牌上的手指微微发热,深深感到宿命之神秘莫测……

暗恋：心悦君兮君不知

暗恋，顾名思义，就是喜欢一个人，但还没表白。它是爱情的一种朦胧的初始的状态。也常常发生在一个人情窦初开的青春年少时期。

暗夜里的清朗恋歌

在我心目中，春秋时期的《越人歌》是古典诗词中写暗恋的第一佳作，既是最早的一首，也是最好的一首："今夕何夕兮，搴舟中流。今日何日兮，得与王子同舟。蒙羞被好兮，不訾诟耻。心几烦而不绝兮，得知王子。山有木兮木有枝，心悦君兮君不知。"

《越人歌》的身世是这样的——虽然这个浪漫的故事已被无数次传颂，但请容许我笨拙地再试着讲一次：楚王的母弟鄂君子皙有一回乘舟游玩。为他划船的是一个越人。有人说这个越人是个女子，也有人说这个越人是个男子。也就是说，这可能是个异性恋的故事，也可能是个同性恋的故事。这个划船的人抱着船桨，凝望着气度高贵的子皙唱了一首歌。歌声和月光一同泛在水面上，分外清朗。子皙听不懂越语，却已被这歌声的气质所感染、打动，就让人替他翻译成楚语。哦，原来划船的人唱的是："今晚多么美好啊，在水中划着船儿！今晚美好得不可思议啊,能够与王子殿下您同舟共渡!将要说出心里话的时候,我是多么地害羞啊。我已深深爱慕您很久很久,多么荣幸可以与您结识。山上的树木都有枝,而我的爱慕您却不知!"虽然划船的人身份低微,子皙听到他的表白却没有怪罪。而是微微一笑,舒开华丽宽大的衣袖,抱了抱他的肩安抚他,让他不必那么紧张。又用一张绣着美丽花纹的被子盖住他,表示接受这份情意。

《越人歌》这个故事里的爱,诚挚而简单,朴实而清贵。它带着几乎只属于初民的那种美好,虽是暗中的情愫,却像夜色中的山水那样自然而敞阔。

"山有木兮木有枝,心悦君兮君不知。"可谓是古典诗词中关于暗恋最经典的表述。仅仅根据"枝"与"知"的谐音,就用"山木有枝"去兴起"悦君而君不知",这是先秦诗歌常用的那种比兴手法。并无什么逻辑,却清美自然,朗朗上口。

诗人席慕蓉为《越人歌》写了一个现代诗版——《在黑暗的河流上》。主人公在席慕蓉笔下变得纤细柔弱了,有着典型的小女生情怀。乘舟的王子光华四射、俊雅不凡,荡桨的越女目眩神迷、心潮起伏。她明白再不会有谁给她那样的激动了,于是想用她毕生的光和热给他飞蛾扑火那般的爱。可王子丝毫没有留意到越女在以歌传情。她只能目送他在夜色中渐渐离去。席慕蓉觉得,她写的这个结局比《越人歌》的原版结局更有现实感。灰姑娘怎么可能和王子有真正的交集呢,只能是无疾而终的暗恋呀。席慕蓉这首诗的题目"在黑暗的河流上"或可视作一个关于暗恋的隐喻。每一个暗恋者,都是"在黑暗的河流上"的自歌自叹者。

"心悦君兮君不知"的港乐版

林夕作词、周慧敏演唱的《如果你知我苦衷》可以视为《越人歌》的现代港乐版。歌名"如果你知我苦衷"这个假设句,相当于《越人歌》中"心悦君兮君不知"这个陈述句,开宗明义写暗恋。

　　这首歌，你也可以选择听黄耀明的翻唱版。周慧敏唱得缠绵柔婉、如怨如慕。而黄耀明的翻唱，也是恳切动人、气息清甘。巧的是，周慧敏和黄耀明刚好分别是女人和男人，异性恋和同性恋，也与《越人歌》的两种情形相照应。

　　《如果你知我苦衷》讲的是，主人公爱慕某君很久，但那个人貌似只想和他做朋友。主人公在这段关系中感到陶醉而痛苦。主人公叹道："裂开的心，还未算清楚？""裂开的心"一方面表明主人公痛苦的程度，另一方面表示主人公觉得自己的心意已经表现得很明显了。但对方怎么没有一点回应的迹象呢？主人公甚至怀疑对方是知道自己的心意，却还是那样一脸无辜地和自己谈笑。主人公时而想豁出去让心事冲口而出，他给自己打气："未得到的，从未怕失去。"好像开口也不会损失什么呀。但他又叹道："从不相恋，怎么可再追？"做朋友做得好好的，开口示爱会突兀而尴尬吧。话到嘴边，又生生咽了回去。

　　《如果你知我苦衷》的歌词简洁疏落，扼要地描绘出暗恋者内心的欲说还休的挣扎。

　　主人公为何终不肯开口表白呢？也许他是个害羞的女孩子，还是希望男方可以主动些。或者他是个比较慎重的人，即使要表白，也希望更明显地看到对方也表现出一些情意再说。

　　黄伟文作词、陈晓东演唱的《水瓶座》和《如果你知我苦衷》有点像。讲的也是主人公和暗恋对象朋友般地交谈，却苦于爱意不为对方所知。但《水瓶座》的剧情又增多了一些曲折。暗恋对象把主人公当做听众，倾诉自己的失恋。在这种情况下，主人公得多痛苦啊：暗恋对象不知道自己的爱就罢了；暗恋对象爱着别人，为别人而痛苦，还偏向主人公不停地讲自己的苦恋。主人公叹道："他，他知道什么？他很信任我，失恋以后，跟我叹奈何。别怪他，他知道什么？他竟以为感染我，为他淌了泪，实际我哭我。"反复突出一个"他"字，听觉效果很别致。《水瓶座》的旋律悠缓，陈晓东的唱腔清透，情味委婉优柔。听起来像一只小小的盛着泪水的许愿瓶，与歌名十分相配。

恰似棉花糖在口中融掉的滋味

黄伟文作词、何韵诗演唱的《明目张胆》可谓是把暗恋的谦卑和胆怯写得最到位的一首歌:"若有一天公开明目张胆地爱,我怕会让你太意外。我的爱,只愿缩到最小,仿佛不存在。就算我最爱你,情愿好好遮盖,化作了密码不公开。"主人公很爱那个他,对他很好,却尽量不在他面前体现存在,怕打扰他。且被他注意会感到紧张,被忽视反而更轻松自在。这种心态令人感慨怜惜。

歌中唱道:"如若我也有权爱,同样我也有权不必被爱。……但愿尽情地种,谁说花需要开。"什么叫"有权不必被爱"?真是别扭嘴硬的孩子。主人公口口声声说不想要他的爱。但语气中显然是对自己没有信心,怕得不到于是干脆说不想要。主人公这种人啊,往往就是站在"灯火阑珊处",一直被忽视的最佳爱人。直到被爱的那个他有一天蓦然回首,才发现原来一直有人在身边对自己那么好。这才能突破暗恋的僵局。

《明目张胆》这首歌的基调稍嫌阴沉。黄伟文作词、何韵诗演唱的《喜欢喜欢你》也是讲暗恋的歌,却襟怀洒脱,有一种阳光、甜蜜的气息。

《喜欢喜欢你》唱道:"喜欢你,纯属想喜欢你。我不祈求完全地得到你。得到你,还是得不到你,我都珍惜独享这出戏。"主人公暗恋着一个人,不怎么在乎能否得到那个人。他很享受暗恋本身,觉得有个让自己感到喜欢感到珍贵的人已经很美好,觉得知道那个人的存在就已经很美好。生活也增添了兴奋点,眼睛和心底都会因那个人闪闪发光呢。"喜欢喜欢你",这是多么可爱的暗恋美学。喜欢你,也喜欢"喜欢你"这种感觉。发自真心,没有刻意压抑,也没有刻意追求。没有分析原因,没有什么目的性,如此清脆直爽。

你可以说,这很傻,这不划算,这很无聊,这很做作。《喜欢喜欢你》的主人公则认为,从这份暗恋中获得了美好的感觉,已然足够。这或许不失为一种通透。

《喜欢喜欢你》唱到："曾多么多么甜蜜地偷看着你。"此处词曲唱会感染得听者也一同觉得衷心欢喜。在这段暗恋中，主人公虽没什么大的委屈和痛苦，但也有小小的惆怅。歌词中唱道："棉花糖在口中融掉，得我明白那滋味。"棉花糖一碰到舌尖就化掉。甜甜的，又好像空空如也；空空如也，却仍是甜甜的。这句也许是关于"自生自灭的暗恋之心境"最好的表述。这句在整首歌明快的基调上轻绘了一丝暗影，增添了一点情绪上的层次感。

我觉得，这首阳光简单的歌曲最适合在户外的音乐节上演唱。午后，万里晴空，青草地。干练的短发，穿一身简单的 T 恤和牛仔裤，青春洋溢。就这样抱着吉他轻吟浅唱……

暗恋犯们，去自首吧

郑国江作词、张国荣和陈洁灵演唱的《谁令你心痴》，是暗恋题材的歌曲里面比较特别的一首。写暗恋的歌一般都是呈现其中一方的心思，这首则是通过男女对唱的形式平行地呈现双方的情意，而且是郎有情妾有意。是港乐对唱歌曲中很经典的一首。

曲子是翻用的日本歌曲，为日本作曲家小林明子的成名作《恋におちて（坠入情网）》。《恋におちて》1985 年问世，《谁令你心痴》1986 年问世。港乐老歌翻用日本的曲子，是一个比较普遍的现象。

郑国江的这首词，基本沿袭了日本原词的大意和一些句子，包括其中那句令人印象深刻的英文词："I'm just a woman fall in love!"只是把女声独唱改成了男女对唱。所以算是一首改编词。歌词不事雕琢，胜在情怀纯挚，唱起来朗朗上口，落落大方。

《谁令你心痴》的对唱呈现的不是双方的对话，而是双方尚未说出的心意。女方唱道："Darling I want you，你竟不知。热烈似火情意会狠狠将我烧死。……但我的心情你应该知，遇着了心头爱，却不知怎去开始。"女方的抒情比较热烈直接。男方虽也表现了对女方的爱悦，但更多地表现为观察揣测女方的情意。这并不是说，歌中暗示，女方要爱得比男方多。我推测,因为日文版纯是抒写女方的情意,粤语版据此改编,就顺势仍以呈现女方的情怀为主体。张国荣的中低音内敛、温暖、细腻、体贴,衬着陈洁灵情意激荡的声线款款摇曳。让听歌的人觉得,这个女人可以放心,她的每一寸痴心都不至于失落无着,都将得到心上人最好的珍惜、呵护。

这首歌的结局是,男方确定了女方对他的诚意,打算报答佳人的一片痴情。有意思的是,最终男方幽默而谦恭地坦白情意后,想逗女主人公也柔情尽吐,女方反倒害羞说不出口了。真是写尽恋爱中的女人的情态。听起来很幸福的一首歌。

《谁令你心痴》呈现了由暗恋经过观察揣测到表白这个过程。而黄伟文作词、古巨基演唱的《其实我…我…我》中,主人公正卡在打算向暗恋对象表白的这个坎儿上。

张佳添作的这首曲子给黄伟文出了一个不大不小的难题,当然黄伟文也勇敢接招了。黄伟文在他的精选集《Y100》的歌词本上发表了创作谈:"这旋律重复的小节太多,好难填。所以唯有'狠施毒手'把歌曲的主人公设定成口吃的。"主人公口吃的毛病其实是相思病的并发症。具体说来就是,暗恋某君,想表白,话到嘴边,却又吞吞吐吐。黄伟文真是太聪明了,采取这种设定的话,就可以让一些不完整的只言片语断断续续反反复复了。比如,这首歌的开头写道:"其实我,想讲清楚,想讲清楚,想讲清楚,该怎说好?"这首歌词大体由这类重叠反复的短句组成。齐整中又有穿插变化,错落有致。

歌中还为主人公的口吃做了妙喻:"仿佛似一张未完电报,只可以收到中断的信号。"主人公吞吞吐吐的态度,就像电报的信号不连续完整,所以没法让对方顺利破译自己想说的话。我想黄伟文之所以会写出这句,大概是由旋律的节奏联想到老式电报机"滴滴滴,嗒嗒嗒,滴滴滴"的声音吧。还有那句:"想给你下集剧情预告,偏偏却打出古怪的暗号。"令人忍俊不禁。古巨基的声线自带一种阳光大男孩的气质。可以想象出,主人公本来整天一副百无禁忌、爱说爱笑的样子。遇到真爱却紧张害羞得不得了,想好好生生表白偏说出令人莫名其妙、哭笑不得的话来。那副搔首踟蹰的样子，可爱极了。

我觉得吧，正因为《其实我…我…我》讲的是一个人吞吞吐吐不知怎么表白，所以这首歌特别适合吞吞吐吐不知怎么表白的人拿来表白。所以，有心仪姑娘的男士，不妨学一下这首歌。暗恋犯们，大胆去自首吧。但是我要先做个免责声明：《其实我…我…我》的表白效果并未经过真人实验。如果有人用这首歌表白失败，请恕我无法负责，且古巨基先生、黄伟文先生、张佳添先生也概不负责。

在红茶馆重新发现潘金莲

周礼茂作词、陈慧娴演唱的《红茶馆》也是一首写表白暗恋的歌曲。它曾获得1992年的香港十大中文金曲。这首歌的特别之处在于，女主人公完全不像其他暗恋题材的歌曲的主人公那样像朵"羞答答的玫瑰静悄悄地开"，而是非常昂扬自信的。

女主人公和她的暗恋对象在红茶馆喝茶。她注意到，红茶馆里都是情侣呢，这样的氛围让她很开心。她觉得，她和他也像一对呢，就应该是一对啊。她把自己喝过的红茶推给他喝。她觉得，她的唇印在杯上，然后他再喝，就好像他俩在间接亲吻一样。

她望着他的目光脉脉含情。她很大方，他却害羞了，眼睛不知该看哪儿好。可她没有让他从这种窘境解脱出来，反而半开玩笑地追问他是不是在想女朋友，又佯装惊奇他没有女朋友，并提示他，可能有人喜欢他而他不知道。询问关于女友的这一节，歌曲里采取的是念白形式，但不是通过双方的一问一答，只是通过女主人公单方面的台词来让大家了解整个问答的情况，简洁巧妙。

对比《红茶馆》和《如果你知我苦衷》这两首歌的主人公，我们发现二者的性格真的很不一样。《如果你知我苦衷》的主人公被自己的暗恋对象开玩笑问起为何发呆，是否在想谁，都不敢坦白；《红茶馆》的女主人公则处处主动出击，自己来问暗恋对象是否已有女友，并暗示情意。

然而，《红茶馆》的女主人公无奈地发现，暗示得那么明显，对那"呆头鹅"仍然不管用,要说得再明白一些。她娇嗔道:"似你这般未领会心中爱恋,惩罚你来后半生保管。"真是直白、幽默!暗恋者一般姿态谦卑,《红茶馆》的女主人公却是一种女王姿态的娇嗔。其实女主人公早就知道,她何尝不是面前男人梦寐以求的女人?所以她才能够这样说话吧。女主人公身上的那种气场、端庄、从容、真诚、慧黠,几乎一开始就注定这个故事会有个美好的结局。果不其然,他们顺利在一起了,十分甜蜜。

话说《红茶馆》这一幕,让我乍听之下,觉得似曾相识。细细回想,原来和《水浒传》中潘金莲挑逗小叔子武松的场景如出一辙,虽然这个联想有点囧。

大家不妨一边听《红茶馆》一边读《水浒传》的第二十四回。潘金莲置了一桌酒菜单独请武松吃,可对应于《红茶馆》中二人在红茶馆约会。潘金莲先是试探着问武松有没有在外面养着女人,可对应于《红茶馆》中女主人公试探男主人公是否有女朋友。武松觉得尴尬,低下了头,可对应于《红茶馆》的男主角假装望窗外。最关键的,潘金莲筛了一盏酒呷了一口,递给武松说:"你若有心,吃了我这半盏儿残酒。"可对应于《红茶馆》中,女主人公把自己喝过的红茶给男主人公喝。

我不知道,周礼茂写《红茶馆》是否有参考《水浒传》中潘金莲的桥段。或者我们可以说,古往今来,调情的套路何其相似。

我把《红茶馆》比附于潘金莲的故事,绝非嘲谑。一边听《红茶馆》一边读潘金莲的故事,反而觉得有些替潘金莲心酸。《水浒传》中,美貌的潘金莲本是大户人家的使女,主人家要调戏她,她不从。就被主人使坏强行嫁给长相抱歉且无智慧和情趣的武大郎做媳妇儿。当然武大郎也有被爱的权利和可爱的地方,比如他善良、勤劳、踏实,但被包办婚姻的潘金莲不爱武大郎也很值得理解。

潘金莲瞧不上武大郎,自觉所托非人,就想通过偷情来发泄她的不满和不甘。直到她遇到一个让她爱慕的男人——勇武俊朗的小叔子武松。作为武松的嫂子,她的示爱只会让武松感到鄙夷、厌恶、气愤。不敢说她对武松有多爱,她的人生没有契机让她相信爱、学会爱,也许她觉得相信色欲更加实际。

如果说《红茶馆》和潘金莲挑逗武松的故事区别在哪里，我想借用2015年末那句网络流行语：主要看气质。《红茶馆》的女主人公表白自己的暗恋时，充分展现了大家闺秀的气质：胸有成竹而来，终成眷属而归。这首歌听起来也让人感到愉悦而美好。而潘金莲向武松表白暗恋呢，方式则显得比较粗俗和猴急：自以为得计而来，恼羞成怒而归。这一节读起来，会感到作者有意识地引导读者和他一起去唾弃潘金莲。也许归根结底，还是因为潘金莲命不好，虽然这有个体偶然性的原因，但更不能忽视时代的因素——封建社会对女性的压迫、束缚、轻视，使她们不被允许去选择自己的婚恋。即使被迫嫁给一个她不喜欢的人，还被社会要求恪守贞洁。

如果潘金莲生在好一点的时代，以她的自身条件，她去向一个好男人表白暗恋时，很可能是像《红茶馆》这样体面而幸福的场景呢。

暗恋是种少男少女的情怀

暗恋往往发生在人的少年时期，所谓情窦初开的时期。青春期的荷尔蒙让人对某个人产生新鲜朦胧的好感。少年人比较单纯、天真、感性，不太会把感情和现实的问题联系到一起。也缺乏经验，比较害羞。喜欢了也不知怎么办才好，好像也不必怎么办。这就造成了很多少年时的爱情只是暗恋。而且既然年纪还小，也还有时间和心境从容暗恋。

少男少女和暗恋这种事情是多么相宜啊。港乐里面，写"少男少女之暗恋"的歌中，我最想讲的是林夕作词、Twins演唱的《恋爱大过天》。

2001年，蔡卓妍（阿Sa）和钟欣桐（阿娇）两个20岁左右的女孩组成了Twins，以双生儿设定亮相。哟，这两个俏丽的女孩，能在舞台上一边侧手翻一边唱歌呢，听着看着都十分可喜。青春无敌的她们一出道就红了，打破了"香港女子组合"不能红的常规。

《恋爱大过天》是Twins的代表作之一，出自她们的首张专辑《爱情当入樽》。可谓是港乐中写少女情怀的第一佳作。"恋爱大过天"，歌名的口吻夸张、稚嫩、真挚、纯粹，非常有少女风味，且这种语法很粤式，港味儿十足。

歌词一起笔就很细腻："学业要紧，我会小心。喜欢的他却在走近。聊聊天更比考试更专心。"女主人公还是中学生。她不小心喜欢上了一个男同学，发生了所谓的早恋。她既怀着新鲜的欢喜，又拼命提醒自己留心学业，注意力却情不自禁被他吸引。这细小的挣扎非常可爱。这种朦胧的情愫说不清却分外迷人，带着糖果气息："想不想也日夜怀念，连甜梦也不够甜。"最终女主人公决定："忘记有益的格言，自动掠过他眼前。怎么闪，同学始终会遇见。"忍不住装腔作势频频从暗恋的男生面前经过，好多看他几眼，也增加被他看见的几率。有时双方觉得不好意思了又会躲闪一下。但这躲闪也避免不了遇见。或者闪着闪着正好阴差阳错地在某个楼梯口又迎头撞上，这时有可能两人都尴尬地愣住几秒然后一同哈哈大笑起来。词人很体贴这种少女情怀："少女爱暗恋本是自然。……不应该也难改变。"以后当然存在很多变数，但这毕竟是一个重要而美好的人生阶段。

古典诗词其实也写过怀春少女想要引起男子的注意或回避男子的细节，可与之共参。比如唐代诗人李端写的《听筝》："鸣筝金粟柱，素手玉房前。欲得周郎顾，时时误拂弦。"筝女为了让那位精通音乐的男子看自己一眼，常常弹错音。这和《恋爱大过天》的女主人公都是想引起某个人的注意啊。还有唐代词人皇甫松的《采莲子》："船动湖光滟滟秋（举棹），贪看年少信船流（少年）。无端隔水抛莲子（举棹），遥被人知半日羞（少年）。"也是写少女想引起少年注意，大胆又羞怯。晚清词学大家况周颐在《餐樱庑词话》这样评价这首词："写出闺娃稚憨情态，匪夷所思，是何妙笔乃尔！"这句移用来评价《恋爱大过天》也极恰。还有宋代女词人李清照的《点绛唇》："见客入来，袜刬金钗溜，和羞走。倚门回首，却把青梅嗅。"写的是少女的闪避。见到客人来，惊惶地走避，鞋也来不及穿，穿着袜子就跑，金钗掉了也不管。却又靠在门边，嗅着青梅回头偷看。避客是害羞，但嗅着青梅回头偷看又似暗含宛转情思。这情思也像青梅一般青涩，没有太多复杂的东西。这些例子表明：时代不同了,少女怀春的表现,却颇有共通点:有时想引起注意,有时又想躲闪回避。

《恋爱大过天》这首歌后来还有一个续篇,叫《大过天》。依然是林夕作词、Twins演唱。歌中的心态也像是长大了或者说老了十岁似的。《大过天》不仅歌名脱胎于《恋爱大过天》,内容也在照应,甚至可以说在解构《恋爱大过天》。《大过天》讲的是人成熟了更淡定了,不再一惊一乍地说什么"大过天"。明白了世事无常,学会了自立自强。是呀,这十年Twins也饱尝了酸甜苦辣。她们自出道就一路顺风顺水。深受大众喜爱,亦获得众多奖项,甚至一度成为亚洲最红的女子组合。然而,2008年,阿娇卷入"艳照门"事件(其实我觉得这事儿她蛮无辜的),人气直跌,而这也成为Twins解散的导火索。后来两人各有发展,也有合作,却无复当日的辉煌。《大过天》这首歌,应该也仿佛Twins这十年来的心路历程吧。从《恋爱大过天》到《大过天》,好像从甜美的伊甸园跌入了冷酷的现实人间。《大过天》的歌词内容其实也都在理,且不算消极,但这首歌的听觉效果却有些沧桑和颓唐,让人不禁唏嘘。我仍然怀念《恋爱大过天》那种青春无敌的气势。

Twins的歌,还有好些具有暗恋元素,比如:《明爱暗恋补习社》《女校男生》《爱情当入樽》《我们的纪念册》。

《明爱暗恋补习社》为黄伟文作词。呈现的是课堂上的七嘴八舌,听起来就像一窝叽喳的小云雀,俏皮有趣。歌中的少女们在学习各门课程时都会联想到暗恋的男孩。歌中总结道:"问爱恋易学难精可否恶补?……若爱恋亦是成人班必修一课,盼望能提前共我探讨。"这里说爱恋是人生中重要且不易的课程,口吻虽然充满顽皮,但不无深刻。令我想起《牡丹亭》中,杜丽娘在闺塾学《诗经》而触动情肠。二者不妨共参。杜丽娘读了《诗经》中的情诗感慨道:"古今同怀,岂不然乎!"然也。忽略一些表面的差异,杜丽娘上的闺塾难道不也是一个"明爱暗恋补习社"?《明爱暗恋补习社》中的女生们又何尝不是一个个"杜丽娘"?

《女校男生》为林夕作词。讲的是一对要好的姐妹淘,同时暗恋一个插班生,于是生出一些微妙的猜忌和别扭来,但这不妨碍她们依旧要好:"提及他,连喉咙亦会沙。……但说到他唇上已发烧,你我突然静了。"这些细节描写少女暗恋的兴奋、紧张、敏感,非常到位。歌中还信笔写了少女间的私房话,比如聊八卦、时装等,也活灵活现,娓娓动人。

《爱情当入樽》为黄伟文作词。灵感来自著名日本动漫《男儿当入樽》(内地译名为《灌篮高手》),写的是少女仰慕男生在篮球场上的英姿。虽然取材动漫,但这首歌可以说也很有真实感,因为在中学,篮球打得好的男生确实特别受女生青睐。在歌中,整场球赛,少女眼里只有她心仪的那位球场健将:"球场里追逐,从来没有人,这么耀眼。我景仰眼神擦了板。"他阳光而冷峻,奋勇追逐又沉着专注。在他上篮那一刻,她觉得简直酷炫到令人睁不开眼。她兴奋地为他打气,希望能和他交换眼神中的电流。黄伟文的确很会捕捉校园篮球场那种热烈的氛围感,并完美模拟了少女看男生的视角。

《我们的纪念册》为林夕作词。讲的是中学毕业时的情景,应该说是华语歌曲中最经典的毕业歌之一。歌中写的是综合性感触,也包括一些轻浅的暗恋:"从前怎偷看校草,才深深悔恨常常迟到,他给我们支撑过每个清早。"令人忍俊不禁,可以脑补睡眼朦胧的小女生靠看帅哥养眼提神的情景,当然这句有半开玩笑的成分。其实古代也有两个著名的写少女偷看帅哥的典故:一个是"窥宋",一个是"窥帘"。"窥宋"意为"偷窥宋玉",宋玉是战国时期楚国著名的帅哥才子,他的名篇《登徒子好色赋》里说:我有位芳邻是倾国倾城的大美人,在墙头偷窥我三年,我都不为所动。好吧,这个充满自恋的故事有点囧,而且文学性远大于真实性吧。但"窥宋"却成为了表示女子爱慕男子的最著名典故。"窥帘"的典故讲的是西晋权臣贾充的小女儿贾午在门帘后偷看小帅哥韩寿的故事。看来少女爱偷看帅哥,自古如此。

盘点着这些歌,很想感慨:多么令人怀念的青春时光,多么令人怀念的 Twins 全盛时期。Twins 当红的时候,我正好读中学。还记得买过她们的磁带,还记得班上的男生争传过她们的海报。我觉得,Twins后来衰败的根本原因在于,青春少女风是她们的卖点,而随着年龄渐长,她们总不能一直延续青春少女的风格,总会面临一个转型的坎。而这个转型很可能不太成功,果然不成功。尽管香港音乐界泰斗级人物黄霑曾说 Twins 不会唱歌,尽管有很多人认为喜欢 Twins 的歌显得品位不高,我仍然认为 Twins 的歌在港乐中非常珍贵,是港乐中不可磨灭的经典。如果你听多了港乐就会发现,港乐情歌的心理年龄往往偏成熟,少有什么青春校园风味的,Twins 的歌恰恰填补了个缺口。你若想听港乐中清脆、简单、纯挚、娇稚、有校园风味的少女情怀,那么就听 Twins 吧。Twins 的歌,好像替我们在这个远非完美的人世中,保存了一颗永远的少女心,一种关于爱情的初心。

讲了少女情怀,又怎能不讲一下少男情怀呢?写少男情怀的歌曲虽少,却还是有的。王车公作词、梁汉文演唱的《太太!太太!》可谓港乐中写少男情怀的一首代表作。《太太!太太!》的作曲人叫神棍人,不知什么人起这样一个花名,有点像在村屋跳大神的感觉。但你听了这首歌就会发现,它给人的感觉就像是王车公和神棍人这两个名字给人的感觉。

如果说《恋爱大过天》有种校园风味,那么《太太!太太!》则可以说有点市井气、痞子气,是种可爱的市井气、痞子气,阳光而奔放,并无令人不舒服的猥琐感。如果说《恋爱大过天》有种很粉红的羞涩、内敛和梦幻在,《太太!太太!》则有更外露的荷尔蒙气息。不,我不是说《太太!太太!》有关于性爱的语言,营造荷尔蒙气息有时并不需要关于性爱的语言。歌词一开头写道:"十四岁的世界已经想作怪,我十五岁半渴望有大人牌。十八岁到了直情想嗌,够廿五的那晚要你做我的太太。""大人牌"是香港对身份证的一种叫法,这种叫法突出了身份证是小孩变成大人的一种象征。"嗌"在粤语里是大叫的意思。这些粤语土话有生动的表现力。这几句歌词讲的是男孩在青春期很想长大,并产生了朦胧的性意识。"想作怪"的这个表达很可爱,尤其是配上梁汉文一惊一乍的演唱。十八岁就想娶老婆,并大声宣告二十五岁时想娶某人为太太,也让人觉得好逗。

我们不禁好奇,这个小屁孩儿想娶的到底是何许人也?把歌听下去会觉得更逗了:"十四岁碰上你我呼吸变快。我十五岁看见你挽着个大男孩。十八岁远远望你迷人姿态。……从没去计较你有五十个大男孩。"原来啊,这姑娘和他并无什么交集,只是他远远瞻望暗恋的梦中情人。"呼吸变快"这个细节抓得很好,是少不更事的男孩初次体验心动的感觉。对方应该是一位面容姣好、身材曼妙的姐姐。这姐姐有男朋友,也许不只一位男朋友。"五十个大男孩"这种夸张的写法令人忍俊不禁。这姐姐和别人谈情的画面或许更让她在主人公心中增添了风韵和神秘感,让主人公更加憧憬爱情。他觉得这姐姐就是他的女神,就是他想娶的人。他期望自己长大后有勇气向她告白。这番情景描写颇有香港喜剧电影的风味。不知道男孩们在长大的过程中是否都有暗恋过一位成熟美丽的姐姐?

我庆幸你没有爱上我

林一峰作词作曲并演唱的《红河村》也是一首写少男暗恋情怀的经典之作。歌名让人联想起著名的加拿大民谣《红河谷》。《红河村》的旋律就是由《红河谷》的调子引入。《红河谷》这首歌大概在林一峰少年时非常流行,于是他想着用这样的调子营造一种少年时期的氛围感,歌中还穿插了隐隐的童稚的嬉闹声。

这首歌词文笔细静、沉着、放松,是本章提到的歌曲里面歌词细腻度最高的。情怀温暖、纯净、诚恳,仿佛和风煦日。前面提到的那些歌曲的歌词,就像是一种对人情世故的技法高超的摹写;而《红河村》的歌词,则格外让人觉得是从主人公的人生和真心里一点点流淌出来的。虽然《红河村》的基调一直很平缓,并无刻意制造任何情绪的高潮,却很动人。《红河村》里的少年情怀由两部分组成:一是对大世界的向往,二是对某人的暗恋。

《红河村》里的景语颇多,没有刻意把风景写得美,却有种真实自然之美。这些景语毫不做作,但也绝非无意义的闲笔,它们很好地传达了主人公的心理活动,正所谓"一切景语皆情语"。歌词一开头写道:"看小小窗框中的海阔天空,露台灰灰的,汽车声整天骚动。"于是呈现这样一幅画面：一个小地方的少年，带着一点点土气、文气、稚气。他透过家中或学校教室里的小窗向外望去，虽然看到的只是日常的庸碌，他的视线却随着天空延伸到那未知的远方。日子布满尘埃，但他的心随着开往远方的汽车声骚动，载满华丽的梦想。接下来歌词又写到了离家不远处的机场，飞机和汽车同是沟通此地和远方的交通工具，而对于少年来说，飞机又比汽车指向更开阔辽远的天地。

歌词接下来又写："榕树下看不懂所有棋局，笼中相思雀很想飞远方。"农村的榕树底有人下棋，有人围观，是幅经典而美好的图画。主人公看不懂棋局，既是说不懂棋，也似是在说主人公还不懂人世间的机心。还走不出家和校园的他像笼中雀一般，憧憬着远方更广阔更自由的天空。而将少年的主人公比作"相思雀"，又似暗示主人公心中藏有情思。

下一句歌词则将这份情思点得更透："红河村中布满心事，不要走得这么匆忙，夏去秋又来记着会有几个？""布满心事"这一形容很妙，少年的情思系在某某的身上，于是这座红河村仿佛因为那个人的举手投足，穿梭来去而布满了细小温馨的辙迹。令主人公既向往远方，又无比留恋此地。而红河村布满的又何止主人公的心事，不知是多少人的青春心事呢？只是，这些心事往往会在时光中渐渐消褪。

歌词接下来写道："骑单车大埔奔向大尾笃，乘巴士火车都多么远，真好。沿海的每寸公路通向市区的心脏，距离有时我更加向往。"距离产生美，距离唤起渴望，因为还没到达，还没触碰，所以有时间和空间幻想。嗯，路途不妨远一些，这样可以有更多的时间遐想，多么惬意。"每朝七点车厢中我开始心跳加速，阳光班房有坐窗边的你可偷看。""班房"是香港对"教室"的一种叫法。哦，原来让主人公产生向往的原因是去到学堂可以见到某人啊，从坐上车就"心跳开始加速"这种描写也极可爱。偷看某人这一情节让人联想到林夕作词、Twins演唱的《我们的纪念册》中偷看校草的情节。偷看暗恋对象真是校园恋情的经典场景。我喜欢林一峰在这画面上洒满阳光。

主人公的思绪逐渐从对往事的回忆拉到了现在。曾经，他在红河

45

村仰望飞机；如今，他在刚起飞的飞机上遥望红河村的灯火，感慨行色匆匆。他好奇自己曾经暗恋过的人过得怎样，心里对之充满美好的祝福。最后，他说："我庆幸你没有爱上我。"这种立意极其罕见，写暗恋的歌曲一般只会抒发得不到某人的惆怅之情。但这种"庆幸"并不带有任何尖刻的意思。只是在说，因为你没有爱上我，所以我们没发生情感的纠缠就匆匆错失，于是我没有为你留在此处，也没有和你互相伤害后才各走各路。于是我也如儿时的梦想去拥抱更广阔的天地，虽然节奏快，有些累，但我喜欢现在这样的自己。我回想起你，回想起当初对你的喜欢，那份没被开封的暗恋，仍是纯纯的、阳光的美好。这句词写出了一种很真挚的人生体悟，或许能引起很多人的共鸣。有一些暗恋，就是因为无缘变成相恋，才促使一个人走上了一条更适合自己的路。

躁郁症和尴尬症

香港组合 My little airport 的《只因当时太紧张》也是一首写暗恋的歌曲。这个组合由林阿 P（林鹏）、Nicole（欧健莹）组成，前者作词，后者主唱。他俩在大学读书时组合出道。有人说，他们的风格是种"呛喉的清新"。《只因当时太紧张》和以上提到的歌曲的不同之处在于，它写的暗恋充满躁郁症和尴尬症，而非优美的深情款款。能触及这个层面，也体现了对人情世故的洞察力。

前奏一响起就令人如入一个呼呼碰碰的儿童游乐场。而主人公就似到了该长大的年纪还留连在儿童游乐场的古怪少女，不惮别人异样的眼光，自得其乐地缩着脚在玩儿童碰碰车的那种。她嘴里冒出的也是令人耳目一新、印象深刻的奇言怪语。

歌词起笔写道："只因当时太紧张，令你觉得我很异常。"非常喜感的一幕。这和《其实我…我…我》中的那句相似："想给你下集剧情预告，偏偏却打出古怪的暗号。"《只因当时太紧张》还有一句道："只因当时我太慌张，没发挥到我的擅长。"也非常逗。这是自我辩解还是自我安慰呢？好像在恨恨地说："我多么想好好表现，让那人看到我的优秀，却都弄巧成拙。正常发挥的话，可不是他看到的那种蠢萌的样子啊。都怪他让我心神不宁。"

女主人公与暗恋对象一点轻浅的接触，都能令她有丰富的感受："那次不小心掂了你手掌，令我觉得很有营养。"这句显示了女主人公小心翼翼的羞涩和窃喜。

女主人公眼中的他是怎样的呢："别人说你很嚣张，但是我觉得你很善良。……别人说你很嚣张，但是我觉得你很漂亮。"典型的"情人眼里出西施"嘛。哦，不，应该说："情人眼里出子都"。子都是古代著名的美男子。想起《诗经·郑风·山有扶苏》那句调情的话："不见子都，乃见狂且。"没有见到安静的美男子，只见到你这个狂妄的熊孩子。《只因当时太紧张》刚好反过来，别人说女主人公爱的是个狂妄的熊孩子，她偏说他是个善良的美男子。真是一片温柔执拗的回护之心。虽然相反，都是爱昵之语，读者可细味之。

女主人公希望和心仪男孩修得共枕眠。好不容易有机会一起逛街，却只是一起囧囧地逛了足球场和商场。女主人公又不好意思表白自己的爱意，只能自个儿落落寡欢。但有什么办法呢？只能如此了。回想起来，这份暗恋就是由尴尬症和躁郁症组成，然后莫名其妙不了了之了。

其 他

我想以方怡作词、崔萍演唱的《心恋》结束这一章。这是一首七十年代的经典老歌，徐小凤、蔡琴等著名歌手都翻唱过。《心恋》应该是本章提到的歌曲里听起来最轻松的一首了。

没有任何复杂的情节或复杂的理解方式。简单的少女情怀中有种老歌的沉厚优雅在。前文提到的 Twins 唱的那些少女情怀，歌词写作比较精细，而唱腔清脆单薄。二者可谓迥异其趣。

《心恋》唱道："我想偷偷望呀望一望他，假装欣赏、欣赏一瓶花。……虽然也想和他说一句话，怎奈他的身旁有个她。"女主人公暗恋一个名草有主的男人,深知此情无望。但歌曲的基调并不伤感,而是明快诙谐的。可以想象女主人公是个活泼阳光的萌妹子,那种想偷看却假装望别处的小心思非常可爱。

暧昧：陪着你天天在兜圈

暧昧是指爱情未清晰明朗的一种微妙状态。它闪烁明灭，若有若无。它源自单方或双方的情愫，但还没确立恋人关系。像不断在外围兜转，却始终触不到核心。这种状态有可能是恋爱的准备阶段，也极有可能永远都不会进入到恋爱阶段。

暗恋和暧昧也并非截然不同的两件事。暗恋也常常包含了暧昧的成分。当我们说这是"暗恋"时，我们强调的未表白。当我们说，是"暧昧"时，我们强调是其中让人猜疑的部分。所以上一章一些写暗恋的歌，比如《如果你知我苦衷》等，其实也可以归到这一章。

眼波才动被人猜

林夕接受过《鲤》这份文艺杂志以"暧昧"为主题的采访，其中有一番问答特别有意思。《鲤》问："谈到暧昧的时候，你脑海中浮现出来的形象是什么样的？"林夕答道："眼神。人与人之间的那种眼神。"这个回答简直太精辟了。都说眼睛是心灵的窗户，眼神或许透露了最真实的情感和想法。但眼神传递的讯号又不像语言文字那么明确，很容易发生误会。而且，传情的眼神若是有诈，又不会留下证据。于是眼神交织出扑朔迷离的暧昧氛围。

想起李清照《浣溪沙·闺情》的一句："眼波才动被人猜。"写闺情极宛妙。怀春少女低眸、抬眸、转眸、回眸，是否有情意流露？是喜是嗔是娇是痴是思是倦？是被情郎猜还是被闺蜜猜？而这猜测眼神的一幕，就是最经典的暧昧场景。

关于眼神传情，其实从先秦时代就开始写起了。见屈原的《九歌·少司命》："满堂兮美人，忽独与余兮目成。"目成，用眼神达成恋爱的约定。那个时代的人们就知道眼睛传情的功能，并有意识地运用，真是浪漫啊。这个好玩的词让我想起瑞业作词、梁静茹演唱的台湾歌曲《勇气》："只要你一个眼神肯定，我的爱就有意义。"

汉代司马迁的《史记·货殖列传》出现了又一个用眼神传情的词："目挑心招。"意为：用目光挑逗，用心神招引。一个比"目成"更显轻佻的词。

后来又演变出"目成心许"。见宋代词人贺铸的《浣溪沙》："目成心许两匆匆。"

还有个词和"目成"相似，叫"眼约"，顾名思义，就是用眼神达成的约定。见北宋词人晏几道的《南乡子》："眼约也应虚。"

今人说"会说话的眼睛"，古人也有类似的说法。叫"眼语"。不过，诗词里更常用的一个词是"眉语"，会说话的眉毛。眉毛眼睛都要会说话，正所谓眉来眼去嘛。见南北朝诗人刘孝威的《都县遇见人织率尔寄妇》："窗疏眉语度，纱轻眼笑来。"隔着窗棂的轻纱，修眉如语，笑眼弯弯，款款而来。非常朦胧曼妙。

宋代词人刘克庄的《清平乐》写眼神也写得可爱："贪与萧郎眉语，不知舞错伊州。"写舞女只顾眉飞色舞地与心仪的男子传情，连跳错了舞步都不知道。真是个萌妹子。

若论写暧昧眼神之美，要推南唐后主李煜的《菩萨蛮》："眼色暗相钩，秋波横欲流。"那个女人暗中用眼神勾人，她冷艳的眼波向人横溢着情思。挑逗中又不失镇静大方之气，这样的场景真是让人无法抗拒啊。

清代词人洪亮吉的《减字木兰花》也有写眉目传情的佳句："莫斗眉

梢眼角禅。""眉梢眼角禅"也许是古人发明的关于眉目的词语中最富妙趣的一个。那眉目间情意的传递、接收、猜度，不也是像在参禅斗机锋吗？

讲了这么多古人写的暧昧眼神戏，现在来讲港乐里的暧昧眼神戏。我认为写暧昧的最佳曲目是林夕作词、王菲演唱的《暧昧》，其中也点到了眼神："徘徊在似苦又甜之间，望不穿这暧昧的眼。……游移在似即若离之间，望不穿这暧昧的眼。"迷惑于一段朦胧的关系，想从所爱之人的眼里望出一个确定的答案，却是徒劳，于是充分体会到其中的甘苦。其实林夕还写过另一首《暧昧》，黄莺莺唱的，但不如王菲那首精警和动听。这首歌也将暧昧形容为："眼神之间，呼吸之间。"

魏绍恩作词、黄耀明演唱的《淫红尘》写道："眉目互扫，心波轻震。"则是形容风月场所中淫靡暧昧的氛围。人们熟稔地用眉目传递欲望，寻找猎物。

林夕作词、张国荣和辛晓琪演唱的《眉来眼去》则用了全部篇幅来写眼神戏。整首歌不妨用宋代词人晁端礼《洞仙歌》的那句概括："眼来眼去，未肯分明道。"乍听之下，觉得这首歌是将一些简单的话重重复复地唱。再一听，觉得重重复复中，还是有层次感的。歌中写道："眉来或是眼去或是看错，是真不想错过，假的怎可这么？"这句的心理描写很好，对方眼里的情意，逼真得让人发生一阵恍惚感，让人纠结于敢不敢相信。"即使多不清不楚，目光早亲吻我"这一句则非常甜蜜。这首歌其实是郎有情妾有意，充满细腻的温情。不过，这样不断地斗"眉梢眼角禅"也是有点让人看着干着急。不如及时听取清代词人董以宁在《凤凰阁·阁中》给出的建议："纵是愁难细说，说来防错。抵多少、眼酬眉酢。"他一针见血地指出用眼神玩暧昧太折磨人，不如开口说清楚吧！

陪着你天天在兜圈

上一小节说了，林夕作词、王菲演唱的《暧昧》是我心目中写暧昧的最佳曲目。真是句句都好，反复缠绵，却不粘腻，从头到尾没有破坏那种轻灵、曼妙、朦胧、飘忽的美感。让人感觉这歌主要不是想讲一个暧昧的故事,也不是想要说一套关于暧昧的理论,而是想以一种高度凝炼的方式捕捉暧昧的质感,并将之过滤提纯。王菲把这首歌唱得空灵、清鲜又带着微酸。

这首歌没有前奏,而是劈头就唱,一开腔有点让人猝不及防的惊艳:"眉目里似哭不似哭,还祈求什么说不出。陪着你轻呼着烟圈,到唇边讲不出满足。你的温柔怎可以捕捉,越来越近,却从不接触。"主人公渴望更加接近所爱之人,这种渴望让她隐隐作痛。想要抱怨倾诉又无从开口。不是被硬生生堵了回来,而是仿佛想说的话随着香烟的烟圈在空气中忘失于无形。这份情也像香烟,让失语的主人公沉醉、上瘾。林夕可谓善于运用意象,烟圈具有一种迷离、轻柔、兜转、飘渺、虚幻的质感,这正是暧昧的感觉。尤其是烟圈的粤语发音,其国语发音倒板滞些,没那么柔、飘、幻。和那人的关系,仿佛可以无限地接近,却永远触不到。对,暧昧就是这种接近极限的临界状态。

这段引子之后,歌词又从各个角度去咏叹暧昧的临界性,比如似苦又甜,似即若离,似浓还淡。对,暧昧就是这样摇曳不定的临界状态。歌中又唱道:"陪着你天天在兜圈,那缠绕怎么可算短?"好像从来都是在外围徘徊,好像从没真正走入这段感情,却又感觉已经是日积月累千丝万缕的情愫了。这个比喻就是"从未热恋已相恋"这句歌词的形象化。请注意"兜圈"这个比喻和前面"烟圈"那个意象在形态上也有相似处。

主人公不知道该离去还是该留下,这是一种"食之无味,弃之可惜"的鸡肋般的临界状态。林夕用了两个很美的比喻去形容这种状态:"茶没有喝光早变酸。……天早灰蓝,想告别,偏未晚。""茶变酸"是说还有相处的空间,却已经感到不是滋味了。这一句倾向于离开。"天早灰蓝"是说早已感到黯然,却还留恋和不甘。且还没到痛苦绝望非离开不可,也没有决裂的由头。这句倾向于姑且留下来。

宋代词人贺铸曾用"一川烟草,满城风絮,梅子黄时雨"来形容相思的无边迷茫的哀愁,历来为人激赏。而林夕用唇边的烟圈、已酸的残茶、灰蓝的天空来形容暧昧，也可谓入妙。

撒着糖霜的暧昧

如果说林夕作词，王菲演唱的《暧昧》是种有心无力的暧昧，那么黄伟文作词、王菲演唱的《怀念》就是种游刃有余的暧昧。前者带着点酸涩，《怀念》则像撒着糖霜。王菲演绎《怀念》的唱腔明显要比唱《暧昧》时甜美几分。《怀念》的女主人公在这段感情是占优势的一方，是具有主动权的一方，她享受这个暧昧的阶段。

《怀念》的女主人公接收到对方的爱意，感到十分开心。而她对他也是有好感的。但她还没有确定自己的心意，是不是真的想和他在一起。再加上她还有一点害羞，真在一起了会有点不知所措吧。于是她就觉得不如暂且停留在这个状态，矜持一点，放缓一下这段爱的进度节奏。再观察一下，感觉一下。

这首歌很会写女主人公的小心思。比如："搜索脑里未完的龃龉，对着空气，还击着你的问题。"会不自觉地、饶有兴味地想象和所爱之人进行的对白，这愣头愣脑的行为其实显示出主人公已然坠入了爱河。

又比如："不着痕迹，享受着与你的距离。……散落一地，断续的谜语。……翻来覆去，甜蜜的怀疑。故作神秘，延续着你的好奇。"真是"惯猜闲事为聪明"。其中虽有不安，却不失轻松惬意，也显出女主人公可爱的灵气。

想到他，她的嘴角都会笑得弯弯的吧。甜蜜在累积。也许，他们终将会在一起。

一时进一时退，保持安全范围

王菲演唱的《暧昧》用唯美的方式咏叹暧昧，林夕作词、陈奕迅演唱的《兄妹》却一针见血地点出：有时候，暧昧关系得以形成和维持，是有机心在的。

53

《兄妹》唱道:"对我好,对我好,好到无路可退。可是我也很想有个人陪。……一时进一时退,保持安全范围。这个阴谋让我好惭愧。享受被爱滋味,却不让你想入非非。"主人公是通常被人诟病的那种"玩暧昧"的人,但他也是顺水推舟,优柔寡断。他很感激她对他的好,不知道如何拒绝,也不想用拒绝来伤害她。同时,他也贪恋这种关爱,对她也有好感。但如果要说和她确立恋爱关系,因为不够喜欢或还有些现实的考虑,他又绝对不愿。一旦让她打消了这种成为恋人的妄想,他便很愿意对她展示近乎恋爱般的亲昵。这亲昵也发自真心,情不自禁。既然她对他也有感情。那么就这样继续下去,好像没什么不对,又好像什么都不对。

"一时进一时退,保持安全范围。"这句也解释了《暧昧》这首歌中为何会呈现出"陪着你天天在兜圈""越来越近,却从不接触"的状态。

《兄妹》主人公自嘲道:"我得到于事无补的安慰,你也得到模仿爱上一个人的机会。"看起来是各取所需,各遂所愿的:被宠爱当然很开心的,照料所爱的人也是甜蜜的。只可惜,并非一对真正的恋人,那种开心甜蜜,终是觉得隔了一层。

林夕既点出了其中的机心,但又对这不完美的情感关系给予了柔和而非苛刻的理解,指出它既善且恶的两面性,以及免不了的遗憾。

林夕作词、谢安琪演唱的《钟无艳》也是写暧昧的名作。歌中的主人公很爱对方,拼命对对方好,想和对方在一起。但对方既想继续得到这份好,又不肯爱她。很明显《钟无艳》和《兄妹》的故事差不多,但它是从女性角色的角度讲述的。恰恰谢安琪这位歌手又有"女版陈奕迅"之称。两首歌对照来听很有意思,两位主人公的进退兜转,犹如不见硝烟的情场战争。

《钟无艳》的主人公的苦意仿佛和《兄妹》的主人公的私心形成一种照应:"其实我怕你的好感基于我修养,其实最怕你的私心亏准我体谅。"《钟无艳》的主人公爱得可谓倔强:"没有得你的允许,我都会爱下去,互相祝福心软之际或者准我吻下去。"可是对方进退防守严密,滴水不漏,只想和主人公维持朋友关系。主人公只好叹道:"我甘于当副车,却没法撞入堡垒。"这场心战可谓不动声色地惊心动魄。主人公还想在情感的劣势中硬撑出一个好看的姿态："但漂亮笑下去，仿佛冬天饮雪水。"倔强如她，仍然决定爱下去："永不开封的汽水，抱在怀内吻下去。"主人公抱着这份永远无法真正开启的、孤独的依依的恋情，真有点楚楚可怜的感觉。

不过我终究觉得《兄妹》《钟无艳》这种歌听起来太累，还是更喜欢《暧昧》《怀念》这两首。

《钟无艳》的歌名其实是有典故的。钟无艳是古代著名的丑女，战国时期的人。她本名钟离春，因为是齐国无盐县人，在古代一般被称为"无盐"。"无艳"这种称法显然是取"无盐"的谐音，且寓意"没有美貌"。钟无艳作为丑女的著名程度，可与西施作为美女的著名程度有得一拼。有个成语就叫做"刻画无盐，唐突西施"，极言一个人分不清美丑。然而就是这个超级丑的无盐，做了一件惊世骇俗的事。她跑到齐宣王面前，说要做他的女人。齐宣王和小伙伴们都惊呆了，哈哈大笑起来。钟无艳究竟有何底气提出这样的请求呢？原来她是个大才女，说起天下大势、治国兴邦来头头是道。齐宣王和小伙伴们再次惊呆了。曾经沉迷酒色的齐宣王也被钟无艳的一番话点醒，打算改过自新、励精图治。齐宣王甚至迎娶了她为王后。在她的辅佐下，齐宣王把齐国治理得兴盛起来。民间对国君娶丑女仍然倍感不可思议，于是发挥想象力，将齐宣王和钟无艳的婚恋故事补充得更为狗血虐心。给齐宣王在钟无艳这位丑王后外还添了一个叫夏迎春的美王妃。请注意"夏迎春"这个俗艳的名字和钟无艳的本名"钟离春"形成一种对应。"离春"这个名字似在暗示钟姑娘是永远与春天无缘的，"迎春"则暗示夏姑娘到哪儿都能靠脸吃饭，迎接春天。据说，齐宣王在国家有危难时就去向钟无艳咨询、求助，而太平的时候就喜欢和夏迎春待在一起。于是便有"有事钟无艳，无事夏迎春"这个俗语诞生。所以"钟无艳"太适合用作歌名来写这样一种暧昧：有一种痴情而优秀的人，他所爱的人也愿意和他走得很近，但那人只会在有事时找他，只会不断向他索要关心和帮助，却不会给他爱恋。"有事钟无艳"则是对这种暧昧关系最好的概括。

香港似乎对钟无艳这个题材情有独钟,除了有谢安琪演唱的歌曲《钟无艳》,还至少有以之为题材拍过三部电影和一部电视剧,分别是:1949 年的电影《齐宣王与钟无艳》、1955 年的电影《有事钟无艳》、2001 年的电影《钟无艳》和 2012 年的电视剧《东宫西略》。都采取了钟无艳、齐宣王、夏迎春这种三角恋的套路,都是有趣且结局美满的喜剧片。我怀疑,加入夏迎春这个角色和钟离春形成强烈对比,其实始于香港影视界的幽默创意。

梁启超和陈奕迅的《兄妹》

暧昧关系有时被比喻为兄妹关系,或暧昧的两人以兄妹相称。上一节提到的《兄妹》和《钟无艳》均体现了这一特点。《兄妹》本来就以"兄妹"为题设譬,歌词说:"不能相爱的一对,亲爱像两兄妹。"《钟无艳》的歌词也写道:"难怪注定似兄妹一对。"为什么会存在这种现象呢?我想大概是因为,兄妹足够亲密,又具有不能婚恋的伦理禁忌。于是以兄妹相称或设譬,最贴切于这种无奈的情形。好玩的是,每年情人节时,都会有很多单身的家伙这样调侃道,会送出"祝普天下情侣终成兄妹""祝普天下情侣都是失散多年的兄妹"。

若要论华语乐坛写兄妹式的暧昧写的最经典的作品,那就要数梁文福作词、孟庭苇演唱的台湾歌曲《你究竟有几个好妹妹》了。它讲的是:一个有些魅力但感情生活混乱的男人,跟许多女人好过,但这些感情都没修成正果,都变成"兄妹"了。歌曲是以这个男人的其中一个"妹妹"的口吻写的。主人公哀叹道:"你究竟有几个好妹妹,为何每个妹妹都那么憔悴?你究竟有几个好妹妹,为何每个妹妹都嫁给眼泪?"主人公含蓄地谴责这个男人是否在享受这种"亏欠的陶醉"。

其实兄妹式的暧昧并不是一种现代才有的现象,古已有之。最典型的是《西厢记》:本来莺莺的母亲和张生约好,假如张生能化解飞贼抢亲之围,就把莺莺许配给张生为妻。张生果然解决了飞贼的问题,但莺莺的母亲却临时变了卦。她设宴款待张生,席上命莺莺:"小姐近前,拜了哥哥者!"即是想让莺莺和张生兄妹相称,好用这种软性的方式回避、推脱掉婚约。

最好玩的是,近代学者梁启超作品中竟有一首"诗词版《兄妹》",这和他本人的八卦有关:梁启超年轻时曾到美国的檀香山。在那里,他与一位志同道合的何女士情愫互生,几乎不能自持。但梁启超那时已经有了贤惠的妻室。在那个尚能娶妾的时代,梁启超率先和人倡导一夫一妻制,怎好自己破例?只好克己复礼。他于是写了《纪事二十四首》来纪念这份情事。其中一首就是我说的"诗词版《兄妹》":"含情慷慨谢婵娟,江上芙蓉各自怜。别有法门弥阙陷,杜陵兄妹亦因缘。"脉脉含情仍然毅然谢绝佳人的美意,我们只能像江上的两朵芙蓉那样各自自怜。还好有办法弥补这个缺陷,我们做一对因诗文结缘的兄妹其实也蛮好。还有一首的起句写道:"华服盈盈拜阿兄。"这盛装拜兄的一幕,颇有模仿《西厢记》的范儿。这个故事的后来呢?梁启超中年和妻子的陪嫁丫鬟有染,并娶之为妾,亦是贤妾。再后来呢,梁启超的妻子去世后,何女士来找过他有再续前缘之意,被梁启超拒绝。当然,人对婚恋的看法会随着年龄改变很正常,这里绝无苛责梁任公的意思。只是通过这个后续,我们能看到一些人情世故中很微妙的东西。

以朋友为名进行的暧昧

当然更多的暧昧是以朋友的名义进行的。《钟无艳》中,既用了"兄妹"这个元素,也用了"朋友"这个元素。歌词写道:"得到好处的你,明示不想失去绝世好友。""不想失去绝世好友"有两层意思:一是不想变成恋人关系,二是继续保持密切的关系。

施人诚作词、S.H.E演唱的台湾歌曲《恋人未满》是写"友情和爱情的暧昧"的经典之作。它讲的暧昧不是故意"搞暧昧",而是处于友情和爱情的临界状态:"友达以上,恋人未满。甜蜜心烦,愉悦混乱。我们以后,会变怎样?我迫不及待想知道答案。再靠近一点点,就让你牵手。再勇敢一点点,我就跟你走。……不过三个字,别犹豫这么久。只要你说出口,你就能拥有我。"简单大方的词句充满了少男少女青涩的情愫,姑娘在催促男生向她表白呢,可谓《诗经·召南·摽有梅》那句"求我庶士,迨其今兮"的现代版。

友情和爱情暧昧吗？

友情与爱情，一个很老套但又说不尽的话题。现代情歌写到这个话题一般是在谈论某种暧昧，关于某某和某某是否有一腿的问题，或是谈论关系名分的转化问题，或是谈论两种情感类型的价值序列问题。古人诗词中爱情和友情的暧昧却体现在，古人对友情的写法和对爱情的写法在很多方面极为相似，古人笔下的友情之深挚往往不亚于爱情。

现代流行歌中的友情与爱情

现代流行歌中写友情与爱情一般有这样三种思路：

①搞暧昧。如上一章提到的《钟无艳》。

②友情与爱情的互相转化。写友情即将转化为爱情的代表作是上一章提到的台湾歌曲《恋人未满》。写爱情转化为友情的最经典表述见林夕作词、陈奕迅演唱的《十年》："十年之后，我们是朋友，还可以问候。只是那种温柔，再也找不到拥抱的理由。"

③友情与爱情的价值序列问题。比如黄伟文作词、陈奕迅演唱的《最佳损友》："奇就奇在，接受了，各自有路走。却没人像你，让我眼泪背着流，严重似情侣讲分手。"主人公和那位"最佳损友"决裂时，就像恋

人分手般难过。林夕作词、Twins演唱的《朋友仔》讲的是少女间纯真可爱的友情，那些小小的争吵、妒忌更加让她们懂得包容和珍惜彼此："原来朋友仔感情再天真，亦是我永远也会爱惜的人。……原来朋友比恋人更高分。"还有姚若龙作词、范玮琪演唱的台湾歌曲《一个像夏天，一个像秋天》："遇见一个人然后生命全改变，原来不是恋爱才有的情节。如果不是你，我不会相信，朋友比情人还死心塌地。"观察这些例子，可以发现现代流行歌隐含的一个关于人性的基本假设：爱情一般要比友情深重。所以当一份友情深似爱情时，这是值得惊叹的。

古典诗词中友情和爱情的"暧昧性"

在古人那里，"爱情一般要比友情深"这种隐含假设是不存在的，古人会自然而然地写那种深挚亲密到好像爱情的友情。这又和今人笔下"超过朋友，恋人未满"那种模糊暧昧又完全不是一回事。它非关情欲，不是同性恋，而是基于精神世界的投契自然而然地产生的一种亲密感。你若要问，古人写友情用了多少类似爱情的写法？太多了！这里择要盘点一番：

①同床共寝

现代流行歌词如果写一起睡觉这种情节，都是在写情人，总之不外乎爱欲题材。但是古典诗词则津津乐道好朋友一块儿睡觉。比如杜甫的《与李十二白同寻范十隐居》就如此描写他和李白以及范居士的亲密友谊："醉眠秋共被。"宋代大诗人黄庭坚的《次苏子瞻和李太白浔阳紫极宫感秋诗韵追怀》："往者如可作，抱被求同宿。"他在怅叹，如果李白和苏轼还活着，很想抱着被子去和他俩一起睡。

唐代诗人长孙佐辅写的《别友人》更是痴缠："谁遣同衾又分手，不如行路本无情。"居然很像林夕在《缠绵游戏》写的和爱人有了肌肤之亲后分手的惶惑痛苦："缠绵游戏过后，为何能舍得放手？"如果抽离了古代的文化背景，纯用今人的眼光来看，真的是暧昧满满。

探询古典诗词为何会习惯性拿同床共寝这个细节来写友谊，或许要追溯到汉代的典故：有一个叫姜肱的人，和他的两个弟弟关系特别好。就算他们结了婚，也不忍和兄弟分开睡，就做了一床大被一起睡。虽然这个故事在今人的眼光看来非常囧，但是思无邪的古人却都对之赞叹不已，于是就竞相沿用"共被"来指亲如兄弟的好朋友。

和"共被""同衾""同宿"相类似的还有"联床""对床"，这两个词经常和风雨之夜联系在一起，这种用法始见于唐代。比如白居易《雨中招张司业宿》："能来同宿否？听雨对床眠。"风雨之夜和好友一起聊天睡觉大概特别有感觉。

②牵手

"牵手"在现代语境中，是恋人间的标志性动作，还可以用来指代两人确立了恋人关系。古典诗词，则经常写到男性好友牵手，说明在古代这种情况很常见。比如唐代诗人王维的《赠裴笛》："携手本同心，复叹忽分襟。"就是在惋惜与好友裴迪牵手同游后又匆匆分离。与之形成鲜明对比的是，现代港乐里，黄伟文作词、何韵诗演唱的《劳斯莱斯》："但做对好兄弟又如此相爱，旁人会说不该。忘形时搭膊自有一面退开。暗里很享受，却怕讲出来。两眼即使移开转开，心里面也知这是爱。男子和男子怎能亲密如此？"这是一首以男同性恋为主题的歌。两位互生情愫的男子胳膊不小心碰到一起就会退开，怕别人猜测和批评两人过分亲密。如果在古代，这两位男子牵手则不需有任何忐忑的避忌心理，因为太普遍了。

③送花

今人给爱人送花，古人也给爱人送花，本书将在《折芳馨兮遗所思》一章盘点这方面的古典诗词和现代港乐。古人最经典的送花的典故和诗作其实不是关于爱情，而是关于友情的。据记载：南朝时的范晔和陆凯是好朋友。有一次，陆凯从江南折了一枝梅花寄给远在陕西边塞的范晔，并附了一首小诗《赠范晔》："折花逢驿使，寄与陇头人。江南无所有，聊赠一枝春。"江南的梅花开了，陆凯想到友人那里现在无花可赏，就折了一枝梅花当作一缕春色寄去和好友分享。还有什么礼物会比之更加雅致和暖心？如今快递订花服务逐渐流行起来，但可能好多人都未曾想这种时尚的事情早在南北朝时期就发生过。不知读者有否打算像陆凯那样给好友快递一份鲜花？

④日有所思，夜有所梦

唐代诗人王维的《相思》写道："红豆生南国，春来发几枝？愿君多采撷，此物最相思。"红豆灼灼，是相思的象征。希望那人能够多多采撷，睹之思我。这是古代写相思的诗中最著名的一首。诗的题目又叫做《江上赠李龟年》，可见写的是友情，而非爱情。古典诗词中用红豆指相思，正是始自这首。

还有不少古典诗词写了对友人的强烈思念之情。比如李白的《夕霁杜陵登楼寄韦繇》写道："思君达永夜。"李白整晚都想着友人韦繇。杜甫的《冬日有怀李白》写道："寂寞书斋里，终朝独尔思。"杜甫在寂寞的书斋，整天只想着李白。杜甫的《九日寄岑参》写道："思君令人瘦。"岑参的《赠酒泉韩太守》写道："忆君倏忽令人老。"古人觉得，不仅思念爱人令人瘦令人老，思念好友也会如此。

宋代词人柳永的《雨霖铃》有写爱情的名句："此去经年，应是良辰好景虚设。便纵有千种风情，更与何人说？"其实这个意思早就在写友情的诗里出现过，见唐代诗人刘禹锡的《忆乐天》："每遇登临好风景，美他天性少情人。"柳永遇到好风景就想到恋人，刘禹锡遇到好风景就想到好友白居易。

俗话说：日有所思，夜有所梦。古典诗词写思念友人的极多，写梦见友人的也不少。其中杜甫的《梦李白》最为经典，被誉为"千古交情，惟此为至"。《梦李白·其一》写道："故人入我梦，明我长相忆。"《梦李白·其二》写道："三夜频梦君，情亲见君意。"那段时期，李白遭到流放，坎坷艰辛。杜甫非常牵挂他的吉凶生死，于是积思成梦，甚至一连多个晚上都梦到李白。这真挚殷切的友谊，令人动容。

白居易的《长恨歌》有写爱情的名句："悠悠生死别经年，魂魄不曾来入梦。"唐明皇太想梦见死去的杨贵妃，却偏偏梦不到。这句也有"友情版"。元稹的《酬乐天频梦微之》写道："我今因病魂颠倒，唯梦闲人不梦君。"这首诗很有意思，白居易告诉元稹说自己经常梦见他，元稹就很抱歉地说自己竟然没有梦见白居易，并很懊恼地推测这是因为自己病糊涂了，想梦见白居易却总梦见乱七八糟的人。

⑤情人、情话

在现代，"情人"仅指具有恋爱关系的人；在古代，"情人"既指恋人，也用于指朋友、亲人。比如唐代诗人韦应物的《将发楚州经宝应县访李二忽于州馆相遇月夜书事因简李宝应》："孤舟欲夜发，只为访情人。"这和现代港乐里林夕作词、陈奕迅演唱的《不如不见》相似："乘早机，忍耐着呵欠，完全为见你一面。"前者写特地乘夜舟访友，后者写特地乘早机见老情人。夜舟和早机都显示出心情之迫切。

还有李白写的《春日独坐寄郑明府》："情人道来竟不来，何人共醉新丰酒？"唐代诗人钱起的《山下别杜少府》："情人那忍别，宿鸟尚同栖。"唐代诗人戴叔伦的《冬日有怀李贺长吉》："岁晚斋居寂，情人动我思。"这几首唐诗写的"情人"从诗题就可知指的是朋友。

在现代，"情话"仅指有恋爱关系的人说的亲切狎昵的话，但在古代并非如此。"情话"最早的典出是写亲情的，见陶渊明的《归去来兮辞》："悦亲戚之情话。"古典诗词用"情话"来写亲情、友情的为多，写爱情的甚少。宋代大词人姜夔的《探春慢》就是用之写友情："故人清沔相逢，小窗闲共情话。"

总之，古人说的"情人""情话"并非特指恋爱关系，而是注重深情厚谊这一实质。

⑥岁寒之交

本书将在《爱情冷暖与世态炎凉》一章讲到，古典诗词中，人们发出了这样一种关于爱情的渴盼：希望两情坚如松柏，历岁寒而不变。其实古人在友情领域也渴盼岁寒之交。晋代潘岳的《金谷集作诗》写道："春荣谁不慕，岁寒良独希。投分寄石友，白首同所归。"一个人在容颜红润、精力饱满、声势显赫的青壮年时期，谁都渴慕与之结交；但到了困难时期或迟暮衰朽之年还能与之保持深挚交谊的人就很难能可贵了。诗人期待和一些情谊坚如金石的朋友白首相伴。"春荣谁不慕，岁寒良独希"这句和爱尔兰诗人叶芝的《当你老了》的名句相似："多少人爱你青春欢畅的时辰,爱慕你的美丽,假意或真心。只有一个人爱你那朝圣者的灵魂,爱你衰老了的脸上痛苦的皱纹。"原来,被我们津津乐道的外国经典爱情诗句,在我国晋代就有"友情版"了。

⑦同声同气

晋代诗人杨方的《合欢诗五首·其一》非常善写夫妻之情:"同声好相应,同气自相求。"同声同气的人就会自然而然相互应和,相互渴求,于是结为爱侣。晋代诗人傅玄的《何当行》则用类似的表达写友情:"同声自相应,同心自相知。"同声同气于是互相应和,同心同德彼此自然知道,这是友情中一种多么美好的境界啊。

⑧比翼鸟

白居易的《长恨歌》有名句:"在天愿作比翼鸟。""比翼鸟"这个词应该可以算是关于爱情最经典的譬喻之一了。这个词同样也被古人拿来写友情,而且未必是写友情的作品从写爱情的作品借用了这个譬喻,甚至有可能反过来。三国诗人曹植的《送应氏二首·其二》写道:"愿为比翼鸟,施翩起高翔。"这首诗虽然不是"比翼"一词最早的出处,但极有可能是最早表达"愿作比翼鸟"这一祈愿的诗,它写的是曹操对应场、应璩两兄弟的友情而非爱情。

如何理解深如爱情的古典式友情

综合以上众多例子,我们可以做一个总结:古人频繁用一种令今人惊诧的深挚亲密的方式去抒写咏叹友谊。古典诗词中朋友间的酬赠之作占了很大部分。诗词中体现的对友情的领悟甚至比对爱情的领悟更丰富更深刻。古人好些写友情的抒情方式,今人只会用在写爱情上。该如何理解古典诗词中的深如爱情的友情呢?我想做一个粗浅的解读:

①古人没有即时通讯工具,诗词有时充当了书信的作用。这在客观上增加了给朋友写诗的可能性。试想,如果你没法和好友打电话和发信息。那么你极有可能写信给好友告诉他你多么想他,告诉他你的

近况。如果你会写诗，你大概也会乐意采用这种简洁优美的文体。相反，如果你们可以在社交网络天天碰见，可以看到彼此每天发的动态，那么互相写信的可能性极小，互相写诗的可能性就更小了。

②古人本身重视友道，古典诗词重友道和古人重友道互为因果。今人在这方面可能要比古人弱一些。这并不是说，古人是很容易得到好朋友的，古人也经常感慨交情反复，知音难得。但是他们一旦遇到一个或几个特别好的朋友，就会非常珍惜，且从不吝惜笔墨去表现这种珍惜。

③那些有文化有抱负的古人或许和朋友比和情人、妻子更有可能进行"深层次情感交流"。古时候女人所受文化教育不高，活动范围狭窄，很难指望她们的心胸、见识、才华、智慧有多了不起。所以比较注重精神交流的人可能更容易在朋友中而非女人中找到志趣相投、肝胆相照的"灵魂伴侣"。我们都知道"高山流水"的故事，善于弹琴的俞伯牙和善于听琴的钟子期正是这样一对"灵魂伴侣"。钟子期去世后，俞伯牙竟然为之"破琴绝弦"，终生不再弹琴。友情之深，一至于斯。

我们还可以做一个有趣的比较，本文开头提到今人一般认为"爱情比友情深重"，而《朋友仔》《最佳损友》《一个像夏天，一个像秋天》这些歌曲又指出例外的情况，某种友情像爱情那么深，甚至还更死心塌地。

那么古人对友情和爱情的价值序列问题有何高论呢？我想到刘备那句名言："兄弟如手足，女人如衣服。"这话在今天很容易引起女性的义愤，容易赢得"厌女症""直男癌"的罪名，甚至被吐槽"不配结婚生子"。但我觉得这句话是一个表示友情比爱情更死心塌地的极端例子。它的重点在于，说这话的人很清楚，那两位兄弟（实际指朋友）在灵魂上与自己更密不可分的，是有确定性的感情，但是和女人的关系则具有很大的偶然性因素。比如钟子期和俞伯牙之间也是很深的、有确定性的感情，如果说他们彼此间的感情比他们对女人的感情要深刻、稳固，那么也没有什么太值得意外和谴责的。一个人可能在友情上有深刻的体验，而在爱情上没有深刻的体验。这是可以理解的。

④大家最感兴趣的问题大概是：有些古人把友情写得那么铭心刻

骨,亲切稠密,其中涉不涉及同性恋的因素?如果开玩笑的话,我也会附和起哄。但是认真说的话,我觉得几乎是没有的,至少上面所举的例子都不涉及同性恋。这种判断不是因为对同性恋有何偏见,而是基于对文字氛围的直觉判断和这样一种理解:如果两个人有很深的感情,也并不是一定会互相产生"肉儿般团成片"的情欲渴望。同性恋是另外一种情况,比如清代大词人陈维崧最爱的人就是一个叫徐紫云的男人,陈维崧也给徐紫云写过好些诗词。他们的爱情故事很可爱,记载于《云郎小史》这本书。

古人那样写友情之所以会让今人窃笑、惊诧和产生关于同性恋的怀疑,是因为我们已失去了在诗歌中赞叹友情的传统了,我们今天的流行文化只沉迷于歌咏爱情。于是我们心里默认,深到一定程度的感情就必然跨出了友情的门槛。记得几年前英剧《神探夏洛克》热播之际,网友们半开玩笑半认真地热烈探讨夏洛克·福尔摩斯这位大侦探和他的贴心助手兼生死之交华生之间是何种感情,这部剧的叙事方式也时不时撩拨观众做这种粉红的联想。同时,大家延伸探讨了这样一个问题:那种很深的友情和爱情的异同在哪里?也许从某种意义来讲,如果真的有那种很真很深的感情,比如福尔摩斯和华生之间、俞伯牙和钟子期之间的那种,是爱情是友情又有什么所谓?或者说叫做爱情或叫做友情又有什么所谓?都同样可歌可泣,令人羡煞!那些咏叹友情的古典诗词,提醒我们寻求、珍惜友情,并进一步肯定友情在我们生命中的意义和价值。不必是那种惊世骇俗的伟大友情,平凡家常的友情,也为我们的生活增添了很多温馨和美好。

| 浪　漫 |

折芳馨兮遗所思。——屈原《山鬼》

我会送你红色玫瑰，你别拿一生眼泪相对。——林明阳、十方《你最珍贵》

那些年,我们为爱情做过的傻事

爱情让人犯傻。说傻话,做傻事。尤其是女人,有一个说法是,恋爱中的女人智商为 0。关于这一点,我们的诗词和流行歌又做过怎样的记录呢?

小桥冲雨,幽恨两人知

如果要评选古今人们为爱情做过的最经典的傻事,我果断地把票投给"冲雨",冒雨而跑。为何说它最经典呢?因为这件傻事啊,古典诗词写过,现代流行歌写过,现代诗居然也写过。

宋代大词人周邦彦的《少年游》的结句写道:"不似当时,小桥冲雨,幽恨两人知。"这是一幕和情人幽会时的场景:冒着雨跑过小桥。或者是两人本来傻傻的站在小桥上讲话,突然下起了雨。两人愣了一下,然后手拉着手跑去躲雨,他们跑到一个亭子里后将会气喘吁吁地相视一笑。又或者是,她在桥那边等他,他跑到她面前,完全不顾雨打湿了衣服和头发,然后她骂他傻。这一幕那么纤小,纤小到只够两颗相爱的细腻的心来惜取。可惜这段情已经杳去。作者对此没有做什么铺张的抒情,而"不似当时"这淡淡的四字,已有无限难言之幽怨。

港乐里，林夕作词、苏永康演唱的《越吻越伤心》中有一句："问你那晚见我怎么湿透了发鬓。"也是写回忆爱人曾为自己冲雨的情景。只可惜爱人对自己的感情早已今不如昔。现代诗里也有写过冲雨，见洛夫的《我在桥下等你》："我在桥下等你，等你从雨中奔来。"

冲雨这件事啊，真的是很平凡微末。没有技术难度，没有高昂成本，也没有严重后果，最多感冒一场。然而冲雨会让人觉得好像小小地冲出四平八稳的日常理性，闯入一个纯粹感性、诗性的空间。和爱人不期然一起淋了一场雨，是浪漫的。而爱人冲雨来见你，虽然该骂，其实也让你心里甜鼻子酸。路上突然下雨，如果没带雨具，为何不躲一会儿雨再来赴约，为何要着急奔来。这样傻，其实也是为了不想让你等，为了早些见到你。

病也不敢痛

林夕作词、陈奕迅演唱的《绵绵》就像一杯浓咖啡，仿佛从前奏就开始慢慢在舌尖勾勒那种苦涩。《绵绵》这首苦涩的歌里，提到自己曾经为爱人做的傻事："从前为了不想失约，连病都不敢痛。到哪一天，才回想起我蠢。"生病了，痛就是痛，不痛就是不痛，什么叫"不敢痛"？这"不敢痛"一说，最见痴心。那时候，爱人说的话就是圣旨啊，怎舍得拂逆。生病再痛，也盖不过想见她的兴奋，这甜蜜兴奋甚至冲淡了病痛。生病再痛，也盖不过不想让她失望的心意，还怕她担心动问自己的病痛。只是分手后，才感到当时这样不管不顾的急切之无谓。

《绵绵》还写过一件傻事："从前为你舍得无聊，宁愿休息不要，谈论连场大雨你窗台漏水不得了。"爱一个人，有时表现为他做一些无聊的事，并因此感到衷心甜蜜。工作劳累了一天，美美睡一觉多好，明天还有繁重的工作，却不惜为他牺牲休息的时间，大半夜有一搭没一搭的聊着，伴着窗外的雨声。和他其实并没有什么需要说的，就是想找一个借口逗留在他身边。突然感到有雨飘进屋里，哇，原来窗台漏水了。这才手忙脚乱地去处理。这个小小的插曲打破昏倦的气氛，带来一点逸趣。

虽然是件麻烦事儿，却让两人惊诧而兴奋，不禁大笑了起来。蓦然回首，才惊觉分手已多年。只有雨声一如那夜，交织成一支令人无眠的夜曲。

跌跌撞撞傻傻笑笑买一杯果汁

阿信作词的五月天的一首台湾歌曲《最重要的小事》也写到一件为爱情做的傻事："世界纷纷扰扰喧喧闹闹什么是真实，为你跌跌撞撞傻傻笑笑买一杯果汁。"一个好端端的大小伙子，为何会至于走路跌跌撞撞。还不是因为很爱那个人，开心激动呗。这微不足道的有爱的一幕，却是我们在这个看不清辨不明的大世界所能找到的"小确幸"。整首歌比较普通，只是这一句歌词经常为人称道。

回望过去也面红

那些热恋中做过的傻事，说过的傻话，日后想起的话，或许会觉得挺囧挺害羞的，尤其是在和那位爱人已经分手了的情况下。

黄伟文作词、Twins演唱的《多谢失恋》就写了失恋后回望热恋时的傻样："曾撞板，先知我因为爱，曾经多失控。回望过去也面红，爱上你似漫游外太空。""撞板"是粤语的说法，"碰壁"的意思，或起源于篮球术语，指事情并未顺利成功。失恋了，碰了一鼻子灰，冷静下来。回想热恋中的言行，真的觉得当时自己真的不是在正常状态啊。对，当时就好像"漫游外太空"般飘飘浮浮地不由自主。真是不好意思啊。

宋代词人张孝祥的《鹊桥仙》写道："香罗叠恨，蛮笺写意，付与瑶台女伴。醉时言语醒时羞，道醒了、休教再看。"沉醉之际，情不自禁写了很多情话。清醒过来后，便为自己写下的傻话感到深深羞愧，于是叫姑娘不要再看了。"醉时言语醒时羞"这句词很有概括力。热恋时对恋人，或对旁人形容这段恋情时说的那些兴奋的话、激愤的话、夸张的话、绝对的话，等到情已逝后回过神来，再想起会觉得害羞，不愿再提。

有时候从沉醉醒过来时不仅是觉得害羞,而且觉得很讽刺。比如林夕作词、梁汉文演唱的《缠绵游戏》写的:"回味着你昨晚像恶梦似的话,你给我的竟不是爱情。是你说从来无人像我在做尽傻事,竟然仍然认真对这玩意。"主人公才惊觉他所谓的爱人并不爱他,对方只是一时放纵,一时玩玩而已。只有他傻傻投入这份情,显得十分可笑十分讽刺。于是主人公感到很痛苦。这首歌还可以听彭羚唱的女声版,尤为缠绵悱恻。

感谢曾陪我一样傻

林夕写过一首歌叫《如果世上没傻瓜》,方力申演唱的。歌里的主人公在为所爱的人执拗地做了很多傻事,哪怕希望渺茫,陷入情绪的泥沼也不放弃。歌中的这种爱法太极端,不是普适性的那种,但有几句估计能得到挺多认同:"如果世上没傻瓜,谈恋爱像会谈吧。算得太尽还可拥抱吗?如何估计回报多寡?"

这是在为"因爱犯傻"正名。我也赞同要有点傻气才像谈恋爱。傻气,除了幼稚的因素,还因为真挚,因为相信,同时也是一种灿烂的朝气。想起内地一部偶像剧《何以笙箫默》的插曲,高姗创作并演唱的《遇见你的时候所有的星星都落到我头上》:"我原来是很聪明的,为什么会一见到你就丢掉大脑?"聪明的妹子也犯起傻的时候最可爱了。

都说女人在恋爱中很傻,其实真正投入恋爱的男生也会表现出傻气吧。这一章,想以黄伟文作词、彭玲演唱的《给我爱过的男孩们》来结束。这歌儿讲的是,一个女人在结婚之际,回想她爱过的、爱过她的那些男孩。那些想象过的、等过的、失过的、伤过自己的、被自己伤过的、快乐的、难过的、不方便说的,都释然了。她只想把自己此刻的福气回向给这些男孩,祝他们都过得幸福:"谨将这首歌向每一个男孩致意,从前陪着我一样傻。"男孩也可替换为女孩。

爱情中的时空相对论

众所周知,物理学上有关于时空的相对论,主要由爱因斯坦在二十世纪初创立。其实爱情中也有关于时空的相对论,早在先秦时代就已被《诗经》"发明"。

什么叫做"爱情中的时空相对论"? 就是因为爱情,时间和空间被拉长或缩短了。

这套理论中,有一句名言你一定听过:"一日不见,如隔三秋。"它出自《诗经·王风·采葛》:"彼采葛兮,一日不见,如三月兮。彼采萧兮,一日不见,如三秋兮。彼采艾兮,一日不见,如三岁兮。"那个采葛的人啊,我一天不见他,就感到像三个月那么漫长。那个采萧的人啊,我一天不见他,就感到像三个季节那么漫长。那个采艾的人啊,我一天不见他,就感到像三年那么漫长。"客观上的一天,被主人公主观上拉长了,犹如三月、三季、三年那么久。正是因为深深的爱情,急切的相思,所以才觉得分别的时间格外漫长难耐啊。这首诗可谓把离情写得淋漓尽致。

另外,《诗经·郑风·子衿》也出现了一模一样的句子:"一日不见,如三月兮。"

后世爱情诗词也有写到这种心理现象。比如宋代词人柳永的《忆帝京》写道:"一夜长如岁。"他和情人分别后,夜变得很长很长。又比如宋代女词人李清照那首著名的《声声慢》里的:"守着窗儿,独自怎生得黑。"她和丈夫分别后,坐在窗边,百无聊赖,好像过了很久才到晚上。

后人还从《诗经》写的"爱情能使时间变长",进一步发展出"爱情也能使时间变短"。唐代诗人白居易的《长恨歌》里这样描写唐明皇和杨贵妃的恩爱与荒淫:"春宵苦短日高起,从此君王不早朝。"和爱人痴缠的夜总显得那么短,没一会儿就天亮了。让这个当皇帝的早上都不想上班了,只想继续沉浸温柔乡。而把"春宵苦短"这种心情写到极致的是南北朝诗人徐陵的《乌栖曲》:"绣帐罗帏隐灯烛,一夜千年犹不足。唯憎无赖汝南鸡,天河未落犹争啼。"这个美好的缠绵之夜就算延续一千年都觉得还不够满足,可是鸡声却催叫着天亮。"千年不足"的渴望使短暂的一夜显得更加短促了。

现代港乐中也有写"爱情能改变时间长短"。比如林夕作词、刘德华演唱的《观世音》,这是一首观照种种尘世喧哗的歌,其中写道:"听短信往复度如年。"等心爱的人回一条短信所感到的漫长,应该就是"一日不见,如隔三秋"在我们这个信息时代的翻版。还有林夕作词、林忆莲演唱的《至少还有你》:"我怕时间太快,不够将你看仔细。我怕时间太慢,日夜担心失去你。恨不得一夜之间白头,永不分离。"时间的流速其实并未改变,主人公却很神经质地一会儿嫌快,一会儿嫌慢,都只因为爱煞了那个人。

《诗经》不仅写了"爱情能改变时间的长短",还写了"爱情能改变空间距离的长短"。比如《诗经·郑风·东门之墠》有一句很微妙:"其室则迩,其人甚远。"她住的屋子很近,她很远。她和她住的屋子不应该是同一远近的吗?只因为能够接近所爱之人的屋子,却不能和她相亲,故而觉得空间距离变长了,她很远。这一句,开了后世咏叹爱情"咫尺即天涯"的先河。有句已被引用得泛滥成灾的现代名言意思与之相近:"世界上最遥远的距离,不是生与死,而是我站在你面前,你却不知道我爱你。"都说这句出自印度诗人泰戈尔的诗,其实不是。此句出处不详。顾城那首著名现代诗《远和近》意思也与之相近:"你,一会看我,一会看云。我觉得,你看我时很远,你看云时很近。"从这现代名言和现代诗回头读《东门之墠》的"其室则迩,其人甚远",更觉其简洁隽永,耐人寻味。男主人公觉得女主人公"其人甚远",是因为心心相印的一对恋人,行为上却无法相亲呢?抑或是因为还在揣测,还未表白,于是感到两心之间很远,是类似于"我站在你面前,你却不知道我爱你""我觉得,你看我时很远"的情形?

"其室则迩,其人甚远"写的是爱情使空间距离变长,《诗经·卫风·河广》则写的是爱情使空间距离变短:"谁谓河广?一苇杭之。谁谓宋远?跂予望之。谁谓河广?曾不容刀。谁谓宋远?曾不崇朝。"谁说河水宽广,乘一支小筏就能穿越。谁说宋国很远,踮起脚就能望见。谁说河水宽广,难道还容不下一只小船?谁说宋国很远,不需一个早晨就能到达。河那边的宋国住着心爱的姑娘,于是河水的宽广在这个小伙子面前成了不值得一提的距离。可见这个小伙子心中相思的强烈和急切。

《论语》里有一个著名的段子:"'唐棣之华,偏其反而。岂不尔思,室是远而'。子曰:'未之思也,夫何远之有?'"有首诗写道:"唐棣的花儿,美丽翩翩。我哪里是不想你,只因路太远。"孔子一针见血地批评道:"这并非真爱,并非真的想念。如果真的想念,又怎么会觉得远?"孔子的这则诗论,更确证了这位编选《诗经》的老夫子早已充分认识到:真爱能使空间距离变短,能够克服空间距离的问题,除非不是真爱。

我想和你谈一场很慢很慢的恋爱

　　在这个浮躁的社会,什么都求快,在婚恋上往往也是这样。在读书时尚可懵懵懂懂地慢慢谈恋爱,出来社会工作后的恋爱一般是匆匆忙忙的。有很多人是通过相亲寻找对象,互相也还有些好感,条件还满意,就会开始确立情侣关系。谈了一段时间觉得没什么大的问题就会选择结婚,如果觉得不合适往往便会较快分手。就算自己真的爱上了某个人,想追求,也一般是追了一阵追不到,表白被拒就放手了。其实这也没有什么不对,毕竟人生中有太多东西需要担负,没有太多时间成本可以浪费。而且,通过这样的方式确立的婚恋好像也有不少过得挺不错的。但这样的婚恋方式可能会让某些人失望:有点太急功近利了吧,而且确立恋爱关系之前积累的了解和感情基础太少。有时候处在这样的恋爱关系中会让人纠结:不指向结婚呢,好像没有诚意;指向结婚呢,好像总还有点不安。

　　能不能自然地慢慢地相爱上,或一方先爱上另一方便耐心诚恳地追求,水到渠成地完成恋爱结婚? 这个过程,不会有那种为了结婚而结婚的感觉,不会有那种谁被谁绑架着结婚的感觉。双方的心意都很确定,双方的感觉都很舒服。

　　高皓正作词并演唱的《不要惊动爱情》就讲了一份这样的感情。男主角爱上了一个女人,很爱很爱。可他知道,如果马上表白的话,应该会被拒绝。所以他打算,按捺下汹涌的感情,甚至先不展开正式的追求,而是先和这个女人做朋友。让双方可以在无压力的情况下逐渐增进了解。而她也能感受到他对她的关怀,也可以体会和他相处的感觉。让她可以一点一点地明白他的爱意以及他的诚恳、踏实、稳重。于是她可以相信,他对她是认真的,但她如果不愿意,他绝对不会强迫她。而且她会感到,他不是被某种浪漫爱的感觉冲昏了头,而是有志于且有能力过好细水长流的日子的人。于是这个过程中,她没有挣扎和想逃离的感觉,而是放心又动心,甚至开始期待他的表白。这个时候,我们的男主角才会表白,才去承诺生老病死都不离不弃。他相信,这个时候走进心爱的女人的生活,不会让她感到突兀不安。歌中对这种水到渠成用了一个很美的形容:"但求来日你醒过来,这份情像翅膀打开。"我想,无论是能够以这种方式爱人,还是被人这样地去爱,都会是很幸福的。

黄伟文作词、杨千嬅演唱的《炼金术》与之有些类似。这首歌写的是一个女孩很爱很爱一个人,但那个人不爱她。如果说《不要惊动爱情》是首很温和醇厚的歌,主人公很有暖男气质;那么《炼金术》则更狂热,主人公很有烈女气质——这是歌手杨千嬅最典型的风格。歌中唱道:"给我一团熊火试炼我,证明我这么狠狠爱过。……给我一场洪水冷静我,眼泪太多已汇聚成河。"虽然爱得这么激烈,但女主人公却并不打算采取激烈的行动:"不够激情仍可靠耐性,对付你的冷酷及无情。沉默假使都算种本领,我一定最安静。深信忠诚迟早都会获胜。"和《不要惊动爱情》的主人公一样,《炼金术》的主人公也打算按捺下冲动而寄望于耐性。她相信精诚所至,金石为开。她想如炼金一般,慢慢融化对方,再与对方融合。嗯,很感人。但这首歌那么轻巧地唱道"等十年、等五十年都无所谓"之类的话,过分夸张,虽有加强语气的效果,却也让人觉得这傻孩子被冲昏了头根本不知道自己在说些什么。等五十年,人都七老八十了,这也真是太荒唐了吧。因此《炼金术》更像一个陷入热恋的女孩唱出的童话,其真挚和固执可感,但有点不切实际;《不要惊动爱情》则更有靠谱的感觉。

周耀辉作词、黄耀明演唱的《罅隙》剧情也和《不要惊动爱情》《炼金术》类似，都是想慢慢赢得一份目前看来还没有什么希望的爱。如果说《不要惊动爱情》敦实，《炼金术》火热，《罅隙》则可以说是灵动。

《罅隙》精致唯美，听上去就像一朵蔷薇倒映水中，微风拂过，涟漪一层层漾开。主人公所爱上的是个怎样的人呢，歌中唱道："亲爱的人，你仿似花樽装满我的忠诚。亲爱的人，你只会担当高贵角色。……亲爱的人，你仿似雕刻比我更加晶莹。亲爱的人，你只会哼出精致叹息。"可以看出这个被爱慕之人颇具贵族气质，品位雅洁，风采出尘。当然那人也很傲娇，喜欢在爱情中处于优势地位，还有一点不失可爱的矫揉造作。主人公对那人非常迷恋，非常专一。可想而知，那种人极其难搞定。果不其然，那人并没有给主人公机会。怎么办呢？像《不要惊动爱情》的主人公那样敦实地去追求只会让那人觉得沉闷。像《炼金术》的主人公那样情绪激动只会被那人认为是一个有点疯疯癫癫的脑残粉，避之则吉。而面对那人的傲娇做小伏低呢？只会愈发被那人瞧不上吧。

于是主人公打定主意，不管那人多么傲娇，自己是多么迷恋那人，采取的低姿态也只会是像骑士的单膝下跪，也是有魄力和骨气的，而非过分卑微。主人公全情投入，但是不是以一种硬碰硬的蛮力，而是纯凭自己的感性和悟性用的巧力，一种温柔优雅的不屈不挠，像水一样，被推开了又拥覆上去。不仅歌词，钢琴声和演唱也具有这种质感。主人公是顺着那人给自己的神秘吸引，敞开自己，以心灵的敏锐去洞悉那人的心，让自己渐渐变得跟那人越发趣味相投。

爱上一个人，会有意无意地学他，为他改变，让自己变得和那人相似、相合，也是爱情中的一种现象。其他情歌也有写到。比如林夕作词、杨千嬅演唱的《烈女》写道："本应想我变作你类型，让你与我有景。"但《罅隙》的表达更动人："当不惜交出一切去明白你，将双方之间差距变为极微。"《罅隙》的主人公在和那个心爱的人接触更多后，也逐渐懂得破译那人的表情，明白什么时候那人是真的生气了，什么时候只是装装样子，什么时候是嘴硬，什么时候是心虚，什么时候是开心了，什么时候是疲倦了,有什么"雷点"不能踩,又有什么是曾担心那人介意但其实并不介意的。当外表那些装饰性的东西都被卸下,跟那人的相处就变得更轻松和有信心。而之前跟那人一些真正的闹矛盾也会渐渐变成一种甜蜜的打情骂俏,而这也是一些影视剧喜欢采用的桥段。歌名为何叫《罅隙》呢?就是相信这样貌似无隙可乘的心灵也有罅隙,找到了罅隙,就找到路子进入那人的心,然后撑开一个甜蜜的新世界让两人相融合并悄悄藏进里面。

主人公在这份爱的前景还不明朗时就对这份爱始终怀着愉快的信心:"于光天阴天都要你承认我。将砂砾荆棘都要变为蔷薇。……不信不能,我终有一天支配你的心情。"主人公相信虽然那人现在这么高冷,以后一定会为自己而哭笑。真的是超自信啊。不过我觉得看样子也是比较有希望的。他和他爱的那人,应该都是有种艺术敏感的人,本来就很具有成为恋人的潜质。但《罅隙》是一种晶莹剔透的理想化的造境,不太像尘世中有可能存在的故事。

如果要对这三首歌做个小结,我想说:从美感的角度讲,《罅隙》这首歌写得最好,《不要惊动爱情》次之,《炼金术》再次之。而从生活的角度讲,我只想推重《不要惊动爱情》这首敦厚踏实的歌。

折芳馨兮遗所思

要论现代爱情中最普遍的浪漫形式,那么肯定要数送花啦。就算是本身最缺乏浪漫细胞的人,也知道谈恋爱应该送花。这已经是约定俗成的事情。所以情人节必然是鲜花涨价、大卖的日子。而我们有没有想过这种风俗的渊源?

我会送你红色玫瑰

在恋爱送花这件事上,玫瑰花自然占了垄断性地位。红玫瑰,热烈而优雅,简直成为了爱情的代名词。现代流行歌中也不乏玫瑰的身影。

林明阳、十方作词,张学友和高慧君演唱的《你最珍贵》这首经典歌曲就讲到了在订婚或结婚时送玫瑰的故事,并约定以后也要在这个纪念日送花,还要盛装打扮。这是赋予爱情的一份仪式感,以示郑重珍惜之意。

这是一首深情款款、温柔大气的歌。男女双方都非常真挚陶醉。男方唱道:"我会送你红色玫瑰。"女方感动地轻和:"你知道我爱流泪。"男方回应道:"你别拿一生眼泪相对。"女方唱道:"未来的日子是否很美?"男方应和道:"未来的日子有你才美。"男女双方合道:"梦才会真一点。"女方唱道:"我学着在你爱里沉醉。"男方唱道:"我不撤退。"女方唱道:"你守护着我穿过黑夜。"男女合道:"我愿意这条情路相守相随,你最珍贵。"他们以玫瑰定下终身的约,去成全一份浪漫而有责任感的爱。

黄伟文作词、Twins演唱的《大浪漫主义》这首以情人节为主题的歌曲也写到了送花:"男生今天分赠女生,颗颗朱古力也有颗心。玫瑰今天销量倍增,因此手空空的我,分外变得敏感。"这里很好地渲染出情人节的气氛,可以看到,巧克力和玫瑰已成为情人节最具标志性的东西。女主人公没有收到玫瑰花,因此稍有些尴尬。不过她仍然感到惬意,并对节日的欢乐气氛充满着随喜之情,且对未来的爱充满憧憬:"还未牵情人的手,一样是佳节。……人类那大气氛,那些幸福的指数,甜蜜到,甜蜜到,让你都,让你,未爱先感觉到。"

写送花的情歌里面,周耀辉作词、卢巧音演唱的《逆插玫瑰》也许是歌词构思最精致的一首。它讲的是一个女孩本来对爱情有着最天真美好的理解。以为爱情就像芬芳华美的玫瑰。后来在恋爱的过程中,她才懂得,玫瑰是有刺的,玫瑰也有可能凋零。

歌中唱道:"在我指尖可以冒出火百合,然后你会双眼望见绰绰樱花。原来即使都是你的花言巧语,但我伸出手照样接下。……明明想得很硬,接到花便心软。难道你能道歉便算吗?"男朋友做错事情了,姑娘气得冒火。但见到他时,又舍不得发作,还是对他那么温柔。"火百合"寓意气愤,"樱花"寓意温柔甜美。这样诡异的比喻,只有周耀辉想得出,倒也美丽贴切。姑娘明明知道男友很可能只是在哄自己,那些话未必能当真。本来下定决心不原谅,但还是忍不住原谅了他。"没法心硬"也是恋人一种可爱的心理特点。

姑娘对爱情的理解本来是这样:"我像所有天真女孩,宁愿相信,有一束玫瑰,谁受了,谁便爱到至死都美丽。"以为爱了就会天长地久,就会一直美好。但是后来她有了更多层次的理解。歌中唱道:"我跟你争执那时,狂得可以逆插起一束玫瑰。没有花樽可以养活约誓,但有荆棘可使我凄厉。……我在跟你争执过后,静得仿似逆挂的一束玫瑰。……仍在等,等绚丽一世。"原来情人争吵的时候真是太讨厌太恐怖了,争吵之后的沉默也是那么令人沮丧。但姑娘始终期许有相守一生的美好感情。

歌中唱道:"若再悉心栽种或会再萌芽,还是根本一够时间浪漫会残。……就算真的等到是爱再萌芽,然后我会不再迷信结果开花。""再悉心栽种"既可以指继续呵护现在这段感情,也可以指发展一段新的感情。只是,姑娘现在虽然还珍视爱情,相信爱情,但已经不再迷信爱情一定会天长地久了。

这首歌把"爱情是带刺的玫瑰"这一点写得很到位。还写了爱情的反复兜转的过程:"为何始终都为百般花事兜转,难道我还没领受够吗?"充分写出爱的疲累和渴望爱的坚韧。其中把爱情比作"花事",更使爱情与玫瑰两种事物融合无间。

折芳馨兮遗所思

很多人认为恋人之间送花是很近现代的、很小资的一件事情。其实这是一件很古老很乡土的事情。

早在先秦,《诗经》和《楚辞》的时代,芬芳的花草就已经被用作爱情的赠礼了。《诗经·郑风·溱洧》写道:"溱与洧,方涣涣兮。士与女,方秉蕑兮。……溱与洧,浏其清矣。士与女,殷其盈矣。……维士与女,伊其相谑,赠之以勺药。"听见冬天的离开,溱河与洧河苏醒过来,欢快地哗哗流动。那些少男少女们来到这儿相聚,手上拿着芬芳的兰草。溱河与洧河,多么地明澈清亮,河边满满的都是青春洋溢的少男少女们。他们互相开着玩笑,追逐打闹,以美丽的芍药相赠。这首诗里写的是以芍药相赠。

《诗经·邶风·静女》写道:"自牧归荑,洵美且异。匪女之为美,美人之贻。"放牧归来之后,姑娘送给我柔嫩的茅草。这茅草真是美丽而特别啊。并不是茅草很美,而是因为这是美丽的姑娘所赠。这小伙子真会说话。想起林夕作词、古巨基和关淑怡演唱的《男左女右》中,男主人公叹息道:"送我礼,赞少一句便斗嘴。"正是因为不知如何称赞女友所送的礼物而挨女友骂,嗯,这个男人可以向《诗经》学习一下怎么哄女朋友。大家对《诗经》的这一段可能会有一个疑问就是:"茅草听起来是微贱之物,为何拿来做礼物送给男朋友?"其实在那个时候,人们认为茅草是很美的。《诗经·卫风·硕人》有一句:"手如柔荑。"就是赞叹姑娘的手就像柔嫩的茅草一样美丽。

《诗经》中,所赠来定情的植物除了花草,还有花椒。见《诗经·陈风·东门之枌》:"视尔如荍,贻我握椒。"我看你像美丽的锦葵,你送给我一把花椒。这又是一件令现代人觉得匪夷所思的礼物。但花椒的香气酷烈温暖,深受古人喜爱;且花椒多子,以此为赠饱含了对生育的祷祝。这样的礼物显示了初民对婚恋质朴的理解。他们觉得,身边的植物、动物都在自然而然地生息繁衍呢。你喜欢我,我喜欢你,我们就一起生小孩吧。

《楚辞》中,屈原的《九歌·山鬼》也写到了折花相赠。《九歌》是带着神话色彩的一组作品。山鬼是山中神秘美丽的女性精灵,她的眸子晶亮,转盼含情,笑容野性而无邪,以豹子为坐骑,养狸猫为宠物。《山鬼》讲的是她与爱人期约相会:"被石兰兮带杜衡,折芳馨兮遗所思。"她披着石兰作为衣裳,佩戴着杜若。更满怀爱意地折取芳草香花,打算送给爱慕思念的那人。但那人却没有赴约。于是山鬼徒然翘首期盼。雷填填兮雨冥冥,风飒飒兮木萧萧,她和风雨雷电一同彷徨哀叹。真是瑰奇浪漫的想象。

东汉的《古诗十九首·庭中有奇树》则整首写折花欲赠:"庭中有奇树,绿叶发华滋。攀条折其荣,将以遗所思。馨香盈怀袖,路远莫致之。此物何足贵,但感别经时。"院子里有一棵奇特的树,绿叶间悄然开出了美丽的花儿。我折下特别繁盛的一枝,想送给爱人。但是那馨香徒然在我襟怀间缭绕,我怎能把它送达远方的你?这本是微不足道之物,只是想用它表达久别的相思。为爱人特意挑拣繁盛的一枝,这番细心显示出对爱人的珍重和祝愿。"馨香盈怀袖",馨香的既是花枝,也是情怀。花与情的气息交加应和,令人心魂驰荡,难以自抑。

南朝梁武帝萧衍写的《子夜四时歌·春歌》也很动人:"兰叶始满

地,梅花已落枝。持此可怜意,摘以寄心知。"兰草刚刚长出来,梅花已经开始落了。兰草、梅花这些时节美物是多么可爱,而时光的匆匆流逝又是多么惊心。于是我采折了兰草和梅花寄给你,我的爱人,你一定会明白我的感叹。主人公赠花的举动,既表相思之意,兼含岁月之感。

宋代词人赵彦端的一首《清平乐》写道:"与我同心栀子,报君百结丁香。"栀子在古人看来是一种象征同心的花,所以常被赠送给爱人。丁香在古典诗词中往往是美丽与哀愁的化身,尤其象征爱情的纠结,比如南唐中主李璟有名句:"丁香空结雨中愁。"赵彦端的这句是在说:"你把代表同心的栀子花送给我,我用丁香般千回百结的情意答赠你。"

古人笔下最经典的用来折赠的花儿是梅花。梅花既有融融的春意,又有凌寒的品格,最为古人喜爱。南北朝的乐府诗《西洲曲》有云:"折梅寄江北。"南宋大词人姜夔的《暗香》则定格了一帧最美的折梅图:"旧时月色,算几番照我,梅边吹笛。唤起玉人,不管清寒与攀摘。……但怪得,竹外疏花,香冷入瑶席。 江国,正寂寂。叹寄与路遥,夜雪初积。翠尊易泣,红萼无言耿相忆。"月色曾经见证,我在梅花疏影下吹笛。记得一夜梅花忽然开了,我惊喜地叫醒睡眼朦胧的她。不顾夜深天冷,我们兴奋地共折梅花。还有谁能会心地分享这种清兴呢?如今梅花又开了,还似那时的清冽芬芳。撩拨着我,恍若梦寐。却只剩我独自在水乡寂寥。无法折一枝梅,穿过风雪沧桑去送给远方的她。以酒遣愁,却忍不住流泪。梅花的红萼,正如相思之灼灼。

花儿是大自然的美物,是天地间的清芬。古人喜欢花,对每种花的不同气质都有细腻的体会。他们笔下的花,常常以一种有生命力、有呼吸感的方式与人的内在性灵相沟通。

人们送花给爱人,大约是具有这些方面的寓意:希望把美好的事物与爱人分享。祝颂此情如花一般芳洁绚烂,爱人如花一般美好。希望在匆匆流逝的时光中珍惜一切美好的事物。古人的诗里充分体现了这些觉知。

今人的感性已经简化,只是从花店买来扎好的花束,做一件商业化、程式化的事情。但花与爱相映之际,那种灿烂和芬芳仍会让人情不自禁地感到美好、幸福。

爱情和芳馨

爱情本身会让人产生"仿佛闻到芬芳"的感觉,这或许是人们把爱情和芳馨的花儿联系起来的潜意识层面的原因。

林夕作词、张国荣演唱的《有心人》说:"寂寞也挥发着余香,原来情动正是这样。曾忘掉这种遐想,这么超乎我想象。"爱人离开了,一个人呆着的时候,还觉得有种芬芳的气息弥漫左右,令人迷醉。这就是真正动情的表现吧。不能把这种芬芳简单地理解为荷尔蒙的气息,其中更有被真情净化出的美好境界。

最初觉得林夕这样写是发前人之所未发。后来发现古人诗词和其他现代流行歌的一些写法或有相通之理。比如宋代词人柳永《玉楼春》写道:"别来也拟不思量,争奈余香犹未歇。"这是在讲:"我也想不再思念那姑娘,可是余香还在一直缭绕。"这余香与其说是真实的体香、熏香、花香,毋宁说是一种陶醉的心理感受。

古代写相思病的第一代表作——元代徐再思的《蟾宫曲》也写道:"空一缕余香在此,盼千金游子何之?"姑娘害相思病直到倘恍迷离,不知爱人在何处游冶,只觉余香氤氲,令人难耐。这句可谓是"寂寞也挥发着余香"的古代版。

诗仙李白的《长相思》写得最夸张:"床中绣被卷不寝,至今三载犹闻香。香亦竟不灭,人亦竟不来。"所爱之人离开了,那人用过的被子叠起来放在一旁。三年后竟还散发余香!等的人却仍未归来。这里写的被香不灭,其实写的是情感的芳馨不灭,相思不灭。真是"寂寞也挥发着余香"的极致版。

除了写"香未灭",还有写"香灭"的。宋代大词人周邦彦在一首《浪淘沙慢》写道:"连环解,旧香顿歇。"古人喜欢以玉连环作为爱情的信物,取其连环不绝之意。因此"解连环"往往用来指代分手。"旧香顿歇"也非实写,而是抽象地指爱情的芬芳美好从此消散。

　　唐代诗人李商隐《无题》写的:"风波不信菱枝弱,月露谁教桂叶香。"纯用比喻的方式写情。我认为这句的意思是——他的《无题》在讲什么真是众说纷纭,这里仅提供一种个人化的理解:"这场艳遇掀起的风波不相信如花的人儿是多么柔弱,但爱情的气息就如同月夜的露水让桂叶蕴含的幽香散发出来。"诗人明显地感到,爱情和花草气息的相通之处。巧的是,港乐中有一句和这番感悟非常相似。见林振强作词、张国荣演唱的《春夏秋冬》:"初春中的你撩动我幻想,就像嫩绿草使春雨香。"一个说"月露使桂叶香",一个说"绿草使春雨香",共参十分有趣。

昵称：如何叫你会更动听

沉浸在柔情蜜意中的恋人，有时会不知不觉自然而然地看重和把玩彼此的称谓。恋人间的称谓显示了亲密关系和爱意，还有对彼此气质的体会和想象。

从此我叫柳梦梅

《牡丹亭》的男主人公姓柳，有一天他梦见梅花树下的姑娘并爱上了她后，竟然从此将自己的名字都改作了柳梦梅。他的本名反而翻遍整本《牡丹亭》都找不到了。有人说，"柳梦梅"原名就是"柳春卿"啊。我会回答，请看仔细了，"春卿"是柳梦梅的字，而非他的名。古人的"名"是出生时取的，"字"是成年时取的，"字"和"名"往往有种照应关系。男主人公二十出头，刚成年，正是取"字"的时候。《牡丹亭》中写道，男主人公做了那个梦后："因此改名梦梅，表字春卿。"可以说，"名"和"字"都是因这一梦而起的。出生时的名字便废弃不用，湮没无闻了。可见男主人公是多么重视这一段梦中之情。连名字都彻底改了，真是情种啊。可不正像姚谦作词、王菲演唱的《我愿意》所说："我愿意为你，忘记我姓名。"

无独有偶，莎士比亚在他最著名的爱情剧作《罗密欧与朱丽叶》中也有用到这个"典故"，朱丽叶有一段这样的动人的台词："只有你的名字才是我的仇敌；你即使不姓蒙太古，仍然是这样的一个你。姓不姓蒙太古又有什么关系呢？它又不是手，又不是脚，又不是手臂，又不是脸，又不是身体上任何其他的部分。啊！换一个姓名吧！姓名本来是没有意义的；我们叫做玫瑰的这一种花，要是换了个名字，它的香味还是同样的芬芳；罗密欧要是换了别的名字，他的可爱的完美也决不会有丝毫改变。罗密欧，抛弃了你的名字吧；我愿意把我整个的心灵，赔偿你这一个身外的空名。"罗密欧则深情地答道："那么我就听你的话，你只要叫我做爱，我就重新受洗，重新命名；从今以后，永远不再叫罗密欧了。"罗密欧与朱丽叶的家族是世仇，所以朱丽叶会那么纠结罗密欧的姓名。姓名在这里隐喻着身世和宿命，所以她渴望和呼唤以爱的名义，撕开这姓名的标签，冲破这身世的藩篱、宿命的诅咒。幸运的是，罗密欧也勇敢和热情地响应她的呼唤，对她的感情也是真挚坚定到："我愿意为你，忘记我姓名。"

如果说《牡丹亭》和《罗密欧与朱丽叶》的忘名、改名让人感动，那么黄伟文作词、陈奕迅演唱的《无人之境》所说的忘名则具有争议性。这是一首写婚外恋的经典歌曲。歌的一开头就唱道："让理智在叫着冷静冷静，还恃住年少气盛。让我对着冲动背着宿命，浑忘自己的姓。"这里的"浑忘自己的姓"，是指忘记自己的身份、归属、责任，去和婚配对象之外的人谈情纵欲。

如何叫你会引致幻听

除了有忘记和改换自己名字的，更不乏给爱人命名的例子。张国荣与林青霞主演的凄美电影《白发魔女传》有这样一个细节：少年卓一航（张国荣饰）望着狼女（林青霞饰）美丽的情影，给她起了一个很有仙气的名字——练霓裳。后来，邪佞的连体人苦恋狼女不得，就凄厉地问她，卓一航有什么好，给过她什么。狼女答道："一个名字。"也许在连体人看来，"练霓裳"只是一个普通到一钱不值的名字。但对于狼女来说，获得这个名字让她宛若新生，并甘愿生死相许！这个名字包含着卓一航注视她时的审美与珍惜，是爱，是理解，是能够赋予生命以灵性和价值的东西。

《白发魔女传》中，卓一航给狼女起名"练霓裳"，我们都觉得，这个名字很符合林青霞所饰演的狼女的气质。而林夕作词、谢霆锋演唱的《玉蝴蝶》讲的正是：试图给爱人命名，以贴近她的气质。这是一首痴情而灵幻的歌。歌中唱道："如何叫你会有共震？……如何叫你最贴切合衬？如何叫你你会更兴奋？……如何叫你会引致幻听？"可以看到，主人公反反复复地尝试用名字、称谓去捕捉爱人的质感和频率。恰到好处时，会在二人的心灵中产生甜蜜的共鸣。歌中认为："这称呼配合你才回肠和荡气。"起名字要名如其人才好。

歌中唱道："连名带姓会更接近你，还是更陌生？……连名带姓会怪我任性，还是太伪正经？"连名带姓这种全称好像是比较生疏的关系才使用，但反而有时人会用这种一本正经的称谓表示极度的亲昵，这也是情人的做作吧：一种可爱的小儿女情态。

歌中还唱道："灵魂化作法语日语同样也是灵魂。……长城变作世界名胜同样也是长城。"这是在说，无论语言、名字、名望如何变更，你还是那个你。这和《罗密欧与朱丽叶》中所说的"玫瑰换了名字也同样芬芳"是同一个道理。

歌中还唱道："要是完全忘了姓氏，也没有本身的名字。总记得，神情和语气，无字暗语，你也心中有知。我叫你玉蝴蝶，你说这声音可像你。……怎称呼也在这世界寻获你。"不要管姓名这些代号，让我们直接地去感觉彼此，一些超越言语的微妙的默契。然后我叫你"玉蝴蝶"，这是你给我的感觉，剔透、灵动、将飞而未翔。也许我们还没认识。没关系，我们终会遇见，凭那一丝飘渺的感觉互相辨认，我会用种种方式呼唤你，寻找你。

说了这么久"玉蝴蝶"，这"玉蝴蝶"究竟是个什么东西呢？据说，有次谢霆锋在香港经过一家花店，看到一株美丽罕见的植物。一问之下，才知道这花叫做"玉蝴蝶",真是花如其名。这初见、问名的惊艳促使谢霆锋想为之写一首歌,于是邀来林夕作词。这是一首不错的咏物词,"玉蝴蝶"这一名字在花、蝴蝶、爱人之间轻盈游移,若即若离。歌中充满了痴心守护,深怜密爱,令听者动容。有人嫌谢霆锋的声线对于这首歌来说太过硬削,我却觉得刚刚好。

《玉蝴蝶》这首歌略微有些神神叨叨,林夕作词、陈奕迅演唱的《冤气》则更具世俗感:"明明连名带姓是你,然而如何似爱着你。叫你情人知己兼心肝宝贝都不欢喜。喂喂,我这么称呼你。喂喂,我这么喜欢你。每次我喂你也有爱煞你滋味。我每次叫你名字仿佛都紧张得喘气。昵称方可亲昵死你。"这首歌讲的是如何宠坏一个别扭傲娇的爱人。主人公自己也是各种做作啊。他对爱人的称呼既有时会极麻烦到连名带姓,也有时只是一个简简单单的"喂",也有"情人知己心肝宝贝"加各种昵称这些腻歪的叫法。深深的爱意溢于言表。这首歌的甜腻程度简直到达了能令听者长蛀牙的程度。

《诗经》中的"欧巴"

在《暧昧》这一章,我曾讲,那种(单方或双方)有情愫却不能成为情侣的人,出于补偿心理,有时会结为"兄妹"。但其实,也有好些结为"兄妹"的是单纯无暧昧的友好关系。而真正的情侣也有以"兄妹"相称的。必需注意到,这三种情况是并行不悖的。

"哥哥""妹妹"是年轻夫妻、情侣喜欢采用的一种互相称呼的方式。在娱乐文化中,"欧巴"这个意为"哥哥"的韩语词,如今也在年轻人中非常流行。因为韩剧中,女人一般把自己心爱的男人称作"欧巴"。它听起来带着亲切、爱昵的味道。

其实这是一种很古老的风俗。古老得一直可以追溯到先秦时代,《诗经》里就有体现。只不过《诗经》中是将情侣比作"兄弟"的。

最明显的是《诗经·邶风·谷风》这篇:"宴尔新昏,如兄如弟。"在新婚之时,夫妻亲厚有如兄弟。"弟"亦可以指"女弟",即"妹",并非专指男性。这就将后天新缔结的亲密关系，比作先天的原生家庭的血缘至亲。

但在《诗经》中，实际使用称谓的时候，姑娘并非称爱人为"兄"或"弟"，而是称"伯兮""叔兮"之类的，"伯兮""叔兮"才是有亲昵感的口语。称"伯""叔"可能让现代人感到很费解，"伯""叔"不是指父辈的兄弟吗？其实，这两个词一开始是有"兄弟"的意思的，而非特指父辈兄弟。古人用"伯仲叔季"来给兄弟姊妹排序，"伯"是老大，"仲"是老二，"叔"是老三，"季"是老四。其中"伯"又可以泛指兄，"仲""季""叔"又可以泛指弟。"伯"与"叔"往往专用于男性，"仲""季"并非特指男性。

《诗经·卫风·伯兮》是首很动人的情诗，讲的是丈夫在外打仗，久久不归，妻子十分想念他，日日想他归来。想得无心梳洗，想得头痛心痛。这首诗的题目也就是它的第一个词"伯兮"，即是"哥哥啊"的意思，这一声真是唤得情深意切。

还有《诗经·郑风·叔于田》这首。"叔于田"，意为"心爱的青年去打猎"。千万不要看见情诗里有个"叔"字，就觉得女主人公和现在的某些姑娘一样，一定是个"大叔控"，喜欢年纪大的男人。女主人公唤"叔"犹如唤"阿弟"，她的情人有可能是"小鲜肉"呢。

《诗经·郑风·萚兮》是一首写男女对唱歌曲的诗："萚兮萚兮，风其吹女。叔兮伯兮，倡予和女。萚兮萚兮，风其漂女。叔兮伯兮，倡予要女。"落叶落叶，风把你吹得飘飘悠悠。亲爱的好兄弟，唱起歌来吧，我会跟着唱！诗中有一种极简单质朴的美好，恍若天籁。

还有《诗经·小雅·何人斯》，这是一首"弃妇诗"。诗中有一句："伯氏吹埙，仲氏吹篪。""埙"和"篪"是两种乐器。联系"伯仲叔季"这种兄弟姊妹排行，"伯氏""仲氏"与"叔兮伯兮"相类，指兄弟、兄妹。这句写的是，女主人公在回想这段感情还未变坏的时候，回想青梅竹马的美好时光："当初哥哥你吹着埙，妹妹我吹着篪相和，多么幸福快乐！"

可以说，后世情侣、夫妻互称兄妹，就是从《诗经》逐渐演化来的。但在古典文化中，男方不仅喜欢称所爱的女子为"妹妹"，也喜欢称之为"姐姐"。比如《西厢记》《牡丹亭》中，男主人公均称女主人公为"姐姐"。

这纯是表示亲昵与尊重,并不表示年龄大小,女主人公实际上比男主人公年纪小呢。《牡丹亭》中,男主人公还对女主人公做了个怪磕碜人的比喻:"梅子酸似俺秀才,蕉花红似俺姐姐。"

这种情侣间互称"兄弟姊妹"的古老风俗延续至今,就是我们在现代情歌中看到的"兄妹"元素。比如叶绍德作词、仙杜拉演唱的《啼笑因缘》:"为怕哥你变咗心,情人泪满襟。"这是一首七十年代的歌曲,粤曲风味浓厚,经典好听。

有意思的是,往往是在具有民歌、山歌或戏曲风味的老式情歌里,情侣才以"兄妹"相称。而都市感较强的新式情歌中,若出现"兄妹"元素,往往都是搞暧昧,哪怕现在仍有很多真正的情侣以"兄妹"相称。

"好人儿"和"坏小子"

《诗经》里对爱人的昵称可多着呢。不只是"叔兮""伯兮"这类的。《诗经》中,姑娘对情郎(丈夫)有两种相反的称谓。一种将之称为好人儿,有两个词:吉士、良人。一种将之称为坏小子,有三个词:狡童、狂童、狂且。

良人,意为优秀、良好的人。《诗经·唐风·绸缪》写道:"绸缪束薪,三星在天。今夕何夕,见此良人。子兮子兮,如此良人何。"干柴已经捆好,天边三星熠耀。这是怎样令人怦然心动的夜晚,见到如此美好的人。你呀你,要将这么好的人儿怎么样哟?这是一首结婚闹洞房的诗,把干柴捆好作为嫁娶的赠礼是古代的婚姻习俗。这首诗是亲友们在调侃新婚夫妇时说的话,等于在怂恿这对新人圆房。可谓把玩笑开到了位,又极含蓄,很富语言艺术。"良人"指新郎,大家问新娘今晚要怎样对新郎,可以想象新娘害羞得脸红低头。这首诗还有一段是调侃新郎要怎样对待新娘的。

吉士,意为好男儿,吉祥、有福泽的男子。《诗经·召南·野有死麕》:"有女怀春,吉士诱之。"有位少女满怀春情,有个好男儿来将她引诱。这是一首写偷情约会的诗,讲的是一位能干的青年拿着自己猎获的一头鹿来向姑娘求爱。其实严格来说"吉士"倒不算对爱人的称谓，只是一种对男子的称谓，只是这里用于恋爱故事。且这个词的构词与"良人"相似，所以一并列在这里。

狡童，意为狡猾的男孩子。狂童，意为狂妄嚣张的男孩子。狂且，意思和狂童接近。

《诗经·郑风·狡童》："彼狡童兮，不与我言兮。维子之故，使我不能餐兮。彼狡童兮，不与我食兮。维子之故，使我不能息兮。"你这个狡猾的男孩啊，不和我说话。因为你的缘故啊，我吃不下饭。你这个狡猾的男孩啊，不来和我吃饭。因为你的缘故啊，我睡也睡不着。这是恋爱中的女孩子作意埋怨情郎冷落她，吊她胃口。

《诗经·郑风·山有扶苏》写道："山有扶苏，隰有荷华。不见子都，乃见狂且。山有乔松，隰有游龙。不见子充，乃见狡童。""扶苏"指扶桑树。"隰"是沼泽的意思。"游龙"是红蓼这种小草的别称。"子都""子充"是古时候对美男子的通称。这首诗是女子在对情郎说："山上有茂密的扶桑和高大的松树，沼泽长满鲜艳的荷花与红蓼。我没有遇到安静的美男子，只见到你这个狡猾嚣张的坏小子。"她说他坏，是贬斥语，却有无限亲切狎昵在其中。对他而言，这比夸他更让他心魂驰荡吧。

《诗经·郑风·褰裳》写道："子不我思，岂无他人，狂童之狂也且。"你不想我，不爱我，难道我找不到别人吗？你这小子有什么值得那么嚣张的！这是女主人公对情郎发脾气了。然而这发脾气，也有一点撒娇的味道，所谓娇嗔也。

《诗经》里，"吉士""良人""狡童""狂童""狂且"这五种对情郎（丈夫）的称谓，在中国古典诗歌的体系中，只有"良人"被很好继承下来，是专指"丈夫"的常用词。后世几乎不用"吉士"来指情郎（丈夫）。而"狡童""狂童""狂且"即使偶有使用，也和婚恋无关，而是专指真正狂妄的小人。倒是后世出现了"狂夫"这个词，是女子指称自己"狂荡的丈夫"，与"狂童""狂且"接近。但"狂夫"没有"狡童""狂童""狂且"这三个词中那种可爱的孩子气了。

时至今日，可能很少有人知道"吉士""良人""狡童""狂童""狂且"

这些词了。但今人和《诗经》时代的人一样,一会儿夸爱人"好",一会儿嗔爱人"坏"。甚至嗔爱人"坏"的说法更多,比如"大(小)坏蛋""坏人""坏家伙"之类的。或者骂爱人"你好坏""你讨厌"之类的。不是有种说法叫"男人不坏,女人不爱"吗?而女人其实也常常在恋爱中扮演"使坏"的可爱角色。相反,说爱人好的词儿倒少些。你可能会对爱人说:"你真好。"但你不大可能一本正经对爱人说:"你是个好人。"嗯,在情场上,有一种情况倒是常常会说对方是好人。就是:甲向乙表白,但乙不爱甲。这时,乙往往会对甲说:"你是个好人,但我对你没有那种感情。请原谅。"这就是俗称的"派好人卡"。

"那谁"已成"无名氏"

热恋时的称谓是那么甜蜜,而分手后,那些甜蜜的名字都被心口掩埋,世事湮没。比如黄霑作词、叶振棠演唱的《忘尽心中情》写道:"昨天种种梦,难望再有诗。就与他永久别离。未去想那非和是,未记起从前名字。"主人公觉得,和那个很爱的人永远分手后,生活中就再没有诗意。不愿去分辨其中的恩怨是非,而以前某人的名字,那名字意味的种种,也不愿再去想起了。

还有黄伟文作词、何韵诗演唱的《再见…露丝玛莉》:"再见,露丝玛莉再见。情人的声音渐变小,甜蜜外号只得你可唤召。谁可像你一叫我就心跳。再见,如果玛莉走了,谁人是露丝不再紧要。埋名换姓,随便换个身份。找个归宿平平淡淡完了。而你去讲我确实曾被爱,以秘密名字记下来。……这个称呼永远都不用了。"这首歌讲的是一对女同性恋人不为世俗所容而被迫分手,歌中抓住昵称这个细节来写,非常凄婉动人。露丝、玛丽是这对恋人的名字,不是她们的本名,是她们为爱而取的昵称。这是一个让她们怦然心跳的称谓。可是,不得不分手,她们对未来也就心灰意懒了。也许,唯一能为彼此坚持的是,这个昵称只属于她俩之间,不许别人叫,这份爱的记忆不许别人触碰、玷污。

黄伟文作词、周国贤演唱的《目黑》也可以稍微听一下:"黑色眼睛,沿途与你有过一帧风景。但路上，谁也没名没姓。"也是讲短暂的恋情，过后彼此的姓名都在对方的生活中讳去。

黄伟文作词、苏永康演唱的经典歌曲《那谁》，从歌名开始就很经典——那个曾经很重要的名字，渐渐地就变成了意味深长又没意义的"那谁"了："你和那谁那天分手。……像突然忘掉尊姓大名，却记得她教你差点丧命。……渡日月，穿山水，尚在恨，那谁。谁曾无坚不摧，摧毁的废墟，一早变作你美好新居。"主人公惊觉，突然连旧爱的名字都快不记得了，只是身心还残留着从那份痛爱中死里逃生的余悸。如今，爱与恨都已放下，已经开始了美好的新生活。

还想讲一首角度和以上歌曲角度有些不一样的台湾歌曲——方文山作词、阿桑演唱的《一直很安静》："明明是三个人的电影，我却始终不能有姓名。"这首歌讲的是三角恋中被牺牲掉的那个。因为感情带点悖德的性质，所以不能光明正大的交往，只能"隐姓埋名"。

最后用一首林夕作词的《无名氏》作为这一小节的总结陈词吧，梅艳芳用一种深沉平静的语调唱出笼罩在一个名字上的魔力是如何逐渐丧失的："时间令伴侣都变无名氏，忘记为什么肯关怀备至。……再不再会已经不介意。时间令伴侣都变无名氏，忘记为什么惊心和悦耳。"以前相爱的时候，什么事都细心地替他着想，听到他的名字会很开心，或很紧张。现在呢，早已不在乎了，"那谁"已成"无名氏"！

调情:檀郎(静女)故相恼

唐末无名氏有一首可爱的《菩萨蛮》:"牡丹含露真珠颗,美人折向庭前过。含笑问檀郎,花强妾貌强。　檀郎故相恼,须道花枝好。一面发娇嗔,碎挼花打人。"

萌妹子折了一枝牡丹走过来。花儿娇香凝露,华贵迷人。她笑吟吟地问情郎:"花好看还是我好看?"傻瓜都应该知道,她预期的标准答案是:"还是你好看,你比花好看一千倍一万倍。"情郎哪里会不懂呢?他眸子里闪过一丝狡黠,故意反其道而行之,说:"嗯,如果非得逼我说实话的话,我要承认还是花比你好看。"妹子应该不会不知道情郎故意恼她吧。但她还是撒娇发脾气了。她恼这呆头鹅真是严重地思想觉悟不高啊。于是俊眼一横,小唇轻抿,尖尖十指发狠把花揉碎了向他掷去。一场嬉笑打闹开始。

这首词可谓是古典诗词写调情的第一经典之作,经典之处有三。一个经典之处在于:"花好看还是我好看?"在古代这一问的经典程度堪比今天的:"如果我和你妈一起掉进水里,你先救谁?"这两个问题分别是古代和现代,传说中女人最喜欢问的。注意,传说中喜欢问并非指现实中很多女人会问出这样的问题,而是说,这两个问题在古今都被人津津乐道。这其实是基于深刻的社会生活文化渊源的提炼想象。古代人太喜欢把女人的容貌比作花了，所以女人问出"花好看还是我好看"就是太顺理成章了。如果现代女人这样发问，则会比较突兀。而今天呢，姑娘会担心，出嫁后在遇到婆媳矛盾时，丈夫会不会一味偏向老妈，所以会探问男友这方面的态度。如果是在古代，这个问题何须问哪敢问，百善孝为先，当然是先救妈啦。

一个经典之处在于结句的可爱。宋代词人张先曾把这首词改写过一遍，几乎只改了结句："花若胜如奴，花还解语无？"这是妹子在说："怎么能说花儿超过我，花儿不会说话，但我可是一朵聪明体贴的'解语花'！"张先可能是嫌原结句写"打人"什么的太俗俚不够淑女，于是替换成妹子的一句答话。这句答话欲显聪明，实则有些笨拙费力。严重影响阅读节奏的畅快。全无原作一气呵成，活泼生动的娇趣。可谓点金成铁。

还有一个经典之处在于："檀郎故相恼。"这句从诗学的角度上没什么值得称赏的，但从人情世故的角度来看，"故相恼"三个字可谓道尽千古打情骂俏的精义。百依百顺虽好，但缺乏情绪的波折，未免乏味。适当"故相恼"，拂逆一下，看对方什么反应，这才有趣。"故相恼"虽是一种做作，但非刻意的做作，而是一种真情流露。觉得爱人太可爱，才情不自禁想逗弄一番。

还有些诗词，虽并未模仿这首《菩萨蛮》，却也写到了"故相恼"的情节。比如苏东坡的一首《玉楼春·次马中玉韵》："故将别语调佳人，要看梨花枝上雨。"主人公故意说些伤感的离别的话，要看那个动情的姑娘流下眼泪美如梨花带雨的样子。主人公心里也是黯然的离情吧，亏他还匀得出心思去逗她，也真是太顽皮了。看着她真情流露的可爱模样，他的心里是会有种感动和温暖吧。

这样促狭的事情，清代多情的词人龚自珍也有做过、写过。见他的一首《生查子》："我已厌言愁，不理伤心话。翻愿得娇嗔，故惹莺喉骂。"他见了心爱的姑娘后，已经厌听厌说那些相思的愁绪。不去安慰姑娘，反而故意胡乱说话，好惹得姑娘用好听的嗓音骂他。龚词人真是该打、该打！

现代港乐也有写类似的。见林夕作词、陈奕迅演唱的《冤气》："我也会故意顽劣引诱你不得不生气，专登俾心机呵返你。"后半句的粤语表达翻译成国语即是："专门用心哄回你。"真是好坏好坏的，这句大概是港乐写调情题材的第一可爱语。前半句就是现代版的"檀郎故相恼"嘛。看来，"故相恼"真是古今共通的妙悟。

看到这里，有些读者可能不满意了。哎呀，怎么都是男人调戏女人，不能是女人调戏男人吗？其实，古典诗词早在写男人调戏女人之前，就已经写过女人调戏男人了。

见《诗经·邶风·静女》："静女其姝，俟我于城隅。爱而不见，搔首踟蹰。"那个美丽的好姑娘，本在城边上等我，却躲了起来。害我着急得直挠脑袋，走过来走过去盼她找她。主人公想早点见到姑娘，她偏不现身，也是"故相恼"。姑娘大概躲在旁边抿嘴偷笑呢。就是要看这傻小子紧张在乎她的呆萌样子。呀，这么顽皮，哪里是个安静的美少女嘛。

撒娇：媚恐情生娇恐妒

一般都是写女人对男人撒娇，现代港乐中竟还写过男人对女人撒娇。这里各讲一首写女人撒娇的歌和写男人撒娇的歌，供大家对比着玩味。

撒娇的小公主

黄伟文作词、李彩桦演唱的《你唔爱我啦》是港乐中最娇嗔的歌曲。李彩桦的嗓音并不是我们通常认为的最适合撒娇的那种纤柔甜嗲如志玲姐姐般的嗓音，而是有种柴火气，粗粒花生酱的质感。

粗线条的嗓音，配上这纯用粤语口语写的歌词，让这首歌俗气聒噪，简直俗不可耐。但俗得好可爱，好亲切，好踏实。俗得就好像我们自己，或我们在生活中认识的某个女孩。

让我勾勒一下这首歌让我脑海浮现的女主角的形象：她不算很漂亮，但你有时又会不禁觉得她是好看的。圆脸，双眼皮，圆鼻头。皮肤还可以，有一点雀斑。中长发，一般扎马尾。中等个子，有种健康的微胖。她是个孝顺父母的乖孩子。她还在读书或刚刚工作，踏实勤恳，只是有轻微拖延症。她也可以很麻利地打理好家务。她没有任何让人不安的奇怪爱好,偶尔追偶像剧,只听最流行的歌曲。她阳光而充满活力,又很容易莫名其妙忧郁了,喜欢笑也喜欢哭。她闲暇时喜欢逛街买衣服、买包包、做指甲、吃东西。但她最喜欢的是——她的男友君!简直是生命的意义所在。在恋爱中,她会傻傻地付出很多,也喜欢扮演"傲娇小公主"的角色。

这首歌是她唱的独角戏。事件背景很简单很俗套:男友君这段时间有些冷落她,于是她便成为一只"炸毛"的猫咪。如此重要而可爱的自己居然被忽视了,还有比这更让人不愤的事吗?!她扁着嘴嘟嘟囔囔地说着,越说越委屈,简直盈盈欲泣;但说的话以及语气又会惹人笑出泪花来。她的面前,大约站着诚惶诚恐洗耳恭听的男友君。也很有可能的是,她想象着他在面前,对着空气自言自语练习如何精准地吐槽他。

她要数落的那些,不用说读者你也差不多猜到啦。还不就是,男友君这段时间比较少约她,约会时也心不在焉。今天居然没接她的电话,也没及时打回来,等等。于是她脑海里剧情飞速神展开。她觉得男友君对她的感情淡了,甚至已经做了对不起她的事情。她恨得牙根儿痒痒,简直想揍他几拳。

然后她觉得这样实在也无趣,便仿佛厌烦又大方地摆摆手,够了够了。脑海里剧情继续向前滑翔,分手,结束,这样就清净不心烦了。她口口声声说:"是但啦,算数啦,唔烦你啦,无人锡我啦。再见啦,无嘢啦,实在够啦。你唔爱我啦。""是但啦"意为"随便啦","锡"意为"疼爱"。表现得很洒脱,但听语气就知道这时候她的嘴肯定撅得高到可以挂个醋瓶了,明显是在说:"我整个人都不好了!没良心的大坏蛋你知不知道!!!"她或许还会悄悄把她社交网络的个人状态从萌萌哒风格换成明媚忧伤、了无生趣的风格。

她埋怨男友君没送过什么礼物给她。但如果问她想男友君给她什么?她不好意思说出口其实只想要男友君再对她说一遍:"BB,我好爱你!"这句话她听多少遍都不会腻的。她要的只是他的关心在乎而已啊。曲终是一串连珠似炮的:"你唔爱我你唔爱我你唔爱我啦……啊啊——!!!"其中的抓狂感,有点像那种剧情——女生捂住耳朵,猛摇着脑袋说:"我不听我不听我不听我什么也不想听!"

这首歌中,黄伟文把所有的话语权都交给了女方。那么现在我们来关心一下在这段"公案"里失声的男友君的处境。额,这个傻小子,还愣着干嘛,大概应该按照最俗套剧情的应有之义,赶紧把女友搂进怀里揉一揉,给炸毛的猫咪顺顺毛呗。就这么简单。不需要讲道理。

有人也许会不满,为什么总把女人写成傻白甜的撒娇的形象。哎,何必这么不解风情地较真。恋爱中的撒娇、蠢萌什么的往往只是一种真情流露的作态罢了。好了好了,以示公平,我们马上讲一首写男人撒娇的歌。

撒娇的狡童

通常认为,撒娇是女人的专利,写女人撒娇的诗歌也不少。黄伟文作词的《PG 家长指引》却不走寻常路,成功示范了如何写男人撒娇,这样的作品着实罕见。歌曲并非把男人写得像女人,而是在写热恋中的男人展现顽劣可爱的孩子气。"PG 家长指引"本来是电影分级采用的术语,指电影有轻微的色情、暴力成分,建议儿童在家长指引下观看。歌中可丝毫没有色情、暴力的成分,歌名仅仅借字面上的意思和大家开个玩笑,指的是男主人公把自己当作孩子,把女友大人当作指导他的家长。

《PG 家长指引》的原唱虽是梁汉文,我想推荐的却是陈奕迅的翻唱版。陈奕迅天生的大孩子般的欢脱气质更能够把这首歌曲的味道唱出来。同时要考虑到,他也是这首歌的作曲人,歌曲本身带着他的风格。他把这首歌唱活了,唱到飞起,唱得每根头发都带电!唱得自己与这歌融为一体,唱得听众也与之融为一体!唱得干脆在舞台上一屁股躺下来不起身,撒娇打滚耍赖,谁也拉不住!

《PG 家长指引》的开头也是独一无二的创格:"你要陪住我,你要陪住我,你要陪住我。"一连重复三遍,这是有多黏人啊?听者请别一本正经地批评这种"男巨婴"的行径。他就是很喜欢女朋友,于是狡狯地扮作一个大孩子来向她撒娇,逗她玩。

令人想起《诗经》中,女主人公常常把情郎唤作孩子:比如"狡童",狡猾的孩子;"狂童",狂妄的孩子。看来,在喜欢的女人面前展现孩子气,也是从古到今男人的一种共性啊。

好了,《PG家长指引》的主人公央求了三遍让爱人陪着他。为啥要陪呢?总得给个借口。噢,天哪,每个借口都是如此幼稚。第一个借口是怕做噩梦,第二个借口是怕过马路,第三个借口是怕生病了没人心疼。怕生病了没人心疼这点最好理解。古代的男诗人也不时吐槽这个。比如宋代词人向滈的《虞美人》就叹息道:"如今病也无人管。"怕做噩梦也勉强可以理解。那怕过马路是什么鬼借口?哦,原来,主人公说,怕太挂念女友,走路疏忽交通灯,会有危险。这、这、这分明是要赖嘛。不过,我们认为,一个有责任感的女友还是应该牵着这孩子的手过马路的。

《PG家长指引》还唱道:"问我怎能如儿童,还须成人陪同。孩子的心理愿你都懂。成长期无穷,谁都停不了,愿终生得宠。盼家长指引,怎么可以一生骄纵。问我怎能如儿童,还须情人陪同。男人的心理愿你都懂。危险期无穷,谁都不相信,是终生得宠。我不分轻重,只想给你好好的哄。"这段歌词大概是把男人的孩子气诠释得最到位的文字吧。男人希望女人可以一辈子哄他、纵他、宠他,这样他才有安全感。这一段有个好玩的谐音,"成人"和"情人"的粤语发音是非常像的。这个谐音更加凸显了男人的孩子气。"儿童"相对于"成人",犹如"男人"相对于"情人"。

我们来看这首歌是怎么结尾的:"我怕你拒绝,尽量迫你着紧。假装很天真,告诉你你像我母亲。你共我,盼望好比拥有血缘那么近。"这几句的转折很棒。因为怕女友不肯跟他成家,所以尽量缠住她,尽量吸引她的注意。向她撒娇卖萌,说她像他的妈妈。为什么这么说呢?哦,原来是想和她结婚成为一家人,成为至亲啊。陈奕迅把这几句唱得真是可爱到让人的心都化了,犹如一只眼神中流露出无辜和依赖的猫咪。

　　大家不要太阴谋论地说，这个男人就是想骗姑娘像妈妈那样任劳任怨地照顾他，虽然也不排除这样的嫌疑。不过我想他也会对姑娘好的。而姑娘在决定嫁不嫁之前也必明察秋毫，不能像挑选猫儿那样觉得萌就收养。

　　总之，《PG 家长指引》可谓是男人卖萌撒娇的最佳教材，送呈广大男士参考学习。

相思极尽转庄严

性爱是浪漫爱的一部分。甚至有人认为,爱情几乎就是情欲(性爱或渴望发生性爱的愿望)的成分。比如莎士比亚的剧作《奥赛罗》中有个叫伊阿古的家伙,他对爱情的诠释是:"那不过是在意志的默许之下一阵情欲的冲动而已。"有好些人,在被情欲冲昏了头脑时,整天说爱呀爱的。在意乱情迷过去,新鲜感过去之后,面对很多生活的烦恼,又觉得没那么爱了。回过头来,才发现所谓的爱情只是情欲。

还有些人认为,爱情和情欲并不能混同,清代词人朱彝尊的《洞仙歌》写道:"正不在相逢合欢频,许并坐双行,也都情分。"词人认为,并不一定要见面了就频频做爱,相偎而坐,并肩而行,也是爱情中很美好的事情。

有人甚至认为,爱情和情欲的区别实在值得严格辨别。比如清代词人钱斐仲的《雨花庵词话》中有一则叫做《情与亵判然两途》:"言情之作易流于亵。其实情与亵,判然两途,而人每流情于亵。余以为好为亵语者,不足与言情。"他这里所探讨的情与亵,就差不多相当于我所说的爱情与情欲。钱斐仲认为,言情的作品中,若是情欲的成分太多了的话,那么这个作者是并不真正懂得爱情的。他的这番论断可能会被认为是有些道学气,是在视情欲为不好的东西。但我觉得,钱斐仲的说法还是有一定道理的。太过喜欢谈论情欲的人,很可能真的不懂得爱情中不止于情欲的部分。正是这一部分,的确是爱情中至关重要的东西。

曹雪芹在《红楼梦》中有一段关于爱情与情欲的著名探讨,与钱斐仲的词学观颇为相似,但更加深透,见第五回《贾宝玉神游太虚境 警幻仙曲演红楼梦》。在这里,曹雪芹借警幻仙子之口提出了一个"意淫"的概念。虽然现在,我们现在使用的"意淫"这个词是带点贬义,在指充满亵渎的幻想。但最初,"意淫"可是一个有点高大上的词。警幻仙子是这样说的:"淫虽一理,意则有别。如世之好淫者,不过悦容貌,喜歌舞,调笑无厌,云雨无时,恨不能尽天下之美女供我片时之趣兴。此皆皮肤滥淫之蠢物耳。如尔则天分中生成一段痴情,吾辈推之为'意淫'。'意淫'二字,惟心领而不可口传,可神会而不可语达。"警幻仙子认为,世上很多的人,只是贪图美好的容貌,轻浮的调情,肉体的交欢,且欲壑难填。这种人是"蠢物"。这番论断可与钱斐仲说的"余以为好为亵语者,不足与言情"共参。

那么警幻仙子所推崇的"意淫"是什么呢?虽仙子谓其"不可语达",我却不禁想强作解人。我觉得,它大概是一种更侧重精神性的爱,并非不包含性爱。有时候灵(精神的爱)欲(性爱)完全交融,好像二者没有主次,没有高低,甚至根本就是一体的。但这份爱如果没有性爱也并不是不可以。性爱并不是这份爱中的决定性因素,不是特别关键的。且这份爱天生缠绵入骨,双方彼此间充满专注、真挚的关心,且不会轻易迁移和消失。《红楼梦》中这种爱情的代表人物就是贾宝玉和林黛玉。他俩深深相爱,而书里并未显示他们有性关系。有人认为宝黛这种没有性爱的深爱特别纯洁、高尚,也有人觉得这种刻意回避宝黛之间性爱的写法有些虚伪、幼稚。但我觉得,其实如果宝黛之间有性爱也并非会让他们的爱变得不纯洁不高尚。而如果说宝黛之间没有性爱的话,我也认为这是完全可信的,且也没什么不好的。

如果要用一句诗词概括宝玉和黛玉这种爱情,我想借用晚清词人梁鼎芬《浣溪沙》的那句:"相思极尽转庄严。"爱情到了最深的程度就是一种庄严之境了。庄严,是这种爱情不混同于情欲的部分。情欲,是轻浮的。但这种爱情，是非常认真的，甚至让人产生一种宗教般的虔诚。但它并非禁欲的，并不排斥情欲。而且不管是相守还是分手，都始终对这位爱人心存敬意。

印度诗人泰戈尔也有探讨过爱与欲的问题。他在一首诗里写道："你的欲望的气息，会立刻把它接触到的灯火吹灭。它是不圣洁的——不要从它不洁的手中接受礼物。只领受神圣的爱所赋予的东西。"当然，此处泰戈尔所言的爱与欲，肯定比我所说的"爱情"与"情欲"更广义。很容易看出，泰戈尔也在劝诫人们听从"爱"而不是听从"欲"，他认为"爱"比"欲"是更好的东西，"爱"带着神圣性。此处的"神圣"与"相思极尽转庄严"的"庄严"意思相近，可以共参。

这种"庄严""神圣"又和另一个概念相通——"洁净"，或者说"净化"。黎巴嫩诗人纪伯伦在诗集《先知》的《论爱》这一篇写道："他磨碾你直至洁白。"这里谈论的就是爱的净化作用。当然啦，纪伯伦此处谈论的"爱"也比"爱情"要更广义。"情欲"的东西，总是好"污"。注意，"污"在这里并无绝对的贬义，"污"有时是种调侃，有时是种中性的形容。而爱具有洁净的特点，具有净化的作用。这种洁净的爱却也并不排斥情欲。

总之，情欲和爱情是奇怪的一对儿。爱情和情欲有时看起来相似，但又具有相反性。情欲带着轻浮的、污浊的特点，爱情则带着庄严、神圣、洁净的特点。而且这种相反性也不是固定的，情欲和爱情中的污与洁、轻与重常常闪烁、游移不定。爱情和情欲有时区别昭然，有时又浑然合一。爱情有时会抵达情欲，情欲有时会抵达爱情。

有人认为情欲是比爱情更自然、更本质的东西。但是两人间只有情欲的话，很容易互相显出自私、冷酷的面目。

曹雪芹、泰戈尔等智者却似乎想告诉人们，爱情比情欲更高，情欲从来不是我们能得到的最好的东西。他们想告诉世人爱情中庄严、神圣、洁净的一面。

爱情和情欲微妙的异同、高下，最终不可以言语辨。只能每个人自己验证、领会，然后得出个性化的答案。

不浪漫的罪名

  如果你是女人，你有没有心里暗暗为男友（丈夫）不懂浪漫而沮丧？如果你是男人，你有没有为女友（妻子）抱怨你不懂浪漫而苦恼？有什么歌能够对这种情况有所帮助呢？答曰：当然是陈少琪作词、王杰演唱的《不浪漫罪名》。如果你是一个不懂浪漫却很深情的男人，这首歌或许能帮你倾吐心声。如果你是一个渴望浪漫的女人却有一个不浪漫的伴侣，这首歌或许能帮你打开心结。

  《不浪漫罪名》这首歌讲的是一个男人被女友（妻子）吐槽不懂浪漫，于是他动情地倾吐心声。电影、电视剧、小说、诗歌的爱情是那么浪漫，很多女人也希望爱情有文艺作品中那样的浪漫元素：鲜花呀、烟花呀、海滩篝火，还有那种让人心跳加速的甜言蜜语。至少特别的日子，生日、节日要有惊喜。还要有帅气的男主角，就像林夕作词、Twins演唱的《乱世佳人》写的："和奇勒基宝接吻，才算画面。"奇勒基宝是何方神圣？就是内地一般译为克拉克·盖博的那位电影界大帅哥，《乱世佳人》中男主角白瑞德的扮演者是也。男朋友长成那样，多好。接吻的场面也要浪漫些。

  可是这一切，《不浪漫罪名》的男主人公都不擅长，都不能如妻子所愿给予她。但他自问是非常爱她的，所以他辩解和告白道："为何不浪漫亦是罪名？为何不轰烈是件坏事情？从来未察觉我每个动作，没有声都有爱你的铁证。……从来未察觉我语气动听，在我呼吸声早已说明，什么都会用一生保证。"男主人公是想告诉他的妻子，其实只要用心体会，很多生活的细节都能体现我对你的关心、爱护，以及相守一生的诚意。这一段是歌中的副歌，很好听，让人印象深刻。

不懂花心思搞浪漫惊喜，不代表男人不爱他的女人。踏实、有上进心、有责任感、在生活上关心爱人、包容体谅、理解支持、语气温和，日复一日年复一年地做到这些，大概是更实在，更重要，更考验人的吧。与这些相比，那些浪漫的花样实在太轻飘了。

关于浪漫和踏实孰重孰轻的问题，林徽因的婚恋故事就是一个最有说服力的例子。众所周知，才女兼美女林徽因拥有众多追求者，其中包括梁思成和徐志摩两位才子。虽然林徽因也很有浪漫气质，但她拒绝了浪漫的诗人徐志摩，而选择了更踏实稳重的建筑学家梁思成。当然梁思成也是颇有文艺修养的，但他应该不像徐志摩那么会说情话。然后林徽因就与志同道合的梁思成携手展开艰苦的学术研究工作，就这样度过了她的一生。我觉得，林徽因的选择是无比理智正确的。虽然徐志摩也有天真可爱这些诗人的优点，但这个人身上浮而滑的一面太多了。且他的体内就像一直烧着一团火，不能让他自己和爱人清凉安宁。和这种人恋爱，初期或许会感到很甜蜜，但持续下去就会把生活过得一团乱，也会事业无成。

没追到林徽因，帅气的诗人徐志摩终于又找到一位心仪的爱人——与林徽因同样美貌与才华并重的陆小曼。徐、陆二人爱得如火如荼，如胶似漆。可要命的是，陆小曼在生活上的不靠谱比徐志摩有过之而无不及。陆小曼生活作息极不规律、挥霍无度、爱慕虚荣，还染上了抽大烟的毛病。徐志摩为了供养陆小曼，在工作上疲于奔命，而且在现实的压力下也渐渐感到这段爱情不再甜蜜，而是觉得："阴沉，黑暗，毒蛇似的蜿蜒，生活逼成了一条甬道。"后来徐志摩年纪轻轻地因为飞机失事而丧命，陆小曼的晚景似也不是很好。可惜了徐、陆这两位本来根性极聪明的人。所以说，如果将浪漫过分放大，或者对它的希求和依赖过分多,其实只是软弱、懒惰、浮躁,不愿直面生活的真相和责任而已,这样下去一定会在生活上受教训的。还是踏实、坚韧、上进最重要,人性的高贵,生活的长久幸福,也是基于此的。当然,如果能将生活工作顾好,还能浪漫一点的话,那又是另一种境界了。

所以,如果一个女人的男人能够坚持踏实、上进,还比较关心她,那么她也该欣慰、知足了。浪漫啊,真的不是那么重要。反过来,对男人而言,如果被爱人抱怨不浪漫,就算不懂乱七八糟的花样,买一束花给你的她也是很简单的嘛,为什么不去买呢?

还有,不浪漫的男人,学会唱这首《不浪漫罪名》吧,爱人抱怨你不浪漫的时候,唱几句这歌儿逗她,这也是一件很浪漫的事呀。

| 代 价 |

直道相思了无益。——李商隐《无题》
爱情不是一场欢喜。——林夕《春光乍泄》

情人的眼泪

爱情让人感动,也让人受伤。受伤让人流泪,感动有时也让人流泪。所以,关于爱情的诗与歌,眼泪是一个重要元素。

颗颗眼泪都是爱

陈蝶衣作词、潘秀琼演唱的《情人的眼泪》可谓是华语乐坛写眼泪最经典的歌曲。这首歌本来是 1955 年香港邵氏电影《杏花溪之恋》的插曲,后来又作为 1965 年邵氏电影《小云雀》的插曲。后来台湾电影制片厂拍摄电影《情人的眼泪》,将之用为主题曲,并请台湾那时的当红歌手姚苏蓉演唱。而时隔半个世纪,2007 年,台湾新生代乐坛偶像周杰伦导演他的电影处女作《不能说的秘密》时,也别具慧眼地将这首覆满岁月尘埃的老歌发掘出来作为插曲(他选择的是姚苏蓉的版本),让电影的观众过耳难忘,赞叹不已。从香港到台湾,从 20 世纪中叶到 21 世纪,这首歌都如此打动人心,说明它具有跨越地域和时间的魅力。

陈蝶衣这位词人,现在知道他的人大概很少了。现在人们尊崇黄霑这位香港老一辈的"流行歌词宗匠",也津津乐道林夕这位词作三千的"香江词神",而陈蝶衣在上世纪六七十年代时也有"词坛大佬"之美誉,其词作也有三千首之多。黄霑和林夕获得过香港乐坛的终生成就大奖金针奖,陈蝶衣也获得过。在五位获此殊荣的词人中(另外两位是郑国江和林振强),我想陈蝶衣应该是被港乐迷忘得最彻底的一位。我们很记得黄霑,很喜欢林夕,忘不了郑国江和林振强,但又怎么能忘了陈蝶衣呢?陈蝶衣的歌词一向以富有古典诗意著称,《情人的眼泪》是其代表作之一。

《情人的眼泪》一开头唱道:"为什么要对你掉眼泪,你难道不明白是为了爱?只有那有情人眼泪最珍贵。一颗颗眼泪都是爱,都是爱。"这里把至真至深的感情抬到了人性的最高位置,朴实而深刻。让人想起《格林童话》中那篇著名的《莴苣姑娘》。故事的结尾,莴苣姑娘的眼泪滴进与她深深相爱的王子失明的眼眶。奇迹发生了,王子的眼睛复明了。也是在对"有情人的眼泪"做最高的赞美,只不过是通过超现实的手法。

《情人的眼泪》唱道:"好春才来,春花正开,你怎舍得说再会?"是怨语,却怨得含蓄深婉。这句歌词写因为没有情人陪伴而辜负春光,是典型的古典诗词的思路。比如宋代大词人晏几道的一首《浣溪沙》:"怅恨不逢如意酒,寻思难值有情人。可怜虚度琐窗春。"这辜负和虚度的,不仅指四季的春天,更是指人的青春年华。

女主人公接着唱道:"我在深闺,望穿秋水。你不要忘了我情深深如海。"这里女主人公直抒胸臆,将整首歌的感情推至高潮。"深闺"和"秋水"都是很古典的表达。其实"情如海"这种比喻也很古典。比如唐代诗人元稹将一份爱情比作"曾经沧海难为水",让很多人为之赞叹。元稹的好友白居易也有"相思始觉海非深"之句。情如海,极言感情的深沉辽阔。

歌的结尾再次说泪因爱而生,因离情而落,照应歌的开头,回环反复,低徊不尽。优雅古典的歌词配上婉转悠扬的旋律,配上潘秀琼气度高雅、从容沉静的唱腔,使歌中的闺怨并不显得靡弱。听起来一往情深、哀而不伤、柔中带刚、落落大方,令人敬之爱之。

这首歌被华语歌坛好些著名歌手翻唱过,比如姚苏蓉、美黛、凤飞飞、蔡琴、徐小凤、林忆莲、罗文、张学友等。但似乎只适合女声唱,即使优秀的男歌手,也演绎得平平。女声版本都不错,其中林忆莲的版本最为特别。别的歌手唱《情人的眼泪》咬字都比较实,林忆莲咬字却松松的,带点气音、鼻音,却每个字都清晰无比。有种慵媚感,气若游丝,其中却有一股绵力,或断或连,舒卷自如。听起来的效果是:一片氤氲的气雾中,一缕纤细的高音袅袅婷婷,质感莹润而不觉得尖利。

眼泪赞

周耀辉作词、黄耀明与容祖儿演唱的《眼泪赞》也是一首关于眼泪的经典歌曲。它和《情人的眼泪》是截然不同的风格。如果说《情人的眼泪》是中式的浪漫,那么《眼泪赞》则是种西式的浪漫。如果说《情人的眼泪》的美感是淳厚的、明朗的、自然的、大方的,《眼泪赞》的美感则是虚薄的、剔透的、雕镂的、小巧的。《情人的眼泪》写的是一次具体的离别,因为写得深挚、透彻而获得普遍性的意义。《眼泪赞》却没有描写具体的场景,而直接专注于挖掘和咏叹眼泪普遍而抽象的神髓。

黄耀明的嗓音清美柔韧,仿佛这首歌的前景、近景;容祖儿飘渺脆薄的高音则仿佛背景、远景。他们的声线合力营造了一个清空的意境,很好地模仿了眼泪那种晶莹剔透的质感。仿佛在"奈何天,伤怀日,寂寥时",眼泪汇成一个"太虚幻境"。

歌词算是不错的现代诗。周耀辉在歌词里玩了个文字游戏,拆了两个词语,一个是"味道",一个是"欲望"。歌词写道:"味,就趁休克之际吞到意识里,直至身边的你说一句,流下眼泪。道,就借弯曲之处伸到记忆里,直至青春的我老一岁,流下眼泪。……欲,就算不知不觉翻到刺激里,别要解释一切对不对,流下眼泪。望,就叫今生今世铺到记忆里,没有方式可以更干脆,流下眼泪。"这部分词由黄耀明演唱。

爱情带来的痛苦有时让人近乎"休克"。"吞到"这个词形容出流泪时的哽咽,而吞下去的感觉又仿似情绪的自我消化。这个时候的滋味,就自己咀嚼吧,如人饮水,冷暖自知。"直至身边的你说一句。"周耀辉没有写"你"具体说了什么,反而容许了很多的可能性。情人的很多话,都有可能引发流泪。"道,就借弯曲之处伸到记忆里。"感情遭遇波折,于是留下深刻记忆。甚至是到了分道扬镳的地步,爱从此只能在记忆里延伸。

"欲,就算不知不觉翻到刺激里。别要解释一切对不对,流下眼泪。"爱欲,是一种强烈的体验,无论是它带来的快乐还是伤痛。那么就顺其自然让被刺激的泪腺流下眼泪。"望,就叫今生今世铺到记忆里,没有方式可以更干脆,流下眼泪。"这个"望",可以指抽象的对爱的渴望,也可以指与某个具体的人相爱的渴望。望,可能会失望,甚至会绝望。检点记忆中怀带着这份渴望的生命历程,或许也会蓦然落泪。

周耀辉还写道:"爱,太多应许。挥之不去,刻入脊椎。挥之不去,镶入耳坠。挥之不去,涌入脑海不退,全是眼泪。"这部分词从"挥之不去"由容祖儿演唱。讲的是爱情充满了铭心刻骨的诺言,它们像精美闪光的耳坠在耳边终日回荡。它们更像病毒般侵入大脑,无法根除。它们常常都化作了眼泪。"挥之不去""刻入脊椎""镶入耳坠"也可以理解为在写眼泪。流不完的泪,刻骨的泪,珍珠般晶莹,仿似可以镶入耳坠的泪。

周耀辉在结尾写道:"挥之不去,吹入市区。挥之不去,飘入午睡。挥之不去,写入永生里。全是眼泪。"这部分词由容祖儿演唱。容祖儿的高音让人感觉眼泪真的在虚空中漂浮,随时被风吹堕。眼泪无孔不入。钢筋水泥的坚硬城市,也会有柔情之泪落下。沉酣的睡梦里,有时也会怔怔迸出泪花。总之,人类的世世代代,都充盈着情人的眼泪。多么奇妙,多么伤感,又让人感到安慰。

这首歌是有典故的。法国哲学家罗兰·巴特的名著《恋人絮语》中,有一章叫做《眼泪赞》。黄耀明和许茹芸主演过据之改编的舞台剧《恋人絮语》,这首《眼泪赞》是其中的一首歌,并请来容祖儿客串"冰凉的天使之音"。

读者不妨一边读着罗兰·巴特的《眼泪赞》,一边听这首《眼泪赞》,会是很惬意的体验。罗兰·巴特的《眼泪赞》文首的提要写道:"哭泣。

恋人易于哭泣的秉性及流泪的具体表现方式和功用。"《眼泪赞》这首歌听上去的氛围感和罗兰·巴特的章节主旨及文字气息很配。

诗词中情人的眼泪

本章拟先从唯美和至情这两个维度推介诗词,然后总结诗词中多种关于泪的经典的类型性写法,包括:珠泪、玉箸、竹泪、红泪、花泪、泪妆、烛泪、泪墨、夜啼、助泪、男儿泪、眼泪证爱。从这些类型性写法可以看见古人的生活、情感、情趣及想象力。这些类型性写法有好些也可以归入唯美或至情的类别,但我觉得有必要将之特别地提拎出来,就分开写了。

①唯美的眼泪

诗词无比看重美,也无比善于捕捉美,建构美。所以我首先想讲的是写泪的诗词中那些唯美的句子。

第一首想说的是诗仙李白的《怨情》:"美人卷珠帘,深坐颦蛾眉。但见泪痕湿,不知心恨谁。"非常经典。极具朦胧美的一幅画,气息深静端妍,而点缀着一丝并不破坏静气的娇嗔。诸家点评这首诗时都盛赞它的含蓄,并对"不知心恨谁"赏玩不尽。都认为"不知心恨谁"这种写法远胜说出个具体所恨的人来。有人说,"不知心恨谁"是见到美人如此伤心流泪而无从下问,不忍下问。

还有唐代诗人韩偓在《复偶见三绝》写道:"桃花脸薄难藏泪。"脸薄实在和流不流泪毫无逻辑关系,但这样写真是娇美可爱,我见犹怜。

还有唐代词人韦庄的《归国谣》:"闲倚博山长叹,泪流沾皓腕。"写了叹息之后蓦地以手腕之鲜白来映衬眼泪,不经意之笔,却惊艳。

还有宋代词人周邦彦的《解连环》写的:"拼今生,对花对酒,为伊泪落。""拼今生"有种豁出去的深情,"对花对酒"这四字又接得清雅俊逸。纵使有花兼有酒,却没有红颜知己与共,只能徒然泪落。

②至情的眼泪

泪因情而生。现在我们来盘点那些情至深、痛至骨的流泪诗句。

情深悲深，会让人不禁流下好多眼泪。比如诗仙李白的那句："相思若循环，枕席生流泉。"相思不断，眼泪多得流成泉。

宋代无名氏的《鹧鸪天·泪》写道："有时看了鲛绡上，无限新痕压旧痕。"刚刚哭过，想起那人又忍不住哭了。重重叠叠的啼痕也是重重叠叠的相思。《西厢记》里那首著名的《叨叨令》有句与之相似："从今后衫儿、袖儿，都揾做重重叠叠的泪。"

伤心的眼泪可能会成年累月地流。南北朝鲍令晖的《代葛沙门妻郭小玉作诗二首·其一》写道："妾持一生泪，经秋复度春。"郭小玉的丈夫葛沙门要远赴徭役，不知何时会归，会不会归。小玉相思刻骨，恐怕要流一辈子眼泪。还有《红楼梦》的那首《枉凝眉》："想眼中能有多少泪珠儿，怎经得秋流到冬尽，春流到夏？"写林黛玉的眼泪四季无尽，反诘的语气，更增一唱三叹、缠绵不尽之感。《红楼梦》中，黛玉的前世是绛珠仙草，曾受宝玉的前世神瑛侍者灌溉之恩。黛玉为宝玉而哭，是在还他眼泪。设想奇绝，耐人寻味，堪称华语小说中写情泪写得最奇妙深刻的寓言。

绵绵不断的伤心泪使人憔悴。南北朝吴均《有所思》写道："薄暮有所思，终持泪煎骨。""煎骨"之语至奇。在每个黄昏，相思的眼泪都仿佛一种腐蚀性极强的液体，煎熬着身子骨。

南北朝鲍照的《代陆平原君子有所思行》写道："丝泪毁金骨。"唐代权德舆的《八音诗》写道："丝泪可销骨。"立意与吴均《有所思》相似。"丝泪"这个词强调的是，看似一丝丝微不足道的眼泪，竟能把结实的身板毁掉。

近代诗人陈曾寿一首七律《泪》的前半部分写道："万幻唯余泪是真，轻弹能湿大千尘。不辞见骨酬天地，信有吞声到鬼神。"仿佛一切都是虚幻，只有眼泪是那么真切。轻轻弹下泪水，能打湿这个大千世界。不辞流泪流到形销骨立去酬答天地给的际遇，而饮泣吞声时那种精诚甚至能使鬼神产生感应！精致而富有穿透力，堪称惊才绝艳，惊心动魄。可谓诗词中对眼泪做的最佳综合性咏叹。

③珠泪

把眼泪比作"珍珠"应该是关于眼泪最常见的美丽比喻。这个典故的出处是晋代张华的《博物志》："南海水有鲛人,水居如鱼,不废织绩,其眼能泣珠。"水中的美人鱼留下的眼泪是珍珠,非常瑰奇的想象。

把这个典故用得最好的诗句当然是李商隐《锦瑟》的那句:"沧海月明珠有泪,蓝田日暖玉生烟。"意境开阔、静谧、清丽、朦胧。《锦瑟》是李商隐最为人称道的诗篇之一,它究竟在讲什么,历来众说纷纭。我倾向于认为它是作者几十年的综合性人生感慨,包含了情事而不只是情事。"沧海月明珠有泪"讲的是刻骨铭心的伤感而美丽的回忆,这幅画面偏冷调。与之相对应,"蓝田日暖玉生烟"这幅画面则偏暖调,讲的是那些如烟的美好往事仍带来淡淡温馨。有一种关于《红楼梦》的诠释认为:爱哭的林黛玉的前身为绛珠仙草,其父名为林如海,中国又习惯把女儿称为父母的掌上明珠,这与"沧海月明珠有泪"之句暗合;衔玉而生的贾宝玉则与"蓝田日暖玉生烟"之句暗合。这种说法很奇特,也不无道理。

④玉箸

还有把眼泪比作"玉箸"的。"玉箸"即玉筷子,模拟眼泪流成线的样子。宋代词人周邦彦的《风流子》写道:"想寄恨书中,银钩空满。断肠声里,玉箸还垂。""银钩"是对书法字迹的美称。书信里徒然写满相思的忧愁,每当听到触动心事的歌声,仍然忍不住流泪。

⑤竹泪

"竹泪"源自尧舜时期的传说。舜帝有两个妃子,都是尧帝的女儿——姐姐叫娥皇,妹妹叫女英。舜南巡不归,娥皇和女英到湘江一带寻他。猛然听说舜已死的消息,恸哭不已,投水而死。她们的泪水洒上竹子,让竹子有了点点的斑痕。于是这种竹被称为"湘妃竹","竹泪"也成为情泪的一种说法。《红楼梦》中,林黛玉在大观园里的住所因有很多竹子而得名潇湘馆,林黛玉又有潇湘妃子之称。这种安排其实和林黛玉喜欢流泪的脾性是相对应的。

唐代大诗人刘禹锡的《潇湘曲二首·其二》是关于"竹泪"最经典的诗词:"斑竹枝,斑竹枝,泪痕点点寄相思。楚客欲听瑶瑟怨,潇湘深夜月明时。"传说这儿竹枝上的点点斑斑都是相思的泪痕。漂泊的游子触情生情,忽然想听瑶瑟弹奏一曲幽怨。在这静谧的潇湘水上,明月下,感受那亘古的美丽与哀愁。简朴的字句,营造出空明绝尘之境。

⑥红泪

"红泪"典出"灵芸泣血"的故事:三国时有个美貌绝伦的少女叫薛灵芸。有人用千金买下了她,将她献给魏文帝曹丕。灵芸不舍父母,离别时流泪不止。她用玉唾壶盛住眼泪,泪是红色的。及至京师,一看玉唾壶中,泪凝如血。于是后世有了"红泪"的说法。

灵芸的"红泪",很可能是眼泪混了胭脂的缘故,这种似血的联想渲染了悲伤的强烈。诗词里用"红泪",更多地暗示"血泪",而非暗示"胭脂泪"。但比直接用"血泪"少了一分凄厉,多了一分优美。

"红泪"还演化出"红冰"一词。在血红的视觉之外,又添加了冰凉的触感,更觉凄美。其实"红冰"也是有单独的典故的。据说杨贵妃承诏入宫时,是寒冷的冬天。她拜别父母之际,泪水滴下,结成了红色的冰。这个故事和薛灵芸辞别父母流下"红泪"的故事如出一辙,很可能就是据之编造的。近代词人朱庸斋先生的《浣溪沙》写道:"曾说柔情应似水,只今红泪欲成冰。"连用"红泪""红冰"的典故,贴切流畅。似水的柔情流成了血泪,血泪还冻成了冰。情感深挚,沉痛入骨。

还有直接写眼泪如血的,比"红泪"这种表达更触目惊心。比如南北朝诗人吴均的《和萧洗马子显古意诗》:"非独泪成珠,亦见珠成血。"还有唐代诗人张碧的《古意》:"手持纨扇独含情,秋风吹落横波血。"这位妃子拿着纨扇徒然脉脉含情,萧瑟干燥的秋风从她的眼眸中吹落一滴滴血泪。还有宋代词人姜夔的《小重山·赋潭州红梅》:"相思血,都沁绿筠枝。"作者睹梅怀人,只觉点点红梅,似乎都是相思血泪沁入枝头所化,凄怨至极。

古人写"红泪""血泪"还常用"望帝啼鹃"这个典故。传说望帝杜宇为古蜀国王,被贼臣所害,冤魂化为杜鹃鸟,啼血不止。这个典故成了古代最广泛使用的写血泪的典故,适用于写任何情感领域的悲痛。用在爱情上的例子比如宋代词人贺铸的《忆秦娥·子夜歌》:"三更月,中庭恰照梨花雪。梨花雪,不胜凄断,杜鹃啼血。"月色胧明,辉映梨花如雪。女主人公的相思之情,仿佛杜鹃啼血般哀哀欲绝。

"红泪""血泪"还被称为"红豆"。红豆在古典文化中象征相思据说是源于这样一个古老传说:一个女子的丈夫在边关服兵役战死,她流下血泪,哭于树下而死,从此树上长出了血泪般的红豆。于是便有了"红豆"喻指"红泪""血泪"的用法。一个典型例子是《红楼梦》中贾宝玉唱的那首《红豆词》:"滴不尽相思血泪抛红豆。"

⑦花泪

以花喻泪,最出名的当然是"梨花泪"。"梨花带雨"是对带泪的美人最经典的形容,有种苍白幽单的美感。典出白居易的《长恨歌》:"玉容寂寞泪阑干,梨花一枝春带雨。"

还有"杨花泪"。这种写法,应该始于苏轼的《水龙吟·次韵章质夫杨花词》的结尾:"细看来,不是杨花。点点是离人泪。""杨花泪"是直接把杨花比作泪。杨花,轻小朦胧的一点白色,有种半透明的质感,与泪在形象上确实接近。后世作者也偶尔沿袭写"杨花泪"。

还有写桃花似泪的。比较起来,"梨花泪"素净,"杨花泪"憔悴,"桃花泪"旖旎。比如唐代诗人聂夷中的《起夜半》:"念远心如烧,不觉中夜起。桃花带露泛,立在月明里。"女主人公相思难耐,感到浑身发烧,半夜起床,走出院子。流泪的她就像一株带露的桃花,站在明月下。真是绝美的一幅图画。还有宋代词人向子諲的《浣溪沙·连年二月二出都门》:"桃花浑似泪胭脂。""泪胭脂"这个表达,尖新美艳。还有宋代词人王观的《临江仙·离怀》:"桃花应是我心肠。不禁微雨,流泪湿红妆。"恋爱的心情就如桃花般粉红,忽然眼泪沾湿了妆容,犹如雨点打湿了桃花。把花与人绾合得亦妙。其实,桃树的树胶也被称为"桃花泪",可以食用。听起来很浪漫的一种食物,滋味也清美,读者不妨一试。

⑧泪妆

古代的女人有比今天的女人更普遍的化妆习惯,于是眼泪会带着胭脂的颜色,而且眼泪会把妆容弄花。古典诗词中,也不少写到这种现象。这一节,可以和前面讲的"红泪""花泪"互参。

南唐李后主的《相见欢》写道:"林花谢了春红,太匆匆。无奈朝来寒雨晚来风。胭脂泪,留人醉,几时重。"这是用美人的胭脂泪和带雨的林花互喻。

南北朝诗人刘缓《杂咏和湘东王诗三首·其一》写道:"徒教两行泪,俱浮妆上红。"泪水使妆面的红色浮起,既是说泪水弄坏了妆,也是说泪水带了妆粉的红色。"浮"字炼得极工。现代也有"浮妆""浮粉"的说法,就是指皮肤上的妆容不够服帖,脱妆浮粉了。

还有唐代词人韦庄《天仙子》的结句:"泪界莲腮两线红。"讲的是,泪流下来,把妆容界出了两条痕。"界"字也炼得极工。

"胭脂泪"又称"粉泪",比如欧阳修《踏莎行》那句:"寸寸柔肠,盈盈粉泪。"

古代有一种妆容就叫"啼妆",又叫"泪妆":是在眼角轻轻施点粉,看起来就像流过泪似的。这是东汉一个风评极差的大将军梁冀的妻子孙寿发明的。孙寿可谓是古代的一位邪魅的"时尚女王",她发明了愁眉、啼妆、坠马髻、折腰步、龋齿笑这五样病态而妖媚的玩意儿,样样都大为流行。"啼妆""泪妆",有时指专门化的拟泪的妆容,有时又指妆容上有泪水。

⑨烛泪

在没有电灯的古代,蜡烛是家家户户照明的日常用品。大约曾有一个伤心的古人发现蜡烛烧着烧着,蜡滴滑落下来,就像蜡烛在流泪似的。他这么一形容,就引起了广泛共鸣。大家都觉得伤心的时候,好像蜡烛在陪自己哭。于是"烛泪"成为流行的话语,并反映在诗词中。

烛泪出现在诗词中,似起源于南北朝时期。南北朝的陈后主在《自君之出矣六首·其五》写道:"思君如夜烛,垂泪著鸡鸣。"相思让人像蜡烛一样垂泪到天亮。

南北朝的诗人贾冯吉的《自君之出矣》写得更妙:"思君如明烛,煎心且衔泪。"把蜡烛的两种特征与人的情感相对应,一是煎熬,二是流泪。无论对烛对人而言,内心的煎熬都是流泪的原因,比喻得非常贴切。"煎心"之说可与上文讲到的吴均的"终持泪煎骨"共参。

自从"烛泪"这一妙喻横空出世,后世诗词沿袭者颇众,其中不乏青出于蓝的佳句。最经典的当数李商隐《无题》那句:"春蚕到死丝方尽,蜡炬成灰泪始干。"春蚕吐丝至死,我的相思也是至死方休;蜡烛烧成了灰烬才不再落泪,我的眼泪也是至死才休。这一句诗真是抵死缠绵,读起来都滚烫烧喉。

杜牧的《赠别二首·其二》写的"烛泪"也很经典:"多情却似总无情,唯觉樽前笑不成。蜡烛有心还惜别,替人垂泪到天明。"离宴上,多情却表现得像无情似的,不知该说什么该做什么。强颜欢笑却笑不出。蜡烛都不忍心看到这悲伤的一幕,替人默默垂泪直到天亮。避开直接写离人流泪,带着克制感。用"烛泪"渲染出悲愁的氛围,越含蓄而越浓厚。且"烛泪"流到天亮也暗示着人因离愁而彻夜无眠。

从写"蜡烛像在流泪"到写"蜡烛替人垂泪",可以说是个令人眼前一亮的飞跃。写"蜡烛像在流泪"时,蜡烛仿佛主人公的化身;写"蜡烛替人垂泪"时,蜡烛仿佛主人公的知己。不过这个飞跃中间还有一个步骤,是"蜡烛学人垂泪"。这就要说起李白《忆萝月》那句:"更被银台红蜡烛,学妾泪珠相续。"这里的蜡烛仿佛主人公的一个贴心又恼人的闺蜜。本来就很难过了,这促狭的蜡烛还要学人的伤心样子。这句微带着可爱的娇嗔,但是终不如后来杜牧开创的"蜡烛替人垂泪"这种写法沉静大方。

北宋词人晏几道的《蝶恋花》也有关于"烛泪"的名句:"红烛自怜无好计,夜寒空替人垂泪。"虽和杜牧那句几近完全一样,却更添细腻幽艳的风味。

⑩泪墨

"泪墨",顾名思义,指的是含着泪水的笔墨。所谓"饱蘸着深情的笔墨",在今人看来是种抽象的形容。但对古人来说,它有着更具象的体现,"泪墨"即是"饱蘸着深情的笔墨"。

写"泪墨"似起源于南北朝诗人吴均的《和萧洗马子显古意诗六首·其四》:"泪研兔枝墨。"这是在说,写书信、文章之时,动情处,眼泪落在笔砚上,于是干脆拿眼泪来磨墨书写。这是拿毛笔写字的古人才有的生活体验。

真正从这种情形中提炼发明出"泪墨"一词的,应是晚唐大诗人孟郊的《归信吟》:"泪墨洒为书,将寄万里亲。书去魂亦去,兀然空一身。"用混杂着眼泪的墨汁写成家书,要寄给万里之遥的亲人。书寄去了,魂儿也跟着去了,只剩下躯壳在这里。其中情感之深挚,羁旅之孤苦,令人读之也觉失魂落魄。不过这不是写爱情,而是在写亲情。

若论用"泪墨"这个词写爱情写得最动人的,当然要数北宋大词人晏几道。他在《思远人》写道:"泪弹不尽临窗滴,就砚旋研墨。渐写到别来,此情深处,红笺为无色。"泪水止不住地往下流,干脆就拿来磨墨写信。越写越深情,泪水继续滴到信笺上,连信笺的红色都被冲淡了。这一段一气呵成,语势甚急。好像那一腔浓情关不住了,激切得要马上在泪中宣泄,在笔下宣泄。至情之语,又不失婉丽精致,确是佳作。

他还有一首《蝶恋花》写道:"欲写彩笺书别怨。泪痕早已先书满。"想写一封信向意中人倾诉别离之苦,话儿还没写完,泪就流得满纸都是,动人之至。他还有一首《采桑子》有"泪墨题诗"之语。数番写及"泪墨",可见晏几道在"一边写信一边流泪"这件事情上特别有体会。

⑪夜啼

夜晚睡觉时是属于一个人私密的时间,有些在白天的生活里被忽视和压抑的情感、情绪,在这时忍不住发作。所以古代的诗人词人常常写到梦中啼哭或者夜深不眠哭泣。

比如唐代诗人韩偓的《新秋》:"桃花脸里汪汪泪,忍到更深枕上流。"这汪汪的泪,读起来令人心生怜爱。又比如唐代诗人常浩在《赠卢夫人》写道:"归来投玉枕,始觉泪痕垂。""始觉"一词下得妙,强调直到夜深才注意到自己的情绪。港乐里,黄伟文作词、吴浩康演唱的《择日失恋》也写到类似的细节:"想哭两秒都怕要到深宵三点,才能抽空心酸。"

还有写梦中流泪的。最美的例子当数宋代大词人周邦彦的《蝶恋花》:"月皎惊乌栖不定。更漏将残,辘轳牵金井。唤起两眸清炯炯,泪花落枕红棉冷。"清泠皎洁的月光,不时惊起乌鸦,扑翼乱叫着飞向别的枝头。夜深了,辘轳声还在隐隐作响。漆黑的房间里,一双眼睛无辜地睁大,盈盈的泪水让美目越发清炯。原来是女主人公被外面的动静吵醒,触起伤心事,不禁流下眼泪。被泪水打湿的枕头让脸颊感到一片冰凉。调动了触觉、视觉、听觉去营造凄清之境,可谓把"夜啼"写到了美学的极致。

南北朝时的乐府诗《华山畿》则是写"夜啼"的第一奇作:"啼著曙。泪落枕将浮。身沉被流去。"这首诗语言粗朴,想象奇绝,具有非常强的艺术感染力。主人公一直哭到天亮,觉得泪水多到就要把枕头浮起来了,而她沉甸甸的身子就好像要被泪水的河流漂送而去。真是至情之文,伤心到几乎不省人事才写得出这样的文字吧。后世也有诗人化用这首《华山畿》,比如明代诗人邓云霄《秋闺晓思》:"积泪浮孤枕。"

另一首南北朝时的《华山畿》写道:"不能久长离,中夜忆欢时,抱被空中啼。""欢"是"情郎"的意思,乐府诗里惯常的称法。女主人公和情郎稍微离别得久一些,就会在半夜一边想他一边抱住被子哭。近乎脱口而出的家常语,那份质朴真情却分外动人。

还有五代词人孙光宪的《生查子》:"梦难裁,心欲破,泪逐檐声坠。"无法让自己不再梦见他,心就要碎掉了,泪随着屋檐残存的雨滴一同不断坠下。"难裁""欲破"下语极工,为后面写泪落蓄势。

唐代名妓徐月英留下的残句也是写"夜啼"的经典:"枕前泪与阶前雨,隔个窗儿滴到明。"屋里人凄楚的泪水和屋外凄清的雨两相应和、交鸣,倍增孤苦。后来宋代名妓聂胜琼在一首赠情人的《鹧鸪天》中借用此句。情人的老婆发现这首情诗后,不仅未加责怪,反而大大赞赏聂姑娘的痴情和才情,反而提出让丈夫娶她进门。也是一桩趣事。

⑫助泪

"泪"是愁的具体体现。"酒"是消愁之物,虽然有时会"举杯消愁愁更愁"。"泪"和"酒"之间又会发生什么化学反应呢?关于这个,最经典的诗词当然是宋代词人范仲淹《苏幕遮》写的:"明月楼高休独倚,酒入愁肠,化作相思泪。"酒会让人的感情去到激切处,于是更容易落下相思泪。近代词人朱庸斋先生的《鹧鸪天》亦有佳句:"酒能助泪休辞醉。"因為相思而極度痛苦,就讓酒來幫助自己更痛快地流淚吧,爛醉又何妨?都是講酒對眼淚有刺激催化的作用。

有意思的是,黃偉文作詞、鄭秀文演唱的《如何掉眼淚》也寫了用刺激物幫助自己流淚。歌中的女主人公苦苦暗戀一個人,兩人之間充滿曖昧,卻始終捅不破那層窗戶紙。女主人公歎道:"暗地裏是愛到要死,偏要扮成二人是知己。落淚都需要避忌,連情緒崩潰亦怕騷擾你。如何掉眼淚?欲哭找不到根據。"她的情緒骨鯁在喉,於是便想乾脆用芥辣、洋蔥、花粉、刺目的陽光、風沙、悲傷的電影來刺激自己流淚,彷彿哭出來才能暢快舒服。這首歌同時是寫暗戀、曖昧、眼淚的經典。

⑬男兒淚

眼淚一般被視為女人的專利。俗話說:男兒有淚不輕彈。這種觀點由來已久。漢代典籍《孔叢子》就記載過一個經典故事:戰國時期,魯國的孔穿(孔子的後代)到趙國遊歷,他和平原君的門客鄒文、季節關係很好。孔穿將要啟程回魯國,鄒文、季節給他送行,兩人不禁哭了起來。孔穿卻只是拱手長揖,朗聲告辭,然後轉過身就走了。路上,他的徒弟好奇地問:"您跟他倆的關係這麼好。他倆眷戀不捨,想到後會難期,不禁傷心落淚。而您卻如此生硬地離開了。這不是太不近人情了嗎?"孔穿答道:"我曾經以為他倆是大丈夫,現在才知道他們是女人。大丈夫要有志氣獨立走四方。又不是鹿和豬,整天抱團取暖。"徒弟問:"那他們流眼淚是錯的囉?"孔穿說:"他倆都是好人,所以不忍心離別。但他倆缺乏做大事的決斷力。"徒弟問:"愛哭的人就一無可取嗎?"孔穿說:"有兩種人會流淚。一種是奸詐的人,用眼淚博取別人的同情信任。另一種是女人或像女人一樣懦弱的男人,用眼淚來表示愛戀。"

唐代詩人羅隱的《淚》寫道:"自從魯國潸然後,不是奸人即婦人。"就用了這個典故。詩句在講,自從有了魯國孔穿的這番話,要是哪個男人愛哭,就會被當成奸人或女人。

雖然孔穿的話在今天看來有些性別歧視的嫌疑,但我非常欣賞他的硬漢氣質。說"男兒有淚不輕彈",首先是男人對自身的一種嚴格要求。在那兵荒馬亂的冷兵器時代,堅強、果決、硬朗、有力的確是非常需

126

要的可贵品质。这样才能抵御敌人，保护亲人。女人在体格和力量上确实普遍逊于男人，在那种时代也会格外凸显。所以，孔穿把女人和懦弱的男人列为一类，并非故意歧视女人，而是表达一种对社会现实的观察。

其他诗人也偶尔写到"男儿有泪不轻弹"。比如唐代诗人杜荀鹤的《出常山界使回有寄》："行行复垂泪，不称是男儿。"

"男儿有泪不轻弹"并不仅仅是中国古人的观点，甚至是世界文化的共性。法国哲学家罗兰·巴特在《恋人絮语》的《眼泪赞》这一章就提到："男儿最忌轻易落泪，要借此显示出男子汉气概。"当然他并非这个观点的拥趸或反对者，只是作为一个学者中立而敏感地好奇于此类观点的产生："究竟是从什么时候起，男人们（而不是女人们）便不再流泪？"

有意思的是，港乐中，刘德华作词并演唱的《男人哭吧不是罪》就对"男儿有泪不轻弹"这种观点旗帜鲜明地提出了反驳："在我年少的时候，身边的人说不可以流泪。在我成熟了以后，对镜子说我不可以后悔。……无形的压力压得我好累，开始觉得呼吸有一点难为。……男人哭吧哭吧哭吧不是罪，再强的人也有权利去疲惫。"

这首歌获得了2000年香港十大中文金曲奖。我想，获奖大概不是因为这首歌有多么好听。而是因为，在流行歌中，它第一次明确提出，男人也是可以流泪的，于是具有划时代的意义。人都有情感，都有压力，但男人往往被社会期待着以硬朗形象示人。于是男人习惯硬撑，而不用眼泪去发泄、释放，这其实对身心不好。

虽然古往今来都习惯说"男儿有泪不轻弹"，但自古以来，男儿也是会流泪的。比如汉代的光武帝刘秀，古代最了不起的帝王之一，是英武聪慧如天神一般的男人。据史料记载，在他落魄坎坷的青年时期，也曾常常哭湿枕头。正如那句："再强的人也有权利去疲惫。"所以《男人哭吧不是罪》这首歌真的很有道理。它反映了现代人对性别问题的重新审视。

⑭眼泪证爱

罗兰·巴特在《恋人絮语》的《眼泪赞》这一章里说,眼泪既是向自己证明:"我的悲伤不是幻觉。"也是向对方施压:"看看你将我弄成什么样子了。"罗兰·巴特引用施莱格尔作的诗:"嘴上说的算什么? 一滴眼泪要管用得多。"

古典诗词里写情泪,恰恰也有一个分支,是用眼泪证明感情和悲伤,甚至以此向对方施压。这个分支应起源于女皇武则天的《如意娘》一诗:"看朱成碧思纷纷,憔悴支离为忆君。不信比来长下泪,开箱验取石榴裙。"女主人公为相思而憔悴,她说情郎如果不相信,可以检验石榴裙上的泪痕。武则天之后,"验泪"成为诗人词人爱写的桥段。

唐代大诗人孟郊有一首《怨诗》,从"验泪"衍伸出"试泪""比泪":"试妾与君泪,两处滴池水。看取芙蓉花,今年为谁死!"来试一试我和你的眼泪,分别在两处滴到池水里。看谁的眼泪,能把今年的芙蓉花给毒死?! 这首诗可谓爱极怨极,情怀激烈,想象奇特,语气绝对。好像是用了整个生命的力量去写的,非常有震慑力。深情之人泪水多,泪中的怨情浓。以至于能让沾染到这伤感气息的芙蓉花都枯萎而死! 至情能让天地万物产生感应。薄情人则不会有这样的眼泪。

唐代词人温庭筠一首咏泪的《菩萨蛮》写道:"看取薄情人,罗衣无此痕。"就是说薄情之人衣服上没有泪痕。也是关于"深情薄情,有泪无泪"的比较。港乐中,林夕作词、袁凤英演唱的《情人眼里》写道:"从来易落泪的人,从未落泪的人。"直接用"有泪""无泪"指代"深情""薄情"。

还有写"寄泪"的。宋代进士丁渥的妻子写过一首《寄外》:"泪湿香罗帕,临风不肯干。欲凭西去雁,寄与薄情看。"她流了很多泪,要把这带泪的手帕寄给薄情的丈夫丁渥看,来表明自己的相思之苦。不过,令人欣慰的是,据记载,丁渥倒并不是个薄情人。他在太学的时候,对妻子很是思念,还梦见妻子写诗给他。过了十来天,真的收到了妻子的诗和帕。也是一桩奇特的心灵感应。

"验泪""试泪""比泪""寄泪"以证爱,又让我联想起《情人的眼泪》的歌词:"只有那有情人眼泪最珍贵,一颗颗都是爱,都是爱。"

多情岂自由

现代情歌喜欢讨论爱情与自由的关系,其实古典诗词中早已写过这一点了。

爱情或自由

现代流行歌中讨论爱情与自由的关系,立意大致有两种:有爱情的时候觉得不自由,想争取自由的空间;没有爱情的时候有自由,或者说失恋时获得了自由,但又觉得这自由不是自己真正想要的。

林夕作词、王菲演唱的《红豆》写道:"可能在我左右,你才追求孤独的自由。"有伴侣的时候,被陪伴的需求满足了。这时候,自我意识比较强的人会苦恼于伴侣关系带来的拘束,分外觉得充分按自己意志行事的自由才好。亦如林夕作词、张学友与梅艳芳演唱的《相爱很难》写的:"得到浪漫,又要有空间。"

林夕作词、王菲演唱的《蝴蝶》写道:"等不到天亮,美梦就醒来,我们都自由自在。"这首歌讲的是一段美丽而纠结的恋情很快结束了。虽然失去了某些珍贵的东西,但彼此从这难耐的纠缠中解脱了,获得了自由。只是"我们都自由自在"与其说是一声欢呼,毋宁说像一声叹息。

这自由，真的是想要的吗？想起林夕作词、陈奕迅演唱《一丝不挂》中的反诘："难道爱本身可爱在于束缚？"也许像黄伟文在《1874》写的那样才美满："邂逅你，看守你，一起老死。"也许，有个心仪的人对你说，无论如何要缠着你，守着你，这样才是幸福。林夕作词、古巨基演唱的《独男》塑造的孤独宅男也坦言："逼不得已才爱上了自由。"

林夕作词、黄耀明演唱的《带不走》写道："要回忆变得一无所有，我们才能够自在自由。"《带不走》这首歌里讲的"没爱情的自由"又比《蝴蝶》讲的"没爱情的自由"深了一个层次。《蝴蝶》讲的是，不再是情侣，于是两人恢复自由身，是从伴侣关系的层面讲。而《带不走》讲的是，如果还困在回忆里，心里还放不下，就不会真正从这段爱情里解脱而得到自由，是从心念的层面讲。

黎巴嫩的大诗人纪伯伦有一句名言："记忆是相会的一种形式，忘记是自由的一种形式。"真是很有治愈力的一句话，后半句可与上面举的《带不走》的例子共参。

多情岂自由

探讨爱情和自由的关系，并非现代人才有的领悟，古已有之。唐代大诗人李商隐的《即目》写道："多情岂自由。"后来宋代大词人贺铸在一首《太平时》里化用此句："天与多情不自由。"

宋代大词人辛弃疾的《鹧鸪天》也写过："情知已被山遮断，频倚阑干不自由。"这知道所爱的人已走远，被山遮住了，自己望也望不见，还不禁频频上楼倚着阑干远眺。虽然是"平芜尽处是春山，行人更在春山外"的套路，这"不自由"一说甚有妙悟，暗含"多情岂自由"之叹。主人公之所以会强迫症似的，频频登楼远眺，就是为情所牵，身不由己的缘故啊。

辛弃疾写的这种恋爱表现，只要换一些意象，现代人读来其实也会觉得很亲切。虽然现代人和爱人离别时大概不会"频倚阑干不自由"，但吵架分手之后或许会"频看手机不自由"。想等一个电话、一条信息、一个社交网络动态,等一个心软的信号,等一个再吵下去的契机,等一个复合的可能。哪怕再无可能之后,也没出息地想知道他最近过得怎样。

古人在探讨爱情和自由的关系时,都是从心念这个层面来讲的,而非从伴侣关系这个层面来讲。这一点,苏轼在《减字木兰花·彭门留别》写得最透:"一念还成不自由。"只要还有一念放不下,就是不自由的。苏轼这句和上文提到的林夕《蝴蝶》那句互参:"要回忆变得一无所有,我们才能够自在自由。"

扯线木偶(牵丝傀儡)

如果要论写"爱情和自由"写得最透彻的一首歌,我想推林夕作词、陈奕迅演唱的《一丝不挂》。"一丝不挂"这个词现在一般指没穿衣服,所以会让人有情色的联想。实际上这个歌名采用的是"一丝不挂"的原意,指了无牵挂。"一丝不挂"出自佛典《楞严经》:"一丝不挂,竿木随身。"说的是一个钓鱼的人拿着鱼竿,但钓丝上却没有鱼。很有意思的比喻。每个人在世间行走,都像随身携着一支鱼竿,总是避免不了时常钓来一些牵挂、烦恼。而能够做到"一丝不挂"的人,是怎样的境界啊。

《一丝不挂》这首歌讲的并不是主人公做到了一丝不挂那般洒脱,反而讲的是主人公有一份很深的情感牵挂,让他不得自由。于是主人公就此展开了一系列思考。

我们先来讲讲主人公的遭遇。他遇到了一个很爱的人,可惜他们谈了一阵子恋爱就分手了。主人公以为可以很快从这段情走出来。谁知那个他很爱的人回来找他,他的努力又破功了。更没想到的是,这份情几乎不聚不散地纠缠了一辈子。

《一丝不挂》这首词的高明在于,它探讨爱情和自由的时候,将"关系的自由"与"心念的自由"这两个层面混织在一起,令人产生恍惚感:以为是自由的,却是被这份情束缚的;然而虽被束缚,却是空落落的,并没有爱人。

请看这两句："谁当初想摆脱被围绕左右,过后谁人被遥控于世界尽头。勒到呼吸困难才知变扯线木偶。"本以为,和那个人不再具有恋人关系,就自由了。本以为,走出一个物理空间,比如换一个城市,就自由了。哪知道,系于那人的情丝仍然将自己绑缚。

歌词又写道:"一直不觉,捆绑我的未可扣紧承诺。……难道爱本身可爱在于束缚?无奈你我牵过手,没绳索。"心里的情丝绑缚着我,难道爱情的可爱就在于这挥之不去的韧性?但是无奈虽然心理上被绑缚着,可是却绑不住和那人的恋爱关系。

那么心念上的绑缚可以割断吗?歌中也有讨论这个问题:"这根线其实说到底谁拿捏在手?……但我拖着躯壳,发现沿途寻找的快乐,仍系于你肩膊,或是其实在等我舍割。然后断线风筝会直飞天国。"歌中前面把自己比作"扯线木偶",说自己"被遥控",似乎在说是对方在操纵这一切。此处又进一步辨析道:哦,情丝绑着我,不是对方不放过我,而是我放不下对方,放不过自己。如果我敢于割舍,我就自由了。是的,就是因为我本人"多情岂自由""一念还成不自由"而已,与他人无关。但是主人公又不想放下这份最深的牵挂,不甘心割舍。主人公觉得,如果这根情丝彻底斩断,自己就会像只断线风筝一样茫然轻飘。觉得如果这份牵挂没有了,好像生命就失去了很大一部分意义感。

这个道理,和米兰·昆德拉在《不能承受的生命之轻》做的一些探讨有相通之处,援引于此,供大家参考:"最沉重的负担压迫着我们,让我们屈服于它,把我们压到地上。负担越重,我们的生命越贴近大地,它就越真切实在。……相反,当负担完全缺失,人就会变得比空气还轻,就会飘起来,就会远离大地和地上的生命,人也就只是一个半真的存在,其运动也会变得自由而没有意义。那么,到底选择什么?是重还是轻?"请注意昆德拉此处说的"人就会变得比空气还轻,就会飘起来"和林夕的"断线风筝会直飞天国"的神似之处。虽然把生命的意义寄托在一份爱情上,可能会让很多人不屑。但是要考虑到,不仅普通人,包括好些了不起的人物,亲密关系都给他们提供了极大的心理支撑和很大一部分意义感。比如近代女词人沈祖棻的《临江仙》写道:"微生如可恋,辛苦为思君。"如果微末的一生值得眷恋,也只是因为有你让我辛苦牵挂。这里就是把生命的意义寄托在爱情上。

《一丝不挂》这首词可谓充分运用了"丝"这个意象。这情丝似断又连。它有时是微弱的,似有还无的,撩拨得喉咙发痒;有时又箍得紧到好像躯壳都要撕裂。它让发丝变白,脱落。想割断它,生命会因此失重;想抓住它,却什么也抓不住。真是忽有忽空,忽松忽紧,千回百转,无可奈何。这首歌全方位把爱情比作丝绳,令人联想起"月下老人用红丝缚住有情人"的古老民间传说。

《一丝不挂》写的爱情的确很夸张。但真的有一些爱情,不能好端端在一起的爱情,却永远放不下,于是搞成这个样子。比如,法国哲学家波伏娃对萨特的感情。因为他们对彼此有颠扑不破的吸引力。还有一些普通人的爱情,也可能弄成这样。一般是这么回事:A 和 B 是恋人或夫妻。A 移情别恋,二人分手。B 不找别的爱人,对 A 似乎还有情意。A 对 B 保持朋友关系。B 一直都对 A 念念不忘。这种事儿一般会发生如下争议:(1)A 这种人渣坑了痴情善良的 B 一辈子。便宜了这人渣。(2)B 自己走不出心理惯性,应该及早找别的爱人寻觅新生。(3)B 自己心甘情愿。其中得失怎么说得清呢?(4)B 其实对 A 已经没有爱情了,不必意淫他俩间的感情。只是 B 没有爱上别的人而已。

反正这种事儿真说不清,或许《一丝不挂》也算为之提供了一种理解的途径吧。

林夕笔下的"扯线木偶"可谓妙喻,把"溺于情使人不自由"形容得很生动。其实宋代词人蒋捷在一首《沁园春》里,对溺于情的人早已做了一个类似的比喻,叫"牵丝傀儡"。比林夕早上千年,真是不简单。而他的整首词水平又咋样?和林夕的《一丝不挂》又有什么异同?我们来读一下就知道了:"结算平生,风流债负,请一笔勾。盖攻性之兵,花围锦阵,毒身之鸩,笑齿歌喉。岂识吾儒,道中乐地,绝胜珠帘十里楼。迷因底,叹晴干不去,待雨淋头。 休休。著甚来由。硬铁汉从来气食牛。但只有千篇,好诗好曲,都无半点,闲闷闲愁。自古娇波,溺人多矣，试问还能溺我不。高抬眼，看牵丝傀儡，谁弄谁收。"

这首词是作者的戒色宣言："盘点下这辈子的风流债，打算把它们都一笔勾销。原来花团锦簇，就是伤害性命的迷魂阵。笑靥歌喉，就是毒害身体的鸩酒。我们这些读书人，探索真理的乐趣，远胜过珠帘掩映、楼阁绵延的温柔乡。到底是为什么这样执迷？在情欲事件还不失美好的时候总恋恋不去；一直到尝尽了苦果，犹如冷雨浇头时才悔之晚矣。算了吧。本来就是没道理可说的。硬汉应该要有能吞下一头牛的气魄，但求用千首好诗好曲陶冶性情，再没有情欲的闲愁。自古以来，女人娇媚的眼波溺死了多少英雄豪杰。哈哈，试问如今，这把戏还能迷住我么？眼光要高远。要思考，为情所困的人就如牵线木偶一般，这根线到底是谁在操纵呢？"

而末尾"谁弄谁收"一问，极似林夕在《一丝不挂》中的诘问："这根线其实说到底谁拿捏在手？"在追问致使自己成为被操纵的傀儡木偶的，到底是什么原因，谁的责任。

不妨将林夕的《一丝不挂》和蒋捷这首《沁园春》做一个整体性的对比：林夕的《一丝不挂》中，想要摆脱的是对一个人强烈的情感执念，是抒情之作；而蒋捷的《沁园春》，则是泛指渴望摆脱对美色的沉溺，是自戒之词。《一丝不挂》中写的深深爱恋，也应不乏色欲的成分；而《沁园春》写的对色欲的贪恋，则未必有很强的爱情的成分。《一丝不挂》对情感的探讨更加深刻，但优柔寡断；而《沁园春》则有点刻板的道学气，贯穿着"红颜祸水论"的"直男癌"论调，是使出一股呆萌傲娇的蛮劲来企图摆脱爱欲的困扰。不过我觉得，蒋捷的《沁园春》也颇有教育意义。从古到今多少成功人士，不也都是纷纷栽在色欲上了吗？而恋爱若谈成《一丝不挂》写的那样，估计够呛。

总之，一边听《一丝不挂》一边读这首《沁园春》，是件有意思的事情。读者不妨试着自己玩味一下？

坐　牢

关于"爱情让人不自由"，诗词和现代流行歌还有个妙喻是"坐牢。"元代乔吉的《水仙子·为友人作》结尾写道："吃紧的历册般拘钤。"这首曲子是作者代友人抒发相思之情。这句在感慨：相思的苦楚，就像坐牢带枷锁般拘束不自在。港乐中，周耀辉作词、卢巧音演唱的《至少走得比你早》写道："最后我比你骄傲，从此不坐你的牢。"这首歌讲的是一个女孩，在一段长期被亏待的亲密关系中，终于有勇气先提出分手了，于是摆脱了那种坐牢般的不自由。

低到尘埃里

　　爱情会让人放低身段，变得谦卑甚至自卑、卑微。关于这一点，最经典的文字应该要数张爱玲的名言："见了他，她变得很低很低，低到尘埃里。但她心里是欢喜的，从尘埃里开出花来。"这番话是张爱玲写在送给胡兰成的照片背面的。

　　这一点，英国哲学家培根在他的名著《培根论人生》的《论爱情》这一章中也有着重写："古人有一句名言：'最大的奉承，人总是留给自己。'——只有对情人的奉承要算例外。因为甚至最骄傲的人，也甘愿在情人面前自轻自贱。"张爱玲即是培根这番论断的最好例证。张爱玲是众所周知的恃才傲物，一如她那张最经典的照片，微昂着头，眼皮下垂，好像在俯视、斜睨红尘俗世一般。然而她见到心爱的胡兰成时，却又是那么地甘愿卑微。

　　爱情让人谦卑乃至自卑的一个具体表现是：觉得爱人什么都好，自己什么都不够好。而那句俗语"情人眼里出西施"正是体现了"觉得爱人什么都好"这一点。俄国大文豪列夫·托尔斯泰的名著《安娜·卡列宁娜》也写到过这种心理。贵族男子列文迷恋上了公爵小姐吉蒂。列文出身高贵，三十二岁，且家境不错。按理说他应该能做个很有自信的求爱者，但他自己却不这样想。他觉得吉蒂是神秘、完美、崇高、诗意的姑娘，而自己只是庸碌的俗物。他觉得自己想娶吉蒂简直是"癞蛤蟆想吃天鹅肉"。

现代流行歌也没少写爱情导致的谦卑、自卑、卑微，而古典诗词也有写爱的卑微，但情况有些不一样。

古典诗词固有的男尊女卑

古典诗词如果在写爱情中展示了卑微的话，一般也是反映了男尊女卑的这种固有的性别地位差序，和现代流行歌中写的那种因为深爱而导致的卑微有本质的区别。最明显的，诗词中，女性常常自称为"妾"。其实，女性把"妾"作为对自己的谦称这点本身并不体现男尊女卑，因为相应的，古汉语中，男性也会用"仆"作为对自己的谦称。关键是，爱情诗词中，一般只体现女性对自己的谦称和对男方的敬称，而不体现男性对自己的谦称。这一点才是说明问题的。

还有一些更凸显男尊女卑的例子。比如，诗词中，女人把丈夫称作"所天"，意为"所当作天的那个人"。这个词，把女性对男性的仰视展现到极致，而这个词同时又拿来指"君主""父亲"。不得不说，君权、父权、男权有时真的是三位一体的。

古典诗词中体现的爱情的卑微，或者说体现的女性卑微最为极端的例子，应该要数唐代女诗人薛涛的《十离诗》。薛涛美丽聪慧，多才多艺，可惜身世坎坷。早年丧父后，身入乐籍，成为了一名乐伎。没过几年她又被剑南西川节度使韦皋点名招入府内，成为备受宠爱的情妇。这位杰出而天真的少女恃着宠爱和骨子里的狂逸，丝毫不避忌与众多男人酬唱，也接受他们的礼物钱财。虽然薛涛一般会把礼物钱财上交，可是，她的这些行为仍然深深激怒了韦皋。也许韦皋是吃醋了吧，觉得自己的占有权被漠视，被僭越了。于是，他做了一个疯狂而残酷的决定——把这位娇弱的少女发配到边防军营当营伎，作为对她的惩罚。

薛涛苦不堪言，于是写下了《十离诗》向韦皋请罪乞怜。《十离诗》由十首七言绝句组成，包括《犬离主》《笔离手》《马离厩》《鹦鹉离笼》《燕离巢》《珠离掌》《鱼离池》《鹰离鞲》《竹离亭》《镜离台》。这十首诗写的都是宠物、玩意儿失去了主人的宠爱、庇护。比如第一首《犬离主》写道："出入朱门四五年，为知人意得人怜。近缘咬着亲知客，不得红丝毯上眠。"我出入您的府上四五年了，因为善解人意而得到怜爱。然而近来作死咬了主人所亲近的人，所以再也不能在红丝地毯上睡觉了。把自己比喻为小狗，语气和立意都卑微得令人不忍直视了。哎，也不能怪薛涛没有骨气，只是她实在太无助，所以就把妥协作为权宜之计，算是一种能屈能伸吧。这十首诗，有深深的依恋，但不能说是有很深的爱情，更多的是，一个命运不能自主的古代少女的深深无奈。

很谦卑，只不过是我太过爱你

从古代回到现代，我们会发现，流行歌中爱情的谦卑就普遍呈现为本章开头讲的那种情形：因为深爱而变得谦卑乃至卑微、自卑。

比如黄伟文作词、容祖儿演唱的《心淡》："很谦卑，只不过是我太过爱你。连自尊都忘记。"是的，你太爱一个人，而对方又没那么爱你。你就难免在他面前显得很谦卑，什么都迁就他，一切解释权、决定权也都交给他，忘了自尊。

还有林夕作词、谢安琪演唱的《钟无艳》："谁情愿照耀着别人就如月亮，为奴婢为你备饭奉茶是残忍真相。"这是在说那种长期单方面付出的感情，看起来好像很无私很伟大，实际上啊，很卑微的。林夕敏锐地点出感情中"伟大"即"卑微"这一悖论。

还有林夕作词、麦家瑜演唱的《不方便的真相》："太着紧一般给欺压。"你太爱那个不大爱你的人，不仅你自己身段放得低，而且对方也可能因此牵着你的鼻子走，欺负你，刁难你。

在这个话题上，有两首歌比较著名。一首是林夕作词、梁汉文演唱的《七友》。这首歌用了白雪公主和七个小矮人为喻。把那个很多人追的女人比作白雪公主。而把苦苦追求她的人比作小矮人。而主人公也认命是"小矮人"中的一员。这里讲的"小矮人"不是指身高，而是指身段。因为太爱她，所以在她面前卑微地讨好。但他对她来说，却是个可有可无的人。比如，在她失恋时想尽一切办法开导她。然后得到了啥呢？歌中唱道："能得到的安慰是失恋者得救后很感激忠诚的狗。"这个比喻让我不禁想到了上文提到的《犬离席》打的比方。我觉得这样的比方会让人都不忍去听去看。薛涛是被客观境遇所逼，《七友》却更多是自己造成的。而这个自己造成也是被爱冲昏了头吧。但这种姿态，不仅让自己难受，也让对方难堪吧。

还有黄伟文作词、陈小春演唱的《犯贱》。如果说《七友》意在抒发悲情，那么《犯贱》则颇具劝世意味。《犯贱》这首歌节奏轻快，富有动感。词曲唱都给人一种颇为幽默的感觉。陈小春善于在影视剧中扮演搞笑倒霉蛋的角色，他也同样在这首歌扮演了一个搞笑倒霉蛋。歌中唱道："我对着你那轻佻，怎么不懂反抗。我这样强壮，却这样陪葬。……我将毕生机智放低做个阶梯给你上位。……别救我，我自愿，下来这条贼船。"《七友》中被爱的那个人还是比较无辜的，她只是不爱主人公而已，并无主动利用主人公的心思。而《犯贱》这首歌呢，主人公在感情上很可能被一个轻浮之徒狠狠利用了。当你还在津津有味看主人公的热闹时，这首词的末尾是出人意料的一笔："我看你也极面善，像镜子放面前。"仿佛在说，喂，看什么看，"犯贱"说的就是你啊。恍如当头棒喝的一句。也许可以刺激那些在感情中任由别人作践的傻孩子，让他们猛然醒来，早日走出这感情的泥沼。

这歌听起来让人脑海里浮现出这样一种形象：一个人，撇着嘴，耷拉着一副苦大仇深的倒霉表情，却又轻快地蹦蹦跳跳。好像很违和，放在陈小春身上却显得无比自然与和谐。于是《犯贱》这首歌，的确很憋屈，但这种自嘲的样子又让人觉得很松快，忍俊不禁。通过这种方式劝世，可谓是寓教于乐吧。

而当人想起自尊的时候，就是迈出脱离糟糕恋情的第一步。比如潘源良作词、王菲演唱的经典歌曲《爱与痛的边缘》写道："我已经不想跟你痴缠，我有我的尊严，不想再受损。"但歌中的女主人公在这样想之后仍不断犹豫，真为她捏一把汗。

不再爱时,往往也不再姿态卑微。比如周耀辉作词、卢巧音演唱的《笛卡尔的长生殿》:"是我海底仰望,但你很快灭亡。"真是奇句。讲的是曾经是溺水一般地沉浸在那段情,曾经是那样谦卑仰望。但失恋后,很快发现也没什么值得仰望的。

还有一些歌曲,写为爱而放低身段,但是表达比较柔和。比如黄伟文作词、何韵诗演唱的《愿我可以学会放低你》:"自问我可以赢你,但喜欢输给你。犹像你亲于我自己"因为爱他,所以让着他。这句词真是对爱人宠溺至极,其中"自问我可以赢你"又有满满的傲娇。

还有周耀辉作词、黄耀明演唱的《下流》:"不为日子皱眉头,答应你,只为吻你才低头。"真是铁汉柔情,猛虎嗅蔷薇的即视感。不肯为世俗苟且,却愿为爱情温柔地低首。也是非常傲娇的一句词。

好的爱是让爱人感到自信

爱情会让人放低身段,但结果未必都是悲剧。一个人总是容易看到爱人的优点、美好,会倾向于称赞爱人。这会让爱人心情愉悦,富有自信,感到鼓舞。而且同时会觉得自己并没有对方想的那么好,这会让他有一种变得更好的上进的动力。而如果这是互相的话,会使两个人的关系进入良性的互动,也会让两个人同时得到成长。相处久了肯定会看到彼此的缺点。如果因为爱能够不苛刻,能够平和柔善地接受和包容的话,那么这些缺点也不怎么妨碍生活和关系。甚至彼此都有动力改进自己。而一个苛刻的人,让爱人总是处于紧张、压抑、自卑中,那么对爱人的身心健康不好,对彼此的关系也不利。

比如林夕作词、郑秀文演唱的《终身美丽》写道:"给我自信,给我地位,这叫幸福不怕流逝。……因有自信,所以美丽,使我自卑都放低,在半空之中亲你,不管身世。"还有林夕作词、杨千嬅演唱的《原来过得很快乐》也写道:"找到使我自信的人,自然会一直动人。"都是在讲,伴侣要挑让自己感到受尊重、感到自信的人,这样才会幸福,这点十分重要。

而关于这一点,写得最好的歌大概是那首李焯雄作词、梁静茹演唱的台湾歌曲《暖暖》："我想说，其实你很好，你自己却不知道。真心的对我好，不要求回报。"《终身美丽》《原来过得很快乐》讲的是对方给予自己自信。《暖暖》则讲的是给予对方自信。可想而知，这种做法能给予对方很多正能量，让他有动力变得更好。《暖暖》又唱道："你比自己更重要。我也希望变更好。"这种让双方都变得更好的感情真的很棒！

士（女）也罔极，二三其德

爱情让人沮丧的一点是，人们大都希望伴侣对自己专一，但有可能不能如愿。"士也罔极，二三其德"出自《诗经·卫风·氓》，讲的就是某个人不靠谱，在爱情上三心两意。

婚恋双方对等的专一，这是现代社会认可和倡导的道德。但这对等的专一有时却不符合我们对社会现实中情感事件的观察。由魅力和喜好自发形成的人际互相吸引的关系网络，也并不完全符合对等的专一。甚至一些不专一的情感比专一的情感，体现了更深的理解和更多的关爱。但这对等的专一，被提出来作为一种道德约束，仍然具有重要意义。因为亲密关系涉及人最脆弱而强烈的情感，多角恋爱容易造成情感的伤害。即使初衷是好的，在后续的互动中也很容易造成伤害，而伤害有时会激发人性的恶。如果涉及婚姻家庭的话，还可能牵涉亲子抚育、经济问题等，更加麻烦。所以专一道德提出的初衷其实不是审判和惩戒，而是保护和祝福，希望人们能尽量从源头避免多角恋的各种麻烦。如果能记起这种保护的初衷，那么必会对这种道德存有尊重，但不会挟之苛刻论人。

古典诗词和现代港乐都有很多关于花心的作品，显示了道德的直线和现实情感的曲线交缠时出现的丰富情况。包括那些不同的性格、

142

价值观、诉求、直觉、快感、苦衷、抉择、结果和困惑。它们有的沉重沮丧,有的轻盈有趣。有的沉浸执迷,有的挣扎彷徨。我的谈论将致力于使大家免于陷入单一、刻板、苛刻的理解。也许从一首诗歌转到下一首诗歌就像从一个世界跳到了另一个世界,所以请不要过早下什么结论。

相如空有《长门赋》,却使文君叹白头

本文的开头提到《诗经》的那句:"士也罔极,二三其德。"这是华语诗歌史上第一句关于花心的表述,它的矛头指向男人。的确,虽然男人和女人都有花心的现象,但从古到今,男人的花心都更加凸显。

在后世的诗词里,男人也不断以花心的光辉形象登场。最值得一提的是李白写的《白头吟》。《白头吟》是始自汉代的乐府古题,据说是卓文君因司马相如有纳妾的想法,于是卓文君写下了这首作品,吵着要和司马相如离婚,司马相如这才不敢纳妾了。后来很多文人吟咏过这个题目。其中李白的那首写得尤为深刻,可谓一篇富于黑色幽默的情感学论文:"锦水东北流,波荡双鸳鸯。雄巢汉宫树,雌弄秦草芳。宁同万死碎绮翼,不忍云间两分张。此时阿娇正娇妒,独坐长门愁日暮。但愿君恩顾妾深,岂惜黄金买词赋。相如作赋得黄金,丈夫好新多异心。一朝将聘茂陵女,文君因赠白头吟。……兔丝固无情,随风任颠倒。谁使女萝枝,而来强萦抱。……古今得意不相负,只今唯见青陵台。"河水哗哗长流,河中一对鸳鸯戏水。雄鸳鸯在树上建筑他俩的爱巢,雌鸳鸯衔着芳草来帮忙。两颗相爱的心觉得,哪怕历经九死一生的患难,都不愿失散在云天。当我们如此赞叹爱情的时候。不要忘了,汉武帝的阿娇皇后正坐在冷宫忧愁、妒忌。汉武帝当年曾扬言如果娶了她,要修一座金屋给她住。多么希望深厚的恩情能够常在,阿娇不惜花很多钱去请司马相如写一篇《长门赋》去描述她孤苦的相思,以期感动汉武帝。移情别恋的汉武帝并没有因为这篇文采飞扬的词赋而与阿娇重修旧好,相如却拿了卖赋的钱动了移情别恋的心思。相如想聘茂陵女子为妾,气得他才貌双全的夫人卓文君写了一首《白头吟》要跟他离婚。男

人啊,总是爱爱这个,又爱爱那个,没有什么定力。女人啊,你为何要强行束缚住他。从古到今,功成名就了还能不辜负爱情的,只有女人啊。君不见,《搜神记》中记载,宋康王为了得到韩彭美貌的妻子,就设计杀害了韩彭。韩彭的妻子却毫不稀罕宋康王的荣华富贵,毅然为韩彭殉了情。作恶的宋康王都被感动得植树纪念他俩的夫妻之情。

李白把汉武帝、阿娇皇后的故事与司马相如、卓文君的故事,用《长门赋》和《白头吟》扣合起来连环演绎,非常有戏剧性。诗的主体说男人总是花心的,已很打击古代女人对爱情的信念。最后一句说,只有女人才不会辜负爱情,更是天外飞来的神补刀。

后世诗人也有使用和李白类似的思路。比如清代女诗人潘素心的《咏史》:"相如空有《长门赋》,却使文君叹白头。"司马相如写《长门赋》,把被辜负的女人的凄苦写得那么生动。照说他很懂这种换位思考,却还是要花心。以致让他自己的妻子卓文君落得与《长门赋》的主人公类似的处境,发出《白头吟》之叹。让人说什么好呢?还有一位女诗人张芬的《咏卓文君》措辞更妙:"何必《白头》吟寄怨,夫君自解赋《长门》。"

男人比较容易花心,好像从古到今这都是一个公认的常识,尤其是古代。如果撇开道德的标签,那么我们可以怎样看待这件事?也许首先从生理上讲,男人的情欲更加难以克制和游移不定吧。还有一些社会、经济、文化上的原因。比如,总体而言,男人比女人具有更好的社会地位和经济条件,这使他们更容易也更无忌惮地按自己的意愿行事。而社会地位和经济条件也构成了他们对新的爱欲对象的吸引力,他们在打拼中磨砺出来的视野和才华也构成吸引力。且社会文化似对男性的出轨似更加宽容。社会上的色情服务业等也为之提供了便利。女人一旦在一份感情中安定下来,常常会自然而然地别无他想,懒得有他想,或因为一些现实的原因畏于有他想。不过,现在由于女性地位的提高,女性经济状况的改善,以及婚恋双方对等的专一这种价值观的倡导,那种互相忠诚专一的婚恋似也有增多的趋势。

三角志

如果问我港乐中写三角恋写得最好的作品，我想说是黄伟文作词、卢巧音演唱的《三角志》。这首歌从歌名开始就有趣极了。"三角志"在粤语里是和"三国志"是同音的，这就像在狡黠地眨着眼睛暗示三角恋的故事就和《三国志》中吴蜀魏争霸的故事那般分分合合，斗智斗勇，混乱不堪。其实"三角志"这一歌名创意并非始自卢巧音这首 2003 年的歌；1999 年，周耀辉作词、车婉婉演唱的一首歌已经用过这个名字。但卢巧音这首太惊艳，车婉婉那首却比较平庸。这一小节之后提到的《三角志》，均指卢巧音这首。

《三角志》的剧情和歌名一样有趣：女主人公本来是一段感情的第三者，后来她取代情敌成为正牌女友。哪知后来女主人公发现，自己的这段感情又出现了第三者。于是，我们的女主人公处于她的男友三段感情的交汇点这么一个微妙的位置。这种情节设置使戏剧冲突更加集中，剧情热闹好看。这种写法的好处其实不只在于戏剧性，还在于女主人公可以运用第三者和被第三者插足感情的人这两种角色的交叉视角去审视爱情。歌中借女主人公之口所做的情感分析非常精辟，但这种理性成分并没有使歌曲变得沉闷可厌，而是一直充满着轻盈的风趣，这点非常难得。

女主人公又好气又好笑地推论，这段感情会不会不断加入第三者、第四者、第五者，无限循环演绎下去？她没有苛责第三者，而是认为问题出在内因上，出在她和男友的感情上，出在男友本身的不安分的心上。歌中这样描述在三角恋的狗血剧情中慌张匆忙做选择的情形："混乱间将彼此错过。……不知道，伴侣再换就更好，还是越来越退步？……你争我夺投进谁怀抱？"一番总结陈词将歌曲推到高潮，然后做了一个绵里藏针的诙谐结尾："外遇万千灿烂像繁星，可惜那并发症，我们无人能得胜。再温馨，仍不够耐性，捱得到第五者煞风景。"

"繁星"之喻令人绝倒，仿佛那种意味深长的颔首微笑。在这样混乱的恋情中也许谁都不是赢家，因为哪一方也没法安心享受恋爱，最后也很可能得罪了一个很好的恋人，于是导致好姻缘破裂，或是慌张中没选到对的人。

其实发生三角恋并不奇怪，因为人在年轻择偶之时，即使有伴侣，可能会遇到另一个也许更喜欢更合适的人，发生一些挣扎和混乱情有可原。更换伴侣也很正常。但不断地以劈腿、三角恋的方式更换伴侣就有些说不过去了，带来很多麻烦和伤害，且损伤信誉。歌中并无一句说教，但在趣味盎然热闹非凡的叙事中又引人深思：也许，别那么浮躁，对感情多点慎重，多点耐性，恪守阶段性忠诚，会更加有利于彼此的幸福吧。没有耐性的话，也许我们都不能得到亲密关系中最好的东西。

难道诚实热恋多一个是错

有对出轨提出质疑的，同时也有对"一生一世一双人"这种追求提出质疑的。比如林夕作词、张国荣演唱的《谈情说爱》。这首歌讲的是，如果真的做到"一生一世一双人"而没有其他旁逸斜出的感情固然令人十分羡慕。但是否可以两个人好好和平相爱，也不排斥各自有其他的感情发生呢？那种三心两意的感情或是提供了一些可供解闷的东西，或是提供了一条感情的后路。感情中有很多阴差阳错，有的时候，能符合"一生一世一双人"这种道德标准的婚恋并无爱的感觉。而有的时候，却会真正同时喜欢两个人，或真正爱上一个不专一的人。于是，歌中唱到："HEY HEY HEY，问心底一句，难道诚实热恋多一个是罪？"这首歌写得不算好，也不算好听，但它可以提供一些思考的空间。

如何看待三角恋问题，其实民国时期的《妇女杂志》就此征求过民众的意见。《中国家庭史》将《妇女杂志》收到的回答概括为八类。我援引其中几类供大家参考。一种是："如果恋爱是专一的，实际上就不应该存在三角恋爱问题。"一种是："应审查恋爱的真伪或程度的高下，而定去取。"一种是："任由双方中的两方进行灵肉一致的恋爱，而另一方与所爱者只继续精神的恋爱，或许接吻，拥抱而避免性交。"一个叫陈世我的则认为："一个女人爱两个男人或三个以上的男人，或一个男人爱两个女人或三个以上的女人，这有什么罪过呢？……陷入三角式的恋爱诸君呀！不要自私哟，去求自由罢；去求自然罢，去求爱情无差别吧。"这番话的语气颇为搞笑，而他的观点，和张国荣演唱的《谈情说爱》中那句"难道诚实热恋多一个是错"颇为相似。

黄伟文作词、陈奕迅演唱的《无人之境》也是呈现花心出轨者心声的作品，它是港乐中写婚外情的代表作："让理智在叫着冷静冷静，还恃住年少气盛，让我对着冲动背着宿命，浑忘自己的姓。……共你隔着空在秘密通电，挑战道德底线。……好想说谎，不眨眼睛。似进入无人境，即使整个约会情调幽暗似地下城，还是算温馨。多么想跟你散步桥上把臂看着风景。但是我清醒，月亮总不肯照亮情欲深处那道背影。……不想说明，只想反应。"这首歌词的优点在于，写婚外情没有采取一种居高临下的道德审判，但也绝不是反道德的。它把婚外情形容为人性深处的一道暗影。它是一份精致的心理独白，呈现了主人公的冲动、克制、随性、惭愧、遮瞒、享受、无奈、沉溺、清醒。"无人之境"这个歌名让我联想起日本作家渡边淳一写婚外恋的小说《失乐园》中，女主角对男主角说："带我去旅行好吗？到一个看不见人影的地方去。"这种祈求寓意期盼逃脱社会关系网的各种羁绊而尽情去爱。

黄伟文还以《失乐园》为题写了一首歌，由草蜢演唱，歌中把出轨之情渲染得轰烈凄美："结果我共你，仍然逃不过被围攻，被舍弃。爱得惊天动地，总算运气，无论褒贬尊与卑。……苦恋注定难，我已经习惯，沿途承受不留情的双眼。……途人凝望中，寂静的称赞。请给我负担，叫世上人间，惶惶情侣在美丽和悲哀之间，留一线空间。"既写到这份背德的爱情被世人攻击、鄙夷，也写到它焕发的异彩得到一些人的认同乃至赞美。"寂静的称赞"这个说法的分寸感很好，在那些理解的人看来，这份爱是有一些珍贵美好或者至少是无可厚非的东西，但只宜暗中赞许而不宜公开揄扬，否则是种糟糕而危险的舆论导向。

不过我觉得，这首歌和这部小说的气质并不相似。歌中那种强有力的担当，小说中并没有。小说中男女主人公本来各有家庭，但婚姻生活沉闷,于是他们相恋了。他们的恋情以纵欲为主,终于弄到各自离婚的地步。可以名正言顺在一起后,他俩还是缺乏面对生活的勇气,于是双双自杀了。我对这样的故事既无苛责之意,却也丝毫不觉有什么可赞美艳羡的。

黄伟文作词、黄耀明与彭羚演唱的《漩涡》则是描写出轨之情中最唯美的一首。但歌中的出轨元素并不明显,只是隐隐暗示这段情欲有违背伦理之处。这首歌没有故事轮廓,也没有思辨成分,纯是一个感性的美学的结晶体,由水纹、月影、风波、叹息组成。黄耀明的嗓音低沉如暗潮,彭羚的嗓音柔细如丝绒,交织出淋漓尽致、醉生梦死的恋曲:"沿着你设计那些曲线,沿途转又转,堕进风眼乐园。世上万物向心公转,陪我为你沉淀。……来拥抱着我,形成漩涡,卷起那热吻背后万尺风波。……直到这世界彻底瘫痪,剩下自己在游玩。……来拥抱着我,从我脚尖亲我,灵魂逐寸向着洪水跌堕。……沉没湖底欣赏月圆。"仿佛世界的秩序坍塌,一切被情欲的神秘引力扭曲成优美而危险的向心曲线。不过这首歌中的唯美大概只会存在于文艺作品中,而不会存在于现实生活中。

你的心,被什么蛊惑

也有不少港乐表现了这一主题:爱人如果三心二意,会让人很受伤。陈少琪作词、张靓颖演唱的《画心》就是一首代表作,它是 2008 年电影《画皮》的主题曲。电影的原著故事——《聊斋志异》中的《画皮》讲的是:男主人公本来有个很贤惠的妻子,但还是憋不住拈花惹草。他有一次路遇一个自称无家可归的美艳女子,就把她带回自己的书斋,与她欢好,并试探着把这件事和妻子说。善良的妻子没有责怪他,只是担心此女来路不正,或许对丈夫不利。果不其然,这个女人美丽的只是一张画皮,内在却是狰狞的妖怪。男主人公后来被妖女害死。妻子在道士的指点下,为救丈夫甘心忍辱吃下乞丐的涕唾,涕唾呕出来后化成丈夫的心,丈夫才活过来。《画皮》是一篇寓言式的神怪小说,似在提醒男人要珍惜妻子,不要被外面的女人所惑而让妻子受辱。电影版《画心》在原著的基础上设置了更为复杂的剧情,但核心寓意不变。主题曲《画心》以妻子的口吻唱出来的,唱得哀婉动人:"看不穿,是你失落的魂魄。……你的心,到底被什么蛊惑?……看桃花,开出怎样的结果?看着你抱着我,目光似月色寂寞,就让你在别人怀里快乐。爱着你,像心跳难触摸。画着你,画不出你的骨骼。记着你的脸色,是我等你的执着。我的心,只愿为你而割舍。"她不懂他,却爱他至深。他心不在焉,她便任由他去和别的女人缠绵。他遇害了,心碎而柔弱的她仍用不惜一切的英勇去救护他。面对这样好的妻子,男人岂不愧煞?再不好好珍惜真是天理不容了。

如果说《画皮》刻画了一个单纯而痴情的妻子,那么林夕作词、许美静演唱的《明知故犯》的女主人公显然有着更高级的心智水平,但她同样迷恋体贴一个花心的男人。歌名"明知故犯"指的是明明知道这样爱不对,还要去爱:"为何要落泪?落泪仍要一个面对。无谓的负累,怎么不忍失去?其实我不怪谁,在你掌心里,偏偏我要孤单寄居。……无论你想爱谁,在你掌握里,我热情随时在手里。……谁也知夜夜与她那内情,可惜我瞎了眼睛。……得到你的爱情,还要再得到你任性。一切原是注定,因我跟你都任性。"从歌词可推断,她属于比较独立的那种女性,完全有能力好好养活自己。让一个花心不靠谱的男人吃定自己,让自己委屈难受,这又是何苦呢?可她却舍不得他。歌词中的第一个"任性"形容出男人不体恤爱人感受的放纵,第二个"任性"则形容出女主人公这份软弱的爱其实也是有着倔强、强硬的主观能动性。这一对恋人,仿佛在用各自的任性较劲。

林夕作词、王菀之演唱的《大笨钟》也是一首写因为爱人出轨而心痛的歌曲。歌中以钟为喻,是说时间让感情出现裂缝,于是让别人有隙可乘。"大笨钟"的"笨"也寓意,也许只有痴蠢如钟,才会觉得每天都是一样地循环,才不会察觉时间到底改变了什么:"难道大脑精确敏锐无误似个钟,才令美好光阴会停顿。……人在梦里搜索快乐连梦也乍醒,鱼在细水玩得更尽情。……我愿我蠢更聪明,无知方知天机算尽难敌天命。……巴不得拥抱当入定，巴不得疏远当避静。宁愿笨到只会昼夜循环像个钟，从未觉得光阴有裂缝。"发现爱人出轨后，她感到很难受，根本不愿和他有亲密接触。王菀之的嗓音很好地模拟了钟摆那种均匀、冰凉的质感。

王菀之作词、作曲并演唱的《她扔了根火柴》也是写被背叛的痛苦。它非常别致，带着老上海时代曲的味道。王菀之如薄荷般沁凉的小嗓门去模仿老式名伶的唱腔有一种"反差萌"，用故作的矜庄很好地营造了诙谐感："然后她抛了一个媚眼你就走。她是个决心扔下火柴的女孩，就这么一点火把诺言都烧坏。……看着她粉红的小脸，你哪会看我一眼。……爱上一个潇洒的人，我心里留痕，留对你的恨。"女人年老后，丈夫另觅年轻佳丽，这种题材在古典诗词中很常见，但王菀之发明的这个"扔下火柴"之喻真是尖新有趣，歌曲在幽默之余有一股深深的苍凉。

林夕作词、王菲演唱的《闷》则是写女主人公被背叛后自己寻找遣闷之方："谁说爱上一个不回家的人，唯一结局就是无止境地等。……我不要安稳，我不要牺牲。别希望我会爱到满身伤痕，我不怕沉沦，一切随性能不能？"丈夫在外面风流快活不归家，女主人公难过但不想做怨妇。她也想学丈夫那样尝试用外遇解闷——反正互相忠诚的契约是丈夫先打破的。传说中，女人搞婚外恋都会搞得很严重，但她只盼望像很多男人那样进行轻盈、即兴的外遇。《闷》的女主人公的想法有点类似于日剧《昼颜》中的利佳子，这和《画心》的女主人公痴心守候浪子回头是截然不同的选择。

顺带再讲一首台湾歌曲——方文山作词、阿桑演唱的《一直很安静》，写的是女主人公在三角恋中受伤："给你的爱一直很安静，来交换你偶尔给的关心。明明是三个人的电影，我却始终不能有姓名。……给你的爱一直很安静，我从一开始就下定决心。以为自己要的是曾经，才发现爱一定要有回音。"女主人公是那种特别善良的第三者，只想默默付出，哪怕很受伤也无怨无求。后来她爱的人找借口和她分了手。这傻丫头才醒悟过来，原来自己要的不是"只要曾经拥有，不求天长地久"的感情,而是一个真正有诚意携手的爱人。

挣扎和回归

陈咏谦作词、吴雨霏演唱的《告白》是把出轨的挣扎写得最精细的一首歌:"对他有些意思,甚至想过明晚独处,时候来了却想起你的脸。情人该守约我也尽我本分,没继续错下去。……归家饰演你的好情人,专心一意共你温存和热吻。……我想到忠与贞,然后是未了情。和他拥抱可否叫做革命,或许有厮杀声。……在你与他中间,找一道门吧,谁和谁被困。如偷听出声音,墙要碎裂。"主人公很爱自己的爱人,又不小心对另一个人动了情。她守住底线,身体没有出轨。但她心里还是挂念着另一个人。她想,如果忠诚于自己的感觉去出轨,则很可能引起混乱麻烦,会和自己的爱的人互相伤害;但如果下定决心恪守道德,那么有些真实、强烈的情爱又被压抑了。整首歌充满了挣扎和对爱人的愧疚、疼惜。

林夕作词、张国荣演唱的《午后红茶》讲的则是一个及时勒住出轨脚步的故事。主人公认为,不妨把得不到眼前这个让自己心动之人的遗憾,就当作一个未圆的理想——人生总是有很多理想实现不了。也许得到之后渐渐又觉得平常而沉闷了,不值得冒这种背德的风险折腾一番彼此伤害。不如就一块儿喝喝红茶,聊聊天,在什么都没有发生之前就结束:"吻你假使会中枪,宁愿运用自由想象。你我都不想再重伤,山水画只可景仰,难住进现场。……如果失去晚节会很可怕。……喝过半杯西冷茶,热过半天烟花,凌晨别记挂。"

黄伟文作词、陈慧琳演唱的《最佳位置》则讲了一个不想插足别人感情的故事。女主人公想对那个她喜欢但已有女友的男人说:"无论你喜欢谁,请你记住留下给我这位置。时常在内心一隅,空出几寸为我坚持。……只想你依然,亦想得起我不是任你处置。……若你珍惜我,不如从来没有爱恋过。互有好感的尊重,更加可贵么?"女主人公只想和他保持好友关系,既是不想打扰他现在的感情,另外也是考虑到如果和这种有魅力而花心的男人恋爱,估计是没可能白头到老了。朋友关系才是最佳位置,可以一辈子淡淡相伴。

黄伟文作词、叶德娴和许志安演唱的《美中不足》则是讲一对处在出轨之情中的男女告别的过程,两人不断互相道歉和检讨自己:"回去、回去找命里的伴侣,别要他为你等下去。待你好是我不规矩,我有罪。其实不对,但我想试下去,是否会变合拍的一对。你别赔罪,如无我允许,怎么会闯得进情欲禁区?"有的时候,这种出轨的感情可能会采取某种极端的方式结束,比如某种狗血剧情:A 和 B 是一对夫妻,A 出轨和 C 相恋,是未公开的地下情。B 察觉、不满,A 不肯收手。C 感到自己被消耗,觉得不公平、不满,闹到 A 家中。A 和 C 互相诋毁。A 和 B 又联合在一起希望解决掉 C 这个麻烦。黄伟文的《美中不足》则试图引导人们不要搞成这么闹心的结果,希望这些情人告别时也能温柔敦厚一点。

《无赖》是港乐中写浪子回头的代表作。主人公曾有过很多坏毛病,他觉得自己简直是个无赖:"我间中饮醉酒很喜欢自由,常犯错爱说谎但总会内疚。遇过很多的损友学到贪新忘旧,亦欠过很多女人。怕结婚只会守三分钟诺言。……自小不会打算。"主人公的种种行径导致口碑很差,但那个深爱他的女人从没放弃他,一直爱护他,鼓励他。最终主人公被感化,决定洗心革面,努力上进,再不拈花惹草,惹是生非了,要好好与她白头到老。是应该早早抛弃这样一个无赖还是不离不弃? 这是种个性化选择,没有标准答案。但好在苦心有好报。歌曲的语气恳切而诙谐,颇具轻喜剧色彩。

黄舒骏作词、张国荣演唱的《谈恋爱》很适合拿来做这一章的结束语。这是一首综合性的情歌,其中也提到了出轨:"你可和别人约会,只要不让我发现。我偶尔也会出轨,但保证心在你这边。……我想自古以来,人们总被自己打败。我们都喜新厌旧,我们都欲望太多。如此去芜存菁之后,让我们安心谈恋爱。"这里似用轻松的语气调侃说,各自出轨无妨,有分寸就好。其实更暗藏这样的劝谕:轻躁易变的欲望从古到今都是人类的弱点,但可以试着克服。不如好好挑选一个爱人,安心专心地与之恋爱吧。

直道相思了无益

古人把爱情称作"相思",而爱情的确是以相互思念为显著特征。"相思"这个词,往往带给人一些浪漫美丽的联想。可"相思"真的是个好东西吗？唐代大诗人李商隐就有过这样的名句:"直道相思了无益。"相思啊,没有好处,真的一点好处都没有啊。

其实南北朝的诗人吴均就质疑过相思的好处了,他在《咏雪诗》写道:"零泪无人道,相思空何益?"我只能流泪而没法向人倾诉,这样徒然地相思有什么好处啊?! 只不过李商隐下笔更绝,斩钉截铁地全然抹杀掉相思的好处。

李商隐这个结论貌似耸人听闻,细思却很有道理。其实李商隐之前之后的诗人词人也从各个方面讲过相思的害处。我们天才绝伦的李商隐仿佛在傲娇地说:"嘿。那么麻烦说相思这不好那不好,直接来句'相思了无益'不就结了!"现在我想将诗里歌里讲的相思的无益盘点一下,大家可以感受下李商隐老师的概括力。

相思的十三大"无益"

①相思令人不开心、不幸福。比如林夕作词、黄耀明演唱的《春光

乍泄》(国语版)写的:"爱情不是一场欢喜,激情却像一阵呼吸。"很妙的一句。"激情却像一阵呼吸"很好理解,呼吸的急促是激情的特征。那么为何又要特地说"爱情不是一场欢喜"?似乎很突兀,却也很自然。因为大家潜意识里都默认爱情是令人欢喜的好事。但这欢喜后来却渐渐变成烦恼了。真的是一种很深的感慨。

又比如李宗盛作词、莫文蔚演唱的《寂寞的恋人啊》写道:"努力爱一个人,和幸福并无关联。"这里讲的是,遇到一个和自己深深相爱的人,照说应该是件幸福的事,可是两人很用力去互相理解与磨合,却只觉得受伤和疲惫。所以感叹并不幸福。

"爱情不是一场欢喜"与"努力爱一个人,和幸福并无关联"这两句和李商隐"直道相思了无益"颇有异曲同工之妙。都是打破那种关于爱是幸福、开心、有益的定势思维,告诉大家遇到爱情未必是件好事。

五代词人陶谷的《风光好》写道:"好姻缘,恶姻缘,奈何天。"则是感叹爱情的缘分既是好事,又是坏事。也是类似的妙悟。明代《金瓶梅》中有诗云:"好姻缘是恶姻缘。"直接说爱情这件好事本身就是一件坏事,更深了一层。

②相思令人哭。有无数的诗词和流行歌写过。比如唐代诗人卢仝的《楼上女儿曲》那句:"直缘感君恩爱一回顾,使我双泪长珊珊。"是在感叹没想到那电光火石地相爱后,竟会让人赔上那么多眼泪。关于这个主题,详见本书《情人的眼泪》这一章。

③相思令人老。魏晋南北朝的乐府《古诗十九首》有名句:"思君令人老,岁月忽已晚。"思念你令人变老,不知不觉许多年过去了,就像在蓦然一回首间。这是相思的沉痛杂糅着时光的恍惚感,非常动人。

港乐中也有相思令人变老的佳作,其中林夕作词、张国荣演唱的《红颜白发》最为经典。这首歌是1993年张国荣和林青霞主演的电影《白发魔女传》的主题曲。电影改编自梁羽生的同名武侠小说。影片讲的是,武当弟子卓一航本来是奉命参与围剿魔教妖女练霓裳的,却与练霓裳互生情愫。后来又发现对方正是儿时所恋之人,于是定下爱的盟誓。哪知后来卓一航在重大的事情上误会了练霓裳。练霓裳悲愤欲绝，一夜青丝尽变白发，离开了卓一航。真是凄厉的一幕，原来有些事，真的会让人突然就老了。后来误会澄清，卓一航懊悔不已。据说雪山顶上有种优昙奇花，二十年才开花一次。此花能令死者复生，白发变黑。于是，卓一航日日夜夜跪守在雪山上，等待花开，身子被冻僵也在所不惜。因为他已看破了世态人心的险诈凉薄，在他心目中，只有那个他深爱的女人是重要的。一个很凄美的爱情故事。

林夕写的《红颜白发》也可谓是痴绝之语："恨爱之间，分不散。红颜白发，更觉璀璨。从前和以后，一夜间拥有。难道这不算相恋到白头？……烧也烧不透，恋火烧不透，发白透。"歌中把练霓裳的红颜白发之交映比作爱恨之纠缠；又比作从前（青春）和以后（老年）一夜间拥有，尤其是那一问："难道这不算相恋到白头？"真的会让人鼻子一酸。本来很相爱的人白头偕老是多么幸福的事情，可这种方式的"相恋到白头"又是多么揪心。男主角对女主角始终怀着深深的柔情和内疚。张国荣的声线把这种情愫诠释得细腻入微。配上旋律编曲让这份未圆满的旷世之恋甚至有种壮丽的感觉。

④相思令人瘦。关于这一点，也有无数诗词写过。最出名的应该要数柳永《蝶恋花》中的名句："衣带渐宽终不悔，为伊消得人憔悴。"哪怕瘦得衣带都渐渐宽了，都不会后悔为你憔悴。还有五代词人尹鹗《拨棹子》写的："看看瘦尽胸前雪。"是写姑娘因为思念爱人，连胸都瘦了。

现代流行歌曲一般都不写这一点了，也许是因为满脑子想着减肥的现代人并不介意爱情造成消瘦。但还有少量走古典路线的歌词继续沿用这一层诗意，比如泰康作词、郑少秋演唱的《人群中一笑相逢》那句："是你令人瘦。"

⑤相思令人失眠。这个坏处从《诗经》的第一首《关雎》就开始讲起："求之不得，寤寐思服。悠哉悠哉，辗转反侧。"追求不到那个人啊，令人醒着睡着都在思念。想啊想，翻来覆去睡不好。睡眠问题详见《梦与醒》这一章。

⑥相思令人无法好好吃饭。也是从《诗经》就开始写起。《诗经·郑风·狡童》写道："彼狡童兮，不与我言兮。维子之故，使我不能餐

兮。"那个坏小子啊,不和我说话。因为你的原因啊,让我茶饭不思。现代流行歌也有写,比如林夕作词、杨千嬅演唱的《再见二丁目》:"无论于什么角落,不假设你或会在旁。我也可畅游异国,放心吃喝。"这是在讲旅行中时时牵挂着爱人,都没法好好吃东西了。

⑦相思令人心痛、头痛。也是从《诗经》就开始写起。《诗经·卫风·伯兮》写道:"愿言思伯,甘心首疾。……愿言思伯,使我心痗。"我好想哥哥你,甘愿想得头痛。我好想哥哥你,不禁想得心痛。

⑧相思令人猜怨。比如宋代词人张元干的《昭君怨》写道:"雨过重门深夜。枕上百般猜,未归来。"一个雨夜,女主人公的男人还没有回来,她躺在床上,心中无限狐疑乱拟。他在哪儿?在干嘛呢?还有南北朝鲍照的《代白头吟》写道:"猜恨坐相仍。"猜疑和怨恨不断互相增长,是啊,猜着猜着就会往不好的地方想,就会怨。林夕作词、麦家瑜演唱的《不方便的真相》有一句类似的:"怀疑怀恨同步如绝配。"还有李宗盛作词、莫文蔚演唱的《阴天》:"阴天,在不开灯的房间。当所有思绪都一点一点沉淀。爱恨情欲里的疑点、盲点,呼之欲出,那么明显。"

⑨相思令人纠结困惑。南唐李后主的《相见欢》有名句:"剪不断,理还乱,是离愁。"这愁绪没法断绝,没法整理,简直就是无法逃脱的纠结。当然,这讲的是亡国后成为虏臣之痛,但这句词经常被后人移用到爱情上,也极贴切。宋代词人张先的一首《千秋岁》亦有名句:"心似双丝网,中有千千结。"千千结,该是有多纠结!而现代情歌也有写。比如潘源良作词、王菲演唱的《爱与痛的边缘》:"情像雨点,欲断难断。愈是去想,更是凌乱。……永远在爱与痛的边缘,应该怎样决定挑选?"女主人公对一个深深伤害了自己的人爱得太深,所以不知何去何从。

⑩相思损害颜值。爱情的甜蜜能让人变美,爱情的痛苦却能损害颜值。比如唐代诗人卢仝的《自君之出矣》写道:"驰情增悴容,蓄思损精力。"驰荡的情思让面容憔悴,累积的思念损耗人的精力。黄伟文作词、容祖儿演唱的《破相》的整首就是讲这个立意:"大概因我从前撞向一道墙,种下了难缝合旧创伤。……越笑越见疤痕,留了提示谁是极不幸。……裂缝由眉目裂向心,面色转暗,两颊下陷。……何以苦泪,竟

将这一脸愁容划深？"撞墙"和"疤痕"都是比喻的说法，讲的是不幸的情事造成内心的伤痕，反映在脸上。不仅面容晦暗枯瘦，而且表情僵硬，笑起来也极不自然。就算极力掩饰这份难过，别人一看也能明白。想起一句古代俗语："入门莫问荣枯事，观看容颜便得知。"正是相同的道理。

⑪相思令人懒惰、不务正业。林夕作词、Twins演唱的《恋爱大过天》写道："学业要紧，我会小心，喜欢的他却在左近，聊聊天竟比考试更专心。"小女生因为早恋都没法专心学习了。唐代大诗人白居易在著名的《长恨歌》里写道："春宵苦短日高起，从此君王不早朝。"唐玄宗贪恋与杨贵妃欢爱，居然连朝政也懒得理了。小女生不专心学习，顶多影响她自己的学习和前程。但皇帝贪欢耽误国事的话，那可就影响到全天下的百姓了，真是要不得啊。神话传说中，牛郎和织女好上了之后，牛郎也不放牛了，织女也不织布了。也是一对因为恋爱耽误正事的主儿，活该被王母娘娘分开。也许，当牛郎和织女都能够平衡爱情和事业之后，才适合朝朝暮暮相伴吧。

⑫相思令人妒忌。诗词一般写的是女子的妒忌，甚至对这种妒忌作一种审美，称为"娇妒"。女人的妒忌估计也让男人分外头疼，于是就瞎掰出疗妒之方。最早的记载见《山海经》，里面提到一种黄鸟，可以让人"食之不妒"。后来这种黄鸟被指认为"仓庚"（即黄鹂），于是有"仓庚疗妒"的说法。可怜的小黄鹂，人类醋海翻波，干卿何事，就这样"躺着也中枪"。诗词也偶尔用这个典故，比如清代王采薇的《秋胡曲》写道："仓庚少妇能销妒，磐石男儿不镇心。"少妇可以自己喝仓庚汤平息妒忌，只叹男儿的爱情不能如磐石那么坚定。《红楼梦》中，贾宝玉因为同情香菱被薛蟠的正室夏金桂欺负，向王道士讨教过疗妒之方。王道士说，用雪梨、陈皮、冰糖煮水，天天喝，就可以治疗妒忌了。王道士的方子听起来非常清凉消火，甚趣。

古人爱写女人的妒忌，不代表男人不妒忌。男人甚至把自己的妒忌制度化、道德化，给出轨的良家妇女以污名与惩戒。但对烟花女子的花心，有时也无可奈何。男人对她们并不专一、负责，于是也没有资格束缚她们。宋代词人杨无咎的《玉抱肚》就有写因烟花女子而吃醋："我平生、不识相思，为伊烦恼忒大。你还知么。你知后、我也甘心受摧挫。又只恐你，背盟誓、似风过。共别人、忘著我。把洋澜在，都卷尽与，杀不得、这心头火。"你知不知道我想你想得多难过。这都罢了，我心甘情愿。却怕你背着我跟别人在一起，忘记了我。哪怕所有的海水都卷潮而来，都浇不灭这熊熊妒火！语言虽俗俚，但"洋澜"之喻把妒忌这种粗重烦恼容得非常生动、到位。洋澜消不得妒火，未知冰糖雪梨陈皮汤消得妒火否？

⑬相思没有用处。"相思无益"不仅指"有害处"，也指"没有用处"。比如林夕作词、张国荣演唱的《路过蜻蜓》："爱是你的爱，不吻我的嘴，又凭什么流泪？……爱是我的爱，若毫无价值，为何值得流泪？"这里讲的是爱上了一个不爱自己的人。于是想到，对方完全有权利不爱自己啊，为对方害相思，为对方哭泣，真是完全无谓无用啊。而近代词人王国维在《蝶恋花》中写道："人间只有相思分。"这是在讲，那个人儿啊，只能去思念和幻想一下了，没有可能在一起呀。这是一个两情相悦的故事。但形格势禁，情深缘浅，这样的相思也是毫无用处啊。

不因无益废相思

当我们做了以上分析之后，大家就会深深地感受到李商隐那句"直道相思了无益"是写得多么好了，简直就是石破天惊之语，也不知他是吃了多少苦头才写出的。但李商隐却终究认为："直道相思了无益，未妨惆怅是清狂。"是的，相思一点好处都没有，但还是没法不相思，就不妨这样清狂地惆怅吧，也不失为一种顺其自然的潇洒通透。

李商隐的"相思无益论"引起了很多共鸣，后世诗词也颇多化用。清代词人黄燮清的《浣溪沙·赠素秋》写道："不因无益废相思。"不因为相思没有好处而不去相思。有一种豁出去的勇烈之感。还比如清代词人朱彝尊《忆少年》写道："相思了无益，悔当初相见。"相思一点好处都没有啊，后悔当初认识这个会让我如此深爱的人儿。其实说后悔，也未

必是真的后悔。只是一种感慨的方式而已,也是为相思吃过太多苦头
所致吧。

相思未必无益

相思真的只会折磨人让人憔悴吗? 不是的。比如宋代词人蔡伸的
《洞仙歌》就写道:"但人心坚固后,天也怜人,相逢处、依旧桃花人面。"
只要双方相爱的心是坚定的,而不是猜来怨去的,那么老天也会垂怜这
对恋人,他俩就不会憔悴,再相见气色也会很好。

说"天也怜人"其实也不是什么神秘主义,从中医的角度也讲得通,
中医极为强调情志对身体的影响。如果相思充满猜怨和伤感,这些负
面的情志就会对身体损伤极大。如果双方的心意坚固后,相思让人感
到喜悦、安宁,就不会怎么伤身了,甚至可以滋养身心。蔡伸的这句词
在以"直道相思了无益"这种立意为主旋律的诗词世界中,真可谓独树
一帜,非常新颖而富有理趣。可惜人们出于只喜欢对悲伤进行审美的
定势思维,少有谁懂得欣赏写这种爱情中的美好境界的词句。

可能有读者要问,如果像蔡伸讲的这样彼此心意坚定当然是好,但
假如做不到这样呢,假如觉得一段很在乎的感情前景黯淡,充满不确定
性呢,那是不是只能悲伤了? 嗯,我觉得,在这种情况下,还可以听林夕
作词、彭羚演唱的《给我一段仁爱路》:"如果花开了就感激,如果分开了
就放弃。……如果心开了就回忆,如果心灰了就忘记。陪你完成这一
段距离,要哭泣都来不及。"哪怕充满不确定性,也不要纠结。心怀感
念,顺其自然。如果想念是开心的,就想念吧。如果是难过的,就忘记
吧。记得要欢欢喜喜的。

"相思无益"怎么治疗

关于上文列举的那些相思的害处,也有一些诗词与流行歌给出了
对治的法子。

好些是针对相思令人不好好吃饭这一点的。比如汉代的《饮马长城窟行》写道:"上言加餐饭,下言长相忆。"男人长期不在家,他托人给妻子和儿子带了一封家书。这封家书主要讲了两个意思,首先是讲要多吃点饭,然后讲很想念。这句诗不是那种甜言蜜语,写得那么朴实无华,却动人至深。很爱很爱一个人,最牵挂的就是他要过得好啊。

还有魏晋南北朝的《古诗十九首》中的一首写道:"弃捐勿复道,努力加餐饭。"《饮马长城窟行》那句是游子想对思妇说的话,此处则是思妇想对游子说的话:"哎,你这么久都不回来也罢了,只是千万记得要多吃点饭呀。"这两句写要多吃点饭的诗都很著名,后世诗词化用的也极多。

现代情歌则有讲用吃东西排解爱情的苦恼。比如何秀萍作词、黄耀明演唱的《忆苦思甜》的结尾:"食欲比色欲长久,巧克力解我烦忧。"很妙的一句。这首歌的主人公的恋情遇到了些不开心的事,于是她想到不如"化悲愤为食欲",用吃巧克力排遣忧愁。是啊,人还没有色欲的时候,就早已有食欲;而当人到了不再有色欲的年纪,也还有食欲。还是食欲更加重要。

除了叫人好好吃饭的,还有叫人好好睡觉的。见林夕作词、王菲演唱的《给自己的情书》:"抛得开手里玩具,先懂得好好进睡。"这里把关于爱情的念想比作小孩子手里的玩具。好像在说:"喂,你这个不乖的小孩,抛开那些让你上瘾的思绪,乖啦乖啦。大脑放空了好好睡一觉,你会感觉好得多。"

还有些是劝人不要烦恼难过的。唐代诗人孟郊写的《杂怨》:"忆人莫至悲,至悲空自衰。"这是劝人不要在相思时太过悲伤,太悲伤只会让人徒然衰老。还有林夕作词、张国荣演唱的《洁身自爱》:"求你不要迷恋悲哀。"还有周耀辉作词、谢霆锋演唱的《苏三想说》:"苏三想说,说一切积怨都应清算,愿我们最后别去伤心处。……你要是快乐我会因此快乐。"

以上都是针对"相思病"的有益"医嘱"。只要千万记得好好吃饭、好好睡觉、不要难过,"相思无益"的困扰也大致解决了。

所有的爱都是冒险

诗词和流行歌都反映过这样一种观点：爱是一场需要勇气的冒险。有的诗与歌，点出爱的风险性，让人清醒；而有的诗与歌，则写的是放下顾虑，勇敢去爱；还有一些诗与歌，则兼写这两方面。

婚恋对女人来说有风险

诗词里写的婚恋的风险，一般都指向婚恋给女人带来的风险。这点很好理解，古代的女人地位比较低，也难以获得经济独立，而社会文化也鼓励女人的依附顺从，并单方面强调女人在情爱和性爱上的专一贞洁。所以女人对男人的依赖性特别强。一个女人找的男人在婚恋上是否有责任感，是否有良心，很大程度决定了女人的命运。不好的男人毁掉女人生活和名声的可能性非常大。最早指出这一点的大概要数《诗经·卫风·氓》："士之耽兮，犹可说也。女之耽兮，不可说也。"男人在婚恋中能耽误得起；女人呢，则耽误不起，会很难从糟糕婚恋的泥沼中脱身。这一番话，不可谓不精炼深刻。我们现在有时都还在说的"男怕入错行，女怕嫁错郎"这句古代俗语，也是在格外强调婚姻对女人的风险。

还有唐代诗人陆龟蒙的《金吾子》写道："嫁得金吾子，常闻轻薄名。君心如不重，妾腰徒自轻。"嫁给一位警卫官员，经常听别人说他是个轻薄浪荡的人。如果你不重视我，我只能徒然地消瘦。可以清楚地看到，这个女人意识到婚恋的风险性，并把她的幸福赌在"君心"上。清代诗人袁树有一句诗和这首《金吾子》相似："他日悲欢凭妾命，此身轻重恃郎心。"以后过得好不好就看我的命了，不知你会当我像个宝还是像根草。她同样也把爱情赌在"郎心"上。这两首都表达了女主人公对爱的忐忑，但同时也是在提醒男人爱重这个依赖他的弱女子。

爱是一场冒险，但总有那种勇敢的赌徒。诗词中最著名的例子当属两首唐代词人的词。一首是韦庄的《思帝乡》："春日游，杏花吹满头。陌上谁家年少，足风流。妾拟将身嫁与，一生休。纵被无情弃，不能羞。"春游的时候，落英缤纷。女孩看到路上有个风流倜傥的美少年。她心头小鹿乱撞，情不自禁地（对女伴）说："我想嫁给他！我的终身大事就这样愉快地决定了。就算中途被他无情抛弃了，也不能使我羞愧后悔。"这个女孩对"婚恋中女人面临风险"这一点有清醒的认知，却没有畏缩自怜，而是爽朗大胆地发表关于爱的宣言。

还有一首是牛峤的《菩萨蛮》，结句很出名："须作一生拚，尽君今日欢。"愿意豁出去，拿一生来赌，来让你今夜尽享鱼水之欢。港乐中有句类似的。见黄霑作词、陈淑桦演唱的《流光飞舞》："与有情人做快乐事，未问是劫是缘。"也是在说，盼与真正相爱的人尽情欢好，不愿问祸福。

而诗词中还写了自由恋爱带给女人的风险。"自由恋爱"用古人的话叫做："妇人不能以礼从人，而自相悦媚。"意思是说，女孩子家不通过"父母之命，媒妁之言"的方式缔结婚姻，而自己私自去跟男人好。

汉代诗人繁钦写过一首《定情诗》，就讲了一个这样的故事。剧情是：一个少女出门玩，遇到一个少年。他俩互相觉得对方长得很好看，就好上了，就上床了。然后他俩交换了很多金玉首饰来见证盟誓。结果呢，男子一去不归。女孩在东山等不到他，在南山等不到他，在西山等不到他，在北山还是等不到他。简直绝望了。而天色已暮。其实东南西北山并不是真正在说女子爬了四座山，而是在作文学的虚写，是说女子翘首以盼,但左等不来,右等不来。而暮色则在比喻女子芳华已老。所以诗的结尾感慨道,本以为这个男子是可以相信的,哪知会这样了。现在又老又丑,不知何去何从,只能自个儿伤心哭泣。

上面提到的那首韦庄的《思帝乡》和这首的开头挺像,其实我怀疑《思帝乡》的女主人公也可能会落得这个结局。繁钦这首《定情诗》讲的故事在古代应该有一定普遍性。女孩子和男人相好后,男人不负责任跑了,女孩子确实会很被动乃至悲惨。所以这首《定情诗》算是对少女们提出了有益的告诫。古代包办婚姻的习俗,虽然说自有其专制的、不人性的一面。但不得不说,这也是对闺门中的女孩提供了一种保护,使女孩不是太敢随便接受男人的挑逗,以防止天真女孩被不负责任的男子伤害。可以说,包办婚姻这种习俗是和古代社会的其他方面相适应的。古代女性较少接受文化教育,所以对人的辨别力大概不高;又在经济地位上很弱势,抗风险能力很弱。所以,在古代,就大多数情况而言,实行包办婚姻要比提倡自由恋爱靠谱些。

而魏晋诗人曹植的《弃妇》诗则点出了女人在婚姻中的另一重风险——生育问题:"有子月经天,无子若流星。天月相终始,流星没无精。"有孩子的话,这份婚姻就像月亮经过天空。没有孩子的话,这份婚姻就像流星掠过天空。月亮始终在天上,流星一擦过天空就没了。"非常经典的比喻,它指出,有孩子对于维系婚姻关系多么重要。没有生孩子的妻子在古代往往是落得被抛弃的命运。还比如唐代诗人张籍的《离妇》。这首诗的女主人公和丈夫一道辛苦打拼,让一个贫穷的家庭蒸蒸日上,变成了富贵之家。可是女主人公没有生孩子,她知道生育、传宗接代是一个妻子的职责。她感到心虚不安,于是就向婆婆主动申请离开。女主人公发表了这样的人生感言:"有子未必荣,无子坐生悲。为人莫作女,作女实难为。"对于女人而言,结婚了,没生孩子,本来就是件悲惨的事情,婚姻很可能不保。但有孩子也未必能保证婚姻的幸福。做女人真难啊。

冒险跳下爱河

现代情歌仍然在写"爱是一场需要勇气的冒险",但性别问题不再凸显。是的,爱情是有风险的。因为不知有没有爱对人啊,也不知这份爱中途会不会出什么差错。

林夕作词、Twins演唱的《风筝与风》这首歌就是在写这一点。歌中唱道:"谁伴我,冒险跳下爱河?谁都要一对,即使手挽手出了错。想多姿多彩怎会一个,又哪可一个?"这是在讲有风险也要勇敢爱。歌中主要运用了"风筝与风"这个比喻。女主人公被比作风筝,而爱人、爱情则被比作风。没有风的时候,风筝死气沉沉地躺在地上,没有什么意思。女主人公呼唤有人来做她的风:"谁能来做微风,不必管我的轻重。"风筝被风托举着,就有了生命的动力。歌中又唱道:"当风筝遇上风,即使快乐地痛。仍能乘着狂风,天空中爱得英勇。"这阵爱情的风可能有风险,也很有可能带来激荡不安。但即使有痛苦,也立志勇敢敞开怀抱去面对、漫舞。歌中又有"擦过爱的天空""有他支撑跌不痛"之句,也极切合"风筝与风"的比喻。歌中还表达了即使爱错也不枉的意思。可以说,这是一首设譬贴切,情怀奔放、敞亮、豁达的歌。

林夕作词、陈奕迅演唱的《幸福摩天轮》,也是在写爱的冒险性。歌中把爱情比作坐摩天轮。大家都知道,摩天轮是一种浪漫好玩的东西。但它又会升到极高,跌到极低,不断旋转,有很多惊险刺激。歌中唱道:"追追赶赶,高高低低,惊险的程度叫畏高者昏迷。……心惊与胆战去建立这亲厚关系。"在爱情关系的建立与维持上,在那些互相追逐中,在那些感情的高潮低谷的变化中,真的犹如坐摩天轮一样让人惊怕不安。但这仍是一首关于幸福的歌,歌中唱道:"幸福处随时吻到星空,惊栗之处仍能与你互拥。"是讲爱情会有很幸福梦幻的时候,而爱情遇到打击考验时,可能也不会将恋人真正拆散。歌中还唱道:"天荒地老流连在摩天轮,在高处凝望世界流动,失落之处仍然会笑着哭。"感情有了依托,让人有时能以一种超然的眼光看待世情的变幻,生活不顺意时,有爱人可以相拥也弥足安慰。这一句旋律的起伏感以及悠缓的节奏也有一种类似摩天轮慢慢旋转跌宕的质感。总之,歌词句句用摩天轮的特点来切合爱情的特点,可以说,是首很不错的咏物词。

婚姻的冒险

如果说爱情是一场冒险,那么婚姻就是一场更大的冒险,因为要一起过一辈子。正如林夕作词、杨千嬅演唱的《姊妹》的名言:"情感可错赠,婚纱照不敢拍错。"女主人公对婚姻显然有比对爱情更多的审慎。可谓是一句关于婚恋的深刻格言。

还有林夕作词、杨千嬅演唱的《真命天子》。人们一般用"真命天子"来指女人最终找到的真爱和终生伴侣。这首歌就讲的是一个女人找到终生伴侣的艰辛历程。歌中唱道:"衡量哪个才值我的终生自然又怜又怕。我便无力爱他。"就是在讲女主人公想到婚姻兹事体大,充满风险,所以甚至不敢去爱。女主人公还叹道:"我,命悬在哪位?""命悬"这一表达用得很好,既呼应"真命天子"这一歌名,又深深表现了对婚姻的不安,觉得幸福好似千钧一发那般摇摇欲坠。

还有林夕作词、古巨基演唱的《大雄》这首写求婚的歌。歌中唱道:"你想过容纳我,但有点怕。是吗?认啦!"软语商量的口吻,很贴心。男人知道未婚妻对婚姻还有不安害怕,就安抚她,请求她接受自己。

说起婚姻的风险性这一点,我想起莎士比亚的《威尼斯商人》的一个经典情节。一位富商在临终前给他具有绝世美貌的女儿鲍西娅定下了一个奇怪的择偶方式。要让求婚者从三只匣子里挑选一只,挑对了才能娶到鲍西娅。一只匣子是灼灼的黄金做的,上面刻着:"选择了我,将要得到众人所希求的东西。"一只匣子是灿灿的白银做的,上面刻着:"选择了我,将要得到他所应得的东西。"还有一只匣子是其貌不扬的铅做的,上面刻着:"谁选择了我,必须准备把他的一切作为牺牲。"求婚者一般都选择黄金和白银的匣子,是啊,多诱人啊。哪知黄金的匣子里放着一幅骷髅头像,白银的匣子里放着一幅傻瓜头像。当然选择这两个匣子的都与美人无缘了。反而是铅匣子里放着美人的玉照。选择了这个匣子的人,最终抱得美人归。

我觉得这三个匣子讲了一个颇为深刻的关于婚恋的寓言。选择了黄金匣子的人,在婚恋选择时,虚荣心比较强,希望自己得到的爱人会让众人艳羡。而选择了白银匣子的人,在婚恋选择时,比较考虑得多的是他自己的欲望、需要。金、银匣子装的都是颠倒梦想。而铅匣子呢,虽然"必须准备把他的一切作为牺牲"这句话有些吓人,但这不正是在提醒人们婚姻的风险吗?就像西方的婚礼上神父会问:"无论贫穷还是富有,疾病还是健康,你都愿意和他(她)在一起吗?"也是在缔结婚姻关系之初强调爱存在风险这一点。选择了铅匣子,清醒意识到爱的风险,并选择接受、承担,才是一种直面真实生活、有责任感的婚姻态度。是啊,我们当然不希望发生什么不好的事情,但人生无常,如果真正遇到什么不幸,那么大概只有选择了铅匣子的爱人能够陪着你。

婚姻的风险性除了生死、疾病、贫穷,还包括感情的消蚀、蜕变、背叛,以及伴侣间的矛盾、伤害。这种风险一般是逐渐累积的,而在人到中年时集中凸显。黄伟文作词、李克勤演唱的《纸牌屋》这首歌讲的就是中年婚姻危机。而这首歌的立场是劝人珍惜婚姻,保卫婚姻的。歌中唱道:"不只要分享所有美丽,爱美在一起赌上一切。"这也算是一句关于婚姻的格言吧。它在讲,婚姻不仅是分享美丽浪漫。接受这场赌博的风险,无论如何也不离不弃。这种彻底,这种坚韧,也是婚姻的美丽之处吧。

别问我是谁,请与我相恋

婚恋的风险可能会让人顾虑重重,不敢去爱。于是便有另一种勇敢的呼声:"别问我是谁,请与我相恋!"有多首经典歌曲采取了这种立意。

近几年的香港电影贩卖老歌成为常态。比如 2012 年很卖座的《春娇与志明》(杨千嬅、余文乐主演,为《志明与春娇》的第二部)即翻炒了

《别问我是谁》这首 1993 年的老歌。它是蔡议樟作词作曲,王馨平演唱的。电影中,杨千嬅饰演的余春娇在 KTV 唱道"别问我是谁,请与我相恋"时,不禁潸然落泪,令人动容。这一幕,也让很多人深深记住了这首好听的歌儿。

为何《别问我是谁》这首歌能够有直戳人心的力量呢?也许是因为它唱出了都市中独居女子的寂寞以及对真爱的渴望,那么诚挚、大方、尽情地唱出。每一句讲的都很实在,不是那种矫揉造作的抒发寂寞。因此让人理解、怜爱中又有尊敬。是啊,每个人其实都有对温情的需求。而我们的女主人公虽一直独立打拼,感到很累,但她同时又对爱带着畏怯的心理:"我也需要人来陪。不让我心碎。让我爱到深处不后悔。其实我并不像他们说的,那样多刺,难以安慰。"可能她长期单身让人觉得她很孤僻。也可能她有过不愉快的情感经历,让旁人误会她这个人难以相处。而她却想辩解说,她其实很好相处。只是害怕像以前那样投入感情后受伤。是啊,如果爱到深处后,发现所托非人,那么所受的伤会是巨大的,而且难以走出来。

然而这首歌的歌名"别问我是谁"是什么意思?我觉得,"别问我是谁"是在下关于爱的决心,也是在恳请对方下关于爱的决心。这里说的"我是谁"其实指涉的是这样一个问题:每一个人其实都是一个多重混合体,他有他的父母,他的亲戚,他的朋友圈子,他的职业,他的爱好,他的性格,他的习惯,他的过去。如果单单觉得某个人可爱就去爱,那么是一件很简单的事。如果只是进行短暂的恋情,那么觉得可爱就好。可如果是认真想发展为终生伴侣的话,为了以后彼此的幸福,就要考虑到人是个多重混合体了。可意识到这一点,再要去爱的话,有时就会变得沮丧和顾虑。

钱钟书在小说《围城》中也写过这种沮丧和顾虑:"鸿渐暗想,为什么可爱的女孩子全有父亲呢?她孤独的一个人可以藏匿在心里温存,拖泥带水地牵上了父亲、叔父、兄弟之类,这女孩子就不伶俐洒脱,心里不便窝藏她了,她的可爱里也就掺和渣滓了。"这一番痴想真是耐人寻味。女孩当然有父母亲戚啦,难不成还希望她是孤儿啦?鸿渐当然毫无希望女孩是孤儿之意,只是直觉上认为,如果女孩是天上掉下来的,石头里蹦出来的,和各种人情是非别无牵连,那么似乎就能获得清清爽爽的浪漫。一想到她和现实的各种牵缠,心里的浪漫就打了折扣,心里的飘飘然也结结实实坠落地面。打算相恋的人互相顾虑"我是谁""你是谁",即是对互相了解的畏惧,害怕了解的过程中会互相伤害、失望。这是属于现代都市男女的一种精致和脆弱。而"别问我是谁,请与我相恋"则是在呼吁,别想那么多,让我们大胆去爱吧,就把眼前的这个人笼统地打包签收吧。歌中还唱道:"别问我是谁,请和我面对。看看我的眼角流下的泪。我和你并没有不同,但我的心更容易破碎。"则是在告诉眼前的那个男人:"当你看到我的眼泪时,就可以将心比心地明白我简单的真心。不必在想象中夸大我和你的差异,而不敢开始爱。"

除了这首《别问我是谁》,还有一首歌叫做《不必在乎我是谁》。这两首歌的歌名和内容都相似。发行的时间、地域方面也很像。《别问我是谁》为蔡议樟作词作曲、王馨平演唱,1993 年 6 月在台湾发行。《不必在乎我是谁》为李宗盛作词作曲、林忆莲演唱,1993 年 5 月在台湾发行。而王馨平与林忆莲都是出生香港的女歌手,且王馨平祖籍江苏,林忆莲祖籍浙江,为两个挨在一起的省份。所以这两首歌在我心目中是一对儿有奇缘的歌曲。有时候我就想,这样的两首歌同时出现,真的只是巧合吗?虽然林忆莲远比王馨平出名,李宗盛远比蔡议樟出名,但不得不说,《别问我是谁》比《不必在乎我是谁》更加经典,它也为王馨平夺得了"台湾金曲龙虎榜"的冠军。

值得一提的是,《不必在乎我是谁》有个粤语版叫《假如让你吻下去》,为林振强作词。这个粤语版就是主要在讲怕投入感情之后受伤,所以在面对感情时顾虑重重。粤语版的词与唱都要比国语版细腻,显示了林振强对人性的洞察力,也充分展现了林忆莲天才的唱功,极尽优柔婉转之致。

这首歌的女主人公并不是不爱那个男人,可是因为害怕将来受伤,在面对他的贴近时,却简直想婉拒、逃离。男人却执拗地抱紧她,想吻下去。女主人公内心充满挣扎:"如让你吻下去吻下去,人生可否变成漫长浪漫程序。或情是一曲短得太短插曲,事完后更空虚?其实盼醉下去醉下去,人生清醒眼泪令人倦令人累。但如若真的交出整个心,会否只换到唏嘘?"女主人公也觉得如此永远用理智的闸门封闭自己的情感实在是很累。但她担心交出整颗心去爱,到时候会伤得太惨。她希望这个男人能够真心对她,能够关心她。最终她决定勇敢赌一次。

但流行歌中出现"别问我是谁"这类说法却并非始于1993年的《别问我是谁》《不必在乎我是谁》。1990年,蒋志光作词,蒋志光、韦绮姗演唱的《相逢何必曾相识》就写道:"也许不必知道我是谁,无谓令你、令你、令你、令你又再、又再考虑。"这首歌获得了该年的香港十大中文金曲奖,为香港最经典的对唱歌曲之一。

它讲的是相亲题材。歌名"相逢何必曾相识"出自白居易的《琵琶行》:"同是天涯沦落人,相逢何必曾相识。"歌中男女主人公借这句白居易的诗来表达,我们都是在爱情中受过伤的人,所以不必曾经相识也能够同病相怜。男女主人公相见后互相表明对爱情的态度。他们仍然相信爱情,但对爱情也充满不安。他们希望真诚、信任地相爱,而非轻率地乱来。虽然盼着可以终成眷属,但也不想抱着太功利性的结婚目的而谈恋爱,而是渴望能自然而然地真正相爱。于是,他们约定,先做朋友,希望这段关系能顺利发展。可以说,他俩对爱情的态度都非常诚恳。

所有的爱都是冒险

不妨做一个小结:古典诗词和现代情歌都有写"爱是一场需要勇气的冒险"。古典诗词主要凸显婚恋带给女性的风险。现代情歌则力图表现的是,婚恋对于无论男女都普遍具有风险性。这当然是因为我们现代社会男女基本平等了。现代女人可以受到充分的教育,可以从事多种社会职业,整体上具有比古代女人更好的社会地位和经济基础。所以,婚恋中的风险在现代并不像在古代那样单方面凸显为女人面临的风险。

　　婚恋具有风险,所以如果一个人在婚恋选择中表现出犹疑怯懦,这丝毫不值得奇怪,也无需过分谴责。也许更清楚了风险有什么,就更知道了勇气的必要、真诚的珍贵以及承诺的郑重吧。

　　我想用内地歌手李健作词作曲并演唱的《一往情深的恋人》来结束这一章:"所有的爱都是冒险。那就心甘情愿,等待我们一生中所有悬念。"

换位思考：换我心，为你心

"同心"是人们对爱情的期许，但从古到今的爱情诗歌都抒发了很多关于"两心不同"的感慨。人和人之间不可能完全知心，这造成很多亲密关系的问题。换位思考，去主动体谅对方的出发点、处境、苦衷，这种意识和能力或能有助于这些问题的解决。

白天不懂夜的黑

黄桂兰作词、那英演唱的内地歌曲《白天不懂夜的黑》写道："你永远不懂我伤悲，像白天不懂夜的黑。"这是现代情歌中关于"两心不同"最经典的表述。很明显，主人公是深情的一方，对方是薄情的一方。主人公的心如绝望的黑夜，对方的心如灿烂的白天。对方对主人公的悲伤，永远没法感同身受。

其实早在先秦时代，诗人就已感慨过"两心不同"了。见屈原的《九歌·湘君》："心不同兮媒劳，恩不甚兮轻绝。"你跟我的心不一样，媒人徒然为我们的姻缘辛苦奔走。你对我的爱不深，所以轻易地抛下我。其实这句有个现代港乐版，见郑国江作词、张国荣演唱的《侬本多情》："如你共我心不相同，一生爱情都白送。"

还有南北朝时期的《读曲歌八十九首·其三十九》："欢取身上好，不为侬作虑。"情郎只图他自己身体欲望的满足，不会考虑我的处境。

还有唐代诗人张籍的《妾薄命》："君爱龙城征战功，妾愿青楼歌乐同。人生各各有所欲，讵得将心入君腹？"你贪恋征战封侯的功名，我却希望你陪我一起歌舞。每个人都有自己的盼望，我又怎能将我的心愿装入你的心里呢？有意思的是，林夕作词、张学友和梅艳芳演唱的《相爱很难》有一句与之类似："也许相爱很难，就难在其实双方各有各寄望，怎么办？"这里写的"两心不同"主要指双方想要的东西不一样。

关于"两心不同"的叹息一般涉及深情薄情的比较。《白天不懂夜的黑》即是如此。诗词中也有这样的例子。比如宋代词人晏几道的《长相思》写道："欲把相思说似谁，浅情人不知。"我能把这份刻骨的相思说给谁听呢？你这个薄情的人是永远不会懂得的。

晏几道的《菩萨蛮》还有一句类似的："还恐漫相思，浅情人不知。"只怕我徒然地如此想你，薄情的你却不会知道。

恋爱中，薄情的一方永远不懂深情的一方的感受。即使深情的人能够把自己的感受说给薄情人听，那个薄情人只是得知了一些字句，不能真正懂得这些字句的真实含义——那是身心中席卷一切的狂风暴雨，是鲜血淋漓的甜腥疼痛。于是深情的人不禁产生出一种奇想：和薄情的对方换心。若不如此，那人终是不会明白何谓痴，何谓痛。

写"换心"似始自五代词人顾夐的《诉衷情》："永夜抛人何处去，绝来音。香阁掩，眉敛，月将沈。　争忍不相寻，怨孤衾。换我心，为你心，始知相忆深。"这么长的夜，你抛下我到哪里去了，一点消息都没有！小阁静掩，我皱着眉头，直到月儿将要西沉。你为何这么狠心不来找我，可怜我孤枕难眠。把我的心，换成你的心，你才会明白这深深的思念！参差错落的短句，形成一种幽咽隽永的味道。

流行歌中也写过这种"换心"的奇想。比如林夕作词、黎明演唱的《只要为我爱一天》："若你用我的心情过一天，定会明了我度日怎会如年。期望让你看见，风雨漫天，分一点给你挂牵。"有意思的是，这首歌的主人公说，自己心中的风雨只需那人分担一丁点；而清代词人丁澎一首写"换心"的词则更贪心些，想把离愁平分一半。见他的一首《合欢》："只是今宵，有几多离恨，没个方便。料得伊行，也索平分一半。……怎把伊心换。"

换位思考

"换心"毕竟是种想象。更贴近实际的，是寄望于对方作换位思考或自己做换位思考。

比如黄伟文作词、卢巧音演唱的《好心分手》。女主人公的男友一直对她不太好，她终于下定决心提出分手。她愤然道："是否不甘心首先给撇下，换了你是我你忍得到吗？"她让男友换位思考一下自己是否能忍受这样的待遇。

还有李宗盛作词、林忆莲演唱的《诱惑的街》。这首歌讲的是女主人公和她的男友感情很深。但男友还是忍不住在外面寻花问柳。女主人公终于忍受不住了，打算放弃这段感情："你从来不了解，心痛有多么强烈。不知若要我为爱妥协，我宁愿它幻灭。……若是我身在诱惑的街，若是我身在沉沦的午夜。你的心是否会为我淌血，从此醒觉。"这是在提醒男友换位思考：你如果不明白我为什么离开你，请试想，假如沉沦在欲望中的人是我，那么你会不会感到无比痛苦呢？

这两首歌中被抛弃的人，如果早点学会在感情中换位思考，"己所不欲，勿施于人。"早点对爱人好一点，或许就不会失去她了。

总之，换位思考大概能帮助人们更好地处理亲密关系。不过，换位思考应该是双方互相的，那种长期单向的换位思考也不是健康的关系。比如林夕作词、谢安琪演唱的《钟无艳》中，女主人公叹道："其实最怕你的私心亏准我体谅。"总是一方去体谅另一方，这样的关系持续下去大概并非一件好事。

Shall We Talk

现实生活中,爱人的相处互动不会总是一帆风顺的,难免存在磕磕绊绊,比如拌嘴、吵架、打闹、冷战等。力求贴近生活的港乐对于这些场景都做了记载。盘点相关港乐的同时,附赠一则古典诗词写夫妻打架的桥段。

最怕讲对白,似乱世佳人

林夕作词、古巨基与关淑怡演唱的《男左女右》是一首写情侣斗嘴的歌。关淑怡和古巨基的唱腔营造出男女各自的性格——女方轻灵细腻,男方阳光敦实。歌中的女主人公比较喜欢浪漫啦,喜欢叽叽喳喳啦,喜欢穿衣打扮啦,而且还有些敏感和没有安全感,会担心男人心里没有她或者不专一什么的。她吐槽男友:"要细诉,听多几句便说饿。生日怎过,竟要问我,连那惊喜也懒得给我。"男主人公呢,则比较粗心啦,比较木讷啦,更喜欢和老友喝酒唠嗑而非陪女朋友聊天,等女友穿衣打扮有时也缺乏耐心,而且自尊心比较敏感,潜意识里不想在事业上输给自己的女人什么的。他吐槽女友:"我那个,要拖手至像拍拖。要每晚报道,那日我怎过。从未学谅解体恤我,工作已拖垮我。……送我礼,赞少一句便斗嘴。染了发,看漏眼是我不对。"虽是互相吐槽,却不无甜蜜。女人的语气中有恃宠而骄,男人的语气则兼有无奈、宠爱、服输。男人说不过女人的伶牙俐齿,叹道:"最怕讲对白,似乱世佳人。"这是在幽默地比喻每次斗嘴的局面都显得很混乱。歌曲接下来写道,男人对这份感情还是充满了责任感,只是不太会用语言表达,甚至有一些重担想自己一个人扛下来不想让女人操心;女人的唠叨纠缠其实也是出于对男人的在乎和关心。这仿佛是斗嘴之后达成的温馨谅解。

歌中的男女主人公是符合传统的性别刻板印象的,可能会让一些期待看到新型男女关系模式的人感到失望。但不管怎么说,这都是一首令人愉快的歌儿。

你做初一,我做十五

如果说《男左女右》的斗嘴还是比较轻松开心的,那么林夕作词、杨千嬅和梁汉文演唱的《滚》的吵架则趋向白热化,变得十分严峻了。

《滚》这首歌讲的是,女人在外面和人合伙搞公司,有几天没回家了。于是她的男友认为,她有外遇,便大为光火,讽刺女人跟别的男人如何放荡。女人则声辩自己行得正坐得直,并没有外遇,是男人不够自信才胡思乱想。两个人激烈地争吵起来,男人好像还有动手。女人怒道:"请你滚,滚出去!"男人也怒道:"你爱滚不配做人,爬出去!"这首歌的"滚"是一语双关的。女人说的"滚"是我们通常意义上理解的"滚",是赶男人走。男人说的"滚"则是指这个字在粤语里的另一重意思:"在外鬼混"。最后矛盾激化到不可调和,两人甩手声称分居。这番吵架中的硝烟味儿真是恐怖,把好好的一个家弄成了"修罗场",也是该分开一段时间让彼此冷静一下了。

这种因吃醋而吵架打架的场景,古代诗词也写过的,录在这里供大家对比。唐代诗人元稹的《代九九》写道:"才学羞兼妒,何言宠便移。……僻性嗔来见,邪行醉后知。别床铺枕席,当面指瑕疵。……鸾镜灯前扑,鸳衾手下㩗。"女人才开始懂得害羞和吃醋,谁知道她的男人就移情别恋了。他发起火来才让人感到他的脾气之乖僻,他说酒话的时候还吐露了他干过的那些拈花惹草的事儿。女人真是不想和他睡觉,打算自己到别的房间铺床睡,还和男人指着鼻子互相数落对方的缺点。男人拉住女人不许她跑到别处睡。拉扯中打碎了镜子,女人手中抱着的被子也被摔了下来。真是一个遇人不淑的妹子。

《滚》和《代九九》的爱侣激斗极其令人不快,黄伟文作词,黄伟文与吴君如演唱《初一十五》所写的夫妻打闹则颇具喜剧色彩。一首特地写得很俗气的歌,唱得也很俗气。歌名从俗语"你做初一,我做十五"而来。据说,这句俗语起源于这样一个温馨的故事:明朝的时候有一对恩爱夫妻。丈夫很疼爱妻子,不想让妻子一个人做家务。就和妻子说,每个月从初一开始你做家务,从十五开始我做家务。在男尊女卑的古代,有这样的意识真是不容易。这个说法是否靠谱难以考证,现在使用这个俗语一般指"你不仁我不义""以牙还牙"这种意思。这首歌讲的正是,夫妻间的互相对付。歌中唱道:"夫妻总有恨愁,知己总有争斗。哑忍可以致命兼分手。知不知冤家可以白头,伤风通耳鼻喉。小小吵架有助沟通,可以预防你与我闷透,关起家里大门与你困兽斗。"夫妻间总有些事儿,不会在外人面前表露。回家关起门来后,感到放松自然,才不要维持什么"高大全"的形象,才不怕弄得一地狗血和一地鸡毛呢。什么姿势都无所谓,什么话都可以说,什么情绪都可以表达,可能会争吵,会打闹。歌中做了一个有趣的比喻:就像偶尔伤风感冒能疏通耳鼻喉,增强身体的抵抗力一样,不时吵吵架也能促进感情。歌中在引导大家用轻松愉快的平常心和幽默感看待夫妻间的争吵打闹。同时也暗示,夫妻间有什么情绪和想法要及时表达,简单粗暴一点都没关系。把什么都憋在心中反而不利于这段亲密关系的发展。

冷　战

有些爱侣感情出了问题,却不会斗嘴打闹,反而会回避谈论,互不理睬地僵持着。林夕作词、王菲演唱的《冷战》就是写这种情形的最经典歌曲。它听上去的质感就像一种千层饼:一句句,薄薄的,平行的,错落拼嵌着,层层叠叠,很有特点。从这首歌唱出来的效果你能听到惶惑、犹豫、拖延、辗转、积郁、叹息、哽咽、倦乏、欲言又止这些情绪、情状。

这首歌讲的是女主人公的爱人有外遇,她知道,这么多年一直都有。虽然感到受伤,可她也只能隐忍沉默:"从不敢不忍心识穿你。……我也学别人静静地演我这套戏,亦不愿分离。……流言风一般于身边一声一句,从不听不讲不想一句,怕会无意揭露令人难圆场的证据。"她觉得如果揭穿对方,吵一架,难道有意思吗?难道就此闹翻了分手离婚会更有益和开心吗?还是算了吧,就维持现状吧。这么多年,同住一个屋檐下,两颗心却无法亲近,仿佛眼睁睁看着爱人走过眼前却抓不住他。哎,有时候,虽有爱人的名分,但对方喜不喜欢你,喜不喜欢别人,也是一件没有办法的事情。

我们聊聊好吗

林夕作词、陈奕迅演唱的经典歌曲《Shall We Talk?》则在呼吁一种坦诚温柔的沟通。其实它并不完全是一首情歌,而是一首综合性的谈论情感沟通的歌曲。据说这首歌的缘起是:某一年(大约是 2000年),林夕去给母亲拜完年,回来后自觉对母亲不够耐烦没好气。他经过一番思想挣扎,打了个电话去跟母亲说对不起,然后花了一整个星期写了《Shall We Talk?》。这首歌有粤语版和国语版,两版歌词立意相同,只有写作细节上的差异。这里只讲粤语版。

歌中把人们和家人、爱人之间的沟通问题比作"螳螂面对蟋蟀"——螳螂张牙舞爪,蟋蟀絮絮不休。所谓沟通,往往都是徒劳。

主人公在遇到沟通上的困扰时,偶然想起童年的一些情景,仿佛从中找到一些启示和初心。歌曲是这样开头的:"明月光,为何又照地堂?""明月光,照地堂"出自一首著名儿歌。这是讲恍惚在儿歌中又回到了童年。当时母亲想让自己喝汤;自己却只想在公园玩和看漫画,偏不想喝汤。当时不明白,母亲是想让自己喝汤补充营养,是对自己身体好。歌中总结道:"孩童只盼望欢乐,成人只知道期望。为何都不大懂得努力体恤对方?"其实这一点并不只是体现在小时候,还体现在长大后,孩子的职业生涯规划的问题上。父母往往希望孩子找铁饭碗式的工作,及时结婚生子之类的,比较功利性地看问题。但涉世未深的孩子呢,只想做自己喜欢做的事情,追求自己的梦想,虽然这条路会更辛苦。父母也是从实际生活经验出发,为孩子着想,希望孩子未来的路可以走得稳妥。觉得孩子自己想走的路线太不切实际,风险太大,把最好的年纪浪费在不靠谱的事情上,以后会后悔。孩子则觉得父母所给自己设计的路线太没意思,不愿意听从。又比如在择偶上,孩子自己可能考虑感性上的喜欢多一些,父母则会为之考虑一些现实的因素。这些问题上的沟通也不容易。

与之相似的,情人之间的沟通也可能会出现问题:"成人只寄望收获,情人只听见承诺。为何都不大懂得努力珍惜对方?"成年人往往只想得到一个结果。谈恋爱了,也是想要一个永远在一起的承诺。在一起的时候,却不知道好好珍惜;分手的时候,那些委屈、愤怒、倦怠也不知道怎么说起,也不大懂得体谅彼此的苦衷。

于是歌中叹道,由于人际关系上的问题不知怎么沟通,人们便往往回避沟通,各自对着电脑、手机忙,各找各的乐趣,导致好像失去了在现实生活中和人沟通情感的能力。歌中呼吁沟通,呼吁倾诉:"Shall we talk? Shall we talk? 就算牙关开始打震别说谎。陪我讲,陪我讲出我们最后何以生疏。……难得可以同座,何以要忌讳赤裸?如果心声真有疗效,谁怕暴露更多? 陪我讲,陪我亲身正视眼泪谁跌得多?"无论沟通的场面显得多么尴尬,还是要试着好好聊一聊,不然会造成误会、积怨、隔阂。很多憋在心里的话,如果说出来,或许会好受很多。至少能促进互相的理解,说不定能够让纠结的局面豁然开朗。

| 两　面 |

终日相思却相怨。——李商隐《燕台四首》
爱你恨你，问君知否？——黄霑《上海滩》

爱情冷暖与世态炎凉

本书的第一章《问世间情为何物》提到，林夕作词的《神话·情话》中有这么一句："爱是何价是何故在何世，又何以对这世界雪中送火？"这句歌词提出了一个重要观点：也许爱最珍贵的意义就是给这世界雪中送火，给它增添暖意。

最暖人的不是衣服被子，而是爱

这个世上有很多恶意和冷漠，让人感受到寒意。当然，这个世上也是有很多善意和温暖的。只是如果不是那种密切和固定的关系，那么这些善意和温暖可能是极闪烁不定，不一定能够到位的。就比如汉代那首著名的《饮马长城窟行》写道："枯桑知天风，海水知天寒。入门各自媚，谁肯相为言。"女主人公在感叹："枯萎的桑树最知道北风的凛冽，结冰的海水最知道天气的寒意。快过年了，孤独的我倍感冷清。邻居家都各自团圆了，说着亲切体己的话，谁又肯顾看我和孩子，来和我说些什么呢？""入门各自媚"这句太经典了，有时候，并非是别人冷漠，而是平时忙碌，闲暇时就想和至亲团聚、娱乐。没有太多精力顾到外人。就算有人会热情顾及，也终似隔了一层，而这隔阂也是微妙难言的。

从感叹寒冬里的枯桑和海水，到感叹人情世故。这里用的是比兴的修辞手法，即用咏叹别的事物来引入真正想谈论的事情，而且二者间往往存在内在的相似之处。桑树和海水感到的寒冷，就像女主人公感到的孤独。这里显示出，古人认为，寒冷和孤独，是两种相似的、相通的感觉。近年有个颇有戏谑讽刺意味的网络流行语叫"空虚寂寞冷"，就表明今人的潜意识里仍认为，寒冷和孤寂，是同一系列的感觉。

天冷了，我们会披衣御寒，或者躲进温暖的被窝。孤独了，我们会寻找温暖的爱。所以有时候，衣服被褥和爱会被拿来做对比。魏晋时期的诗人潘岳的《悼亡诗三首·其二》就是最经典的的例子："凛凛凉风升，始觉夏衾单。岂曰无重纩，谁与同岁寒。岁寒无与同，朗月何胧胧。""岁寒"这个词，既指一年末尾的寒冬，也指一生之中的晚年。其实这二者间有很多相似处，人的晚年衰朽艰难，正如年末的冬天寒冷难耐。诗句在讲："爱妻去世后，凛凛的秋风吹来，我才觉得夏天的被子单薄。难道没有厚的被子御寒吗？不是的。只是再没有至亲至爱的人陪我度过寒冷岁末、人生暮年。最暖人的不是衣服，而是爱呀。晚年无人与共，让人只能泪眼朦胧地望着明月。"潘岳的《悼亡诗》是古代最动人的悼亡作品之一。诗中夫妻情重，沉哀入骨，令人不忍卒读。

汉代张衡的《同声歌》可以与之共参："愿为罗衾帱，在上卫风霜。"这是女主人公对她的丈夫表白："我盼望做一床绸被，为你遮挡风霜。"

清代词人罗曾玉的《菩萨蛮》则把爱人比喻成御寒的衣服："萧郎情味恶，宛似罗衣薄。毕竟薄罗衫。犹能偎夜寒。"这是萌妹子在吐槽："情郎不是一个体贴的男人，就像一件薄薄的衣服不够温暖。但就算是一件薄薄的衣服，也能在晚上起到一点御寒的作用啊。"非常谐趣的比喻，语气中满满的嫌弃和爱昵。

现代港乐中，爱情也被拿来和御寒的衣被相比拟。林夕作词、杨千嬅演唱的《再见二丁目》中有名句："如能忘掉渴望，岁月长，衣裳薄。"有一段刻骨铭心的爱情没有希望了。主人公叹道，如果忘掉了对爱的渴望，那么单薄的衣裳又怎能抵御漫漫岁月逐渐侵袭的寒意呢？这和潘岳写的"凛凛凉风升，始觉夏衾单。岂曰无重纩，谁与同岁寒"是类似的道理。并非没有厚的衣服被子，而是"无人同岁寒"，没有暖心的爱，所以有衣薄衾单之叹。"岁月长，衣裳薄"这六个字俊逸隽永。个中况味，要听黄耀明的翻唱版，他最能唱出那种冷清萧条倘恍迷离。

还有迈克作词、达明一派演唱的《爱煞》："情迷意乱，露冷衾暖。浪语倾诉，无尽爱慕。"整首歌词只有这十六个字，应该是港乐中歌词最短的一首，有种俳句般的精致。"露冷"指的是外部世界的寒冷，"衾暖"指的当然不仅是被子的温暖，更是在说情之暖，欲之热。歌曲的前奏非常长，占了整首歌一半的时间，是混杂着男女销魂蚀骨的呻吟韵和自然界清冷旷远的风露声。然后歌词的十六个字就反反复复重重叠叠地吟唱。这首歌不是简单地渲染爱欲，而是隐约有一种对生命本质意义的追问。它的词曲唱编好像在共同传达这样一种理解：世界阔大、寒冷、无常、荒诞，令人彷徨哀叹。两个不安的小动物，所有的依靠和安慰，凝结在爱欲那个小小的温暖的核心中。

还有不少歌曲写到了以爱取暖或以爱送暖。比如林夕作词、张国荣演唱的《最冷一天》："茫茫人海，取暖度过，最冷一天。"这首歌的国语版就叫做《取暖》，同样为林夕作词、张国荣演唱："我们拥抱着就能取暖，我们依偎着就能生存。即使在冰天雪地的人间，遗失身份。"还有林振强作词、林忆莲演唱的《你是我的男人》："静看你入眠，窗外全是北风声音。"也是在讲，爱情能帮人屏蔽外界的寒冷。还比如罗大佑作词作曲并演唱的台湾歌曲《穿过你的黑发的我的手》："如果我们生存的冰冷的世界依然难改变，至少我还拥有你化解冰雪的容颜。"还有罗大佑作词作曲并演唱的台湾歌曲《爱的箴言》："我将春天付给了你，将冬天留给我自己。"主人公情愿把温暖的爱无私地给予那个不爱自己的人，哪怕让自己留在孤独寒冷中。

还有些诗歌直接赞颂爱的温暖。清代词人叶英华的《一剪梅》写道："情暖于春。"港乐中，黄霑作词、郑少秋与李芷苓演唱的《爱在心内暖》写道："百花笑，春光展。绿柳飘，青春见。与君共，觅芳华。……啊，爱在心内暖。"

除了将爱情比喻为温暖的春天的，还有将爱比喻为灼热的夏天的。

比如周礼茂作词、王菲演唱的《Summer of Love》:"这个 Summer of Love,火火烫。感觉仿佛这刻,爱火的中央。你跟我也发光。"这是描写恋爱中那种近乎白热化的激情。

爱比死更冷

人们在爱情中寻求温暖,但爱情中的不幸遭遇也会带来冷的感受。比如黄伟文作词、Twins 演唱的《多谢失恋》:"回头是场空,大地回冬。"上一小节讲了爱情暖如春夏,这里则写失恋了,好像堕入了冬天。还有何启弘作词、张学友演唱的那首著名的《吻别》:"我的世界开始下雪,冷得让我无法多爱一天。"不仅是冬天,还下雪了,更觉寒意逼人。

关于爱情带来的冷,写得最极致的大概要数周耀辉作词、黄耀明演唱的《爱比死更冷》。这首歌的词曲唱都有种阴冷诡谲如梦魇般的感觉。我视此歌为哥特版的《蒹葭》。主人公本来以为心目中的伊人影影绰绰在水中央满怀爱意召唤自己,于是不惜一切涉水过去。结果,水中央哪里有人?只有自己在那里瞎扑腾,差点溺死在水里。拖泥带水好不容易狼狈地爬回岸边,只看见那人完好无损地坐在岸边叹气。也不知那人是在说:"我和你同样难过。"还是在说:"真是个傻孩子啊。"总之,从两人的状态,就可知两人用情的深浅了。主人公甚至不敢肯定那人从头到尾有否真正爱过自己。歌中唱道:"比死更冷,我在湖中更冰凉。……被你舔去血汗,剩一身的冰冻,热血过变冷汗。"

像松柏一样凌寒不变的爱情

最宝贵的爱情,应该是那种历经岁月沧桑、世态炎凉都不改变的爱意。古典诗词喜欢用松柏比喻这种感情。

中国古典文化对松树情有独钟,不是因为它"好看",而是在它身上寄寓了一种凌寒不改的人格理想。孔子对此做了最经典的表述:"岁寒,然后知松柏之后凋也。"等到岁暮天寒的时候,万木凋零,才知道松柏是青青不改的。松柏在古典文化中一般用来比喻高尚坚贞的个人品质,也用来比喻有始有终、凌寒不变的爱情。

前面讲了魏晋时期的诗人潘岳情深意长的悼妻之作,他在诗中哀叹妻子去世后无人共度岁寒。深爱妻子的潘岳,曾在诗作中对妻子许诺像松柏一样凌寒不变的终生爱情,见他的《内顾诗二首·其二》:"不见山上松,隆冬不易故。不见陵涧柏,岁寒守一度。无谓希是疏,在远分弥固。"山上的松树,山涧的柏树,在寒冷的冬天都一如最初那么郁郁青青。我对你的爱情也是如此。不要说我们离得那么远,纵然远,我对你的心意只会日益坚定。

南北朝的萧衍在《子夜四时歌·冬歌》写道:"果欲结金兰,但看松柏林。经霜不堕地,岁寒无异心。"人们印象中,义结金兰指的是朋友结拜为兄弟,其实也指缔结恋爱关系。这首诗的主人公凛然阐明态度:非诚勿扰,只想要松柏般坚贞的爱情。

南北朝无名氏的《苏小小歌》写道:"妾乘油壁车,郎骑青骢马。何处结同心,西陵松柏下。"为何要特地来到松柏下缔结爱情的誓言?如果不了解松柏的文化寓意,便会觉得此诗极其平庸乏味。当我们知道松柏寓意为何,便会明白这对情侣对爱情的郑重:松柏岁寒不改色,愿我们的爱情也能直到人生的岁寒亦长青!

恩与怨

爱情总是有恩有怨。人们总会觉得爱人有值得感念的地方,也有值得恼恨的地方。在不懂事、不省事、爱折腾的年轻情侣身上,有这种现象。在长期厮守、一起经历人生风雨、一起面对日常琐碎的中年夫妻身上,也有这种现象。爱情的这一特点,在诗歌、小说这些文艺作品中尤为突出。

终日相思却相怨

唐代诗人韩愈的名篇《听颖师弹琴》写道:"昵昵儿女语,恩怨相尔汝。"诗中把颖师弹奏的音乐比喻为种种事物,这句则以亲昵缠绵、忽嗔忽喜的恋人絮语为喻。不仅描写音乐入妙,形容小儿女情态也极细腻,爱情就是由很多琐碎恩怨组成。

李商隐的名篇《燕台四首·秋》也写道:"欲织相思花寄远,终日相思却相怨。"《燕台四首》讲的是一种深深相爱却不能终成眷属的感情,分春夏冬四章来写。文字精微典雅、凄美仙幻,堪称极诣。此处所引的诗句写的是女主人公的叹息:"很想织出美丽的花儿寄给你,来表达我深深爱意和思念。然而在日日夜夜的相思中却不禁有着深深的怨抑。"这里写的感情非常曲折深婉。女主人公有一腔深情很想倾诉表达,但想到情人的无情之处,又激起那种赌气的心理,心灰心懒了,不想和他联系,更不想向他示爱。然而,这段残缺的感情却没有因为女主人公的怨念而画上休止符。如果可以因怨念而断了爱恋,从此不相思,问题倒也简单了。要命的是,女主人公心中的爱与怨却不断缠绕,不断斗争。刚刚把那个抛下自己的情人定性为一个渣男,下决心不想他了。哪知过了一阵又念起他的好、他的才华、他的贴心、他的可爱、他的为难、他的伤心、他的与众不同,心里便有无限的谅解怜爱,仿佛坚冰化为融融的春水。又下决心再不怪他了。哪知过了一阵又怨起他来,并怨自己这份柔情太没骨气。过了一阵又⋯⋯如此这般,不断循环,不知何时是了。

港乐中的同类代表作,最著名的要数黄霑作词、顾嘉辉作曲、叶丽仪演唱的《上海滩》。这首歌是二十世纪八十年代风靡一时的港剧《上海滩》的主题曲。

歌中唱道:"爱你恨你,问君知否?似大江一发不收。"说"爱与恨",和说"恩与怨"是一个意思。这十分像宋代女词人魏夫人《系裙腰》那句:"我恨你,我忆你,你争知。"而"似大江"的比喻则明显化用李后主那首《虞美人》的名句:"问君能有几多愁,恰似一江春水向东流。"又化用得极恰。有些情感,一旦产生了,就像江水那样汹涌,难以遏制,难以停歇。而用大江打比方,又扣合"上海滩"这一歌名,正是因为有黄浦江,上海才被称为上海滩。歌的开头写:"浪奔浪流,万里滔滔江水永不休。淘尽了世间事。混作滔滔一片潮流。"把个人的情仇融汇到大时代的潮流中写,意境雄浑开阔。歌中最后写:"又有喜,又有愁。就算分不清欢笑悲忧。仍愿翻,百千浪,在我心中起伏够。"则是说甘愿承受那些爱情恩怨和纷纭世事带来的内心激荡,情怀细腻又豪迈。

黄霑和顾嘉辉合作的另外两首经典歌曲也充分探讨了爱情的恩怨纠缠,这两首歌叫《倚天屠龙记》。是的,你没看错,的确有两首顾嘉辉作曲、黄霑作词的《倚天屠龙记》。一首是郑少秋演唱的香港电视剧《倚天屠龙记》的主题曲,一首是罗文演唱的香港电影《倚天屠龙记》的主题曲。这部电影和这部电视剧都诞生于 1978 年。而且两首主题曲的歌词表达的意思几乎一样,旋律也有相似之处。所以这两首歌可算是港乐中一对很特别的双胞胎。

《倚天屠龙记》是金庸的武侠名著,倚天剑和屠龙刀是故事里两种天下无敌的神兵利刃。故事的主人公张无忌因为奇缘习得绝世武功,又拥有了可以号令武林的地位,也拿到过倚天剑和屠龙刀。这样厉害的人照说没有什么可以难倒他,可他却偏偏困于情网,纠缠于几位美人之间优柔寡断。英雄难过美人关、英雄难闯情关,是武侠主题曲常用的立意。

只听郑少秋朗声唱道:"情如天,万里广阔。愁如海,百般汹涌。"将情感推至高潮。声音又低抑下来:"要共对亦难,分也不可。爱恨填胸。"那些深深的伤害耿耿于心,根本不想见到对方;但始终有爱意的羁绊让他们无法彻底分开。结尾唱道:"屠龙刀倚天剑,斩不断心中迷梦。"点题。能斩断一切的神兵竟斩不断情丝的纠葛,更是极言这爱与恨坚韧、复杂。

恩怨爱恨的韧性可以去到什么程度呢? 宋代有位哲学家邵雍写了一首《恩怨吟》谈这个,不过这首诗并非专写爱情,而是泛写各种恩怨:"人之常情,无重于死。恩感人心,死犹有喜。怨结人心,死犹未已。恩怨之深,使人如此。"这首诗在讲深深的恩怨甚至可以延续到生命的终结! 那些恩情,那些美好的感动,可以让生命至死都甜蜜。而那些郁结的愁怨,也可能让人到死都解不开心结。可见恩怨的威力之大!

如是我闻,爱本是恨的来处

罗文版的《倚天屠龙记》写道:"情爱偏会变仇恨。"讲的是爱与恨的转化。还有好些歌写到这种情况。比如林夕作词、王菲演唱的《宽恕》写道:"如是我闻,爱本是恨的来处。"又比如叶绍德作词、仙杜拉演唱的七十年代经典老歌《啼笑因缘》:"爱因早种偏葬恨海里。"又道:"恩爱顿成怨恨。"林夕作词、张学友和梅艳芳演唱的《相爱很难》也写道:"爱到过了界那对爱人,同时也最易变成一对敌人。"

哪怕分手之后,这恩怨爱恨也未必消泯。李宗盛作词、李宗盛和林忆莲演唱的《当爱已成往事》写道,哪怕爱已成往事,但是"爱与恨都还在心里"。林夕作词、李克勤和陈慧琳演唱的《爱一个人》也写道:"当真正愿意爱一个人,没法再爱更需要恨。要奋不顾身继续遗憾,谁计较有没有开过心。……怎能够,爱过了之后,令恨也不留?"人们在投入很深的心力去爱后,哪怕无法爱下去了,也往往要用恨这种形式延续这种高能量感情。哪怕这样会弄得谁也不开心。爱情关系破裂后,如何清除心中恨的余孽,这是个问题。

诗词中也写过由爱生恨的情形,比如唐代诗人刘皂的《长门怨》:"珊瑚枕上千行泪,不是思君是恨君。"我流下的,不是想你的眼泪,而是恨你的眼泪。请不要自作多情误会我还爱你。这种恨,也是在深情被伤害后转变成的吧。

怨恨的负能量长期留存在心中其实不好。黄伟文作词、苏永康演唱的经典歌曲《那谁》。歌中唱道:"是创伤太重,或觉悟太轻? 使你不懂释放怨怼的根性。"这番诘问其实是在提醒人们放下余怨。林夕作词、陈奕迅演唱的《富士山下》也在劝慰旧情人放下曾经恋情的恩怨:"忘掉我跟你恩怨。樱花开了几转,东京之旅一早比一世遥远。"

恨他愁断肠,为他烧夜香

还有一些谈论恩怨爱恨的诗词,讲的是,只有恩爱,没有怨恨,或恩爱远远盖过了怨恨。比如宋代词人蔡伸的《春光好》:"况是教人无可恨,一味思量。"就是写,自己的爱人很好,于是只有无尽的想念,没有怨恨。

宋代一位无名妓女的《鹊桥仙》写道:"相思已是不曾闲,又那得功夫咒你?"女主人公的爱人确实有可怨之处,空有山盟海誓,却不见兑现。但她出于深深爱意,觉得想念他都来不及,哪有空咒骂他? 这娇嗔的语气好可爱,一往情深,分外动人。

　　宋代词人刘仙伦的《菩萨蛮·怨别》写道："犹自软心肠，为他烧夜香。"这首词讲的是，女主人公的爱人离开了。她心里本来是怨他薄情的，但又禁不住心软。哪怕心里骂他一万遍，仍然为他烧香祈请神佛保佑他平安。柔情宛转，读之令人销魂。元代的乔吉在《凭栏人·春思》化用了这句："恨他愁断肠，为他烧夜香。"则更集中突出了虽怨亦爱的矛盾心理，显示出姑娘心底的柔软善良。

是与非

　　婚恋中的是非对错有时是很难说清的,所以有句俗话叫做"清官难断家务事"。魏晋时期的乐府诗《团扇郎六首·其四》写道:"相怜中道罢,定是阿谁非?"意思是:"我们的爱情中途夭折了,这到底是谁的错?!"我第一次读到这句诗的时候,觉得:"哇,好厉害!"对于爱情诗词,我不只是欣赏"问世间情为何物,直教人生死相许"这种咏赞痴情的句子。感情世界并不是非黑即白的,并不是除了值得赞美的深情就是值得唾骂的薄情,还有很多模糊地带。能够很好地描摹分析这种模糊地带的作品,其实也很深刻。

　　为何说感情的是非对错有模糊性呢? 比如一对夫妻离婚或一对情侣分手,假如是 A 先变心,A 先抛弃 B,那么一般认为是 A 的错。但也有可能是 B 对 A 不太好,所以导致 A 产生别的想法,那么 B 也有错。所以不该那么武断。就算 B 对 A 不错,但 A 觉得两人不太适合也有可能。如果能诚恳、妥善地分手,也不能说 A 做得很错。

　　现代的情歌明显比古人的诗词对感情的模糊地带有更多的觉知,所以常常感慨爱情中的是非对错难分。比如林振强作词、张国荣演唱的《心跳呼吸正常》写道:"无论你当天撕得我心多破碎,我已太懒太累分错或对。"被爱人甩了后,已经疲于分辨曾经那段情的是非对错。感情中的是非,不仅旁观者难以明断,对于当事人来说,也往往是模糊而游移的。因为投入的感情深,所以有的时候,格外介意,格外上火,觉得对方做得很错很过分。又因为投入的感情深,所以有的时候,对对方的评价又有很多袒护,觉得对方也无可厚非。有的时候,也想反省自己。就这样翻来覆去,一会儿觉得对,一会儿觉得错。一会儿觉得对方不对,一会儿觉得自己不对。总没法在心中有个定论,终于疲累不堪,懒得去想了。

黄霑作词、叶振棠演唱的《忘尽心中情》写道:"就与他永久别离,未去想那非和是,未记起从前名字。"也是在说从前那段感情的对错不想再去分辨。

郑国江作词、张国荣演唱的《最爱》写道:"对对错错,千般恩怨,将湖水吹皱。"也是说爱情中有很多说不清的对错,并化用南唐词人冯延巳的名句:"风乍起,吹皱一池春水。"说那些对错恩怨都是心湖上的涟漪,很温柔美丽的形容。

黄伟文作词、容祖儿演唱的《心淡》写道:"想不起,怎么会病到不分好歹,连受苦都甜美。"不分好歹,即是不分是非对错。这句歌词在讲热恋就像生病一般,把脑子烧坏了,一切都以对方的意愿为准。对方说的做的,自己都尽量认为是对的,以至于任由对方亏待。

李宗盛作词作曲、林忆莲演唱的《为你我受冷风吹》写道:"为你我受冷风吹,寂寞时候流眼泪。有人问我是与非,说是与非,可是谁又真的关心谁?"是在讲独自为某段感情伤心。别人来打听这段感情的是非,即使费神讲给别人听,别人也不是真正关心。这个世上,其实没有多少人会很在乎你。感情带来的痛苦,只能自己承受。

潘源良作词、徐小凤演唱的《错爱也是爱》是一首探讨感情对错的佳作。这首歌源自《紫钗记》的故事。《紫钗记》是明代戏曲家汤显祖根据唐传奇《霍小玉传》改编而成的。《霍小玉传》讲了这样一个故事:书生李益和歌女霍小玉相爱后定下山盟海誓。后来李益负心另娶。小玉为之相思成疾,一病至死。《错爱也是爱》咏叹道:"小玉却未能情由浓烈转淡。错爱也是爱。今生失去他,怎可以习惯?"也许有无数读者替小玉不值。总觉得,知道那是个负心人后,何必要继续用这份错爱折磨自己,不如开展新生活吧。但感情的事,未必能遵循理性。如果小玉始终痴心难改,那也没有办法。"错爱也是爱",可谓极深刻的五个字。

林夕作词、彭羚演唱的《给我一段仁爱路》对感情对错的探讨也很有趣。歌中写道:"我走错,我没走错。至少我,没错过什么。"玩了一点文字游戏,有点像绕口令。是在说,就算爱你不知是对是错,但没错过你,也好。可谓豁达之语。

林一峰作词作曲并演唱的《错得对》,有点像《给我一段仁爱路》那种关于"对与错"的绕口令的扩展版。虽然此歌并不好听,但可以说是将爱情的对错研讨得最丰富彻底的一首。它写出了爱情中种种微妙的阴差阳错。这首歌词有精彩处,也有累赘乏味处:"对的时间,错的人。对的人,错的决心。对的决心,错的名分。……对的情绪,错的情。"比如:"常会犯错,看到更多。就算是对的种种,也曾经考到我。"和《给我一段仁爱路》最像的是这种句子:"我宁愿有过错,也不想错过。……错过几多次,现在我都不错。"希望歌中的那些对对错错没将听歌的你绕晕。主人公始终对爱怀着好奇、勇敢和爽朗的态度,使爱情的对错显示出一种轻盈而非沉重的面目。

李宗盛作词、辛晓琪演唱的那首经典的台湾歌曲《领悟》亦有关于爱情是非对错的金句:"我们的爱若是错误,愿你我没有白白受苦。"这指出了,错爱虽然让人痛苦,但也有价值。可以让我们汲取经验教训,更懂得生活,更懂得如何自爱和爱人。

忙与闲

"闲愁"这个词,在诗词中,并非特指爱情的愁绪,但却最常用于指爱情的愁绪。比如,李清照在一首《一剪梅》中有名句:"一种相思,两处闲愁。"那么"闲愁"这个词怎么理解呢?标准答案是:无端无谓之愁。不过爱情之"闲愁"这个"闲"字还有更多值得玩味的余地,比如,容易在闲暇时产生,也容易表现出游手好闲、不务正业的特点。

很闲的愁

《西厢记》写崔莺莺爱上了张生后,相思烦闷,于是:"每日家情思睡昏昏。"整天都昏昏欲睡的。《红楼梦》中,情窦初开的林黛玉有次也情不自禁地念出这一句《西厢》的词儿。还不小心被她的小情人贾宝玉听见了。爱情,就是这样令人慵倦啊。

还比如宋代词人秦观的《浣溪沙》:"香靥凝羞一笑开。柳腰如醉暖相挨。日长春困下楼台。 照水有情聊整鬓,倚阑无绪更兜鞋。眼边牵系懒归来。"这讲的是姑娘和爱人约会的情景。见到爱人的时候,她害羞地低头,但从她嘴角笑开的弧度可以知道她多么开心。姑娘柳枝般纤瘦软熟的腰身和爱人倚靠在一起,温暖而沉醉。春天的白昼悠长,

194

在楼上呆得倦了就下楼来到小河边。一会儿照着水整理一下鬓发,一会儿倚靠着栏杆百无聊赖地松松踢着鞋子。虽然好像没有什么事做,但就想这样多和他呆一会儿,多看他一会儿。不想这么早回去。就与他这样惬意地浪费掉一天的光阴吧。

读《浣溪沙》的时候特别适合搭配着听内地歌手程璧唱的《我想和你虚度时光》。这本来是诗人李元胜写的一首诗,在网络上流传很广。程璧给它配上曲子,用让人感到很舒服的嗓音唱出来,唱得犹如天光云影之徘徊般悠慢。这首歌词的句子也很舒服:"满目的花草,生活应该像它们一样美好,一样无意义。像被虚度的电影。比如靠在栏杆上,低头看水的镜子。……我已经虚度了世界,它经过我。疲倦,又像从未被爱过。但是明天我还要这样,虚度,我还要这样。我想和你互相浪费。一起虚度短的沉默,长的无意义。一起消磨精致而苍老的宇宙。"

你可以发现,《我想和你虚度时光》中也出现了和秦观那首《浣溪沙》同样的"倚阑照水"的细节。可把秦观的这首《浣溪沙》视作《我想和你虚度时光》的古代版。只不过,秦观的《浣溪沙》更香甜娇美,《我想和你虚度时光》更苍淡悠远。秦观的《浣溪沙》写一时一事,《我想和你虚度时光》写的则是整体上的对生命的觉知。周耀辉作词、林二汶演唱的《玫瑰奴隶》对爱情也有类似的领悟:"正学习怎将一天浪费。"

闲愁很忙

爱情虽是一种"闲愁",但它有时候会表现出一种很忙的特点,所谓"无事忙"也。

姚谦作词、王菲演唱的《我愿意》有名句:"思念是一种很玄的东西,如影随形。"这句广为人知的现代歌词其实是有古代版的,见南北朝王融的《自君之出矣》:"思君如形影,寝兴未曾离。"对你的思念如影随形,睡时醒着都不曾离了我的身心。如影随形、日夜不停地思念,真可谓忙极。

关于"爱情很忙"的表述,最经典的当然要数那句:"一日相思十二时。"一天无时无刻不在想你。这个表达又有"相思十二时""一日思君十二时"等变体。这种表达,似起源于宋代。

用了这种表达的诗词中,我最喜欢的一首是宋代词人李石的《长相思》:"红藕丝。白藕丝。艾虎衫裁金缕衣。钗头双荔枝。　鬓符儿,背符儿。鬼在心头符怎知。相思十二时。"端午节到了。红红白白的莲藕,清凉消暑。戴着祛除五毒的艾虎,裁制美美的金缕衣。钗头上缀着寓意吉祥的双荔枝。发鬓上和背上都挂了辟邪驱鬼的灵符。可是啊,那些符咒再灵也不会知道,大魔头就在我心中,怎么样也驱除不了。我每日每时每刻都想着他呀。整首词有种活泼俏丽的感觉,鬼灵精的萌妹子形象呼之欲出。虽然她和女伴、家人在一起忙碌地安排着过节,但她甜蜜又折磨人的心事只有她自己知晓。这首词在所有写到"一日相思十二时"这个意思的诗词中最为别具风味。

清代散文《扬州梦》中,署名西陵散人的作者写了一组五首七律。每一首均有"一日思君十二时",分别用在第一句、第二句、第四句、第六句、第八句,这就是所谓的"辘轳体"。"一日思君十二时"已是缠绵不已,还一句连用五次,就倍觉缠绵至极了。这组七律是这个题材在文体上最富创意的作品,后来仿效者甚多。

宋代无名妓女的《鹊桥仙》写道:"相思已是不曾闲,又那得功夫咒你?"也是关于"爱情很忙"的佳句。整首词虽然用语较俚俗,但非常真挚动人。后来台湾歌手潘越云有首歌就叫做《相思已是不曾闲》,便是由这首词改编成的,改编词作者为许芥昱。一般古典诗词改成现代流行歌词,都是由文雅变通俗。但这首改编成的歌词反而比原诗词更觉庄雅,算是一个特例。歌曲情味幽娴如丝雨落花天气,前奏还有细碎的风铃声。歌的结尾连唱了数遍:"相思已是不曾闲,又那得功夫咒你?"唱得落落大方、深情脉脉。无限怨慕之意,令人动容。

忙得没空闲愁

有人忙着闲愁,有人忙得没空闲愁。近代词人顾随先生的《清平乐》就是在叹息自己很忙:"晕头涨脑。忘却天昏晓。镇日穷忙忙不了。那有工夫烦恼。 闲言闲事闲情。而今一笔勾清。领取忙中真趣,这般就是人生。"反正就是忙到晕头晕脑,没日没夜,那些儿女恩怨的闲愁啊,根本轮不上。哎,就认命吧,也蛮好的。我想很多在职场打拼的人对这首词也颇有共鸣吧。

但要命的是,本来就已经忙得鸡飞狗跳了,那无端无谓的闲愁偏偏不期而至。黄伟文作词、吴浩康演唱的《择日失恋》就讲了这样的惨况:男主人公在职场已经忙得不可开交,在某个工作日,女友突然和他说分手。他非常崩溃。歌中唱道:"日子兵荒马乱,择日失眠,亦别要拣这三数天。……别要我工作里显出了弱点。……想哭两秒都怕要到深宵三点。……何时叹气,何时落泪,预约得真太乱。现在很忙,择日再失恋兼送院。为何痛觉,从来并未约好钟点出现,热泪间中滴在那报告前面。"这是男主人公在哀诉:"我现在忙到连失眠、叹息、落泪都没空。你挑个休假日和我说分手也好,我就算心痛欲裂,也有空被送到医院去。你叫我现在失魂落魄,眼泪不断滴在工作报告上,真是伤不起啊。"这首歌生动地写出在这个生存压力大、节奏快的现代社会,爱情的闲愁的表现形式。有时候,爱情的闲愁哪里能像古人诗词写的那样可以整天发呆昏睡,去品味和审美啊,简直就是给人忙中添乱,让人忙中出错,趁人忙中要命的嘛。

林夕作词、杨千嬅演唱的《假如让我说下去》也有写到这个意思:"尚有多少工作,失眠亦有罪。"这也是在感叹,在职场的压力下,根本连为爱失眠的时间都没有。

不过"忙得没空闲愁"这个意思在流行歌中还有一种运用的方式,就是,用忙来湮没掉爱情的闲愁。比如林夕作词、杨千嬅演唱的《亦舒说》。这首歌就留下了这样的金句:"光阴怎花可看见林夕都说,别怨心底滴血,专心工作过劳才有资格吐血。"这句值得成为所有现代社会职场人失恋后的座右铭,想必各公司老板也会喜闻乐见的。

爱与痛

"爱与痛"是现代流行歌中喜欢呈现的主题。比如李宗盛作词、李宗盛与林忆莲演唱的经典歌曲《当爱已成往事》写道:"只要有爱就有痛。"还有林夕作词、麦浚龙演唱的经典歌曲《弱水三千》写道:"那是快感还是痛,深海里永远看不懂。"

如果要论整体上谈论"爱与痛"这个主题的流行歌,那么潘源良作词、王菲演唱的《爱与痛的边缘》和黄伟文作词、容祖儿演唱的《痛爱》绝对不容错过。

《终风》系列

在这一章,我想邀请大家做一个很有趣的游戏:我们来读《诗经·邶风·终风》这一首。然后来听潘源良作词、王菲演唱的《容易受伤的女人》《季候风》《爱与痛的边缘》;还有潘源良作词、叶倩文演唱的《女人的弱点》;还有黄伟文作词、容祖儿演唱的《痛爱》。我把以上这些诗歌称为"《终风》系列"。爱情多少会带来痛苦,但长期不稳定不靠谱的关系带来的痛苦最多,"《终风》系列"讲的就是这种情况。《终风》系列的诗与歌都有个共同的特点,都是讲女主人公痴心等待一个来去不定的男人,因而感到特别难过。

我们就从《季候风》讲起吧:"这次季候风,吹得格外凶。仿佛世上一切,已经消失所踪。你似季候风,抵挡计划全也无用。然后是场空,加上不死的心痛。"女主人公总是无法抗拒那个男人的魅力,她会为他忘了一切。但每一次她想和他相守的期望都落空了。歌中描写的感情激荡又彷徨,欲断而难舍。可谓是写情精细的佳作。

然而《季候风》的内容早已被《诗经》的《终风》写过。《终风》和《季候风》,不仅剧情以及使用的譬喻是几乎一样的,就连具体写作手法和写作细节也有相似之处。令人不得不讶叹,我们自以为唱的是我们这个时代对感情的独特体验,其实竟然是两千多年前《诗经》的老调!

《终风》写道:"终风且暴,顾我则笑。谑浪笑敖,中心是悼。终风且霾,惠然肯来。莫往莫来,悠悠我思。终风且曀,不日有曀。寤言不寐,愿言则嚏。曀曀其阴,虺虺其雷。寤言不寐,愿言则怀。"大风这么狂暴。你伤害了我,还一笑而过。(注:此处借用了那英作词并演唱的内地歌曲《一笑而过》的歌词。)你对我这样戏弄调笑,我真的感到很难过。大风卷起尘埃,你有时像风一样飘来。你不来找我时,我却不断想你。大风刮得天色阴沉,真的是不见天日。我睡不着,想你想得打喷嚏。天色阴阴,雷声轰轰。我睡不着,是那么地想你。"

诗中把"风"这个意象运用得淋漓尽致。大风的狂暴,如同情郎的狂野无礼。大风卷起尘埃,如同情郎在心中引起无数烦恼。大风刮得天色阴沉,犹如这段爱情带来的黯然。而且这首诗虽然起笔就用了"终风且暴"这样强烈的表达,仍能不断递进。从大风带来冲击到大风的影响扩大到遮天蔽日,最终在雷声轰轰中达到高潮。而雷鸣声的高亢也映衬出女主人公的凄惨、虚弱、惊悸。

我们可以将《终风》和《季候风》相比较。《终风》里,情郎"谑浪笑敖"地戏弄女主人公;而《季候风》里,女主人公也有"不甘你愚弄"之叹。《终风》里,女主人公用"莫往莫来,悠悠我思"来形容自己的欲罢不能。而《季候风》也写道:"明明还说分开,怎么会情动。……口中声声别了,难掩渴望面容。"《终风》从暴风这个意象中挖掘出暴、霾、曀、阴、打雷等特点去烘托和象征这份感情带来的体验。《季候风》则从暴风这个意象中挖掘出凶、空、冷、撩人、难以抵挡、来去匆匆等特点去烘托和象征这份感情带来的体验。两相参读，我们对两首作品的理解都会加深。

《容易受伤的女人》虽然没有用"风"来打比方，写的剧情却也和《终风》《季候风》几乎一样。歌中唱道："情难自禁，我却其实属于，极度容易受伤的女人。不要不要不要骤来骤去，请珍惜我的心。如明白我，继续情愿热恋，这个容易受伤的女人，终此一生，也火般的热吻。"这是女主人公表明自己的脆弱，希望男人变得靠谱，珍惜爱情。她所爱的人回来了，她虽然还是有些疑虑，但已经开始重拾希望，热烈地投入他怀中。整首歌柔情似水，热情如火，非常动人。《容易受伤的女人》和《季候风》这两首简直可以视为《终风》的后身。

《爱与痛的边缘》中，面对男人的来去不定，女主人公对自己该何去何从非常彷徨纠结："哪怕与你相见，仍是我心愿。我也有我感觉，难道要遮掩。若已经不想跟我相恋，又却怎么口口声声地欺骗。让我一等再等，在等一天共你拾回温暖。……我已经不想跟你痴缠，我有我的尊严，不想再受损。无奈我心要辨难辨，道别再等，也未如愿。永远在爱与痛的边缘，应该怎样决定挑选？"这里的心理描写也很精细。女主人公对那个男人还有爱意，但男人这样来去不定暧昧不明，又让她很痛苦。女主人公还觉得，任由对方这样放肆会让自己尊严受损。她想更骄傲一点。但她总是在犹豫，她不知道这份感情是爱多一点还是痛多一点，是该再等下去还是放弃。

《女人的弱点》则干脆把痴心对待负心汉直指为"女人的弱点"。女主人公和她爱的男人分开后，本来声明要好好过自己的生活了，可心里还是放不下他。男人离开了她，可以去爱别人。但她仍然只留恋他一个。当他回头来找她时，她又陷进去了，虽然不知是否有明天。歌中唱道："仿佛一切也在变，唯独我心始终不懂说弃权。你也说过我爱上你似跌进火圈。……原来每个女人都总有某个弱点，明明抗拒结果心又软。""火圈"这个比喻生动地形容出这样爱人是多么危险和愚蠢！女人深爱上一个人就难以改变，这真是女人从古到今容易犯的一个毛病。

她所深爱的人,就是她的弱点。

以上讲的歌都是醇厚痴情的,《痛爱》则有着别样的微妙,带着闪烁不定的光。它把这种痴情愈发渲染到极致,但这种渲染的本身,已似微微带了劝谏之意。歌中唱道:"仍然难禁看着你这个坏人,有什么吸引?残酷至此,更让我想靠近。……已习惯亲朋好友问我怎会为你等,学会讲只因这种狠,深得我心。喜欢你让我下沉,喜欢你让我哭。……宁愿天昏地暗。要为错的人伤过恨过方算是勇敢。……若是你也发现,你也喜欢亏待我,我就让你永远痛爱着我。"这首歌写的这份感情因为爱与痛的纠缠而达到极致的激烈。但歌中同时似在暗示,没有人可以在爱情中亏待你,除非你允许这样。你越纵容,对方就会越过分。勇敢地"痛爱"过,也是该及时清醒回头了。全天下没有好人了吗?为何要爱个"坏人"自讨苦吃?

不妨对"终风系列"做个小结:《终风》和《季候风》都以风为喻。《爱与痛的边缘》与《痛爱》强调的是这种纠结的关系之痛楚。《容易受伤的女人》和《女人的弱点》这两首更是直言,痴情是女人容易犯的毛病。正如我们通常所说的:痴心女子负心汉。这既是一种优柔寡断、任人宰割的脆弱,也是一种豁出去爱的英雄主义般的纯粹和勇敢。

不要因为情书和眼泪心软

也许女人的确比较容易溺于情吧,于是就需要有一些歌曲来作警醒解劝的工作。小虫作词、任贤齐演唱的台湾歌曲《心太软》和姚若龙作词、张学友演唱的《情书》是这类歌曲的杰出代表。它们都是以女主人公的男闺蜜的口吻唱出来的,分析问题都比较切中肯綮且脚踏实地。

《心太软》是任贤齐的成名作。其流传之广,应该没有谁没听过吧。歌中开门见山地唱道:"你总是心太软,心太软,独自一个人流泪到天亮。你无怨无悔地爱着那个人,我知道你根本没那么坚强。"真是一下子就说到点子上,指出女人心软而容易受伤,正好和《容易受伤的女人》《女人的弱点》相映成趣。

歌曲提醒女人，小心啊，这样的爱超出你的承受能力。歌中苦口婆心地劝谕女人放弃这段情，说她爱的男人是没法报答她的痴心的。歌中亦有不少警句，比如："你应该不会只想做个好人。……你总该为自己想想未来。……相爱总是简单，相处太难。不是你的，就别再勉强。"这几句提醒女人要对感情的事豁达随顺。不然这样下去未来怎么办？要有对自己负责的意识。

《情书》和《心太软》同样发人深省。《情书》明确指出爱情"需要两个同样用心的人"。这是一个常识，却常常被忘记。歌中这样点题："可惜爱不是几滴眼泪几封情书。……可惜爱不是忍着眼泪留着情书。"爱情不该是长期的隐忍悲伤，而是该指向幸福的。眼泪和情书是人的感性，爱情不能没有感性，但没有谁能完全活在感性的真空中，都是要回到具体而微的生活中。

《情书》也告诫女人不要心软，指出最容易让女人心软不舍的情形："他曾为了你的逃离颓废痛苦，也为了破镜重圆抱着你哭。"哪个女人受得了看见心爱的人颓废伤心呢？就算本来再也不想理他，也会忍不住抱紧他怜惜安慰。歌中温馨提醒，面对这种情形也千万别心软，不然又会是一段难耐的纠缠。到时就怪不了任何别人，因为毕竟是自己主动的决定，这种纠缠是双方互相造成的。但也感受不到幸福，因为得不到恋爱关系本来该有的陪伴、关爱，徒因一段似是而非的关系而烦恼。不如单身更简单清爽。

歌中唱道："等待着别人给幸福的人，往往过得都不怎么幸福。"自己的幸福要自己做主，不能指望一个不会为你的幸福考虑和努力的人。歌中结尾唱道："紧闭着双眼又拖着错误，真爱来临时你要怎么留得住？"如果你一直放不下没有诚意发展关系的人，遇到有诚意的爱人你哪里有心思去爱呢？恐怕你也会错失良缘吧。你有那么多爱心待人好，把你的爱你的好留给更懂珍惜的人吧。喜欢的人不一定要勉强在一起，但尽量要找一个互相喜欢的人在一起。这是非常合理的建议。李峻一作词、张智霖演唱的《你太善良》把这个道理讲的很透彻："他不配做对象，可惜你太善良。他背叛你，偏你没法睁开眼看真相。驯服就似绵羊。相恋太善良,大多打败仗。受骗的那个比骗徒更混账。"这一声"混账"骂得真是痛快,希望能骂醒这糊涂姑娘。这首歌采取的视角也很有意思,主人公是个特别喜欢这糊涂姑娘的人,但姑娘再不清醒,可能会错失一个很好的恋人。这种情节正好可以和《情书》结尾的告诫相印证。

好玩的是,不仅《情书》吐槽华而不实的情书不可信,古典诗词早已吐槽过多次。比如五代词人牛峤的《应天长》:"虚道相思憔悴。莫信彩鸾书里,赚人肠断字。"姑娘埋怨道,情郎的书信中说他为相思而憔悴,可他只是空口说说而已,他的人又不会回来,所以千万不能相信这些骗人心疼的话。宋代词人石孝友的《谒金门》也写道:"纵有音书何用? 有意相思无意共。不如休做梦。"只有言语表达的情愫,没有真正在一起的意愿,那还是算了吧。最有趣的是元代杨果的散曲《翠裙腰·赚尾》:"总虚脾,无实事。……唱道再展放重读,读罢也无言暗切齿。沉吟了数次,骂你个负心贼堪恨,把一封寄来的书都扯做纸条儿。"姑娘把情郎的书信读了又读,读得时醉时醒,读完了不由得咬牙切齿。她骂他没诚意,终究是个可恶的负心人。姑娘犹豫了一阵后,一发狠就把情书都撕得粉碎,真是痛快! 我想把这类吐槽情书不可信的古典诗词和张学友的《情书》称作"《情书》系列"。这个系列的古典诗词一般从当事人角度写,所以一半是清醒的理性,一半是娇嗔的感性。张学友的《情书》则是采取女主角的男闺蜜这种视角写的,具有"旁观者清"的特点,比较具有理论高度。听了读了"《情书》系列","《终风》系列"这种类型的愚顽痴情都可以治好了吧。

有人可能会嫌《情书》和《心太软》这两首歌写的恋爱观太理性而不够感性。注意,歌中主要谈论的是承受力和事件发展趋势的问题。因为确实有很多前车之鉴显示:女人若一味困于不靠谱的恋情,一旦时限超过承受力,会使自己的生活陷入多方面的困顿。两人之间也容易因此产生积怨并撕破脸,破坏掉这种看似伟大无私恋情的所有美感。对双方而言都将演变为一件极其糟糕的事情。

如果有人执意要维持这种不靠谱的感情,没问题,要是能做到汉娜·阿伦特对海德格尔那样,那么又是另一种境界了。汉娜·阿伦特和海德格尔都是德国的哲学家,前者是后者的学生。海德格尔虽已有妻子,但还是勾引了汉娜这个美貌聪颖的女学生。汉娜因为海德格尔的智慧而迷恋崇拜他。再没有谁比汉娜更深刻地理解海德格尔的哲学了。海德格尔小心翼翼地保持着与汉娜的关系。尽管汉娜已是他婚外恋的对象,海德格尔仍与别的女人调情。汉娜痛苦万分,忍无可忍,离开海德格尔而另嫁他人。他们曾有很多年没联系,后来又恢复了朋友关系,保持了终生的友好。虽然海德格尔在爱情上有太多可被吐槽的地方,但汉娜还是自始至终在各个层面维护海德格尔,绝对不说一句有损他的话。海德格尔晚年因纳粹倾向和反犹太罪名而受到指控陷入危机,身为犹太人的汉娜虽知海德格尔绝非冤枉,还是极力作证替他洗刷罪名。汉娜·阿伦特不仅在学术上令人敬佩,在情义上也做到了某种令人仰止的极致。但必须注意的是,汉娜也深刻地认识到,跟海德格尔这种浪子最好只是保持朋友关系。

"《终风》系列"的跨性别想象

"《终风》系列"的诗歌指出女人更容易对不靠谱的恋情产生执迷,这或许是事实。但并不是说,男人不会如此。我们不妨对"《终风》系列"做一个有趣的跨性别探讨。

一般,我们把歌曲的演唱者的性别视为歌中主人公的性别,但歌曲存在被异性歌手翻唱的可能。异性翻唱的现象能帮助我们对歌曲进行一种跨性别的想象。

比如《痛爱》这首歌,虽是女歌手容祖儿的歌,但其实男歌手的翻唱也蛮好。那么主人公也不妨为男。黄耀明、李克勤、陈小春这三位男歌手都翻唱过《痛爱》。每个版本风味各异。其中黄耀明版本的《痛爱》尤为特出,他真能把这份爱与痛唱到淋漓尽致,激越到狰狞的程度。黄耀明还用第一人称翻唱过《容易受伤的女人》,也很有意思。

另外,流行歌中写"对不靠谱的恋情一直执迷"这个题材写得最好的,应该要数林夕作词的《一丝不挂》。它并非一首"女人歌",而是由男歌手陈奕迅演唱。这首歌我有在《多情岂自由》一章详细介绍,此处不赘。

"《终风》系列"的结局猜想

"《终风》系列"这种爱情有三种可能的结局:

①一直无望地爱下去。潘源良作词、徐小凤演唱的《错爱也是爱》讲的就是这种情形,见本书《对与错》这一章。

②一直爱下去,等到浪子回头终成眷属。李峻一作词的《无赖》讲的就是这种情形,见本书《士(女)也罔极,二三其德》这一章。

③彻底分手,开始新的恋情。见本书《决绝词》这一章。好玩的是,《女人的弱点》还有个剧场版,讲的是女主人公被恋人抛下后,很久都习惯一个人呆着,后来某一天她突然决定开始新的恋情。

爱与美

爱与美的关系,也是诗词和流行歌喜欢呈现的主题。只不过,古代诗词喜欢对美作具体的描写,而现代流行歌则喜欢分析爱与美之间存在何种的关系。

诗词是嗜美的,我们常常会看到诗词满满的都是关于美的描写,且诗词具有非常好的审美品位。现代人往往认为,古典诗词中的爱情充满对女性色相的过分强调,因此对之多有反思和批评。诗词的确有这种倾向,但这不是全部,诗词中写的美其实是非常多元且多层次的。诗词不仅写了多种多样的女性之美,也写了男性之美。不仅赞颂了容貌之美,也赞颂了品德之美,而且有时对这两者的界限处理得非常模糊。比如"硕人""玉人""美人""佳人"这几个词,咏女亦咏男,咏貌亦咏德。恍兮惚兮,有时简直令人傻傻分不清楚。容我从诗词的老祖宗《诗经》开始慢慢讲来。

硕人·玉人·美人·佳人

有很多人以为,古典诗词写的美人都是那种弱质纤纤的女子。这种传统颇遭现代人的诟病。的确,这种女性形象似乎占据了诗词中美女的主流，但最初的传统并非如此。我们不妨回溯到最早的华语诗歌总集——先秦时代的《诗经》。单从对人的审美这一维度来讲，这部诗集都是让人惊讶赞叹的。

有趣的是，《诗经》对女性的审美并非是欣赏一种娇小之美，而是欣赏一种高大之美。比如《诗经·卫风·硕人》这首诗的第一句就是："硕人其颀。"就特地称赞女主人公的高大颀长。而《诗经·陈风·泽陂》这首诗也写道："有美一人，硕大且俨。"是在说那个美女高大又矜持。硕大，是一种很有气场的美。但后世诗词渐渐就不大写这样的美了。当然，《诗经》或许也写了苗条之美。比如《诗经·周南·关雎》有名句："窈窕淑女，君子好逑。"历来对"窈窕"的解释是多样的。有解作苗条曼妙，也有解作娴静之类的。但总的来说，《诗经》对"硕大"这种美还是有一定情结的。初民崇尚"硕大"，或许因为"硕大"令人联想到健康、多子、更有力气劳动，这种联想可能是潜意识层面的。

但在《诗经》的时代，其实也有关于瘦弱的审美，比如楚灵王喜欢细腰是出了名的，甚至达到病态的程度，以至于宫人为了减肥而饿死。春秋战国最著名的美女西施也是以含愁抱病的"捧心之美"著称。但孔子编选《诗经》时显然只选取了对健康之美的歌颂。

"硕人"其实亦用来赞叹人的德行。比如《诗经·卫风·考槃》这首就写道："硕人之宽。"那个隐居的贤德之人心地宽宏。此处"硕人"大致可理解为"大写的人"。这就从身材体态引申到德行领域。

《诗经》尤其欣赏如玉的美，取其明洁温润也。《诗经》中，玉是最好的配饰，也是最好的定情信物，也是最好的对爱人的比拟。比如《诗经·郑风·有女同车》："将翱将翔，配玉将将。"她的身姿挺拔飘逸如同将飞而未翔，她的配玉撞击出好听的锵锵之声。《诗经·秦风·渭阳》则写道："何以赠之，琼瑰玉佩。"这里写的就是用美丽的玉饰做定情信物。而《诗经·召南·野有死麕》这首则写道："有女如玉。"姑娘像玉一样美丽纯洁。《诗经·秦风·小戎》写道："言念君子，温其如玉。"是讲思念在远方的温润如玉的丈夫。这里是把男子比作玉，所谓"君子比德如玉"也。这种对玉的喜好，还有关于"美人如玉"的比拟，贯穿了整个古典文化。古典诗词中往往喜欢用"玉人"来指称心目中美好的人,既用于指女,亦用于指男。"玉人"这个词,既可指容貌,也可指气色,也可指气质,也可指品味,也可指德行,也或许是含混地兼而有之。这种传统在现代诗歌不复存在。而周耀辉在黄耀明演唱的《罅隙》中写道:"亲爱的人,你仿似雕刻,比我更加晶莹。"黄伟文亦在黄耀明演唱的《小王子》中写道:"戴琉璃冠冕,衬毛毛披肩。"这两处"晶莹"和"琉璃"所比喻的气质不经意间与古人所说的"玉人"略有相似。而黄耀明也的确长身玉立,声线清美,颇能唱出那种味道。

而《诗经》中的"美人"指女亦指男。比如《诗经·邶风·静女》写道:"匪女之为美,美人之贻。"并不是礼物本身很美,而是因为是美人所赠,所以分外觉得美。这里的"美人"就是指美丽的姑娘。《诗经·邶风·简兮》写道:"云谁之思,西方美人。彼美人兮,西方之人兮。"若问我在想念谁,是那位西方的美人。那位美人啊,他来自西方。此处美人是指男美人。这首诗热情洋溢地歌颂了一位孔武有力、昂藏善舞的男性。一唱三叹,令人神往。从《诗经》开始,诗词中"美人"就既可用来指女人又可用来指男人。后世诗词中,"美人"也可以指色,也可以指德。既可用来写爱情,也可用来写友情,也可用来写单纯的审美之情。总之,就是指某人给人留下的综合的美好的形象。另外,先秦时代的大诗人屈原开出了"香草美人"的传统,这就使"美人"又具有了一层意思:在彼身上寄托了仁政理想的君王。

"佳人"一词也是兼可咏色与咏德,从先秦时代就已开始见于诗歌。汉代李延年有首著名的《北方有佳人》:"北方有佳人。绝世而独立。一顾倾人城。再顾倾人国。宁不知倾城与倾国。佳人难再得。"北方有位大美女,她真是稀世少有的美丽啊,她骄傲特立。为了她秋波的一瞥,城主宁愿失去城邦而拥有她,国君甘愿国家覆灭而获得她。可是他们竟不知道吗?失去了城邦和国家,又怎么能保得住美人呢?这首诗既把姑娘的美夸奖到极致,赞她美丽到了危险的程度。同时又对大人物沉溺美色做了含蓄的规谏。其实,李延年唱这首诗歌是为了推销他漂亮的妹妹。后来这首出位的诗歌果然引起了汉武帝的注意。而李延年的妹子也被汉武帝纳为"李夫人",备受宠爱。这首诗也让我们获得了一个歌颂美貌的经典成语:倾国倾城。

唐代诗圣杜甫写的《佳人》更加经典:"绝代有佳人,幽居在空谷。……摘花不插发,采柏动盈掬。天寒翠袖薄,日暮倚修竹。"那一位佳人风华绝代,她隐居在无人的空谷。她摘了鲜艳的花儿并不用来装饰她的美貌,却喜欢采折满怀寒香凛冽的松柏枝。天冷了,她穿着淡泊素雅的衣裳,在黄昏静倚着青竹。它营造出"空谷佳人"这一艺术形象,所写的佳人不事俗艳,淡泊自赏。从剧情来讲,这首诗算是一首弃妇诗。女主人公被丈夫抛弃了。她的丈夫娶了一个漂亮的新娇妻。我们的女主人公虽然坎坷孤苦,但她非常有风骨有自尊,令人不敢轻慢,反而油然生敬。这首诗咏的"佳人",兼具仪表、气质、德行之美。她的美,是内美与外美的相互渗透,相互增益。这首是写女子之美,但诗人其实也是在借这样的女子形象来喻指男子的立身处世,虽在逆境卑位,终不失操守。于是,"佳人"一词便在这首诗里贯通了貌与德、女与男。

工笔与写意

《诗经》既工笔描绘了具体而微的美,也写意渲染了抽象朦胧的美。具体而微的美比如《诗经·卫风·硕人》那一段超经典的外貌描写:"手如柔荑,肤如凝脂,领如蝤蛴,齿如瓠犀,螓首蛾眉。巧笑倩兮,美目盼兮。"她的手像茅芽那样柔嫩,皮肤像凝结的膏脂那样细润,脖子像蝤蛴(一种白色的肉肉的虫子)那样白皙。牙齿洁白整齐像瓠瓜的籽。额头方正,眉毛修长。她的笑容多么玲珑妩媚,眼睛多么清澈明亮。这写的真是一位标准美人,时隔千古,依然活色生香,令人魂艳。抽象朦胧的美最见于《诗经·秦风·蒹葭》:"蒹葭苍苍,白露为霜。所谓伊人,在水一方。"通篇不见这位伊人的面貌,只见一片萧疏清泚、烟水迷离中一个影影绰绰的背影。无论如何都看不真、触不到,但已然美绝。如此伊人,令人赞叹、向往而惘然。

容貌之美

古典诗词对容貌的描写是非常细致的。上一小节举的《硕人》就是一个很典型的例子。这一节我们来更具体讨论下各个身体部位的写法。

①眼睛。大画家顾恺之曾言："传神写照，正在阿堵中。""阿堵"是指眼睛的意思。我们古人的艺术，极其注重传神，而眼睛又是身体部位最能传神的。所以诗词的容貌描写中写眼睛的非常多。今人往往认为长睫毛、双眼皮、大眼睛最美，这其实是近现代从西方舶来的一种审美。古人对眼睛的审美是，单眼皮、细而长的眼睛最美。比如宋代词人杜安世就在一首《浣溪沙》写道："身材轻妙眼儿单。"宋代词人苏轼一首《减字木兰花》写道："眉长眼细。"宋代词人晏几道的一首《玉楼春》写道："天与娇波长入鬓。"就是很直白地赞美单眼皮和眼睛的细长。

其实比眼睛的形状更重要的是眼睛的韵味。古人对眼睛最喜欢用的比喻就是"秋水""秋波"，这个比喻生动地描绘出眼睛的清澈、润泽、流动、冷艳。比如五代词人孙光宪的《南歌子》："慢凝秋水顾情人。只缘倾国，着处觉生春。"她缓缓凝了水汪汪的眼睛望着爱人。只因她长得倾国倾城，目光到处，仿佛皆生春意。"慢凝"这一描写，"生春"这一比喻皆妙绝。她知不知道自己这样无辜地望着人会让人屏息。诗词中还写了眼睛的"杀伤力"。比如李商隐的《李夫人歌》中写道："柔肠早被秋眸割。"她那清泠的美目，真能一下一下割在人心上，让人肝肠寸断。唐代诗人方干在《赠美人》也有句："醉眼斜回小样刀。"她那乜斜的醉眼就像小小的刀子能割人肠断。这一双眼睛大概含嗔带喜，又媚又矜。

②眉。眉毛和眼睛往往连写，眉毛也是很显气质的。与把眼睛比作"秋水"相对应的，眉毛常常被比作"春山"。比如宋代王之道的一首《临江仙》写道："春山闲淡淡，秋水醉盈盈。"就是写姑娘眉毛画得闲淡有气质，眼波盈盈含醉。和春山类似，眉毛还有远山、眉山、眉峰这些说法。眉毛除了被比作山，还经常被比作新月、柳叶之类的。关于眉目的

写法,我还很喜欢宋代词人毛滂一首《菩萨蛮》里的:"花月不如人。眉眉眼眼春。""花月不如人"这句太普通,但"眉眉眼眼春"五字真是美绝,眉梢眼角都是满满的春色啊。

③嘴。古人对嘴的审美是,小而红润。于是嘴最经常被比喻为樱桃。最著名的莫过于白居易写的那句:"樱桃樊素口,杨柳小蛮腰。"樊素和小蛮都是白居易的家姬。这句是赞樊素的嘴小巧,小蛮的腰细柔。不过如今"小蛮腰"似要比"樊素口"出名得多。写嘴附带的就是写牙齿,除了前面讲的《诗经》中将之比作"瓠犀"的写法,一般有贝齿、榴齿这些写法,就是将牙齿比作贝壳和石榴子。

④头发。古人写头发也颇多佳句,大约因为头发也是很容易写出意境的。头发最常比作云。比如唐代词人温庭筠一首《菩萨蛮》写道:"小山重叠金明灭,鬓云欲度香腮雪。"屏风上小山重叠,金粉明灭。掩映着那美人的睡姿。她鬓发如云,仿佛要垂坠飘度那香腮雪肤。整首写头发写得最好的应该要数晚唐诗人李贺的《美人梳头歌》,幽艳娇懒,婉转含情。比如这一段:"双鸾开镜秋水光,解鬟临镜立象床。一编香丝云撒地,玉钗落处无声腻。"揭开镜袱,雕镂着鸾凤纹路的铜镜发出秋水般的光泽。她对镜解开鬟髻。头发太长了,以至于高站在象牙床梳还是会垂到地上。她的一大把芬芳的头发如云一般撒落,玉钗不禁从太过柔顺的青丝无声滑落,无法言喻的浓艳幽娴。如果要拍一个东方古典式的洗发水广告,那么大概可以从这首诗获得灵感。

⑤胸。古人写胸一般都是比作雪,大约取其白皙、丰厚、柔软之意。比如宋代词人江致和的《五福降中天》写道:"腻雪轻铺素胸。"

⑥手。除了《诗经》中将之比作"柔荑",诗词中写手还有春葱、春笋之喻。春葱喻十指细长,春笋大概是指那种微带丰腴,有点曲线美的手。还有将手比玉以拟其莹白的,比如苏轼一首《贺新郎》那句:"手弄生绡白团扇,扇手一时似玉。"还有赞手的红润的。比如陆游那首著名的《钗头凤》:"红酥手,黄藤酒。"而对手臂的写法呢,一般称"玉臂",也有将手臂比作莲藕的。

⑦腰。最著名最常用的写法当然是比作"杨柳"啦,取其纤细柔软

也。刚刚在谈论"嘴"的时候就提到过白居易的名句:"杨柳小蛮腰。"唐代诗人温庭筠《张静婉采莲歌》亦有佳句:"抱月飘烟一尺腰。"姑娘的腰只有一尺那么细,轻盈地仿佛可以上天揽月,又像飘过的一缕青烟。

⑧脚。大家对古代女子的脚的印象就是小,所以有"三寸金莲"之喻。但"金莲"这个词几乎一用就俗。其实古人在诗词中最喜欢用的关于脚的典故是:"凌波微步,罗袜生尘。"她凌波而行,波面泛起细细的水纹,仿佛在路面行走产生的纤尘一样。典出曹植的《洛神赋》。如此飘渺有意境,无怪乎古人喜欢用这个典故。

诗仙李白很会写脚。比如他的《浣纱石上女》:"一双金齿屐,两足白如霜。"用金色的鞋子来衬托两脚之白,配色很惊艳。还有李白的《越女词》写的:"屐上足如霜,不着鸦头袜。"故意凸显不穿袜子,露出白白的脚那种美,韵味天成。

李白是写露脚之美,南北朝乐府写的不露脚之美,情味亦好。见《双行缠·其一》:"朱丝系腕绳,真如白雪凝。非但我言好,众情共所称。"《双行缠·其二》:"新罗绣行缠,足趺如春妍。他人不言好,独我知可怜。"这两首是缺一不可的一组。前一首说,姑娘的手白皙漂亮是有目共睹的。后一首则说,但姑娘的脚有多美丽可爱只有我一个人知道。有无限的亲昵私密和洋洋得意,真是心机男赤裸裸秀美女秀恩爱拉仇恨呀。

衣饰之美

《诗经》中,除了写人的容貌之美,还写了衣饰之美。比如《诗经·郑风·出其东门》:"缟衣綦巾,聊乐我员。……缟衣茹藘,聊可与娱。"只有那个白衣青裙的姑娘,才能让我感到衷心快乐。只有那白衣红裙的姑娘,才让我渴望与之嬉戏。这讲的是心上人的两套打扮。还有《诗经·卫风·硕人》:"硕人其颀,衣锦褧衣。"她的身材健美修长,穿一袭靓丽的锦衣,又衬上朴素的麻纱罩衫。这讲的是一种搭配美学、搭配哲学,以素色掩敛一下光芒,不欲向人炫耀华丽,反而更显贵气。

后世诗词也往往写到人物的衣饰。比如宋代词人秦观的《南歌子》写道:"揉蓝衫子杏黄裙。"蔚蓝的上衣,杏黄的裙子,也是种好看的搭配。还有五代词人牛希济的一首《生查子》写道:"记得绿罗裙,处处怜芳草。"主人公很记得和情人分别之时,她穿了一条绿色的罗裙,于是处处看到芳草的绿色,都不禁心生怜爱。这个细节真是写得温柔至极。还有一些经典款的裙子,比如郁金裙,指金黄色的裙子。比如石榴裙,指大红色的裙子。

以上是写得具体的,还有写得比较抽象的。比如诗仙李白写杨贵妃的著名的《清平调》:"云想衣裳花想容。"云彩让人想起她的衣裳,花儿让人想起她的容颜。如云的衣裳,大概具有轻盈、飘逸、柔润、富有层次感这些特点吧。又比如宋代词人张先在一首《醉垂鞭》写道:"昨日乱山昏,来时衣上云。"那个美人飘然而至,她的衣裙仿佛是从昨天乱山的昏冥中逸出的一片云。这里也把衣服比作云,但比之李白那句,少了华贵之气,而多了淡逸之气。除了将衣裳比作云的,还有比作水的。见唐代诗人李群玉的《同郑相并歌姬小饮戏赠》:"裙拖六幅潇湘水。"她的碧绿长裙款款曳地,分为六面,仿佛拖着六幅潇湘之水婀娜而行。这句也是风致绝伦。除了比作云比作水的,还有比作雾的。见李商隐的《燕台四首》:"安得薄雾起缃裙,手接云軿呼太君。"什么时候能再瞻睹那仿佛浮起一层薄雾的淡黄裙,让我去恭敬接驾唤一声神仙姐姐。"这句则写得颇有仙气。雾的质感也比水和云更精微飘渺。

还有一些别具风情的写法。比如魏晋时期的《子夜四时歌·春歌二十首·其十》写道:"春林花多媚,春鸟意多哀。春风复多情,吹我罗裳开。"春天的花儿大多非常娇媚,就像那些青春女儿的芳颜。可是春天的鸟儿却往往啼啭哀伤,就像那些爱情故事的韵律。多情的春风啊,又把我的衣裳吹开,莫名的感触袭来。一首含蓄隽永的诗,描写的也是很微妙的场景。春风吹开衣裳,是春意撩人,也是春愁袭人,旖旎而惆怅。魏晋时期的《子夜歌四十二首·其二十四》也写道:"罗裳易飘扬,小开骂春风。""骂"字用得真是俏皮。后来清代大词人朱彝尊的《菩萨蛮》写这种场景也写得极佳:"罗裙百子褶,翠似新荷叶。小立敛风才,移时吹又开。"姑娘的百褶荷叶裙被风吹开,她连忙拢起裙子。不一会儿,裙子又被风吹开了。犹记得,美国好莱坞明星玛丽莲·梦露的招牌姿势:风吹裙开,屈膝敛裙。其实捕捉到这迷人的一幕啊,并非西方摄影师独具慧眼,咱们华语诗歌从魏晋时期就已经开始写了。只不过,金发白肤、胸挺臀翘、红唇浓厚、眯目而笑的梦露羞涩敛裙时反而有种更张扬的性感,令人流鼻血。而咱们的古典诗词中写的姑娘家裙开和敛裙则有种亭亭仕女的低徊婉约、清新飘逸。都很美,但风味相异。不知读者更中意哪一种呢?

美人如花

人们喜欢花,也喜欢把女人比作花。还记得港乐里,李安修作词、梅艳芳演唱的《女人花》咏叹道:"女人花,摇曳在红尘中。女人花,随风轻轻摆动。"古典诗词中,就写了各种各样的"女人花"。《诗经》里就已经开始将女人比作花。比如《诗经·郑风·有女同车》:"有女同车,颜如舜华。"同车的女子长得像槿花一样美。

南北朝的乐府诗《襄阳乐》写道:"大堤诸女儿,花艳惊郎目。"襄阳大堤上的歌女舞女就像姹紫嫣红的花儿般焕发光彩,让初来乍到的愣小子惊艳不已。

诗词中最为大众所熟悉的"女人花"莫过于桃花了。而最著名的以桃花喻女子的诗莫过于唐代崔护的那首《题都城南庄》:"去年今日此门中,人面桃花相映红。人面不知何处在,桃花依旧笑春风。"意思极浅显,讲的是去年见到美人与桃花交相辉映,今年只见花而不见人,于是倍感惆怅。这首词让我们获得了一个成语:人面桃花,美人的脸色如桃花那样粉红娇美。

有把姑娘比作牡丹的。比如李白写杨贵妃的《清平调》:"一枝红艳露凝香。"凝着雨露的芬芳红艳——这是兼写牡丹和杨妃。

有把姑娘比作荷花的。五代词人阎选一首《谒金门》写道:"美人浴,碧沼莲开芬馥。"美人洗澡的时候就像是池水中开出了一朵荷花,散发芬芳。这句总让我联想到《仙剑奇侠传》中赵灵儿在池塘洗澡的惊艳，真可谓写照。又比如五代词人李珣的《临江仙》："强整娇姿临宝镜，小池一朵芙蓉。"姑娘强打起精神照镜，她镜中的面容就像池水中的一朵荷花。这句想象更是新特，非常经典。还有宋代词人陈师道的《菩萨蛮》："玉腕枕香腮。荷花藕上开。"她的脸枕着洁白的手臂，就像荷花开在莲藕上。兼写脸和手的美，亦妙。

有把姑娘比作梅花的。比如唐代诗人卢仝的一首《有所思》写道："相思一夜梅花发，忽到窗前疑是君。"好想念那个姑娘，窗前梅花仿佛被这份浓厚的想念催开，恍惚间，觉得梅花就是她。

我总觉得，桃花应该是指肥瘦适中的灿丽女子，牡丹是指丰腴性感的富丽女子，荷花是指肌肤微丰的典雅女子，而梅花则是指清瘦冷淡的秀逸女子。此外，还有拿海棠、杏花、梨花、兰花、桂花、菊花、石榴花、豆蔻花等来打比方的，就不再一一举例了。

弱质纤纤之美

《诗经》欣赏高大的女性，欣赏"硕人"之美。《诗经》中，女性的阳刚美和阴柔美都被歌颂。比如《诗经·齐风·东方之日》："东方之日兮，彼姝者子。……东方之月兮，彼姝者子。"同时把女子比作太阳和月亮。三国时期曹植的《美女篇》写道："容华耀朝日。"也是赞美女子容颜如朝阳那样盛丽。

后世诗词则逐渐倾向于欣赏女子的纤弱美，阴柔美；那种高大美，太阳般的美逐渐式微。你可以看到诗词中写女子会用很多"轻""无力""娇""纤""小""弱""慵""羞""怯""瘦""病""愁"之类的字眼。举个很典型的例子。比如宋代词人贺铸的一首《蝶恋花》写道："闲凭银筝，睡鬟慵梳掠。试问为谁添瘦弱。娇羞只把眉擎著。"姑娘闲坐在银筝旁，头发刚刚睡乱了也懒得梳。若要问她为思念谁而越发消瘦，她只害羞皱眉不说话。

这样的女子美吗？也可能是很美的。我反对的是用一种单一的审美标准去凌驾所有,对"硕人"或"纤弱","丰腴"或"清瘦"任何一种风格倒没有偏袒之意。正如唐代诗人司空图所说:"梅止于酸,盐止于咸,而美在酸咸之外。"美并不止于某些物理特征,美是一种更微妙的韵味。任何一种风格都有可能获得韵味而美,也很有可能具备好的形态却缺乏韵致而不够美。

说到纤弱之美,最典型的体现肯定要数《红楼梦》中林黛玉这个形象。书中是这样形容她的:"两弯似蹙非蹙罥烟眉,一双似喜非喜含情目。态生两靥之愁,娇袭一身之病。泪光点点,娇喘微微。闲静时如姣花照水,行动处似弱柳扶风。心较比干多一窍,病如西子胜三分。"虽然这样病弱的美不值得推崇,但无疑林黛玉亦堪称绝色,令人不禁叹为姑苏城里钟灵毓秀的产物。

含愁抱病之美逐渐占据了古人对女人的审美的主流——以至于有一天,我们清代的大诗人龚自珍结识了一位身体好的美女,竟然感到惊讶万分,不禁写诗赞叹。见他的《己亥杂诗·其二五三》:"玉树坚牢不病身,耻为娇喘与轻颦。天花岂用铃幡护,活色生香五百春。"天啊,这位美人居然不怎么生病,身板非常结实。她不屑做出咳嗽和皱眉这些样子。就像一朵仙花,根本不需要护花铃、护花使者什么的,也能美丽长命五百年!

而《诗经》之后的诗词中,不仅女子体弱,连男子也常常是"多愁多病身"。关于这个,最常用的典故是"沈腰"和"潘鬓"。"沈腰"指的是南北朝时期沈约的腰,沈约在年老时,百来天腰带移近了几个孔,这个典故指消瘦。"潘鬓"则指的是晋代美男子潘岳三十岁即两鬓斑白。这两个典故往往连用。有时读多这样的诗词就有种想回头复习朴拙清健的《诗经》长长精神的冲动。

男人之美

以上论述中,虽是在谈论女性美,其实也不断涉及对男性的审美。这一小节打算集中讲一下诗词中的男性美。还是不得不从《诗经》说起。《诗经》对男女外表的重视程度几乎差不多,并不是说单单对女性以貌取人。比如在《诗经·魏风·汾沮洳》中,男主人公就被热情洋溢地赞道:"美无度!"美丽得超过了限度。翻译成港乐的语言就是:"怪你过分美丽。"《怪你过分美丽》是林夕作词、张国荣演唱的一首歌。

是的,《诗经》对男女之美是有某种一视同仁的:既好女色,也好男色;对于男女都最赏如玉的明洁温润之美;对于男女都既注重外在美,也注重内在美;对于男女都既注重天生美,也注重衣饰美;对于男女都既赏刚性的美,也赏柔性的美。在这个基础上,对男性更偏重刚性的美,经常会赞美男性的力量、气魄、担当。不得不说,《诗经》真是一部神奇的诗集,具有几近完美的性别平衡感。

说起男性的柔美,想起曾看过一篇文章说,中国古典文化没有"flower boy"(花美男)这种富于阴柔美的男性形象。其实这是个天大的误会。《诗经》就已经开始写"flower boy"了。仍是《汾沮洳》这首,诗中写道:"彼其之子,美如英。"那个男子,美得像花儿一样。"英"是"花"的意思。如果大家觉得这种释义很陌生,不妨联想一下"落英缤纷"这个成语。那么后世诗词有没有以花喻男子的呢。虽然少,但还是有的,比如宋代诗人史弥宁的《孤山》写道:"不是逋仙有梅癖,梅花清韵似逋仙。"并不是大诗人林逋爱梅成癖,而是梅花的孤清本来就像林逋这个人。林逋是男人,这里却将之比作花儿。宋代诗人方岳的《即事·其一》写道:"野径孤横雪外枝,岁寒了不受春知。世间所谓奇男子,除却梅花更是谁。"这里干脆说,遗世独立的梅花就是奇男子,奇男子就该像梅花那样具有凌寒的品格。这两个把男人比作梅花的例子明显注重的是气质而非色相,不过把女子比作梅花往往注重的也是气质而非色相。

诗词中还有一些作品中的男性更富于阴柔美,更加雌雄莫辨,这些作品时常和同性恋相关。比如清代大诗人陈维崧写给他的男友徐紫云的《沁怅词二十首别云郎》其中一首是这样:"记得端阳五月中,君曾薄醉倚疏棂。分明一幅潇湘水,斜坠明霞数缕红。"还记得端午节前后,紫云你倚着帘棂,醉颜绯红。美得就像几缕晚霞坠在潇湘水上。从字里行间就能感觉到陈维崧凝望他爱人的眼神有多么温柔。

　　我们这个时代,该期待什么样的男性,是存在争议的。一派说:"不能只重女色,也要重男色。男人也要美。"一派说:"呸,男人才不需要美呢,重要的是男子汉气概!"这两派往往争执不下。其实只要祭出《诗经》中的《淇奥》,争执即可休矣。外表和内涵,美感和气概,未必相矛盾啊。

　　《淇奥》全诗是这样的:"瞻彼淇奥,绿竹猗猗。有匪君子,如切如磋,如琢如磨。瑟兮僩兮,赫兮咺兮。有匪君子,终不可谖兮。瞻彼淇奥,绿竹青青。有匪君子,充耳琇莹,会弁如星。瑟兮僩兮,赫兮咺兮。有匪君子,终不可谖兮。瞻彼淇奥,绿竹如箦。有匪君子,如金如锡,如圭如璧。宽兮绰兮,倚重较兮。善戏谑兮,不为虐兮。"远望淇水弯弯,绿竹多么柔嫩。那位美好的君子,就像切磋过的象牙,就像琢磨过的美玉。他矜庄而威严,他光明又坦荡。那位美好的君子,真是令人难忘。远望淇水弯弯,绿竹一片青青。那位美好的君子,他的耳中戴着玉瑱,帽子上镶嵌的玉石闪烁如星。他矜庄而威严,他光明又坦荡。那位美好的君子啊,真是令人难忘。远望淇水弯弯,绿竹多么茂密。那位美好的君子,像锻造过的黄金青铜那么刚毅,像打磨过的玉圭玉璧那么温润。他宽宏大量又从容不迫,倚着车子是那么帅气。他风趣幽默而有分寸,从来不会粗野无礼。

　　《淇奥》中的男子,是既注重内在美,也注重仪表美的。他刚强而温润,有才有德,亦庄亦谐。我想,再没有哪首华语诗歌写过比这更完美的男子形象。养儿子的父母不妨让儿子从小背诵这首诗,诗里写的那种男人的境界虽然难以全盘做到,但仍可以成为一种努力的方向。

浪漫爱情不是俊男美女的专利

　　元代兰楚芳的《四块玉·风情》写道:"我事事村,他般般丑。丑则丑村意相投。则为他丑心儿真,博得我村情儿厚。似这般丑眷属,村配偶,只除天上有。"一个姑娘自认为粗蠢,并说自己喜欢的男人很丑。但这有什么关系呢?只要情投意合,情真情深,也是一对儿神仙眷侣。这首曲子非常阳光爽朗,展现了一种"色相无所谓,真爱最重要"的价值观。这种立意在嗜美如命的中国古典诗歌体系很是罕见、珍贵。

总而言之,古典诗词对女性美、男性美、爱与美的关系的探讨是非常丰富、多元、深刻、有趣的,不可刻板而平面化地看待。

现代港乐中的爱与美

现代港乐中,几乎不怎么写具体的外貌衣饰之美,而是喜欢探讨爱与美的关系,其中层次也非常丰富。

①倾国倾城的魔力。首先想讲的是黄伟文作词、张国荣和梅艳芳演唱的经典歌曲《芳华绝代》。恰好这两位歌手的确也是能配得起这样的歌名,唱得起这样一首歌的。甚至换了其他任何歌手都唱不好。张国荣和梅艳芳的声线魅惑而大气,张扬而沉凝,能唱出那种艳压天下的摄人气势。《芳华绝代》用夸张戏谑的口吻写出那种绝代佳人的杀伤力。歌中说,名画中的美人到底不如真人活色生香,帝王也只能靠头衔权势威慑别人。而真正的倾国之姿,仅仅靠自身就能征服天下。歌中连举的三位都是性感尤物——美国的玛丽莲·梦露,法国的碧姬·芭铎,意大利的苏菲亚·罗兰。歌中的写法也很有趣,比如:"罗兰自称芳名苏菲亚,男孩就会倒下。如能获得芭铎亲一下,铁塔亦会垮。"用那种一惊一乍的口吻,生动地表现了这些美人要俘虏男人真是不费吹灰之力,所谓"恃靓行凶"也。听这首歌的时候,对比着读前面讲过的汉代李延年那首《北方有佳人》会很有趣。同为咏叹倾国之色,《北方有佳人》中的美人是矜持静好的,《芳华绝代》(不妨称之为"西方有佳人")中的美人是奔放狂野的。如果这两者相遇了,大概前者会嫌弃后者粗俗过露,后者会嫌弃前者清汤寡水。

还有一首林夕作词、张国荣演唱的《怪你过分美丽》。也是讲的那种过分美丽之人的魔力:"怪你过分美丽,如毒蛇狠狠箍紧彼此关系。仿佛心瘾无穷无底。终于花光心计,信念也都枯萎。"生动地写出美人带来的诱惑和折磨。主人公感慨自己为何偏要爱这人,为何不可以爱别人。但主人公又觉得爱过了这位,爱别人都没意思了。

②色相和爱。林夕作词、周华健演唱的《难念的经》感叹道:"啊,躲不开痴恋的欣慰。啊,找不到色相代替。"还有林夕作词、王菲演唱的《只爱陌生人》唱道:"喜欢看某一个眼神,不爱其他可能。"其实,这两处写的不可替代未必是说对方很美。而是说,爱情其实是有些说不清道不明的,偏偏就喜欢那个人,喜欢看着他的样子,不喜欢别人,也不知道为什么。

③因美而爱。林夕作词、王菲演唱的《色戒》写道:"他不是脸色明媚,谁会想入非非?"就是讲美是引发爱的重要原因。

④爱不必色相美。有首林阿 P 作词、My Little Airport 演唱的歌叫《我爱官恩娜,都不及爱你的哨牙》。这首歌唯一有意思的地方就是歌名了。任官恩娜这位模特多性感美丽,但他却觉得女友的哨牙最可爱,这就是真爱吧。

林夕作词、郑秀文演唱的《终身美丽》写道:"莫非可终身美丽,才值得勾勾手指发誓?……莫非多一分秀丽,才值得分享我的一切?……任他们多漂亮,未及你矜贵。"不一定要很美,而且谁也难以终身美丽。爱情不是选美。你在我心目中永远最重要最宝贵。林夕作词、王菲演唱的《约定》则写得更加动人:"剪影的你轮廓太好看,凝住眼泪才敢细看。……就算你壮阔胸膛,不敌天气,两鬓斑白都可认得你。"你是多么美,我绝不会吝惜和掩饰对你美貌的迷恋赞叹。但其实你美不美我都那么爱你,所以何必介意岁月里容貌的改变。我爱你远不止于色相啊。

还有黄伟文作词、刘浩龙与谢安琪演唱的《沧海遗珠》。这首歌讲的是,有个人的外表不算出众。所以呢,他对爱情没有抱什么太高期望。但主人公独具慧眼发现他的内心很丰富可爱,于是深深爱上了他。主人公为他喝彩,为他惊喜,觉得别人都是没眼光,不懂欣赏:"只得我望见你关起了心扉,犹如合上贝壳的传奇。……如沧海深处埋藏着遗珠,其实你好处个个也不知。……旁人忙着夸奖色相,没有空管你的修养,唯独我留下拍掌。"

⑤因爱而美。我们有个古老的成语,叫做"情人眼里出西施",就是

说爱情让人觉得所爱之人很美。西方文学中也有关于这种现象的描写。比如塞万提斯的名著《堂吉诃德》中,堂吉诃德心目中高贵美丽的女神其实是一个长相粗陋的村姑。而莎士比亚的喜剧《仲夏夜之梦》中,仙后被施了爱情的魔法后,竟然爱上一个驴子头的男人,觉得他很美,对他温柔备至。

现代港乐还提供了一种视角,除了被爱之人会被心爱之人视为美丽的,被爱也会真的让人变漂亮。比如林夕作词、郑秀文演唱的《终身美丽》写道:"给我自信给我地位,这叫幸福不怕流逝。……因为自信,所以美丽。"这讲的是被爱让人自信,而自信让人变美。而林明阳作词、张学友与高慧君演唱的《你最珍贵》则从反面写这个问题:"没人疼爱,再美的人也会憔悴。"

还有一种视角是,除了被爱会让人美,其实爱人的人也因为心中有爱而美丽。我们来听林夕作词、关心妍演唱的《假使我漂亮》。这首歌讲的是,女主人公觉得,她爱的人不肯接受她是因为她不够漂亮,但对方也不敢直说这个原因。于是女主人公不断叹道:"假使我漂亮,……"让人联想到《简爱》中女主人公的名言:"如果上天赐与我美貌,我也会让你像我离不开你一样,让你离不开我。"当我们以为这首歌是一味哀叹不漂亮得不到爱人时,这首歌的笔锋却陡然一转。结尾唱道:"当然我漂亮,纵是迷上你,是什么都甘心奉上。爱会使我面色发亮,为何要靠扮相。"这样的一转非常有力量感,也使听歌的人对女主人公从同情转为尊敬。是啊,有什么比真正心中有爱更使人容光焕发、相好庄严。

不完美的爱人

人是不完美的,爱人是不完美的。现代情歌比古代的情诗更多地正视了人性的不完美。但其实,先秦时代的《诗经》早就提出过,要包容爱人的不完美。见《谷风》这一篇:"采葑采菲,无以下体。""葑"是指芜菁,"菲"是指芥菜,"下体"指根部。也有说法认为"葑""菲"指的是别的蔬菜,但具体是什么菜其实并不影响理解。这句诗意思是:"采摘蔬菜,不要因为它们的根部有时难以下咽而抛弃它们。同样,人无完人,不要因为爱人的小缺点而抛弃他。不要因此认为他不是你的菜。"这是一首弃妇诗,女主人公埋怨丈夫不该因为她不够完美而抛弃她。我们现在对这样的比喻方式感到很陌生,很奇怪。但在那个农业社会,人们用一些农事活动的经验去比喻人情世故,是信手拈来,非常直观和自然而然的。

后来"葑菲"一词成为一个典故,专指不要因为一些缺点而全盘否定和摒弃一个人。李白在一首《秦王卷衣》里写道:"愿君采葑菲,无以下体妨。"就是以宫中卷衣侍女的口吻说:"希望大王您不要因为我不够好而厌弃我。"宋代司马光在《资治通鉴》中,甚至将"采葑采菲,无以下体"这句诗运用在了谈论政治人事上——用之赞美孟尝君善于纳谏;哪怕对方是心怀奸诈,是有道德瑕疵的,但只要说的是对的,是有益的,孟尝君也会乐于听从。

古人有"葑菲"之劝，今人在情歌更是经常谈到人的不完美的。比如林夕作词、陈奕迅演唱的《全世界失眠》："想起我不完美，你会不会逃离我生命的范围？"

黄伟文作词、陈奕迅演唱的《打回原形》就是以人的不完美为主题，非常经典。这首歌又叫做《大开眼戒》，一首歌有两个名字，也是一个特例，而且这两个名字有一定互文性。

它讲的是，主人公很爱一个人，但反而不想和对方太快走得太近。距离产生美，接近则会暴露人的弱点。《世说新语》中就讲过一个远看近看感观大不同的例子："卿类社树，远望之，峨峨拂青天；就而视之，其根则群狐所托，下聚溷而已！"那个人远望就像参天大树那么了不起；走近一看，他的根部是狐狸的寄居之地，下面聚集了好多污秽之物。《打回原形》的主人公就是怕对方看到自己在日常生活的面目，看到自己的那些弱点，会大开眼戒，会失望，会逃离。而这逃离会让主人公心碎。所以歌中一开始说，不要开灯，先摸黑亲吻。其实是种比喻的写法，是说先不必彼此看得太清楚。

歌中唱道："如果我露出了真身，可会被抱紧？……谁都不知道我心底有多暗？……情人如若很好奇，要有被我吓怕的准备。……试问谁可，洁白无比？如何承受这好奇，答案大概似剃刀锋利。愿赤裸相对时，能够不伤你。"这些都是说，人都有光明面和阴暗面。如果情人有心要进一步了解自己，看到自己那不够好的一面，动物性的一面，能够接受和包容吗？"赤裸相对"既指脱掉衣服，也引申为卸下人性的装饰坦诚相对。希望在那个时候，也不要伤到对方。歌中的主人公后来假设自己"斑点满身""几双手，几双腿""几双耳朵"之类的，都是比喻的说法。都在说，如果你在我身上看到了你觉得怪异的地方，那么你会接受吗？可主人公是那么在乎这位情人，非常想取悦她。愿为了使她开心而改变，甚至恨不得能改变一些先天的质素、秉性。

你若以为主人公很不自信，那就错了，歌曲的结尾笔锋陡然一转，来了这么一句："若你喜欢怪人，其实我很美。"这是一番非常自信的宣言:对于那些我的奇怪之处,你若能够懂得欣赏,其实我很美呢!这里的"怪人"可以做两个层次的理解。第一个层次,我们可以理解为,主人公是一个非常特别的人,比如是个科学怪杰之类的。爱一个这样的人,有趣但并不容易。第二个层次,我们可以理解为,其实每个人都有个性,在别人看来都是有些奇怪。对爱人身上让我们感到奇怪的地方,不要简单粗暴地去否定。对于爱人的个性,要懂得欣赏。

嗯,总结一下。采葑采菲,无以下体。若你喜欢怪人,其实我很美。

梦 与 醒

古今如梦，爱情如梦。古人今人也都做梦，也都做爱情的梦。而梦有时会惊醒。所以古人的诗词和今天的流行歌都有写"梦与醒"。这"梦与醒"是多层面的。我们不妨一一来探讨。除了讨论"梦与醒"，还顺带讨论一下失眠。

日有所思，夜有所梦

白天如果很想念某个人，晚上就比较有可能梦见。所以很多人都会有梦见爱人的经历。古人诗词在梦见爱人这件事情上做文章很多，入妙之句也极多，今人的作品远远不及。如果读者对古人如何写梦感兴趣的话，首先可以读《花间集》，它收录了晚唐至五代十八位词人的词，词风艳丽，情感浓挚。里面经常写到情梦，且写法非常多样，后世罕能出其范围。这里打算对诗词里情梦的写法做一个整理。

①相思空有梦相寻

古人没有即时通讯工具来方便联系；又因为交通不便，寄一封信也很麻烦。且男人往往因为官职调动或游历等原因而处于一种"在路上"的状态，连固定地址都没有，使寄信更麻烦了。因此，古人如果十分想

225

念爱人的话,只能更多地乞灵于梦境中相逢。所以我猜,恋爱中的古人大概比今人在梦这件事情上凝聚了更多念力,更认真努力地去做梦,盼梦。古人对梦的观察也更加仔细,想象也更加丰富。

正如五代词人毛文锡的一首《虞美人》写道:"相思空有梦相寻,意难任。"我好想你,但只有在梦中去寻觅你,真是受不了啊。

还有唐代词人韦庄《应天长》写的:"碧天云,无定处。空有梦魂来去,夜夜绿窗风雨,断肠君信否。"你像天上的云,漂泊无定。只能通过做梦来和你相会。每天晚上,纱窗外风雨凄迷,而我的内心也是如此惨恻,你知道吗?

韦庄写梦写得更精彩的一句是《女冠子》里的:"不知魂已断,空有梦相随。"根本没意识到当时已经伤心肠断,只知道总是会梦见你。这是一首回忆去年与爱人离别的词。

韦庄《天仙子》写道:"人寂寂,叶纷纷,才睡依前梦见君。"在落叶纷纷的静夜,我才睡下去又像上回那样梦见了你。那种依恋的语气,亦温婉可人。

②小屏狂梦极天涯

这些爱情的梦境有可能非常狂荡。比如五代词人顾敻的一首《浣溪沙》:"小屏狂梦极天涯。"小屏风畔,那个女人抑制不住的相思之梦一直追随所爱的人直抵天涯海角。一个"狂"字,一个"极"字,动人至深,很好地写出相思的强烈,热切,一往难收。

宋代词人晏几道《鹧鸪天》亦有写"狂梦"的名句:"梦魂惯得无拘检,又踏杨花过谢桥。"我的梦魂不羁惯了,又恍恍惚惚踏着杨花过桥来寻访那可爱的女子了。这句风流语居然连一本正经提倡"存天理,灭人欲"的宋代理学家程颐都很欣赏,笑赞其为"鬼语也"。比较起来,顾敻写思妇的那句压上的情感份量似更重,这句则于狂荡中有种清新俊逸的风度。

宋代词人赵令畤的《乌夜啼》:"重门不锁相思梦,随意绕天涯。"重重的门,能锁住人,却锁不住梦,梦是那么轻盈地逸出门去,飘飘悠悠地缭绕在远在天涯的人儿身畔。这句亦狂而妙。

③梦中来,不要迷路

古人把梦中的事越写越真切,越写越精细。甚至考虑到一些非常琐碎的细节问题,比如梦中的旅程会不会迷路。宋代词人王仲甫的一首《鹊桥仙》结句写道:"怕伊蓦地忆人时,梦中来,不要迷路。"姑娘你突然想念我时,梦中来和我相会的话,不要犯路痴哈。

关于梦中迷路这种想象,更经典的应该要数唐代词人韦庄的《木兰花》:"千山万水不曾行,魂梦欲教何处觅。"女主人公在叹息:"我和你之间隔的千山万水我都没有走过,你叫我的梦儿又怎么认得路去寻你?"这就让梦中迷路这种想象更具有了逻辑性。这种逻辑性其实也是可爱的胡说八道。这胡说八道也一往情深,足以销魂。

还有诗词是写真的梦中迷了路,遇不到对方的。比如宋代词人晏几道的《蝶恋花》:"梦入江南烟水路。行尽江南,不与离人遇。睡里消魂无说处。觉来惆怅消魂误。"我在梦中,恍恍惚惚来到江南烟水迷离的路上。寻遍了江南,东张西望,前看后看,都遇不到你。睡梦里这种难受的感觉堵在心中没法说,醒来更感妄诞和惆怅。这也是痴绝语。

④飞去飞来方瞬息

韩剧《来自星星的你》中,神奇的外星人都教授具有瞬间移动的超能力,他经常用这种能力赶去救护他心爱的女人,让万千少女叹羡不已。虽然我们地球人还没有这项高级的技能,不过令人欣慰的是,在梦中,我们也是可以瞬间移动到爱人那里的。

宋代词人徐照的《玉楼春》写道:"枯荷露重时闻滴。君梦不来谁阻隔。妾身不畏浙江风,飞去飞来方瞬息。"只听见枯荷上盛满的露水不时滴下来。是谁阻隔了你来到我的梦中?我的梦魂不害怕浙江的风波,飞去飞来和你相会只是一瞬间的事情。这就是写梦中的瞬间移动。想象至为奇特,带着《楚辞》《山海经》般的神怪风味。在宋词中是非常罕见的写法。

唐代诗人岑参的《春梦》有名句:"枕上片时春梦中,行尽江南数千里。"似是最早写"梦中短时间内能走过很长的路程"这个意思的。比徐照那句经典,但不如那句奇幻。

⑤梦中说尽相思事

做梦的时候,有时会说些梦话。比如五代词人牛希济的一首《酒泉子》:"梦中说尽相思事,纤手匀双泪。"她在梦中把这些时日的想念都细细地说给他听,一边说一边用小手擦着眼泪。情态极为可爱,"匀"字用得轻妙。还有五代词人魏承班的《满宫花》写的:"梦中几度见儿夫,不忍骂伊薄倖。"好几回梦中见到游荡在外的丈夫,不忍心骂他是个薄情人。"不忍"二字流露的那种护短,也是温柔至极。

⑥堪嗟梦不由人做

人们虽然想梦见爱人。但梦并不由人控制,所以不是想梦就梦得到。白居易写唐明皇与杨贵妃故事的名作《长恨歌》写道:"悠悠生死别经年,魂魄不曾来入梦。"也是在拟唐明皇的口气叹息,太想念,太想梦到,反而偏偏梦不到杨贵妃的亡魂。与此异曲同工的还有陆游的《蝶恋花》写的"只有梦魂能再遇,堪嗟梦不由人做。"还有宋代词人程垓的《卜算子》:"一夜安排梦不成。""安排"这个词把人刻意做梦的感觉写得很准确。

虽然"梦不由人做",但人们仍会想象"梦由人做"。比如唐代诗人李贺在《春怀引》写道:"宝枕垂云选春梦。"精美的枕头上,如云的鬓发垂下来,这个女人今晚想选个好梦来做。李贺喜欢作险丽之语,这句也是娇憨可爱。李贺发明的"选梦"这个词也在后世诗词沿用了下来。

⑦却怕良宵频梦见

有的人很想梦见所爱的人,有的人却害怕梦见所爱的人惹伤心。比如五代词人顾敻的一首《木兰花》写道:"镇长独立到黄昏,却怕良宵频梦见。"总是一个人呆呆站到很晚都不肯去睡,因为一合眼就会梦见那个人。五代词人冯延巳的《蝶恋花》写道:"夜夜梦魂休谩语,已知前事无情处。"每晚就不要在梦里说那些傻话了,已经省悟以前的恩爱都是假的,他并不是很爱我。此句亦精警。

⑧可奈梦回时,一番新别离

宋代词人贺铸的《菩萨蛮》写道:"可奈梦回时,一番新别离。"如果做梦是又相逢了一次,又开心一次;那么梦醒的时候,就像又别离了一次,又难过一次。亦是妙语。

⑨犹恐相逢是梦中

梦中相逢还是不如真的相逢好啊。比如五代词人尹鹗的《杏园芳》:"何时休遣梦相萦,入云屏。"好辛苦,如果什么时候不要再为你魂牵梦萦就好了。喂,我不是说不想喜欢你了,而是说,我想你真正回来和我温存。

还有晏几道的《蝶恋花》:"从别后,忆相逢。几回魂梦与君同。今宵剩把银缸照,犹恐相逢是梦中。"一直盼相逢,一直只能梦中相逢。今晚烛台照着你的面容,要好好地看看你,摸摸你,真的不敢相信是真的重逢了啊。语言质直而深情。把"梦中相逢"和"相逢似梦"对照起来,很有意思。

⑩梦中知梦中

近代词人杨圻的《菩萨蛮》有句:"梦中知梦中。"这五个字太妙,值得为之单独列一条。也许大家都有过这样的经历:在晚上做梦的时候,意识到自己是正在做梦的,尤其是在做噩梦的时候安慰自己这只是在做梦,很神奇的感觉。这五个字亦可引申到更抽象的人生的层面上。

⑪惊残好梦无寻处

有时候梦境会被声音扰乱甚至惊醒。一般是被鸟儿吵醒。比如唐代诗人金昌绪的《春怨》:"打起黄莺儿,莫教枝上啼。啼时惊妾梦,不得到辽西。"女主人公的丈夫戍守边疆去了,女主人公本来打算和丈夫在梦中相会,梦却被黄莺的鸣声吵醒。于是她简直想打这些聒噪的美丽小生灵。语言质朴动人。后人化用这个的极多。比如五代词人冯延巳的《蝶恋花》写道:"浓醉觉来莺乱语,惊残好梦无寻处。"

还有宋代词人姜夔的《鬲溪梅令》:"木兰双桨梦中云。小横陈。漫向孤山山下觅盈盈。翠禽啼一春。"我梦见坐在木兰舟上,荡着双桨。美丽的爱人就躺在身边。然而,当我想去孤山下寻找她的倩影时,哪里有人?这个春天只有小鸟在鸣叫。这个例子和前两例有很大不同。前两例是讲睡着了做梦被惊醒,听见鸟叫。这里讲的是,抽象意义的爱情梦碎了,醒了,空空如也,只听见山野中的鸟鸣。人事短暂,而自然界永恒。悟境比前两例要深。

除了鸟会惊梦，风雨也会惊梦。比如五代词人张泌的《酒泉子》："春雨打窗，惊梦觉来天气晓。"古人写风惊梦比写雨惊梦更加出彩呢。比如唐代诗人施肩吾的《古别离》写道："三更风作切梦刀，万转愁成系肠线。"半夜那呜呼呼的风，就像把梦切断的刀子一样，而那千回万转的愁绪则成了牵住肠子的线。真真奇语也。"切梦刀"这个词尤为奇特，让人读之有种心上滴血的感觉。

还比如唐代词人韦庄的《谒金门》："一夜帘前风撼竹，梦魂相断续。"帘外风吹过竹子发出萧萧的响声，搅扰着我的睡眠，我一会儿梦着一会儿醒着。原来不是让人一下子兀然醒来，而是让梦境断断续续的，非常倘恍迷离。可谓体会入微。

梦醒时分

讲了梦，我们再来讲梦醒。有一首经典台湾歌曲叫《梦醒时分》，为李宗盛作词，陈淑桦演唱。它不是写晚上做梦醒来，而是写抽象的情梦醒来。歌中讲的是一段错爱，其中一方很受伤，甚至开始怀疑人生；另一方则悔恨不该做错事，伤人这么深。

歌中唱道："早知道伤心总是难免的，你又何苦一往情深。……要知道伤心总是难免的，在每一个梦醒时分。"情梦醒来时，总是会很痛的。你如果明白这点，又为何要轻易陷进去呢？而到了必须分开的时候，何必还看不开，还要痴心拉扯伤得更深呢？

歌的结尾唱道："有些事情你现在不必问，有些人你永远不必等。"这一句也是警策之极。如果他要跟你分手，你就不要问原因了吧。问了除了让你更加难过外，没有别的好处。原因不需要追问，只需要明白，你不用等他就行了，他是不会再回心转意了。

夜半来，天明去

如果要论诗词写爱情之梦的第一佳作，我想推白居易的那首《花非花》："花非花，雾非雾。夜半来，天明去。来如春梦几多时，去似朝云无觅处。"爱情像花一样美丽，像雾一样迷离。它在半夜暗中降临，又被清晨的阳光刺破。原来只是一场短暂的梦。醒来，睁开眼，什么都没有，那温柔的云彩不知飘到哪儿去了。这首诗虚虚实实，朦胧凄美。这个"夜半来，天明去"的梦，既可以是对某次具体的夜间约会的描写，也可以视为关于爱情的整体性比喻。

现代情歌中，也时有感慨爱情之梦"夜半来，天明去"的。比如黄霑作词、叶倩文演唱的《黎明不要来》，它是张国荣与王祖贤主演的电影《倩女幽魂》的主题曲。电影里，张国荣饰演的天真书生宁采臣在诡异的破庙遇到了王祖贤饰演的美貌女鬼聂小倩。小倩勾引书生，书生爱上了小倩。小倩本来是要奉命取男子性命，却对这个呆萌书生动了真情，处处保护书生。历经患难后，他们感情越发深了。只可惜聂小倩终是女鬼，见不得光。在清晨的时候就会灰飞烟灭，"去似朝云无觅处"了。所以就有了这首《黎明不要来》，歌中希望时间永远停顿在这暗夜的缠绵，停顿在这恍若尘世之外的浪漫美丽。清晨的第一缕阳光多么美丽，却会惊破那个比它美丽一百倍的梦境。歌中唱道："不许红日教人分开，悠悠良夜不要变改。……在漆黑中抱紧你，真让朝霞漏进来。"

陈少琪作词、张学友演唱的《日出时让恋爱终结》与《黎明不再来》立意相似，但比较普通。林一峰作词作曲并演唱的《趁着天还未亮》也采取了这种立意，歌词细腻温柔到能把人融化掉："呼吸你的气息，感受你的温暖，在你胸口像浮木一样。……怕不慎弄破了美好景象，还是不敢太轻狂。如果你要离去，先得把我推开。但这一刻你是我的，趁着天还未亮。"

还有林夕作词、王菲演唱的《蝴蝶》写道："等不到天亮美梦就醒来，我们都自由自在。"天亮是种比喻的写法。还有林夕作词、王菲演唱的

《邮差》(《蝴蝶》的粤语版)写道："你是千堆雪,我是长街。怕日出一到,彼此瓦解。"也是在讲,日出瓦解了爱情的美梦。而这日出是一种比喻意义上的。

醒来的第二重定义

醒来是爱情美梦的醒来,既可指真正晚上做的梦,也可以喻指某段爱情分手了,无望了,清醒了。但爱情叙事中还会使用"醒来"的第二重定义:动情了,从麻木中醒来,生命处于一种激活的状态。犹如从冬天进入春天。比如汤显祖的《牡丹亭》中最经典的"游园惊梦"的桥段,女主角杜丽娘也是看见了大自然的春光灿烂,而情爱意识惊醒。其实早在《诗经·郑风·溱洧》中,就已经写过应和着冬天离去,春天到来而情爱苏醒。诗中写道,当河水冬天结的冰融化掉,开始哗哗地流动时,无数少男少女也开始来到河边约会了。易家扬作词、孙燕姿演唱的《遇见》写道:"听见,冬天的离开,我在某年某月醒过来。"都是在说情爱意识醒过来。

失眠·梦魇·睡眠

为爱失眠这件事,从《诗经》的第一篇《关雎》就已经写了:"求之不得,寤寐思服。悠哉悠哉,辗转反侧。"

林夕作词、陈奕迅演唱的《全世界失眠》是港乐中写为爱失眠的作品。歌中主人公沉浸在恋爱中,既幸福又忐忑。怕自己不够好,留不住对方。他觉得亮着的街灯好像在陪着他守望。他既是睡不着,也是有点舍不得睡着,怕睡去了梦不到她:"幸福的失眠,只是因为害怕闭上眼,如何想你想到六点,如何爱你爱到终点。"真是温柔至极。

林夕作词、王菲演唱的《不眠飞行》和《全世界失眠》一样,也是一首比较幸福的失眠的歌曲,轻快、惬意、灵动,带着点神经质。讲的是乘坐飞机的时候,百无聊赖地思念爱人。飞机滑入高空的气流中,而思绪也滑入云里雾里,那些可爱的胡思乱想,有一搭没一搭的,一会儿想念他,一会儿困得想睡:"合上眼睛数啊数,数啊数,并无一只绵羊跳得比你高,比你好。……午夜太长,地图太细,突然明白到,吻不到你但却找到你,那样残酷。就算机长会祝旅客好。"

还有一些港乐写的失眠是非常痛苦的。比如林夕作词、杨千嬅演唱的《假如让我说下去》。这首歌讲的是,女主人公结束了一天的工作回到家,感到非常疲惫。晚上,雨横风狂。女主人公心里很难受,睡不着。她想打电话给那个男人倾诉。歌中唱道:"你可不可以暂时别要睡?陪着我,让我可以不靠安眠药进睡。"但那个男人只是尴尬地敷衍应付一下子就挂断了。她知道,他已经和别人同居了,不方便和她通话。她的情绪变得非常激烈,就像窗外的暴风雨那样。风雨大到连楼房都感到震动,她感到无助,害怕,甚至一闪念想过:"房子会不会塌,我会不会死掉?"痛哭发泄一阵后她意识到,很晚了,不能再失眠了,她必须去睡。否则明天应付不了那一大堆工作,会有麻烦。她已清楚,再用力也留不住爱人,算了吧。那混杂着倦怠、灰心、怯懦的余情,一如大雨过后房檐的些些滴沥。

林夕作词、张国荣和黄耀明演唱的《夜有所梦》,也是一首关于失眠和梦魇的经典歌曲。这不算一首情歌,但里面提到爱情元素。黄耀明曾谈到,这是一首关于压力的歌曲。创作这首歌是想探讨如何在压力中寻找出路,于是他邀来林夕作词。正巧那会儿林夕、张国荣、黄耀明睡眠都很不好,于是创作起这首歌来特别带感。这首歌把梦魇的感觉捕捉得很到位,张国荣和黄耀明的声线也都有阴暗的气质。张国荣嗓音的阴暗是一种磨砂质感的低沉磁性,而黄耀明嗓音的暗色中仍有一种光滑的亮泽。他俩的嗓音一个从另一个后面冒出来时,着实可以造成一种惊吓。

歌词很意识流:"现在二十四度,现在二十五度。现在二十八度,现在没事给我做。"就是在渲染内心的焦躁不断升温。歌中接着唱道:"偷窥我,跟踪我,惊险到想吐。我拒捕,我要逃,我要挂号。"主人公总做各种噩梦,惊悸不已。原因可想而知,生活、工作中感到的压力,阅世中看到人性的险恶、凉薄,于是积聚为夜晚的梦魇。歌中又唱道:"梦里响起一句情人的眼泪。"《情人的眼泪》是一首歌。这里讲的是,那滴真情的眼泪,沁入这糟糕的尘世,滋润了内心的焦躁,让人感到弥足安慰。歌中接着唱道:"回头安睡,几多人送过我玩具。梦里分享堡垒,让我们熟睡。"这是说想起人间更多的善意和美好。放下勾心斗角,生起分享共赢意识。于是身心渐渐舒展,仿佛淌于宁静海。这首歌不仅把噩梦渲染得惟妙惟肖,还逐渐引导人们走出噩梦,颇具劝世意味。

　　黄伟文作词、梅艳芳演唱的《床呀床》也是一首关于睡眠的歌曲。创作这首歌的那会儿,黄伟文和梅艳芳也都睡眠不好。张国荣、黄耀明、梅艳芳三个人的声线都有一种夜的气质,正巧他们三个也都唱了关于睡眠的歌。梅艳芳低沉的声线款款诠释出人生在世的疲惫,颇有一种能让人眼皮变沉的魔力:"这么闷,这么烦。只想闭上眼,就沉睡去。这么乱,这么忙,只想转过背,就跌入我家里。明天继续共聚,动物园里,表演新壮举。……如何风光,如何坚壮,仍然需要有最后泊的岸。"主人公发现,一个人最终、最基本的需要,不是名利的风光,而是一个可以休息的地方。这个可以休息的地方,既指一张床,也指一个有爱的家。想起这种最终和最基本的需要,可以让我们对外物的追求不再那么汲汲,至少不要到透支身心的地步。但有床可躺,未必有爱可依。主人公最后叹道:累了,先在床上躺一会儿,让人烦心的感情,就暂时不去想吧。

梦到醒时始有吾

　　近代词人朱庸斋先生有一首《鹧鸪天》写道:"梦到醒时始有吾。"梦醒了才想起自己的存在。可谓痴绝而有妙悟。非常沉浸在某个爱情梦里的时候,就会像林夕作词、王菲演唱的《约定》所说的:"忘掉天地,仿佛也想不起自己。"对,就是那种忘世兼忘我的状态。林夕作词、周华健与齐豫演唱的《神话,情话》也写过:"完全遗忘自己,竟可相许生与死。"有首李敖作词,王海玲演唱的台湾老歌就叫做《忘了我是谁》:"不看你的眼,不看你的眉。看了心里都是你,忘了我是谁。"近代诗人俞长源的《拟古》也写过:"心肠在君身,自顾还茫茫。"一个痴情的女子一心都扑在丈夫身上,而都忘了顾念自己。这样一种近乎纯粹的状态,荡气回肠。让人赞叹,也让人畏惧;可能会很美好,但同时也可能会很惨痛。当这个情梦醒来后,则会猛然,抑或渐渐想起自己,想起这个世界。

　　一些港乐也写到过这种"梦到醒时始有吾"的状态。比如林夕作词、陈奕迅演唱的《不来也不去》:"睡到醒,才站立得起。盲目过,便看到天机。反复往来,又再做回自己。"从失恋的痛苦中好好休整后,不断彷徨挣扎后,才又找到自己。还有林夕作词、陈奕迅演唱的《明年今日》写道:"在有生的瞬间能遇到你,竟花光所有运气。到这日才发现,曾呼吸过空气。"也是说在某段荡气回肠的恋爱过后,好久才回过神来,才意识到自己的呼吸。意识到呼吸,即是说意识回到自己身上。实际上,

"观呼吸"也是一种重要的帮助意识内守己身,而不向外驰逐的法门。

港乐中最经典的写"梦到醒时始有吾"的歌曲应该要数林夕作词、王菲演唱的《给自己的情书》。题目就很经典,情书本来都是给爱人示爱的,为什么要给自己情书呢? 哦,原来这首歌讲的是"自爱",讲的是要郑重地学会爱自己。

这首歌讲的是人要学会这几方面的自爱:首先你要肯定自己的价值。你不要觉得对方很了不起,自己很糟糕。其实你也是有优点的。然后,既然他抛下了你,你就不要觉得除了这个人,再没有别人可爱了。如果是好端端在一起,专一当然是件大好事。但人家都走了,你再专一就很尴尬了。你没有办法马上爱别人是正常的,也是一件好事。等你伤心过了,恢复了。或许你会遇到新的爱情。还有一定要爱惜身体。失恋难免很伤身。比如情绪悲痛啊,烦躁啊,失眠啊,不好好吃饭啊。所以一定要提醒自己爱惜身体,并练习如何爱惜身体。只有你的身体一定会陪你到天荒地老。还有就是,努力让开心的事而非伤心的事占据你的头脑。

歌中唱道:"爱护自己,是地上拾到的真理。……深谷都攀过后,从泥泞寻到这不甘心相信的金句。"女主人公感慨,这些自爱的道理,不是天马行空编出来的。而是在感情上吃过大亏,从最糟糕的情况中熬出来走出来的这个过程中,一点一点体会到的。歌中还说,如果你想别人很宠爱你,你要有失望受伤的准备;如果你以为你可以坚强到不计代价不求回报为对方着想和付出,你有可能自己先崩溃掉。所以,想爱人先学会爱自己,让自己更有力量。

歌中唱道:"自己都不爱,怎么相爱,怎么可给爱人好处?"你要懂得怎样爱自己,懂得怎样照顾自己的身心,让自己身体健康、心情和畅。于是你也推己及人地更能懂得怎样是对别人好的,怎样爱护别人。而你这种爱自己的方式也能感染对方去练习爱护自己。而你爱自己的意识也会让你清楚你的限度在哪里,防止自己在感情中按某种糟糕的互动模式逐渐去到一个承受不了也回不了头的地步。你自爱的态度也能让对方更尊重你,不会有太过分的行为。

"爱己"和"爱人"的辩证关系是现今经常被讨论的一个话题,"爱自己是爱人的基础"这种观点也逐渐深入人心。而那种长期"心肠在君身,自顾还茫茫"的爱法则受到了一定质疑和批判。这应该说是一种很好的趋势。

爱自己说起来容易,其实也是一个不断练习和试错的过程。比如一个小小的好的生活习惯,养成就不容易,也会有很多反复,但仍然值得努力。不过爱自己也许首先要心态轻松愉快,不要太苛刻,包括对何谓好的生活习惯。苛刻的心态比不良生活习惯还伤身。谁没有些不良习惯呢?其实有些不良习惯(短期)也并不太影响生活质量,也不妨随机保留一些,反正也是改不完的。只是渐渐有个改良的趋势就好。

是的,恋爱可以让人成长,尤其是在恋爱的对象很优秀的情况下;而失恋也可以让人成长。失恋了虽然会很伤心,而且有可能会伤心很久。但也正好有空档,可以让心思回到自己身上。澄心静虑,好好整理很多自己的东西,还可以提高自己很多方面的能力。

本文开头曾提到,沉浸在热恋中有时是会"忘我"又"忘世"的。《给自己的情书》是讲,从"忘我"的状态到想起自己的状态。林夕作词、容祖儿演唱的《搜神记》则是讲,从"忘世"的状态到想起丰富多彩的世界的过程。

《搜神记》唱道:"要敬拜你,便没视力静观世态。……评核我自己,只顾投资于爱情。因在微小宇宙,损失对大世界的好奇。……磨练我自己,做人目光高过聚散分离。……从前只懂情人的感动力量最珍贵,未洞悉小巷大街遍地华丽。……想快乐不靠神迹,才懂创世纪。"主人公不再被某份爱情遮蔽眼光,便可以看到更开阔的世界,看到很多有意思有意义的事情。于是她勉励自己,不能被悲伤打败。以前觉得,爱情的感动,会让自己有不可思议的动力。但是后来发现,其实也可以从自己身上获得这种正能量。想要过得好过得开心,不能靠别人爱不爱你这个运气。失恋了,便要有自己创造华丽人生的魄力。

总之,失恋是件糟糕的事,有时也不失为一件好事。它可以逼着人回到自己的内在,让人更深入地汲取自己的力量;同时也有可能让人去到更广阔的世界。祝福、赞美那些失恋者吧。

| 分 手 |

　　满目山河空念远，落花风雨更伤春。不如怜取眼前
人。——晏殊《浣溪沙》

　　但凡未得到，但凡是过去，总是最登对。——林夕《似是故人
来》

浮世本来多聚散

　　题目出自李商隐的《七月二十九日崇让宅宴作》："浮世本来多聚散，红蕖何事亦离披。"人生在世，各自若漂浮，本来就有很多无定的聚散。可是红莲花为什么也是盛开后花瓣就会散落飘零，让人触景伤情？本来写人事，却偏埋怨莲花，也是一腔挚情，无理而妙。虽然这是写友情的聚散，但与爱情的聚散道理是相通的。古人抒发过很多关于聚散的感慨。比如宋代周邦彦就在一首《荔枝香近》写道："大都世间，最苦唯聚散。"

　　古人写聚散，往往喜欢拿浮云、浮萍、蓬草、柳絮、脱落的花叶做比喻。浮云天上飘，浮萍随水飘，蓬草、柳絮、脱落的花叶随风飘，都体现了一种无常无定的特点。了解了这种文化背景，李商隐在谈论人事聚散时，提到飘零的莲花瓣，也就不令人感到意外了。不妨再举一些例子。比如魏晋诗人傅玄的《昔思君》："昔君与我兮音响相和，今君与我兮落叶去柯。"曾经我们是配合完美的一段旋律，如今我们就像落叶辞枝一样分离。唐代诗人韩愈的《落叶送陈羽》写得很经典："落叶不更息，断蓬无复归。飘飘终自异，邂逅暂相依。"落叶不断地飘下来，断根的蓬草随风飘去不会再回来。我们也飘啊飘终于飘向不同的地方，原来相遇相依只是暂时。李白的《赠王判官时余归隐居庐山屏风叠》造语颇清逸:"俱飘零落叶,各散洞庭流。"我们像飘落的叶子,各自随着洞庭水流去。唐代诗僧皎然的《答胡处士》直言:"人间聚散似浮云。"明代诗人朱诚泳的《无题》写道:"聚散无凭若梦中,落花飞絮任西东。"这是以落花飞絮的漂泊比喻聚散,有种迷濛感。明代诗人李孙宸的《仲夏与安国侄泛舟访伍国开兄弟因携酌前林大醉放歌》写道:"世路风波浑不定,升沈聚散总浮萍。"这是把人们比作在世上的风波中漂冲聚散的浮萍,流露出深深倦怠和无奈。

现代港乐中也有运用类似的意象。比如周耀辉作词、海鸣威演唱的《我的回忆不是我的》:"Oh baby,当晚与你记住蒲公英,今晚偏偏想起风的清劲。"蒲公英的美丽绒毛会随风飘零,一如浪漫的恋情可能会分手。蒲公英是一种和蓬草相似的植物。今人很少有知道蓬草的,但都知道蒲公英,也许小孩子都吹过蒲公英玩吧。于是词人就信手把这种常见植物拈入词中。林夕在《约定》《邮差》《芬梨道上》《迷失表参道》等歌曲屡次用落叶喻指分离。另外李宗盛作词,莫文蔚演唱的《寂寞的恋人阿》写道:"落叶是树的风险。"也可共参。

现代港乐中也有整首咏叹聚散之作。比如潘源良作词、谭咏麟演唱的《俗世洪流》。主人公有个青梅竹马的恋人。两人之间的感情纯美真挚。本来他俩决定携手此生,共同奋斗,但还是在某个人生的岔路口默然分手。歌中唱道:"尘世是洪流,什么都冲走。无论我多么地想捉紧你手。难再问缘由,期望挽留。还是要一天一天地飘走,各自沉浮。"很形象地描写出,人世的聚散,往往并不能由人的主观意愿控制。这种"俗世洪流"之喻,和前面提到的明代李孙宸"世路风波"之喻,有相似之处。

又比如黄伟文作词、黄耀明演唱的《下落不明》:"几多派对几多个失散伴侣,几多个故事并无下一句。……谁,没有找谁,没有等谁,自那天再不可追。……好比过客骚扰你的恬睡,你又老了几岁。几多脚印,现在还在这里。转机转车转工转会转校,你在哪里失去?"迥异于古人用自然界的现象来比喻和咏叹聚散,这首歌充分体现了现代人的生活方式。我们在派对、飞机、汽车、单位、学校辗转,就这样相遇又失散。互为彼此的过客,在这个过程中渐渐老去。每一个人,回想过往,总会有好些曾经走得很近的人，现在已下落不明。而自己也已成为好些人回忆中下落不明的故人吧。

唐书琛作词、卢冠廷和莫文蔚演唱的《一生所爱》则是我心目中写爱情聚散的冠绝古今之作。它是著名的周星驰电影《大话西游》的主题曲。它的词曲唱编配合得很好，刻骨的相思，深沉的感慨，融汇在一片缥缈优美的意境中。卢冠廷唱腔敦实恳切，仿佛是一位老者在小酒馆中向人讲述自己少年时的情事的感慨。莫文蔚的轻吟浅和则让这种感慨柔化了，让它氤氲了梦幻的仙气，更增一唱三叹之致。

《大话西游》中，紫霞仙子的著名台词不妨拿来做听歌的引子："我的意中人是一个盖世英雄，有一天他会踩着七色云彩来娶我。我猜中了这开头，却猜不中这结局。"一个天真美好的少女的痴狂梦话，终未成真，曾引得无数观众唏嘘感慨。

《一生所爱》唱道："从前现在过去了再不来，红红落叶长埋尘土内。开始终结总是没变改，天边的你漂泊白云外。苦海，翻起爱恨。在世间，难逃避命运。相亲，竟不可接近。或我应该相信是缘分。"从前已过去，现在也正在过去。错过的缘分再不可追。落叶自古就用来比喻离散，此处亦然。红色则往往象征精诚和执念。但再诚恳再执着有什么用，和那位爱人相依相守的愿景已经永远尘埋，不可能实现了。从古到今，故事的开头和结尾都是一样，绚烂过后是飘零。花叶如此，人事亦如此。古典诗词常用"行人更在青山外"来比喻爱人遥不可及，"天边的你漂泊白云外"立意与之相似，但"白云外"比"青山外"意境更清新飘逸。人世如苦海，情念（包括爱与恨这两部分）又为之增添了波澜。难逃避相遇的宿命，也难逃避相失的宿命。明明相爱，却形格势禁，不可成为一对。这在心中激起多么强烈的惆怅。也许无数次想对天哭诉："为什么偏偏这样？不可能！我不愿相信！不愿接受！"也许无数次想自笑自叹颠倒梦想的荒唐无稽。但或者不妨如此自我开解：缘分就是这样，每个故事都有残缺。我们只好学会感念这残缺的美好。

歌词非常简洁，却富有美感、穿透力和概括力。所有未能终成眷属的深挚爱情，都不妨借着这首美丽的歌曲一抒遗憾。

黯然销魂者，唯别而已矣

离别的悲伤，被人们从先秦咏叹至今。屈原在《九歌·少司命》感慨道："悲莫悲兮生别离。"人生在世，没有什么比离别更让人悲伤的呢。南北朝辞赋家江淹在《别赋》亦有名句："黯然销魂者，唯别而已矣。"最能让人心情黯淡，失魂落魄的，就是离别啊。金庸从《别赋》的这一句得到灵感，做了一个有趣的想象发挥：《神雕侠侣》中，杨过与至爱的姑姑分别后，沉浸在离别的哀恸中难以自拔，发泄情绪乱踢乱打，不经意发现轻轻一掌即可击碎山石，才惊觉至情的威力不可思议。于是再加以深思创制出一套绝世武功——黯然销魂掌。这套掌法包括这十七个招式：六神不安、杞人忧天、无中生有、拖泥带水、徘徊空谷、力不从心、行尸走肉、魂牵梦萦、倒行逆施、废寝忘食、孤形只影、饮恨吞声、心惊肉跳、穷途末路、面无人色、想入非非、呆若木鸡。这十七式的名目令人会心一笑，它们说的正是"黯然销魂"的离人的情状啊。

古人重离别，除了重感情这个根本性原因，还有交通和通讯不便这些因素。不知何时何地能再会，不知还能不能再会。而且离别的这段时间，通个音讯都很困难。所以古人把空间距离上的离别看得很严重，这点现代人有时不容易切身地体会。唐代大诗人李商隐的一首《杨柳枝》甚至写道："人世死前唯有别。"俗话说"除去死生无大事"，人生中只

244

有生和死是重大的，其余都是小事。但李商隐认为，除去生死这样的大事，那么最令人难过的大事莫过于和至亲至爱之人的离别了。死是一个人在这个世上的永远离场，而离别有可能是一个人在另一个人的世界的永远离场。李商隐在《和郑愚赠汝阳王孙家筝妓二十韵》还有一句："远别长于死。"就是说那种再也不会相见，比生死还漫长的离别。这两句，大概是把离别写得最极致的诗词。

离愁的诞生与生长

古人把爱情称作相思。相思，相互思念，就是以离别为基础的。古代有不少写情人离别的佳作。柳永的《雨霖铃》定格了一幕最经典的送别场景："寒蝉凄切，对长亭晚，骤雨初歇。都门帐饮无绪，留恋处，兰舟催发。执手相看泪眼，竟无语凝噎。念去去，千里烟波，暮霭沉沉楚天阔。"清冷萧疏的环境中，一对离人情绪黯然。有千言万语想说，却说不出口。镜头从近景拉到远景。那无限延伸的迷濛烟波、苍茫暮色所笼罩的，就是游子将要去向的未知的远方。想到这个，多么令人难过不安。

五代词人孙光宪的《谒金门》描绘的送别画面也令人印象深刻："留不得，留得也应无益。白纻春衫如雪色，扬州初去日。　　轻别离，甘抛掷，江上满帆风疾。却羡彩鸳三十六，孤鸾还一只。"柳永的《雨霖铃》缠绵迷离，孙光宪的《谒金门》却色彩鲜丽，语感爽利。《谒金门》的送行者不是不留恋，她也怨他抛下她，她也羡慕成双成对。但她很清楚，留恋也没有用。"留不得，留得也应无益。"劈空而来这么一句，精警到无以复加。他去意已决，若勉强他留下来，他也心不在焉，于是她也不会开心。那就随他去吧。他临走时穿着鲜白如雪的衣裳，在江南春天的风和日丽中格外醒目。然后他的身影随着一叶疾驶的风帆逐渐消失于天际。这幅画面深深烙印在她的脑海中。无论何时回想，都鲜明得像刚刚发生一样。这首词的缠绵柔情中有遒健的气骨和通透的理性，在写情人送别的诗词里可谓独树一帜。

不仅处于"正在进行时"的离别令人悲伤,离愁还会随着时空延伸。李后主的《清平乐》有名句:"离恨恰如春草,更行更远还生。""春草"之喻奇妙而贴切,离愁被写成了一种有生命力的、会生长的东西,一路跟着脚步来恼人。宋代词人欧阳修的《踏莎行》也很经典:"离愁渐远渐无穷,迢迢不断如春水。……平芜尽处是春山,行人更在春山外。""春水"之喻与李后主的"春草"之喻相似,形容出游子的离愁绵延无尽。"春山"则形容出思妇的极目骋望。"平芜尽处是春山"七字已让离愁随目光撑满了画面,"行人更在春山外"则更透过一层,离愁已溢出画面之外。

唯美温厚的现代离歌

吟咏离愁的唯美之作并非古典诗词的专利,现代港乐中也有美丽的离歌。郑国江作词、张国荣演唱的《风继续吹》是港乐中唯美离歌的代表作。歌中简笔勾勒出这样一幅幽艳的画面:夜,沙滩上只剩下这一对人儿。空阔的四围,低沉的海浪声,带来荒凉的感觉。他和她就要分别了。他叫她早点回家,怕太晚了姑娘家一个人在路上不安全。她不舍得,依偎得更紧了,眼泪吧嗒吧嗒直掉。海风吹熄了篝火,似乎在催促离别。他又何尝舍得,低头亲吻她美丽的泪容和凌乱的发丝来抚慰她。他提醒她要多记得曾经一起的快乐,不要难过了。他自己又是多么难过啊,歌中唱道:"心里亦有泪,不愿流泪望着你。"多么体贴,他不愿姑娘看见他的眼泪而更加伤怀,于是强忍眼泪,但眼泪还是忍不住涌出。轻轻地说出那句别语:"你已在我心,不必再问记着谁。"这是他对她承诺:"你怕分开之后,我会忘了你是么?你在我心中,已是不必刻意想起,但永远不会忘记的一个人。"这句歌词真是语淡情深,理趣亦深,和苏东坡那句"不思量,自难忘"有异曲同工之妙。

简宁作词、张学友和汤宝如演唱的《相思风雨中》也是一首唯美温厚的离歌,为港乐中最经典的对唱歌曲之一。歌中讲的是,一对深深相爱的情侣因为命运的作弄而被迫分开,不知后会何期:"难解百般愁,相知爱意浓。情海变苍茫，痴心遇冷风。分飞各天涯，但愿他日重逢。"这对情侣互相祝愿："当霜雪飘时，但愿花亦艳红。未惧路上烟雨濛。""霜雪""烟雨""花"都是比喻的写法，是在说，即使遇到很多坎坷，也希望人儿能够安好、乐观、顽强。虽处逆境但不作颓唐语，这样的句子有种古乐府般的真挚朴健，非常能感发人心。

因爱及怖

《风继续吹》和《相思风雨中》写的是因为外力导致的劳燕分飞，这类歌曲在现代离歌中的数量其实是比较少的。现代离歌的主流是：因为内在情感的破裂而导致的分手。分手的悲伤不仅因为分离，还有被抛弃而受到的伤害。这种伤害有可能非常严重，令人感到如同梦魇般恐怖。

林夕作词、陈奕迅演唱的《明年今日》就是一首写因爱及怖的离歌。这首歌简直让人脑海中浮现出这样的画面：主人公急怒攻心，"哇"地吐出一口鲜血来。

歌曲一开头就唱道："若这一束吊灯倾泻下来，或者我，已不会存在。即使你不爱，亦不需要分开。若这一刻我竟严重痴呆，根本不需要被爱。永远在床上发梦，余生都不会再悲哀。人总需要勇敢生存，我还是重新去许愿。例如学会，承受失恋。"主人公竟然想象，假如自己失去生命或失去知觉，就不用面对失恋了，可见这份痛苦是多么强烈。"承受失恋"竟然被提到"勇敢生存"的高度，亦可见严重程度。

我觉得林夕作词、张国荣演唱的《梦到内河》是把梦魇的感觉形容得最到位的。主人公最初得到那人的示爱时，他并不敢相信这是真的。可是那人让主人公充分相信，充分投入之后，却弃他而去，这真是要命啊。他整个人都是懵的，大脑轰鸣，无法思考任何东西。他感到一点力气都没有，躺在床上觉得身子很沉，仿佛动弹不得——无法遏制的连绵的噩梦，难受的情绪翻涌。仿佛溺于阴冷的水中，捏住被子瑟瑟发抖。这是已经死了还是快死了？似乎只有偶尔抽搐的腿和眼角流下的泪是他仅存的生命迹象。歌中唱道:"自那日遗下我,我早化作磷火,湖泊上伴你这天鹅。""磷火"之喻凄厉之极,"天鹅"之喻则显出主人公眼中对方的高贵美丽以及自己绝望的爱慕。

分手后的三条路

在这一章,我们谈论恋人分手后可能会走的三条路,分别是:"钟情怕到相思路",这是指回避之路;"今日独寻黄叶路",这是指重寻之路;"而今忘却来时路",这是指淡忘之路。

钟情怕到相思路

"钟情怕到相思路",这是指回避之路。这句出自清代大词人朱彝尊的一首《高阳台》。讲的是深情的人不忍、不敢重到有着伤心情事的地方。南宋大词人吴文英也有一句类似的,见《点绛唇》:"载花不过西园路。"讲的是赏春都不忍经过曾经与所爱之姬人共居之地。

关于伤心地不忍重游,古代最出名最动人的典故倒不是关于爱情的,而是关于友情的。晋朝的宰相谢安对名士羊昙有知遇之恩。谢安病重后曾经西州门入京。后来谢安去世后,羊昙出行都避开西州路。有一次羊昙喝到酩酊大醉。跟跟跄跄一边唱歌一边走,不知不觉来到了西州城门。身边的人告诉他:"这是西州门。"羊昙悲伤不已,诵曹植的诗:"生存华屋处,零落归山丘。"恸哭而去。事见《晋书》。这段故事篇幅很小,却极耐寻味。因为情深,所以不忍重访西州路,是一层。喝了酒,醉魂无拘检,不知不觉走到西州门。说明潜意识对这个地方有着极深的记忆,又是一层。知道是西州门后诵诗恸哭,任由真情喷薄而出,又是一层。情感层层递进。时隔千载,这个故事仍然催人泪下。于是就有了"行不由西州路"这个典故,来写深挚的情谊和对伤心地的回避心理。

这种回避心理,在港乐情歌里也有写到。林夕作词、泳儿演唱的《花无雪》:"别了伊豆后患无穷。没有胆一个到东京这么冻,令我知道我太爱被抱拥。"不敢旧地重游,怕触起相偎的温馨的回忆,只会觉得更冷,只会觉得这回自己的身影孤单得突兀。

还有黄伟文作词、麦浚龙演唱的《耿耿于怀》:"我有时仍很怕,路过你那从前的家。"如果听了整首歌,你会发现,歌中的主人公既对已经分手的恋人念念不忘,牵挂她的近况,并想把很多自己的事情和她分享;但同时,又害怕经过她的旧居。这种矛盾的心理极耐人寻味。

今日独寻黄叶路

"今日独寻黄叶路"讲的是分手之后的重寻之路。这句是宋代大词人周邦彦一首《玉楼春》的名句:"当时相候赤阑桥,今日独寻黄叶路。"这讲的是,当时在赤阑桥约会,现在只能一个人在落叶纷纷的季节来独自凭吊这份感情。"赤阑桥",听起来是多么艳丽浪漫,而"黄叶路"呢,则有一种很萧瑟的感觉。在《浮世本来多聚散》这一章中,我提到"黄叶"这个意象往往和分离有关。

林夕作词、张敬轩演唱的《迷失表参道》可谓港乐版的"今日独寻黄叶路"。它讲的是,故地重游,在日本东京的表参道寻找当时爱情的印记。哪里有什么旧日的印记,只有这样一番景象:"月色正打扫,黄叶在起舞。"月色把当时的故事打扫得干干净净。而飞舞的黄叶则在告诉人们,一切盛放的终会衰歇。不仅当时的爱人找不到了,一些当时的纪念地也找不到了。主人公有种恍惚感,印象这么深刻的地方,重寻怎么会迷路呢?说起迷路,那么那段没有结果的爱情是否算误入歧途呢?也许无所谓迷不迷路,一切都是命途的一部分,不如就洒脱率性地在人生旅途漫步吧。

这首歌的风格有点妖,比较像黄耀明的风格,他也翻唱过。不过我觉得王菀之的翻唱版是最好的一版,唱出了一种幽玄的味道。

而今忘却来时路

"而今忘却来时路"讲的是分手后的淡忘之路。这句并非出自爱情诗词,而是出自宋代禅僧法常法师的一首《渔家傲》,是谈论禅悟之作,非常清凉醒豁。这里为了"三条路"显得齐整,所以冒昧借用了。"而今忘却来时路"的原意不妨粗浅地理解为,人生的一切记忆都是会褪淡的,或是渐渐的,或是蓦然间。宋代大词人姜夔的名句"人间别久不成悲"讲的也是一种褪淡的过程。

黄伟文作词、许志安与车婉婉演唱的《会过去的》就是情歌版的"而今忘却来时路"。

《会过去的》针对的是那种刻骨铭心,以为分手后永远不会释怀的爱情。歌中说这样的感情也会有淡忘的一天,或有引导痴男怨女放下执念、解开心结的用意。

歌中这样形容这份感情分量之重:"爱过你之后,我怕没然后。原来寂寞,没有你的问候,用谁来平复也不够。你似个最窝心的缺口。"后来发现,渐渐心情也能平复了:"每个劫数时间会善后。以往那轰烈,渐渐会变温柔。长年累月,就算你多念旧,明天一滴也不留。……爱与恨,就像列车夜行。过去,会过去的。"来时路的辛苦爱恨,曾经压到身心承受不住,但终会一滴不留。无法置信吗?惋惜吗?也正因为如此,才可以好好过以后的生活。这种"一滴不留"的释怀,不是说失忆。而是说这段回忆不再是有很多细节很多情绪的颠倒梦想,只是简单平和的记得。也可以不再见,也可以再见后带着平常心如老友般相对。

如果问,用诗词来写一段美好的感情在年月中失散和淡忘应该怎么写？我会说，不用重新写，已经有现成的呀。那首诗词本来并非在写情事，但借用在爱情上，却无比贴切。我说的是秦观的《点绛唇》（也有说法是作者为苏轼）："醉漾轻舟，信流引到花深处。尘缘相误，无计花间住。　烟水茫茫，千里斜阳暮。山无数，乱红如雨，不记来时路。"醉里仿佛乘着一叶轻舟，随波逐流不知不觉到了一个美丽的桃花源。因为很多俗务牵萦，没法在这桃花源久住。烟水迷离，天色已晚。回头望去，隔了无数重山，只记得那些美丽的桃花纷纭飘落，铺了一地。不记得怎么到了那里，又怎样离开的了。词中似在写，有避世之愿，无奈终被俗务牵萦。如果解做情词，或可这样理解：和某个人不知不觉产生了感情，去到了一个很旖旎的境地。舟、花、山，这些事物并不需要真的有，只是在比喻一种美好的感觉。可是因为很多缘故，这段感情没法有结果。时间已经不早了，只能分开。回头只有花开花谢的惆怅，而不记得两人是怎样开始，经历了怎样的过程，又怎样结束的了。

　　而今忘却来时路，只有蓦然回首中淡淡的惆怅。

决绝词

　　爱情总是"剪不断，理还乱"。有时候，就算想分手，也会折腾几番，不是那么容易分开。这是让人安慰的爱之韧性，也是让人恼火的爱之纠缠。古典诗词和现代流行歌都有记录这种现象。比如五代词人冯延巳的《采桑子》写道："也欲高拌，争奈相逢情万般。"本来也想放弃这段感情，无奈再次相见的时候又重燃爱火，万般缠绵。林夕作词、王菲演唱的《匆匆那年》也写道："匆匆那年，我们究竟说了几遍再见之后再拖延。"

　　爱情的优柔寡断常常是出于未泯的爱意和不想以绝情的言行来互相伤害的善良。可是这种优柔寡断有时会造成更多的伤害。在《爱与痛》这一章中，我归纳整理的优柔寡断的"《终风》系列"讲的都是最痛的感情。所以，在一些根本不适宜再进行下去的痛苦恋情中，更决绝的分手有时是一种更善良、明智的选择，尤其从长期来看。

　　我认为，古典诗词中的决绝词以汉乐府的《有所思》《白头吟》和唐传奇《莺莺传》中崔莺莺所作的《告绝诗》为代表作。现代流行歌中的决绝词以黄伟文写的《好心分手》《可惜我是水瓶座》《野孩子》，方杰写的《分手要狠》，李宗盛写的《当爱已成往事》为代表作。这些作品向我们展示了干脆利落的风度和知其所止的明智。

不如把错爱烧成灰烬

汉乐府《有所思》早已定格了一幅最经典的决绝场景。它义正词严，慷慨激越。两千年后的我们去读，都会不禁慑于它的气魄："有所思，乃在大海南。何用问遗君？双珠玳瑁簪，用玉绍缭之。闻君有他心，拉杂摧烧之。摧烧之，当风扬其灰。从今以往，勿复相思。相思与君绝。鸡鸣狗吠，兄嫂当知之。妃呼豨！秋风肃肃晨风飔，东方须臾高知之。"我所思念的人，近在咫尺又仿佛那么遥远陌生。我拿什么送给你？用缭绕着珠玉的玳瑁簪子。可是我听说你有别的喜欢的女人。所以我将准备送给你的礼物扯碎烧毁。扯碎烧毁后，还把灰烬撒在风中。从今以后，我们再也不要相互思念了。我大声地和你断绝关系，惊起鸡鸣狗吠。这动静难免惊动哥哥嫂子，他们将会知道。秋天的晨风寒冷凛冽，待会儿高高升起的太阳也会明鉴我的决心！

这是爱人用情不专，女主人公愤然提出分手。她曾为他准备了那么珍贵美丽的礼物，那是她对这份感情的珍惜。可是他却没有珍惜。所以她心灰了，心死了。她把礼物都烧了。礼物再贵又何足贵呢？贵重的是礼物代表的心意，但心意已经没有意义了。空中翻飞的茫茫灰烬，也是她的"一寸相思一寸灰"。"摧烧之，当风扬其灰。"这一幕太经典太痛快了！至今，都再没有一首决绝词写的画面能比之更有冲击力，更意味深长。把错爱烧成灰烬，虽然自己也会痛，但这样才能有清爽美好的新开始。

女主人公要的是全部的爱情，或者什么都不要。她请早上的太阳作为见证，也表明，她拒绝爱情上的一切暧昧含糊，一切都要光明正大、清楚明晰。

这种对专一爱情的追求，在那个男尊女卑的时代，非常勇敢珍贵。而这种干脆利落地处理情感事件的决断力，在充斥着优柔寡断的女性形象的古典诗词中，是一股难得的清新之风。

也许我们分手才两全其美

汉乐府《白头吟》是另一首经典决绝词。据说,司马相如和卓文君这一对神仙眷侣也有过中年婚姻危机。司马相如打算娶一个茂陵女子为妾。卓文君听说了,非常伤心,就写了《白头吟》来向司马相如提出离婚:"皑如山上雪,皎若云间月。闻君有两意,故来相决绝。……愿得一心人,白头不相离。"这是她在叹息:"本来以为我们这份感情就像雪和月一样皎洁。可是终于还是有瑕疵了。听说你爱上了别的女人,所以我打算和你离婚。我结婚的本意,就是寻一个一心一意的爱人,相伴到白发苍苍不分离。"

卓文君在诗中表达得很清楚,我在婚姻中要的是对等的专一,这是原则问题。但我不想把我的婚姻观强加给你。如果你想要三妻四妾,这是你的自由,我很尊重乃至赞许。也许我们分手才两全其美:这样我的原则不会被破坏,你也可以自在地风流快活。

司马相如读了这首诗,不禁感动而敬畏,于是赶紧打消了纳妾的念头。他知道卓文君的本事和性格,说得出做得到,绝不仅仅是吓唬人。当年文君敢冒大不韪私奔,和相如一度穷得需要当垆卖酒都不介意。这种天不怕地不怕,既配得起富贵也不畏惧贫穷的女人,现在肯定也不怕离婚。相如很清醒,即使娶到一个年轻漂亮的女子尝鲜,也完全无法和卓文君的气质和综合素质相比。而且别的女子绝对不会像文君那样爱他和理解他。如果文君能容忍,相如肯定不会放弃花心的机会。但文君以离婚相挟,他承受不了失去文君的损失。对于相如而言,别的女人多一个是赚到了,少一个也没啥,唯独文君是不可或缺的,于是相如和文君又和好如初了。

这首诗留下了千古名句:"愿得一心人,白头不相离。"它表达了从古至今人们对婚姻最朴实的期许。有研究者认为,这首诗并非汉代的作品,而是后人伪托,理由是汉代不会有这样成熟的五言诗。不过,不管此诗是否是卓文君的原作,都动人而经典。

君婚我嫁后就不要再来说爱我

唐代诗人元稹写下了《莺莺传》这篇传奇小说。《莺莺传》的影响力要比元稹的所有诗都要大。它后来被改编成戏曲《西厢记》，广为流传。于是莺莺的故事成为了中国历史上最著名的艳遇典故。

《莺莺传》据说是元稹以自己年轻时期的亲身经历为蓝本写成的。故事里的男主角张生就是元稹的化身。元稹的很多诗作也佐证了他的生命里的确出现过一位莺莺这样的女子。小说之言当然和现实是有出入的。但我们姑且认为莺莺就是元稹年轻时的女友，而张生就是元稹吧。这是一种权宜的简化的理解。

元稹和莺莺在寺庙相识相爱后，元稹辞别莺莺去考取功名。考试的成绩并不理想。他为谋求前程而多方探索，于是与莺莺辗转经历了长期的异地恋。在这个期间，像每个有理想有才华但不得志的年轻人一样，他渐渐褪去了浪漫的幻想，开始认真思考未来的出路。他清楚，那是他人生的一个关键转折路口，一步都不能走错。前途的不明朗和异地恋的牵扯让他疲惫不堪。他意识到，自己虽然喜欢莺莺，但莺莺很可能不是适合他的女子，比较理智的做法是：和莺莺分手。

元稹用三首《古决绝词》来记录这次分手的经过和感受。第一首写道："握手苦相问，竟不言后期。君情既决绝，妾意亦参差。"这是元稹在以莺莺的口吻记录："我握着你的手苦苦问你将来什么打算，但你含糊其词，始终回避这个问题。于是我明白你对我们的感情并没有正经打算，你想和我分手。我也不得不开始有别的想法了。"可以看出，元稹不敢和莺莺直接提出分手，而是通过回避谈论未来这种方式来暗示莺莺。聪明如莺莺，领会了他的意思。

这三首《古决绝词》充分呈现了人性的复杂。既有渲染相思，也有怀疑、退缩、焦虑。诗中写道："一日不见，比一日于三年，况三年之旷别。"一日不见，如隔三年，何况真的离别了三年。这在写相思的深切。诗中写道："感破镜之分明，睹泪痕之馀血。""破镜"指爱情破碎，极言分

手的泣血之痛。诗中写道:"一年一度暂相见,彼此隔河何事无?"这是
说元稹觉得像牛郎织女那样搞异地恋太不靠谱,很容易出问题。第一
首和第三首的结句都感叹,这样辛苦的异地恋,还不如死生相别,这是
元稹在暗暗下决心做个了断。这三首《古决绝词》的表达颇为混乱,有
一种"下笔涕零,不知所言"的感觉,让人看到元稹激烈的内心冲突。

面对所爱之人的这种表现,莺莺还能怎么办呢?她也折腾累了。
只能是随他去吧,分手就分手。于是,元稹另娶,莺莺另嫁。这之后,元
稹有次跑到莺莺家门口,想见她。他感到自己还放不下她,有很多话想
对她倾诉。但莺莺拒绝见他。只写了一首诗给他:"自从消瘦减容光,
万转千回懒下床。不为傍人羞不起,为郎憔悴却羞郎。"我为你憔悴至
极,好不容易才熬过来。我不见你,不是害羞,而是替你感到害羞!莺
莺的怨意,溢于言辞。

过了两天,元稹要离开这个城市的时候,莺莺又写了一首《告绝诗》
托人给他:"弃置今何道,当时且自亲。还将旧来意,怜取眼前人。"你抛
弃了我还有什么好说的呢?亏得当初那么亲热。请将旧日对我的情
意,都拿来好好珍惜疼爱现在的爱人吧——这是唯一的幸福之道。我
也打算好好珍惜我现在的爱人,请尊重我的这个意愿。我毫无和你藕
断丝连之意,不想引起不必要的误会。这是彻底的告别,语气中有埋
怨,也有无奈和释怀。莺莺脑子不糊涂,她知道虽然元稹真的舍不得
她,但他们并不是被外界拆散的"苦命鸳鸯"——抛下莺莺,是元稹自己
做的决定。莺莺哪怕很难过,对这个决定也没有提出异议,她不想难为
他。每个决定都有相应的得到和失去,元稹选择和别人在一起就必须
失去莺莺,如果不接受这点,就是耍赖。莺莺可不许他耍赖。而且,两
人都各自有家庭了,元稹还跑来倾诉情意,这只能增添混乱和痛苦吧。
但莺莺自始至终还是希望他过得好,她的拒绝和告别也是温和的,"怜
取眼前人"五字甚至有善意的规劝和祝福。

同样是写决绝,元稹三首《古决绝词》共四百多字,莺莺《告绝诗》却
只有二十个字。但前者热切凌乱完全不敌后者冷澈犀利的锋芒。这二
十个字,有情有理,柔中带刚,如封似闭,无懈可击。

直到今天,莺莺的《告绝诗》仍然很有启发意义。真正读懂了这首诗,足以避免好些分手后的糊涂纠缠。我想称它为最有哲理的决绝词。

可以看到,《有所思》《白头吟》《告绝诗》这三首决绝词的女主人公都极端抗拒爱人在感情上"和稀泥"的态度。其中卓文君的信条是:"愿得一心人。"崔莺莺的信条是:"怜取眼前人。"这两条都指向保持简洁明晰的情感状态。前者至情,后者至理。

港乐中的"决绝三部曲"

我想把《好心分手》《可惜我是水瓶座》《野孩子》这三首歌称为港乐中的"决绝三部曲"。它们均为黄伟文作词、雷颂德作曲,风格颇具一致性。《好心分手》为卢巧音演唱。《可惜我是水瓶座》《野孩子》为杨千嬅演唱。演唱的风格也比较接近,都十分气势汹汹。

《好心分手》和《可惜我是水瓶座》都讲的是女主人公的男友一直对她不太好,她一直都逆来顺受。终于她提出分手。《好心分手》的开头就像扬手一巴掌:"是否很惊讶,讲不出说话?没错我是说,你想分手吗?曾给你驯服到就像绵羊,何解会反咬你一口?你知吗?回头望,伴你走,从来未曾幸福过。"这是沉默太久之后的爆发。《可惜我是水瓶座》的开头则像一声冷笑:"原来你这样珍惜我?从前在热恋中都未听讲过。别说这种行货,哪里留得住我?到底是为什么分手你很清楚。"女主人公想和男友分手,男友企图用廉价的礼物挽留她。她觉得这很讽刺,失去了才懂得珍惜,而且还是这种方式的"珍惜"。

《好心分手》的女主人公描述她这段恋爱的心路历程:"赴过汤,蹈过火,沿途为何没爱河?……捱得过无限次寂寞凌迟,人生太早已看得化,也可怕。""凌迟"是指一刀一刀把肉割掉的酷刑,这里比喻感情中的伤害不断一刀一刀割在心上,极生动地形容出那种剧烈的痛楚。《可惜我是水瓶座》也有类似的叹息:"犹如最结实的堡垒,原来在逐点崩溃逐点粉碎。极固执的如我,也会捱不下去。每天扮着幸福始终有些心虚。"我曾经以为无论如何我会永远爱你,你也以为如此吧。可我一次又一次地失望,耐心逐渐消磨殆尽,再坚固的爱也渐渐粉碎坍塌。

《可惜我是水瓶座》的细腻度比《好心分手》更高,充分呈现了女主人公果敢和脆弱交织的特点:"我就回去,别引出我泪水,尤其明知水瓶座最爱是流泪。……要是回去,没有止痛药水,拿来长岛冰茶换我半晚安睡。"爱哭的她,仰脖喝下烈性鸡尾酒权当止痛药和安眠药。这一幕的悲凄勇烈,类似于汉乐府《有所思》的女主人公烧掉爱情信物,并当风扬灰的镜头。

《好心分手》的女主人公醒悟以后的日子还长,继续这样一辈子都没幸福。《可惜我是水瓶座》的女主人公也醒悟,这段不幸福的感情最终只得分手,拖到多年以后分,不如现在分。这是长痛不如短痛,及时止损的道理。两首歌的女主人公都下决心自己来做了断。《好心分手》唱道:"若注定有一点苦楚,不如自己亲手割破。"《可惜我是水瓶座》唱道:"够绝情,我都赶我自己出去。"这两句歌词写的都是强行运用理智来克服软弱。对于陷入感情泥沼的优柔寡断者,非常有启发意义。

《野孩子》讲的情况则有些不同。歌中女主人公和某个男人互相之间有很强的吸引力,他们应该是因为彼此的出色而惺惺相惜的那种感情。但男人不肯放弃以他的魅力拈花惹草;优秀的女主人公又特别骄傲倔强,不能容忍。于是,她嫌他不专,他嫌她不乖。这和前面讲的《有所思》《白头吟》相似。但《野孩子》突出的不是"愿得一心人"的盼望,而是一对旗鼓相当的男女互相较劲的情感张力。

最终他俩谁也搞不定对方。他们之间甚至还没真正开始,连接吻都还没有,就宣告结束了。是女主人公先离开的。歌中唱道:"让我于荒野驰骋。""荒野"这个词暗示,她失去了他,就像心中空了一块,但她仍然坚持这种决定。这句可和李宗盛作词、辛晓琪演唱的台湾歌曲《领悟》共参:"一段感情就此结束,一颗心眼看要荒芜。"《野孩子》又唱道:"但我会成为你最牵挂的一个女子,朝朝暮暮让你猜想如何驯服我。"他也对她念念不忘,没有谁像她那么刺激他。唉,这是何苦呢?但也只能如此了。《野孩子》的歌名指的是女主人公倔强到不怕无爱可依,不过她现在喜欢的那位男士也应该不是她合适的归宿。

真的要断了过去，让明天好好继续

方杰作词、吴雨霏演唱的《分手要狠》也是港乐中一首杰出的决绝词。歌名非常狠，听上去却不狠，吴雨霏清甜纤弱的嗓音演绎出一种小女生式的温婉，惹人怜惜。这首歌词用了粤语中的"温文韵"，和吴雨霏带一点鼻音的唱腔特别相宜。如果说"决绝三部曲"是种张扬高调的决绝，那么《分手要狠》则是一种内敛低调的决绝。

温婉低调不代表态度不坚决，女主人公犟起来也是九头牛都拉不回转，在分手这件事上非常有决心和原则性。她仿佛在语气冰冷地与男友划清界限。

他伤害了她，她早就尝试过提出分手。但总因为害怕伤人，分了又不断互相道歉安抚。尝试过分手后做朋友，又总显得暧昧。的确有些恋人分手后可以成为很好的朋友，但这一对似乎不是那种类型。于是两人反反复复，久拖不决，十分痛苦。女主人公终于醒悟，一定要快刀斩乱麻，这样双方才能够解脱于错爱："分手要狠，比相恋勇敢。……分手要狠，讲分手不需要等，等等都不会合衬。"于是女主人公决定，搬出合租的屋子，删去电脑中和他有关的信息，换手机号码，向往新的恋情，提醒朋友不要提到他。哪位想分手分得彻底的，可以参考这首歌曲。

李宗盛作词、李宗盛与林忆莲演唱的《当爱已成往事》也是一首经典的决绝词。它温情、平和、大气，没有"决绝三部曲"和《分手要狠》那种伤人的刺，而且讲理非常透彻。我想，这首歌能够让一些纠结的恋人明白为何要决绝的道理，且能够减轻决绝过程中的余孽。

《当爱已成往事》是由男女对唱的形式演绎的。李宗盛粗放的嗓音塑造了一个痴情的莽汉形象，他始终依依眷恋着那个女人；林忆莲则用柔美的嗓音塑造了一个善解人意的女性形象，娓娓劝说对方放下执念。

女方唱道："往事不要再提，人生已多风雨。纵然记忆抹不去，爱与恨都还在心里。真的要断了过去，让明天好好继续。你就不要苦苦追问我的消息。……人生已经太匆匆，我好害怕总是泪眼朦胧。"人生不只是爱情,还有很多麻烦事需要应付。既然错过的爱情不能挽回,就不要以互相牵扯来徒然增添悲伤沉重。不如放下情感包袱,各自轻装上阵,直面未来的种种考验。希望在如寄的人生中,各自都能多一些快乐。

交绝不出恶声

　　社会上越来越倾向于认同这样一种婚恋上的风度——交绝不出恶声。就是说，夫妻离婚、情侣分手，除了表达清楚分开这个意愿，不要对对方说伤害的话，更不要对外人说对方的坏话。现在有些明星公开离婚或分手消息的时候，也会对外宣称："只是两个人相处不来，并没有其他原因。"然后互相祝福，再不多说别的什么。面对别人的恶意猜测甚至会互相回护——这种姿态发自真心或做给别人看其实都没有关系，都挺好。舆论往往对这样的姿态也抱有好感。其实两个人要分开，一定是这段关系有些问题。只是这些问题，最多和特别信赖的亲友吐槽一下，然后任其悄悄在时间中消逝无形。没有必要扯到大庭广众之下互相指责，否则越扯越麻烦，只会造成一个冤冤相报的恶性循环，结果两败俱伤。曾经美好的感情，如果变成这样狰狞刻薄，真是太可悲了。爱本来是该给双方带来美好。如果这个愿望不能达成，那么就好好分开吧。交绝不出恶声，这是一种善意和保持美感的方式。

　　其实，诗词里面就已经讲过在婚恋里"交绝不出恶声"了，并有个专用的比喻叫"千里不唾井"。它源于一句古谚："千里井，不反唾。"这个古谚至迟在三国时期就已经出现了。意思是："一个人在井里喝过水，哪怕离开千里了，不需要依靠这口井了。但也不会回头往这井里吐痰。"明代文学家钱希言在他所著的《戏瑕》中阐发道,"不唾井"的意思和"食不毁器,荫不折枝"差不多。吃完饭后,不能把餐具砸了;在树下乘完凉后,不能把树枝折了。这都是强调人要懂得感恩。有意思的是,俄罗斯也有一句关于"唾井"的谚语:不要在井里吐痰,因为你还要喝井里的水。俄罗斯的这条谚语,强调的是要积口德,给自己留后路。而中国古人讲的"不唾井",则强调的是顾念旧恩,你曾喝过井里的水呢。

古典诗词写"千里不唾井"的这一传统,应该是由三国时期的大诗人曹植开创的,见他的《代刘勋妻王氏杂诗·其二》:"谁言去妇薄,去妇情更重。千里不唾井,况乃昔所奉。远望未为遥,踟蹰不得共。"谁说被抛弃的女人薄情,被抛弃的女人也是重情的。俗话说,曾经在这口井里喝水,一辈子都记着这恩德,不会向井里吐痰。何况你是我昔日所侍奉的丈夫。远望你的背影,好像你和我隔得并不遥远。我只能彷徨哀叹不能和你在一起。

这首诗的写作背景是:诗人曹植有一个熟人叫刘勋,是三国时的一位大将军,性格有些飞扬跋扈。刘勋和一个姓王的女子结婚共度了二十年。然而妻子没有生小孩,刘勋就把妻子休了,另娶佳丽生子。曹植呢,就代刘勋的前妻写了两首诗表达离婚的感受,这是其中第二首。

反正,你可以感觉到,诗人曹植是很想表现这个女人的品德之高尚的。"千里不唾井"是诗里最关键的一句。仿佛那位王氏妇人在说:"哪怕我是被抛弃的,被伤害的一方,是弱势的一方,但我发誓不对别人说你的坏话。"

后来,诗仙李白又用自己的语言把曹植的这首诗重新写了一遍,诗题叫做《平虏将军妻》。平虏将军即是指曹植诗里的那个刘勋,他曾当过平虏将军。此诗写道:"平虏将军妇,入门二十年。君心自有悦,妾宠岂能专。出解床前帐,行吟道上篇。古人不唾井,莫忘昔缠绵。"

我们可以发现,李白把"不唾井"这一点放在最后来说。他大概觉得,这是诗里最大的亮点,要压轴来强调。而且从一个今人的眼光看,李白所用的表达"古人不唾井,莫忘昔缠绵"要比曹植写的"千里不唾井,况乃昔所奉"读起来舒服些。曹植讲的是不要忘记昔日所侍奉的,还是带着男尊女卑的味道;李白讲的是不要忘记昔日的恩爱缠绵,则显得双方比较平等。

唐代还有一位大诗人骆宾王也在诗里用了"不唾井"这个典故,见他的《艳情代郭氏答卢照邻》:"情知唾井终无理,情知覆水也难收。"我知道我没有理由埋怨你,我知道我们的感情已经是覆水难收,回不到过去。这首诗是在什么情境下写的呢?囧的是,原来这也是诗人的朋友抛弃了妻子,诗人代替朋友的妻子写的离婚感言。而这回诗人的朋友也是位诗人——与骆宾王同属"初唐四杰"之一的卢照邻。《艳情代郭氏答卢照邻》是首写作很细腻的长诗,诉说了怀孕的女主人公终日相思,而她的丈夫却在和别的女人风流快活。通篇女主人公对丈夫没有苛责,只是哀叹自己无望的相思。又是一个可怜而善良的女人。

总结一下,这三首用"千里不唾井"来讲婚恋要"交绝不出恶声"的诗,都是男人为被(自己的朋友)抛弃的女人代言的。于是便难以排除这样一种嫌疑:这些诗人或许想用道德的美名去规训当事人,从而息事宁人。这些女人的真实感受,我们不得而知。

但无论如何,我还是赞同"千里不唾井"这种做法,也极赞同感情纠葛的大事化小,息事宁人。尤其是在今天这个时代,女性在社会的处境比古代大有改善。也许每个男女都应该树立对自己负责的意识,以减少离婚和分手事件中的怨尤。不过,如何在"保护自己""不难为别人乃至充分照顾别人的感受和利益""不纵容过分的恶"这三件事情中找到平衡,在某些情境下也的确不容易。有时候,一个好的愿望也会不小心弄巧成拙。不过,还是希望大家在婚恋中永远都不必面对过于糟糕复杂的抉择。在一起,就好好在一起;万一需要分开,就平和真诚地沟通处理相关事宜,交绝不出恶声。

生怕情多累美人

近代诗人郁达夫在《钓台题壁》中有名句："生怕情多累美人。"其实这并不是一句情诗，而是一句爱国诗。但在这里我们就不从它的原意去讲了，只是借它字面的意思来讲某种爱情中的现象：有时候，你爱一个人，反而会连累他，流行歌中也没少写这个立意。

黄霑作词、潘迪华演唱的《爱你变成害你》，据说是1972年潘迪华投资的舞台剧《白娘娘》的主题曲。这首歌谈论了爱与害的有趣辩证关系。爱情中的确会发生这样的事情：本来，你是觉得某个人很美好很可爱，让你很受吸引。于是你不由自主地爱上他，想对他好。结果呢，你的爱反而伤害了他，连累了他，致使他误会你，讨厌你，仇恨你。还有什么比伤害自己深爱的人还被他讨厌更令人尴尬和伤心的呢?!

于是歌中哀叹连连，搞不清楚由爱到害的转变是怎样发生的，为什么爱反而会换来对方的恨，搞不清楚那些是非好歹该怎么计算。歌中的感慨甚至夸张道："难道世间真是苦海，三头六臂跳不出来。难道人生只有悲哀，千恩万爱都不存在。……难道世间真是孽海，神仙也是跳不出来。难道人生只有黑暗，光明永远都不存在。"这首歌的唱法也很有意思，本是一首写"儿女恩怨相尔汝"的歌，潘迪华的唱腔却是中气十足，气派堂堂的。尤其是刚讲的那几句最夸张的词，唱得最是煞有介事,慷慨激昂,极有戏剧效果。本来"庄"与"谐"是对立的,但庄重到了极致,反而诙谐的效果就出来了。我想大家听到潘迪华唱,听到把一点爱情中的阴差阳错上升到"世间真是苦海""人生只有黑暗"的高度,一定会忍俊不禁的。最好玩的是,潘迪华唱"我爱你,变了害你"甚至有点带哭腔了。而这首歌的结尾是:"早知害你,我不爱。"也令人莞尔。潘迪华这样一本正经、掏心掏肺地唱,效果是非常棒的。首先可以显出主人公对这份感情的投入,充分表达自己对爱人的良善初衷,还显出了忏悔之真诚,又显出一点对自己狼狈处境的无奈和自嘲,还有一点对这份爱的不良后果的"装无辜",还有一点"以庄为谐"的痞气和幽默感——幽默感真的很重要,它是一种把事情由沉重变得轻盈的智慧。总之,感情的层次处理得非常棒。《爱你变成害你》也有好些歌手翻唱过,但还是潘迪华老太太唱得最好。

我们可以分析一下,为何爱会变成伤害,变成连累。我想大概有这些情况:一是,爱没法有始有终,在分手的时候伤害对方。二是,用情不专造成伤害。三是,爱上一个不爱自己的人,用一些越界的言行纠缠对方,让对方感到不快,且引起了旁人对两者关系的误会,带来不便。四是,虽然是两情相悦的关系,但一些严重的言行失当造成伤害,或不懂体贴长期委屈爱人。或是误会爱人,不信任爱人,给他带来伤害。五是,已分手的关系纠缠不清,带来伤害和别人的误会。

黄霑作词、梅艳芳演唱的《心债》,与《爱你变成害你》立意相似。《心债》讲的是,痴心爱一个人,却变成了亏欠,不知怎么安抚。觉得这份债今生还不尽,简直千生都还不尽,也是有浓浓的愧疚、疼惜在。

林夕作词、张国荣演唱的《你这样恨我》也是在说,不小心伤害了别人的感情,觉得十分内疚。不过这首歌道歉的方式不像《爱你变成害你》和《心债》那么浮夸,而是一些温婉细碎的话儿。张国荣细腻的唱腔也使这首歌听上去分外贴心。歌中的主人公要和爱人分手,把对方惹得大发其火,一个劲地咒骂他。所以主人公非常小心翼翼地去安抚。歌中唱道:"别离像战争般悲壮,各自逃亡。……当牧童害了绵羊,难道觉得庆贺?……是一般难受,想爱你而爱不够。像怀内疼惜的宝贝竟生了锈。"牧童和绵羊，是在比喻婚恋中男方和女方的关系。港乐中常出现这种比喻，原因未详，或和基督教有些关系。这些句子是主人公在说："分手也让我很难受、凄惶，不知怎么面对你。我也很疼爱你，不想让你失望。但是有时候爱还不足以成就一段姻缘，还有很多方面的原因。对不起。"主人公还说，希望爱人可以开开心心，晚上早点睡觉。如果有什么想骂的，也尽管骂吧。主人公希望这首歌能够代替自己安抚爱人。

爱的初衷往往是好的，是与人为善的。但爱若渐渐变成了一种伤害折磨，往往会让人沮丧万分、手足无措。《爱你变成害你》《心债》《你这样恨我》都能表达出这种心声，也能给如何解决这种局面提供一些启示。这三首歌都很适合拿来向爱人道歉。

不归也合分明说

在《决绝词》这一章中,我讲到元稹想和崔莺莺分手的时候,并没有和她明说这个打算。不仅元稹的《古决绝词》如此记载,《莺莺传》里也有旁证:"当去之夕,不复自言其情,愁叹于崔氏之侧。崔已阴知将诀矣。"元稹这回辞别莺莺的时候,不再和她说情话。只是在她身边唉声叹气,仿佛有很多苦衷。莺莺于是明白了他的打算,两人不会有未来了。莺莺虽然伤心,但表现得很稳重。之后他们有过一段时间的通信。莺莺虽有在信中倾诉怨慕,但没有纠缠之意,只是嘱托他好好珍重,努力加餐,不要挂念她。这段感情就这样渐渐断了。

想分手时却不明说,这个细节非常具有典型意义。从古到今都有一些爱情故事,没有一个明确的分手的说法就结束了;甚至有人可能会突然"玩消失",以此来切断感情。古典文学和现代情歌都有数次写及。我们对这样的分手方式不做先入为主的评价,只是结合古典文学和现代情歌来分析一下它的原因和它可能的结果。

和《莺莺传》齐名的《霍小玉传》中,男女主人公也是这样分手的。李十郎和小玉整整两年朝夕相对,临走时还信誓旦旦要娶她。李十郎回老家后却打算听从父母之命另娶。在这种情况下他是怎么处理小玉这方面的呢?《霍小玉传》写道:"生自以辜负盟约,大愆回期,寂不知闻,欲断期望,遥托亲故,不遗漏言。"李十郎的做法就是"玩消失"。打算不告诉霍小玉任何消息,还让亲友替他保守秘密。希望霍小玉等他等到绝望就自己死心。霍小玉因为没有李十郎的消息,花了很多钱财和精力到处打听,每次得到的说法还不同——这让本来就柔弱的霍小玉心力交瘁、积郁成疾。后来李十郎的表弟把实情告诉了小玉,对小玉更是严重的打击,小玉竟一至于病死。

可能有人想责怪两大传奇的男主人公,尤其是《霍小玉传》中的李十郎。但其实,设身处地想一想,便会明白李十郎的为难。李十郎和小玉相好那么久,且有盟约,且小玉对他那么好。他若不能娶小玉,便无颜面对小玉。更重要的是,他万万不想开口伤害小玉。他也怕开口了,太过爱他的小玉会做出什么激烈的事来。就算小玉听他说分手后隐忍沉默地接受这种结果,他也没法面对她的表情。李十郎不知怎么办,就选择了逃避。他天真地幻想,只要这么久不见面且没有消息,小玉的痴情就能淡却。可他低估了小玉的痴情,他的逃避反而将痴情柔弱的小玉断送了。不得不说,这真是一个大悲剧。

宋代词人赵汝茪的《摘红英》写道:"不归也合分明说。"这是女主人公在轻轻埋怨她喜欢的男人:"你要是想和我分开不再回来也请你说清楚呀。"或许她也有和崔莺莺、霍小玉类似的情感遭遇。

"不归也合分明说"还有个现代版,就是陈升作词并演唱的台湾歌曲《牡丹亭外》:"牡丹亭外雨纷纷,谁是归人说不准。是归人啊你说分明,你把谁放那儿?"也是在埋怨爱人:"爱情的世界里烟雨迷离,谁是归人谁是过客说不定的。如果你只是想在我的生命做个过客,而不是归人,也请你说清楚啊。你怎忍心让我这样不明不白地苦等?"

为何那么多的例子中,想分手的人都不肯分明说,而是选择沉默回避乃至逃离呢?我们再听一些现代流行歌也许会比较容易理解这种情形。

方杰作词、吴雨霏演唱的《分手要狠》就很懂得开口说分手的为难:"谁亦害怕背上开口责任,谁亦避免伤害人。"我很欣赏这种想法或者说这种理解方式。这句歌词可以从两个角度来讲。从"我想和他分手,但我真的不想伤害他"这种角度来讲,这是一种善意。从"他和我说了分手,但我明白,他其实并不想伤害我"这种角度来讲,这是一种体谅。

还有林夕作词、陈奕迅演唱的《Shall We Talk?》:"屏幕发光,无论什么都看。情人在分手关头,只敢喝汤。"一对恋人本来约出来要谈分手,但只敢喝汤以及各自低头玩手机,哪怕手机上没什么真正感兴趣的讯息。根本都不敢触及分手的话题。

林夕作词、陈奕迅演唱的《十年》的开头写道:"如果那两个字没有颤抖,我不会发现我难受。怎么说出口,也不过是分手。""分手"这两个字,林夕却分了四步来写,生动地写出分手时的开口之难,充满犹豫、畏怯、难过。

黄伟文作词、麦浚龙演唱的《有人》不是写分手的为难,而是写拒绝别人感情的为难,但其中的心理颇有相通之处。不妨摘一些歌词供大家参考:"难得有人待我这么好,如此照料周到。何事我又要让人最苦恼。明明知有人待我这么好,如没有信心接收到。……怎去讲极残酷说话,并无字眼恰当。"主人公很感激对方,万万不想伤害对方。但觉得两人不合适。又不知怎么开口婉拒。这部分歌词移用在分手的场景也很贴切。请注意"如没有信心接收到",这个表达很实在也很绅士,因为对两人各方面是否合适存在疑问,所以不敢去接收一份感情。这样慎重的考量,其实从长期来讲也是一种对双方的善良和负责。

还有两首歌曲是专门讲以沉默的方式分手。一首是潘源良作词、谭咏麟唱的《爱的逃兵》;一首是周礼茂作词、张智霖演唱的《祝君好》。

《爱的逃兵》的歌名就很经典,不说明白就逃离一段感情,难道不是怯懦的逃兵么?歌中写道:"键琴又再响,声音多漂亮。然而总遮不到我心伤。谁想不说一声逃出情场,偏偏不懂怎么讲。未能让你将一生的寄望,全投进这段情,编织幻象。"主人公感觉到和这位爱人不是适合共度一生的人,于是觉得早点分手是种更负责的做法。但开不了口,于是选择了沉默逃离。

《祝君好》的内容和《爱的逃兵》相似,但更加细腻。歌中男主人公不断接到那个女人的电话。电话铃声在宁静中显得分外尖锐刺耳。但他不愿接电话:"再难过,讲不出爱没结果。……太多话我想说,但我还是要哑口道别。"他为自己抛下对方、伤害对方而歉疚,但觉得拖下去会害了她一辈子,必须现在切断关系。如果可以,他也想紧紧抱住她,爱护她一辈子。如果可以,他也宁愿从来没抱过她,他们可以做好友,一生一世在一起。可是现在呢,他只能任她离去。他对她还有很多爱意,她在他心中还是很美好地存在。歌的最后唱道:"如若碰到,他比我好。只愿停在远处祝君安好。虽不可亲口细诉。"这是在暗示她可以去找别人,也是祝福她将来可以有一个好的爱人。可是,虽从理性上讲是希望对方能幸福;但从情感的私心来讲,仍不愿面对她和别人在一起,毕竟会吃醋伤心,因为他还喜欢她。所以歌词里说了"如若碰到,他比我好"之后接的是"只愿停在远处祝君安好",而省略了"希望你们能在一起"之类的。此处的语气很微妙,大家自可体味。但这一切一切的心意,他都无法亲口说给她听。《爱的逃兵》也有暗示对方可以另觅佳偶,但《祝君好》更突出了祝福这一主题,用心可嘉。

《爱的逃兵》《祝君好》这两首歌都值得一听。无论你是被别人没个交代就抛下了,或者你不知怎么开口和人说分手,这两首歌都能让你想明白很多问题,懂得去体谅彼此。我甚至遐想,如果谭咏麟、张智霖能穿越回唐代唱《爱的逃兵》和《祝君好》,也许霍小玉就能明白李十郎的心意,就不会年纪轻轻便香消玉殒了。而李十郎也不至于一辈子都因小玉的事而有心理包袱了。

当然,最好是记得"不归也合分明说"这句话,打算分手,便鼓起勇气清楚明白地说,以免给对方造成太多困扰。

弃置今何道

《决绝词》一章提到，莺莺《告绝诗》第一句话是："弃置今何道。"你既然抛弃了我就别再说什么了吧。莺莺这句是有典出的，汉代乐府就有过"弃置勿复道""弃捐勿复道"这类说法，但这些并非出自爱人分手的诗，这些"弃置""弃捐"也并无"抛弃"之意，只是"罢了"的意思。所以写"你既然抛弃了我就别再说什么了吧"这个意思，可谓是莺莺的发明。

我之所以强调这是莺莺的发明，是因为这句看起来很普通，却可谓有着人情世故的至理。今天写分手的情歌里面，也常常写到这个意思，而莺莺的"弃置今何道"则是这种立意的鼻祖。

港乐中，方杰作词、吴雨霏演唱的《分手要狠》也有类似的表述："说再见，不要坐近，不纠缠，不慰问。说再见，不要坐近，便扶助病困。"歌曲以这一小节开头，并以这一小节结束。细碎的节奏感配上吴雨霏娇弱冰冷的嗓音，很好地表现出女主人公拒人于千里之外的姿态。

还有林夕作词、杨千嬅演唱的《化》："别离未算久，别漫谈如挚友，令清修的我再失守。别凝望太久，令面容如刺绣，像一针一血的引诱。"仿佛在说："喂，你这熊孩子、小祖宗，要走就走吧。别一时兴起，又回头带着一脸天真无邪勾引人，考验人的定力，惹人烦。"

不过，我觉得，写这个意思写的最好的歌是林振强作词、张国荣演

唱的《心跳呼吸正常》。这首歌用了整首去写"弃置今何道",交足戏份,
煞是好看。

这首歌讲的是,主人公的爱人抛弃了他。那人觉得于心有愧,也担
心他会不会出什么事,就打电话去慰问主人公。主人公接到那人的电
话真是一肚子火啊。虽然很想发作,但是又于心不忍,毕竟人家是好心
来慰问。主人公只好耐心回答那人的一系列问题。整首歌纯写主人公
的台词。你可以看到,主人公的回答,由于憋着怨气,真是各种刁钻古
怪都出来了,处处堵那人的话。主人公不断地表达这个意思,您有心
了,您请放心。我挺好的,挺忙的。过去了就好,我懒得说您什么了。
虽然"无穷尽空虚""无涯岸漆黑""撕得我心多破碎"这些表达透露出主
人公的痛苦有多么严重,但主人公还是自称:"心跳呼吸正常,工作休息
正常。……一切安好正常,天气交通正常。"说自己"心跳呼吸正常",是
在说还没被对方气死么?这句已是奇语,而说到"天气交通正常"又是
从何处想来?总之,这几句"正常"最是妙趣横生。还有个极有趣的细
节是:"偶或须根过长,不过请你别问详,为我操心兼紧张。"电影中,在
表现人的颓废时,喜欢用胡子拉碴的镜头,这应该是有现实根据的——
伤心、睡不着造成内分泌失调导致胡子长得快,再加上无心打理自己而
忘记刮胡子,于是成了那副样子。主人公在说:"即使我偶尔是一副胡
子拉碴的颓废样子,您也别想太多,跟您无关。"总之,这首歌是温厚语、
豁达语、愁苦语、奇趣语的混合体,滋味无穷。

距离产生美

　　《蒹葭》是《诗经》中受到最多关注和赞誉的一篇。在我看来,它不仅是《诗经》中最唯美的一篇,也是中国古典诗歌中最唯美的一篇:"蒹葭苍苍,白露为霜。所谓伊人,在水一方。溯洄从之,道阻且长。溯游从之,宛在水中央。"水边的芦苇一片苍茫,白露飘降为之覆上清霜。心中想念的佳人啊,在水的那一方。我想逆流而上追随她,道路却迂阻漫长。我想顺流而下寻找她,她却好像立在水中央。

　　诗的造境凄清、素淡、婉约、迷离,带着似有还无的幽怨。主人公所思慕的佳人,盈盈隔水,瞻之在前,忽焉在后,无论怎么追寻,总是不可触及。诗中看不清佳人的面目,却已然绝美。

　　《诗经》中像这种隔水相思的诗歌特别多,比如首篇《关雎》也是如此。这类诗歌产生的原因也许很简单。据说在先秦时代,有一种男女性隔离制度,就是把年轻未婚女子集中到水中的小岛进行至少三个月的婚前教育。所以,那些多情的少年只好望水兴叹。

　　但这许多作品中,居然能有《蒹葭》这样唯美的、像是刻意运用了极高超象征手法,又似完全不经意的浑然天成的作品,也是一个奇迹。

　　《蒹葭》的原意,应该只是在写有距离的美人,但后人逐渐发现了"距离产生美"这种美学原理。也就是说,《蒹葭》中的佳人距离飘忽、不可触及且看不清,这固然让人惆怅,但是这也毋宁说是使她的美臻于极致的原因。

近现代一些作家,也在表述并运用这个美学原理。比如日本作家三岛由纪夫的名著《春雪》,就多处展示了对"不可触及、飘忽和看不清带来唯美"的充分自觉。

作者借一位暹罗王子之口说:"因为神圣的东西全部是与梦和回忆相同的要素形成的。……而且,这三种东西共同的特点是:无论是哪一种都是用手触摸不到的。手触摸得到的东西,一旦离开它一步,它就有可能变成神圣的东西,变成奇迹,变成不可能有的美的东西。一切事物都具有其神圣性,可是我们的手指触摸了它,它就变成污浊的了。"这是在讲不可触带来唯美。而《春雪》在描写女主人公聪子的绝美时,除了运用"她的姿影好像将一枝大紫荷花从小茶室里拽到雪中那样"这种直接描写,也用矜庄、禁忌、不可触这些设定来将这种美推向极致,推向神圣。书中将之形容为"作为绝对的不可能的、作为绝对的拒绝的一种美"。(不过三岛由纪夫的美学万万不可迷信。此君虽然悟性超卓,但过分走极端又过分别扭。聪子这样的女人,哪怕成为日常起居的伴侣,也是极美的。而且凭她的品味和心境,是可以美一辈子的那种。但男主人公偏偏矫情,以致错失这段缘分。)

印度诗哲泰戈尔也写过类似的领悟。他有首诗写道,接触到了爱人的躯体,却没有获得那种曾期待的美感:"谁能从天空滤出蔚蓝呢?我想去把握美;它躲开我,只有躯体留在我的手里。失望而困乏地,我回来了。躯体哪能触到那只有精神才能触到的花朵呢?"写"接触破坏美",等于从反面说"距离产生美"。波兰女诗人辛波丝卡也写过这样的诗句:"我太靠近了,以致无法被他梦到。"也是在说太靠近的爱人就不再具有梦幻诗意的美,也是从反面说"距离产生美"。

从三岛由纪夫、泰戈尔、辛波丝卡所谈论的"距离产生美",回过头来读《蒹葭》,发现了一种新的读法。就是将《蒹葭》抽离出现实的语境,完全可以视为关于"距离和美"这个美学问题最好的隐喻:"我心目中有个遥远而模糊的美的形象,我想去追寻。有可能我去不到我以为它所在之处。有可能我去到了那里，触碰到了它。但我发现触碰到的绝不是我曾以为的诗意的唯美。诗意的唯美又好像在远方的别处。于是我又迷惑而追寻。渐渐我明白，不是我触不到诗意的唯美，而是诗意的唯美的存在方式就是飘忽而不可触的，它永远在远方，不在此处。"

有意思的是，泰戈尔的一首诗却用"距离产生美"这个原理写到如何从长期固定的爱情那里寻找诗意的唯美。诗人写了一个玄妙的领悟："谁在永恒的远方，谁就永远在你的身边。"诗人很敏锐地洞察到，只有怀着"爱人在远方"这种感觉，爱人才具有诗意的唯美。这首诗还说和爱人相处久了，一切被淹没在日常琐事中，这种"爱人在远方"的感觉被忘却了。一切都习以为常了，麻木了。哈，这首诗里，诗人找回爱情的新鲜感的秘诀不是在别处又找一个新的爱人，而是在原本的爱人身上重新又找到"爱人在远方"的感觉，又想起爱人既是那个陪伴料理柴米油盐的切近伴侣，同时也仍是那位"在水一方"的伊人。

不如怜取眼前人

《决绝词》一章中提到，崔莺莺《告绝诗》的尾句是："怜取眼前人。"真是写得好，可以说有禅悟。这是当头棒喝般地提醒人活在当下。是莺莺叫元稹不要再想她了，好好爱惜自己现在的爱人才是正经事。

后来只有宋代大词人晏殊最是莺莺这首诗的知音，懂得欣赏"怜取眼前人"的妙悟。于是他在一首《浣溪沙》的下片中演绎了这个意思："满目山河空念远，落花风雨更伤春。不如怜取眼前人。"你面前就是一片最美的风景，你却觉得远方才有诗意；风雨把花催落后你伤春，可是花开的时候你有好好地爱惜和欣赏吗？还是要珍惜眼前人啊，不要整天挂念过去的离去的人。

后来只有近代词学家吴梅最是晏殊这首词的知音，他甚至认为"满目山河空念远，落花风雨更伤春"写得要比晏殊最受好评那一联"无可奈何花落去，似曾相识燕归来"好十倍。

赞"满目山河空念远，落花风雨更伤春"也即是赞"不如怜取眼前人"，因为贯穿的是同一个意思。都是在说人的一个普遍的劣根性。拥有的时候不懂珍惜，都是"当时只道是寻常"。结束了，远去了，才觉得多么珍贵。那么就从醒悟的一刻，开始练习珍惜眼前吧。

晏殊对莺莺"怜取眼前人"这个意思喜欢到，用了一次还要再用一次。他在一首《木兰花》的结尾写道："不如怜取眼前人,免更劳魂兼役梦。""怜取眼前人"的好处之一,就是免得魂牵梦萦那么辛苦。

我们现在讨论的是诗学问题,如果用一个心理学的概念来表述,这叫做:未完成情结。也就是说,人们总是喜欢对没完成的事情和没得到、已失去的人和物牵挂不已,难以释怀。

而古人写"未完成情结"最经典的作品应该要数《红楼梦》中的那首《终生误》了:"都道是金玉良缘,俺只念木石前盟。空对着山中高士晶莹雪,终不忘世外仙姝寂寞林。叹人间美中不足今方信。纵然是齐眉举案,到底意难平。"它讲的是贾宝玉、林黛玉、薛宝钗的情缘纠缠。贾宝玉喜欢林黛玉,但是因为种种原因,他娶了薛宝钗。贾宝玉衔玉而生,薛宝钗有和尚赠的金锁。贾宝玉和薛宝钗被人们视作天生一对,金玉良缘。贾宝玉认为自己不是什么宝玉,只是一块顽石;而林黛玉前生是绛珠草,她有次和宝玉赌气说自己"不过是草木人儿"。贾宝玉觉得他和林黛玉才是一对,顽石和草木才是一对,是前世之盟。所以哪怕宝玉娶了美丽端庄、聪明贤惠的宝钗,哪怕举案齐眉、相敬如宾,哪怕人人都觉得宝钗会是个比黛玉好太多的妻子,但宝玉心里却始终放不下黛玉,觉得自己的婚恋并没有圆满。

港乐中关于"未完成情结"最经典的歌肯定是李焯雄作词、陈奕迅演唱的《红玫瑰》《白玫瑰》——是同一首曲子的国语版和粤语版。大概很多人都应该知道这两首歌名的典出,因为张爱玲的那段话实在太出名了:"也许每一个男子全都有过这样的两个女人,至少两个。娶了红玫瑰,久而久之,红的变了墙上的一抹蚊子血,白的还是'床前明月光';娶了白玫瑰,白的便是衣服上沾的一粒饭黏子,红的却是心口上一颗朱砂痣。"这大概是爱情文学中关于"未完成情结"最经典的表述。而由张爱玲名言而来的这两首歌自也留下关于"未完成情结"的金句,最经典的一句应该是《红玫瑰》中的:"得不到的永远在骚动,被偏爱的都有恃无恐。"在《白玫瑰》中相应的句子是:"怎么冷酷却仍然美丽,得不到的从来矜贵。"

林夕作词、梅艳芳演唱的《似是故人来》也有写"未完成情结"的佳句："但凡未得到，但凡是过去，总是最登对。"登对是一个粤语词汇，意为"般配"。还有林夕作词、陈奕迅演唱的《人来人往》："闭起双眼你最挂念谁，眼睛睁开身边竟是谁。"其实《红玫瑰》中也有一句相似的："从背后抱你的时候，期待的却是她的面容。"

还有黄伟文作词、杨千嬅演唱的《野孩子》："离场是否有点失敬，还是更轰烈的剧情。必须有这结果，才能怀念我。……但我会成为你最牵挂的一个女子，朝朝暮暮让你猜想如何驯服我。"女主人公知道，如果继续留恋那个男孩子，他也不会安定。还不如骄傲到底，决绝离开。离开了，反而他会怀念、牵挂。虽然这怀念和牵挂也很无谓，但也只能如此了。

还有周耀辉作词、海鸣威演唱的《我的回忆不是我的》："难道送别你，回头总是虔诚。"也是说，分手后，才会觉得特别好、特别爱。

"未完成情结"不仅让当事人伤心，也会让此人的新伴侣痛苦。卢凯彤作词作曲并演唱的《雀斑》也是一首吐槽爱人的"未完成情结"的歌曲："我们翻来又覆去，我也走不太进去，你那无坚不摧过去的围墙。就算我能看得穿，就算透明像月光。回忆游来游去却不散。……爱得那么狂，微弱地呐喊。风吹雨散，剩下我在泛滥。……以后的乐观，到底要怎样去承担。……你们的太阳，照亮我的雀斑。"歌中的这些句子写得非常生动。甲深爱着乙，乙却念念不忘自己前一个爱人。甲非常努力地去爱乙，却发现乙前一个爱人的影子一直都在。甲感到很崩溃，对未来没有安全感。觉得乙和前一个爱人的灿烂恩爱，衬出自己的暗淡。而前一个爱人在乙心中的美好，也衬出甲的各种缺点、不足。

《雀斑》告诉我们，不要用自己以前的恋情来伤害现在的爱人。不过，同样的，我们也不该用爱人过去的恋情伤害他。

"未完成情结"这种理论启示我们，人未必是更喜欢没得到的那位爱人，而是因为没得到，一直心痒，所以误以为更喜欢。说不定得到了那位，也不知道爱惜。对前一个爱人的怀念，有时并不能仅仅归结为"未完成情结"。比如说，宝玉对黛玉的怀念，并不因为失去了才那么重视，而是因为黛玉是最像他、最懂他的人。但无论如何，"怜取眼前人"

真的很重要。有时候，太挂念那个失去的、未得到的爱人只是在逃避面对和承担当下的生活。而且这种挂念，对那个自己未得到的爱人又有什么用处呢？所以，听取崔莺莺的忠告，"怜取眼前人"吧。多看到现在的爱人的优点，多爱护、鼓励现在的爱人，和他好好经营感情。这样可以使自己现在的爱人变得更开心、更优秀，从而也使这段感情更加幸福。

歌单：适合失恋听的治愈系歌曲

失恋这件事儿嘛，有的时候，它只是让人淡淡地难过一阵。对于这种情况，那么这个歌单就显得似乎有点矫情了。但不得不承认的是，它带来的痛苦可能达到非常严重的程度，且持续的时间还非常长。在这种情况下，那么这张歌单或许能给到一些帮助。当然啦，失恋这件事对于一个人的影响分为两个方面，一是现实层面的影响，比如照料、保护、陪伴、经济问题等；二是心理、情绪层面的影响。现实层面的影响，当然只能每个人根据情况自己处理；而心理、情绪层面的影响，这张歌单也许能提供一些帮助。又或者是你的朋友失恋了，看起来很不妥的样子，你又不知怎么慰解，这个歌单大概也能起到作用。疗效不保证，但听听这些歌儿至少是不错的娱乐。

①《给自己的情书》

林夕作词、王菲演唱。自爱第一。自爱是爱人的基础，有没有爱人都要自爱。这首歌把这个道理说得很清楚："啦啦啦，爱护自己，是地上拾到的真理。……深谷都攀过后，从泥泞寻到这不甘心相信的金句。"这首歌的国语版《笑忘书》也可以一听。

②《跟珍芳达做健身操》

周耀辉作词、容祖儿演唱。健身第二。这绝对是立意最特别的失恋歌曲。它的特别不是故意标新立异,而是讲了一个很平常实用的道理,只是写情歌的人往往绝不会往这个方面想而已。很多慰解失恋的道理听了也是白听,因为它们徒然在思绪上越发叠床架屋,让人越想越乱。但健身却有如下功效:简化思绪,强健身心,改善内分泌。在周耀辉笔下,健身还能让你学会能屈能伸、能放能收,并能培养不被情绪、情感控制的定力,培养不被打乱的节奏感。这首歌的作曲是范晓萱,她曾有一首著名的锻炼身体的歌曲叫《健康歌》,用小女孩的口气唱的,非常呆萌可爱。我视这两首歌为姊妹篇,连起来听效果特别好。

③《爱情转移》

林夕作词、陈奕迅演唱。这首经典歌曲告诉人们,如果爱情发生了转移,也不妨将之视为一个自然现象。

④《心淡》

黄伟文作词、容祖儿演唱。这首歌是开解失恋的歌曲中最具现实可操作性的日程表。可谓居家旅行、分手失恋必备"良乐"。有些失恋的伤心并非两三天就好,所以歌曲贴心地给人安排了半年的疗程:"由这一分钟开始计起,春风秋雨间,限我对你以半年时间慢慢地心淡。付清账单,平静地对你热度退减。一天一点伤心过这一百数十晚,大概也够我送我来回地狱又折返人间。春天分手秋天会习惯,苦冲开了便淡。"而且歌曲还叮嘱道,如果这个过程中抵抗力不足,"病情"有反复,比如又发生一些纠缠,那么也不要放弃治疗。

⑤《亦舒说》

林夕作词、杨千嬅演唱。一首简单爽利的歌。歌中有金句:"失恋可将工作放大得决绝。光阴怎花可看见林夕都说,别怨心底滴血,专心工作过劳才有资格吐血。"我想,公司老板肯定很喜欢这首歌。老板们,如果您有员工失恋了,不妨发送这首歌去安慰他。

⑥《会过去的》

黄伟文作词、车婉婉与许志安演唱。当朋友失恋了,我们总喜欢安慰他:"会过去的,过去了就好。"而这首歌是表达这个意思的最好最透彻的一首。歌中告诉我们那种所谓最爱最痛的情况在时间中也都会过去。

⑦《搜神记》

林夕作词、容祖儿演唱。这首歌讲的是，目光不再聚焦在一个爱人身上，于是能看到更广阔的世界，乃至闯荡出自己的一片天地。这番失去，也不失为一得。

⑧《多谢失恋》

黄伟文作词、Twins 演唱。听 Twins 的歌，会让人感到一切很简单。这是一首呆萌型歌曲："仍然在途中，只好相信，雨过后有彩虹。……从前学年中，自命情种，一出手爱得比较重。来年换时空，应该长进，再爱定更松容。"

⑨《那谁》

黄伟文作词、苏永康演唱。歌曲劝人打开心结："就算多悔疚，自责别太久。不要恋恋心里那个伤口。……谁没两个致命旧爱侣，不见得就要听到春天也恐惧。"歌中还阐明了打开心结的必要性："但是浮游在生活乱流，你那新生你也必须接受。"

⑩《年度之歌》

黄伟文作词、谢安琪演唱。一首平和、大方的分手歌曲，详见《沿路旅程如歌褪变（个人史）》这一章。

⑪《到处留情》

黄伟文作词、张信哲演唱。这个题目很容易引起误会，它绝对不是教唆人失恋了就去寻欢纵欲，而是写用旅行来逐渐卸下情感包袱。从《诗经》就开始讲"驾言出游，以写我忧"，可见旅行是个排遣烦恼的"古老验方"。不过歌中提供的旅行路线好像不是很科学，大家在地图上勾勒一下就明白我说的意思了。

⑫《薰衣草》

林夕作词、陈慧琳演唱。它讲的是，失恋了就来个香薰泡浴吧，有利于放松神经。歌中唱道："浸浴前，香薰后，是不是从头来过叫身心变成净土。我放松，香气在怀内吞吐，为陈年是非申诉。"

⑬《洗剪吹》

黄伟文作词、吴浩康演唱。这首歌叫你失恋了就换个发型。歌曲充满一种街边廉价发廊的气息，令人感到很亲切："刘海或卷发，热水风筒较剪。平复过去方法却是能自选。……脏了便洗一洗，你还年纪细。……心痛便剪一剪，那条情感线。……湿了便吹一吹，爱情由它去。"歌中写的换发型不仅寓意洗心革面、改头换面，还寓意每个人都有责任好好打理自己。

⑭《明日有明天》

林夕作词、陈慧琳演唱。歌名用了《乱世佳人》极其顽强的女主角的著名台词："Tomorrow is another day."歌中唱道："玫瑰得到眼泪才特别茁壮，在绝岭中怎可以不盛放。全靠试过绝望，才珍惜开朗。"

⑮《一个人的童话》

黄伟文作词、杨千嬅演唱。这首歌由很多经典童话故事巧妙地连缀而成，非常可爱。失恋了，就不如来数数这首歌用了多少个童话典故。考你一下，这句用了哪个典故："还未到我试，球鞋亦着住吧。"

⑯《葡萄成熟时》

黄伟文作词、陈奕迅演唱。它讲的是一种爱情不顺利，而岁月不饶人的剧情。歌曲安慰人道，可以从错爱中吸取教训，或许也有和你一样感情不顺但优秀的人在等着你。万一没有这样的美好邂逅，有些领悟也能让你自救。

⑰《by my side》

林一峰作词并演唱。很多失恋的歌都不免有些尖锐的怨意，这首却是温柔到底的。歌中讲的是，虽然我不愿一觉醒来见不到你，但在我的梦境中从来没有试图捉紧你不让你离开，你是自由的。如果能做到这种境界，当然也是非常好的。

⑱《洁身自爱》

林夕作词、张国荣演唱。歌中劝说人失恋了不要对自己或对方有过激行为。歌曲亦很知那种痛苦之强烈："失心疯地爱一个人，像对镜自残。"它苦口婆心劝说道："我们应该苟且偷生脱苦海。求你不要迷恋悲哀,示威怎逼到对方示爱?"歌中最后安慰失恋者:"不要忘记我们终会有人宠爱。"

⑲《黑择明》

林夕作词、陈奕迅演唱。这首歌劝人不要轻生。歌名"黑择明",其实是用日本大导演黑泽明的名字小小玩了一个文字游戏,把"泽"改成"择",又暗含"在黑暗中选择光明"之意。选择这位导演来说事儿是意味深长的。黑泽明是一位能够充分、深刻呈现社会、人性黑暗的大导演,但他的作品仍有人性之光和力量在。他有一位哥哥,也是电影方面的大才,跟他几乎是一个模子印出来的。但黑泽明说,他和哥哥就像一个是照片的正片,一个是底片;一个明朗,一个阴郁。没有底片就没有正片。哥哥因为阴郁而自杀了,也许他觉得这个世界不够好吧。更坚强明朗的黑泽明则活下来拍出了很多好电影。歌中唱道:"他不姓黑不怕黑选了光,叫最暗黑的戏院发出光。"歌曲还以亲情来劝人不要为爱轻生:"这时期演伤心戏,戏烂人未死。失恋也死走去死走去死,你母亲伤心到死,内疚未?"

⑳《The Best is Yet to Come》

林一峰作词并演唱。朋友失恋了,我们也会常常会安慰他:"你会找到更好的。"这首歌则是这种立意写得最好的一首。很轻柔贴心。讲的是,希望失恋的人不要因此封闭自己的心,并许诺,最好的还没有来,最好的将会来临。

㉑《男儿当自强》

这是黄霑作词,林子祥演唱的一首补中益气、固本培元的歌曲。如果身心强健,那么对失恋的承受能力也会强很多。

㉒《红日》

李克勤作词并演唱。港乐中最"燃"的一首,万用励志歌曲。最能把人从衰颓的情绪拉出来的歌曲,歌中唱道:"命运就算颠沛流离,命运就算曲折离奇。命运就算恐吓着你,做人没趣味。别流泪心酸,更不应舍弃,我愿能一生永远陪伴你。"没了爱人,还有这首歌陪你。

㉓《笑看风云》

黄霑作词、郑少秋演唱。港乐中最豁达的一首,万用的"释怨成欢"歌曲。秋官将它唱得儒雅大气:"谁没有一些刻骨铭心事,谁能预计后果?谁没有一些旧恨心魔,一点点无心错?谁没有一些得不到的梦,谁人负你负我多?谁愿意解释,为了什么,一笑已经风云过。……任胸襟吸收新的快乐,在晚风中敞开心锁。"

| 逆　旅 |

此心安处是吾乡。——苏轼《定风波》
原来安心，才能开心。——林夕《原来过得很快乐》

爱如逆旅

诗词中常常把人生比喻为旅途,旅舍。比如晋代诗人陶渊明在《杂诗十二首·其七》写道:"家为逆旅舍,我如当去客。"家也是旅途中的一个旅舍,我这个过客也终将辞它而去。唐代诗人刘禹锡的《宿诚禅师山房题赠二首·其二》:"视身如传舍,阅世似东流。"那位禅师把自己的皮囊看作一个旅舍,把世事看作东流水。

现代港乐中,则常常把爱情比喻为旅途。并非有意模仿古人把人生比作旅途,但道理是相通的,不乏深刻之处。港乐还发明出一整套相关的譬喻,爱情的旅途中,有列车、交通灯、乘客、街灯、车站、月台、行李、风景、纪念册和家。

与子同车

林夕作词、杨千嬅演唱的《少女的祈祷》就是把爱情比喻为一段与子同车的旅途。歌中的少女和一个男孩相爱了,带着那种浪漫的兴奋。歌中唱道:"沿途与他车厢中私奔般恋爱。"她和他是不是真的坐在一列车厢中我们不得而知。反正人生本来就如逆旅,把歌中所说的"旅途中的车厢"当成比喻也未尝不可。反正这个少女的打算是:"再挤迫都不放开。……到车毁都不放开。"她是毅然决然地和他在一起,不管外界的干扰、命运的祸福。她用交通灯去占卜爱情,绿灯代表顺利通行,红灯代表感情出现危机。虽然两次红灯都有惊无险地过去了,少女刚刚松了一口气。哪知后来某一个路口,少女的爱人还是下了车离她而去,剩下她孤单的身影吁天无术。

林夕作词、王菲演唱的《乘客》也写了一个经典的与子同车的故事。歌中写了一对恋人驾驶小车的旅程,同时隐喻他们之间的感情历程。歌中写道:"高架桥过去了,路口还有好多个。这旅途不曲折,一转眼就到了。坐你开的车,听你听的歌,我们好快乐。"小车行驶顺利,这段感情看起来也进展顺利。

女主人公忽然想起什么,说:"这歌手好像最近结婚了。"男友有些走神,没有接腔。女主人公刚刚本来是无心之言,但男友那有意无意的沉默中,让她产生了一些不好的预感。接下来有一搭没一搭地聊天。男友觉得她有点情绪低落,就问她怎么了。她说:"我没事啊。我没有不开心。你专心开车吧。"他俩开着车,从下午开到傍晚。从"白云苍白色,蓝天灰蓝色"开到"天空血红色,星星银灰色"。女主人公看到的天色,也反映了她的内心是从沮丧到凄怨吧。

男友一直没有表态,于是女主人公懂了。她一个人下车,跑回了家,那是可以躲开外界的目光,安全疗伤的地方。他们是彼此的初恋。后来有人问:"你们后来呢?"女主人公平静地说:"后来我就回家了呀,而从我下车的地方,他的生活轨迹照常继续。他现在车上的副驾驶座上,应该早已载着别的女人了吧。"

爱情不停站

《少女的祈祷》和《乘客》中唱的爱情,都有人下了车。林夕作词、陈奕迅演唱的经典歌曲《爱情转移》则告诉我们:爱情就是一站一站的。不管是你下了车也好,还是别人下了车也好,都没关系。不要想着去抓住过去,就算回忆美如月光,抓到手里也是一片空虚。你需要一点更实在的什么。去晒晒太阳驱除往日的阴影吧。原谅自己,原谅别人。感情总会有人接班。还有别的人,别的车,继续此生爱的旅程,爱的探险。

浏览过橱窗,住过旅馆,爱情在这个过程中转移。而爱情会转移这件事,也让我们产生这样的困惑:爱情的意义,究竟是路上的风景阅历,还是最终的长相厮守,白头到老呢?

《爱情转移》唱道:"烧完美好青春换一个老伴。"让我想起《牡丹亭》那句著名的唱词:"则为你如花美眷,似水流年。"二者对比很有意思,都讲的是爱情与时间的关系。《牡丹亭》讲的是青春,是最初;《爱情转移》讲的是暮年,是最终。《牡丹亭》讲的是,时光匆匆流逝,如花的青春美丽只是顷刻间,要有人来爱惜;而《爱情转移》讲的是,晚景不易,要有人扶持陪伴。

而爱情的相遇,也有可能是重复那个从希望到失望的恶性循环,能有勇气承诺终生,成为老伴吗?《爱情转移》的结尾还是安慰大家,这一趟旅行,终会有人和你淡淡相守到天荒地老的。

尚有月台让我们满足到落泪

爱情的旅途中,总是有人走,有人来。林夕作词、陈奕迅演唱的《人来人往》就在讲这个道理。

歌中的男主人公喜欢一个女人,但那个女人有男朋友。有一天,女人升职了,请了一班老友吃饭庆祝,男主人公也去了。他们喝呀说呀好兴奋。一直到凌晨,朋友们都要离场了,女主角似还没尽兴,还要喝,还带着醉意拉住男主人公。他只好单独留下来照看她。她说了一个他已经猜到的秘密,她和男朋友分手了。她边说边哭。男主人公一边安慰她,一边给她倒水,一边帮她处理呕吐物,帮她擦脸,扶她去沙发上睡着。这次倾诉,极大地拉近了男主人公和女人的距离。不久,女人说:"不如,我们在一起吧。"男主人公愕然,说:"好。其实我喜欢你很久了。"又不久,女人说:"对不起,我想我们还是不太合适……"男主人公没说什么,也没问什么。他们就这样分手了。男主人公的朋友很是替他不忿,说:"这个女人太过分,完全是在利用和玩弄你对她的感情。只是空虚寂寞了才找你来填补空档,对你哪有半点真心?"男主人公辩解说:"哎,我并不是这样理解的。你不懂。我和她的事只有我们自己清楚。我和她真的不合适吧。还有,我们还是朋友。"这话,男主人公的朋友真的不懂。不久,男主人公又和另一个女人在一起了。这个时候,他心里其实还没有放下那个她。他觉得,自己现在的做法就和当初的那个她有些相似吧。不过,他知道,他是认真想好好有一个新的开始,只是需要一个过渡期。

歌中唱道:"闭起双眼你最挂念谁,眼睛张开身边竟是谁。……拥不拥有也会记住谁,快不快乐留在身体里。……拥不拥有也会记住谁,快不快乐有天总过去。"这三句话的递进实在是太了不起了。这个"你"既可以指辜负男主人公的女人,也可以指男主人公。第一句说有了爱人后,还很想念那个没有得到的人。这可能会遭到舆论的鄙视。但是第二句说,对伴侣关系有责任心是一回事,但记忆和快乐这种事情,却不是任何人可以左右和过问的呀。好好对待眼前这一位,和挂念心中那一位,其实也不矛盾。说到这一层,又让人对之多了一些理解。而到了第三个层次说,失去了,也会记得;失去了,也会难过;但这难过其实也会随着时间淡去的。写到这一层,更是通透至极。可以说,这三句词是充分体贴人性真实的曲线。没有去批判,也没有去拔高,只是去懂得。

《人来人往》这三句词还帮助我理解了一位古代的词人——姜夔。我不是在开玩笑,其实姜夔这位杰出的词人有些方面一直让我很困惑。姜夔是出了名的痴情、长情。据说他一直念念不忘他在合肥的那段情事,给他那位合肥的爱人写了一辈子的词,而且写得一流好。有人赞美他;也有人觉得他的做法挺无聊。而我也困惑,都已经结婚生孩子了,这是该赞他痴情、长情呢,还是该说他不该这么久还挂念别的女人呢?

但林夕的那句"拥不拥有也会记住谁,快不快乐留在身体里"让我对姜夔有了更多的理解,如果姜夔还记得,还牵挂,那也是没有办法的事啊。而这也不代表他会对身边的爱人不好。姜夔在一首《霓裳中序第一》里写道："坠红无信息，漫暗水、涓涓溜碧。飘零久，而今何意，醉卧酒垆侧！"我深爱的那个女人已经很久没有消息了，只有时光暗暗淌过。分开这么久，我如今对她的心意，就像醉眠妇侧的阮籍一样思无邪了。阮籍是晋代的大名士。他的邻居卖酒，而老板娘长得非常漂亮。于是他经常和朋友去那里喝酒，喝醉了就睡在老板娘身边。老板娘的丈夫一开始以为阮籍图谋不轨，后来发现他其实对老板娘没有什么企图。这让人们觉得阮籍虽然放诞但人品很高。姜夔用这个典故来说自己对那个女人已经没有那种意思了，对她纯是审美和关心。"而今何意？醉卧酒垆侧。"这样淡淡的内敛的一笔，胜过那些夸张的渲染，让人觉得很真实，并让人对他这种感情的形态多了一种理解和敬意。

姜夔还有一首《鹧鸪天·元夕有所梦》写道："人间别久不成悲。谁教岁岁红莲夜，两处沉吟各自知。"你知道吗？昨天晚上我又梦见了你。别离这么久，我已经不感到难过了。只是每到热闹的佳节，我仍然会想起你，你也是一样吧。毕竟，我们对于彼此都是很特别的人。我们之间有一些默契和碰撞的光芒，是别人没法懂得和复制的。但也无可奈何，只能各自在世上疲于奔命了，这就是生活啊。"人间别久不成悲"和《人来人往》中那句"快不快乐有天总过去"也是同一种领悟。这种不夸张的写法，也比写"分别很久还很悲"更加真实动人。姜夔还有一首《月上海棠》写道："留无计，唯有花边尽醉。"这句咏海棠的未必是写合肥情事，但背后大概也有综合的人生感悟吧。也和《人来人往》的结尾的领悟相似："但什么可以拥有？缠在那颈背后，最美丽长发未留在我手，我也开心饮过酒。"都是在说，留不得，纵然留不得，也应珍惜那为美好的事物尽醉的时刻。

《人来人往》这首歌给出的最治愈的一句是："感激车站里，尚有月台能让我们满足到落泪。"车站，月台，是指那些聚散的关口。灿烂或疲倦的面容，悲喜交加的眼泪。往事随风，应该知足了。

流水很清楚惜花这个责任

姜夔的《霓裳序中第一》的那句"坠红无信息,漫暗水、涓涓溜碧"是用落花和流水比喻的爱情,落花喻爱人、爱情,流水喻时间,讲的是爱人、爱情如何被时光带走。将这句词与《牡丹亭》那句"则为你如花美眷,似水流年"合起来想:原来,如花的美貌会被流年带走,而如花的爱人、爱情也可能会被流年带走。宋代词人秦观的《望海潮》写道:"奴如飞絮,郎如流水,相沾便肯相随。"飞絮是指柳絮,也叫杨花。也是在用花和水比喻爱情。请注意,此处"流水"是在喻指情郎,而非像上两例那样喻指时间。

现代港乐中,黄伟文作词、陈奕迅演唱的《落花流水》也是在写花与水的爱情故事。花指姑娘,水指情郎,和秦观的比喻方式相同。《落花流水》这故事就是从"卿如小花,郎如流水,相沾便肯相随"开始的。

在遇到这朵"小花"之前,"流水"也有经历过其他花事。然后结束了,伤心了。因前尘而浑浊了一阵,然后又静下来徐徐变得清澈了、通透了。然而这通透的流水也没修到"波澜誓不起""断红一任风吹起,结习空时不点衣"的境界。斜阳返照,花光一闪,打在"流水"的胸膛、心坎,泛起涟漪。他便知道,无处可逃了。"流水"和"小花"有过童话般的幸福快乐。然而这个美丽故事非常短暂,因为生活并不是童话。结局是:"水点蒸发变做白云,花瓣飘落下游生根。"流水对小花的感情升华了,小花则漂流到别处结婚生子。这朵小花过后,流水开始思考爱情:"流水很清楚惜花这个责任,真的身份不过送运。……天下并非只是有这朵花,不用为故事下文牵挂。"以为能够得到那朵"小花",但原来自己只是某一段路程上的护花使者,也好,就当心甘情愿的荣幸。姜夔感慨:"坠红无信息,漫暗水、涓涓溜碧。"还在牵挂落花的消息。而《落花流水》则劝道,不要再牵挂了,那朵执意漂走的"小花",她的将来,就交给她自己负责吧。因为真的彼此顾不上了。

"流水"又思考道:"讲真天涯途上谁是客,散席时怎么分?"人生的旅途中,爱情的筵席上,别离时,我们都是过客,也都是主人翁吧。认识到自己和别人都是过客,就会洒脱不执。认识到自己是主人翁,才有担当、慷慨和定力。"流水"最终对自己和"小花"的爱情的认识是:"淡淡交会过各不留下印,但是经历过最温柔共震。"

这让人想起徐志摩的《偶然》:"我是天空里的一片云,偶尔投影在你的波心。你不必讶异,更无须欢喜。在转瞬间消灭了踪影。你我相逢在黑夜的海上,你有你的,我有我的方向。你记得也好,最好你忘掉,在那交会时互放的光亮。"用云和水的比喻来写爱情,可以和《落花流水》中以花、水为喻的爱情故事做个比较阅读,它们其实很像。这样的故事,结尾,或是淡淡交汇过各不留下印,或是永远铭记在那交会时互放的光亮。

"流水很清楚惜花这个责任,真的身份不过送运。"人生的旅途,爱情的旅途,我们就这样相互护送或长或短的一程又一程。

行李和灯

有旅途当然就有行李啦。港乐中亦把爱情比作行李,这一般是指涉爱情让人感到混乱和沉重的这种特质。比如刘卓辉作词、陈奕迅演唱的经典的《岁月如歌》,歌中唱道:"情感有若行李,仍然沉重待我整理。"比如黄伟文作词、张信哲演唱的《到处留情》,这是一首讲用旅行来治疗情伤的歌。歌中唱道:"手里行李送检,再不过重没有怀念。"是在用手里真实的行李,来暗喻心中情感的行李沉重减轻了。

又比如林夕作词、王菲演唱的《邮差》写道:"拿下了你这感情包袱,或者反而相信爱。""包袱"这个词,也是行李的意思,但更强调了负担、沉重这些特质。这句是说,拿下了情感包袱,感到轻松解脱了。蓦然发现,以前那种有(甜蜜)负担的状态,才是爱的感觉啊,于是不禁怅惘。或者还可以理解为,卸下了情感的心理包袱,不再有占有的执念,不再患得患失,发现还有喜爱和关心,才更加确信自己是爱那个人的。

又比如林夕作词、黄耀明演唱的《身外情》写道:"当这一双脚慢慢离地，拈不走一瞬美慕妒忌。谁又记得起，谁被我欢喜，延续到下一世的你。谁又带得走一块纪念碑？心中挂着什么行李？"有一份铭心刻骨的感情，无法如愿在一起。那么爱他，觉得一辈子都爱不够，想下一辈子继续宠爱他。可是啊，什么都带不走。"纪念碑"这个词，指的是感情的行李中特别郑重而神圣的那一份吧。

林夕作词、陈奕迅演唱的《你的背包》甚至用了整首歌专门写爱情的行李。歌词有点囧，叙事非常私人化，有种日记的感觉，一起笔就写了时间地点："一九九五年我们在机场的车站。"好像回到那个时间地点，谁都能见证这个故事的发生：主人公有次和他深爱的人一起去旅行。主人公知道，这个爱人是留不住的，便想留下一点什么纪念。于是主人公做了一件非常呆萌的事情——借了那个人的背包不还了。然后天天背着那个背包上班。其实我觉得主人公这种借包不还的做法，有点像一种行为艺术。而这个"背包"呢，则像主人公参禅参的一个话头。感情的事，本来就是暂借芳华，很多现代流行歌都有了这种认识。比如林夕在王菲演唱的《暧昧》这首歌词写的："爱或情借来填一晚，终须都归还，无谓多贪。"主人公从那位爱人那里借了一个背包不还，也借了一个情感包袱不还。这个包袱让主人公步履缓慢。有时候他也想问自己："这是何苦呢？为何这样贪？借了为何不舍得还？"

也许，情感的行李、包袱，给我们的旅途带来一些有意义的重量，使我们不必感到这趟旅行太轻飘。

港乐中除了把爱情比作行李、包袱，还把爱情比作旅途中的灯光，这则是强调爱情带来的正能量和启迪。林夕作词、Twins演唱的经典歌曲《风筝与风》，开头就唱道："没有灯，背影怎可上路。如没云，天空都不觉高。我与他若似天生一对多么好。"这是用比兴的笔法来写的——如果没有爱之光的照耀，那么在漆黑的路上走着是多么令人沮丧啊。如果命运没有爱的点缀，那么就像没有云彩的天空那样平淡乏味——没法让人感到它的深邃神秘。还有林夕作词、王菲演唱的经典歌曲《流年》写道："你在我旁边，只打了个照面，五月的晴天，闪了电。"这把初见某某的惊艳，比作一道闪电之光，那么强烈，那么震撼，让人目眩神迷。还有林夕作词,王菲演唱的《只爱陌生人》则表达得更晦涩:"我爱上一道疤痕,我爱上一盏灯,我爱倾听转动的秒针。"连用三个隐喻,"疤痕"指爱情带来的伤痕,"灯"指爱情带来的光明,"转动的秒针"则表达了一种怕爱情随着时间褪变的不安全感。

周耀辉作词、泳儿演唱的《卖火柴的女孩》则用了整首歌写爱是一种光、一种互相擦亮。安徒生的童话《卖火柴的小女孩》讲了一个穷苦而美丽的小女孩在大年夜卖火柴,又冷又饿。于是她擦亮火柴来取暖,在火柴的光里,她看到了美好的幻象,其实是她心中的渴望:温暖的火炉,丰盛的食物,硕大的圣诞树,还有慈祥的奶奶。她拼命燃尽了所有的火柴,看到了最华丽的幻象。第二天,别人却发现她冻死在街头。一个很让人心酸的故事。周耀辉从中得到灵感写了一首情歌。歌中讲的是一个渴望爱的女孩,却太低调,不大和人交流,更不懂和人争抢什么。所以还是孤身赤脚走在寒冷漆黑中。而她心中潜藏的光和暖就像她在闹市中卖的火柴一样,很多人擦肩而过,却擦不出火花:"只有一点光,只有一点爱,谁分享。……如正当一个希冀在燃亮。还要将一撮心意亦燃亮。……看女孩如我,想跟你发光。看女孩如我,想等你路过。"这女孩也如同安徒生童话中的女孩那样在寒夜燃亮希冀。歌中说,若有一个男孩也和她一样情况,不妨诚心靠近。那么他俩或有可能"让暗中的感觉,突然地擦着,多闪烁",而夜晚也将因此显得格外美丽。歌中祈求爱的那种谦逊、诚挚情怀让人动容。

爱如夜里的灯光,好像古人没这样写过,是今人新的领悟。其实除了香港流行歌,印度诗人泰戈尔也写过这个意思,见《吉檀迦利》:"不要让时间在黑暗中度过罢,用你的生命把爱的灯点上罢。"虽然泰戈尔此处所说的"爱",具有更广泛的含义,绝非仅指爱情,但强调"心中要有爱,心中那盏灯要被燃亮,不能昏暗麻木"这一点和我以上举的这些情歌的例子用意类似。是的,无论是爱情、亲情、友情、宗教之爱或是别的什么爱或兴趣爱好,我们心中都需要有爱之光照亮。

散心旅游与归家

港乐中，往往把那种不能终成眷属的爱情比作散心旅游。我想，作这种比喻大概是想劝慰人们，如果一段感情无法终成眷属，那么也应该感恩沿途的风景。这种立意，上面讲过的那首《人来人往》就有写："藏在贴纸相背后，我这苦心开过没有。但试过散心旅游，如何答没有。"虽然一片苦心被辜负，但这一程还是有美好风景的，还是开心过的，不能否认。还有林夕作词、陈奕迅演唱的经典的《十年》："如果对于明天没有要求，牵牵手就像旅游。成千上万个门口，总有一个人要先走。"如果没有对将来的承诺，这样的恋爱也只能视同于旅游了。也不是不美好，但是总有一个人会被别的人、别的事诱惑而先离开，甚至成为别人的家人。在这种关口，又会多么难过啊。

林若宁作词、杨千嬅演唱的《我在桥上看风景》则用了整首专写旅游式的爱情，非常通透的一首歌。很明显，这个歌名的灵感来自于诗人卞之琳的《断章》："你在桥上看风景，看风景的人在楼上看你。"一开头就写道："那行李箱，留不低英国雾里花。"感情包袱，留不住"花非花，雾非雾"的感情。歌中还说，那些美好的风景，不可以定居，也带不走。只能让记忆溶入身体。当然还可以留下照片在纪念册。歌中是这样来形容"旅游式的爱情"中的照片的："镜头对焦，湖光山色也是镜花。……留得起风光照，不可抱紧温泉，风光背后有代价。""镜花"形容出了那种又美丽又虚幻又短暂的感觉。而从"风光照"引申出"风光背后有代价"这层意思也极妙。这些照片看上去很美，可以晒出来炫耀，但这些风光背后，却难免有心酸、眼泪、伤痕。歌中还唱道："在宇宙里，当一切在宇宙里昙花一现，铺满了地球。路过遇上，都不过路过遇上，曾相识便够。云雾每次散落我衣袖。转眼春风一吹望见尘埃都没有。从没那个你存在过心境都通透。"所有爱的邂逅，都是昙花一现。昙花，半透明的、清幽的、芬芳的花，如一团月光、白雾，开在夜间，花期只有顷刻。宇宙中，地球上，铺满了这样的昙花一现。相遇过，花开过，就好。离别时，便挥一挥衣袖,不带走一片云彩。春风如扫,霎时间什么都没有,没有尘,没有人,心如清虚的明镜。也许这首歌最能帮人看开那些美丽邂逅之失散吧。

与这种"旅游式的爱情"相对应的就是家。这个家,可以指和父母至亲组成的原生家庭的家,也可以指单身者一个人的小窝,也可以指和爱人新组成的家庭。前面说过的《乘客》这首歌里就提到了,在爱情的旅程中受伤了,就逃回家养伤,逃回原生家庭或一个人的小窝。

"旅游式的爱情",虽然有代价,会留下遗憾、伤感,但有一宗好处是——会显得分外浪漫,一般比那种变成日复一日的日常生活的感情要显得浪漫,它有一种"在异域""不在此处""在别处"的感觉。而这种浪漫美感具有诱惑性和欺骗性。香港流行乐对这一点亦有充分觉知。比如《爱情转移》这首歌唱道:"短暂的总是浪漫,漫长总会不满。"又比如黄伟文作词、陈奕迅演唱的《无人之境》这首写婚外恋的歌曲:"你我像快快乐乐同游在异境,浪漫到一起惹绝症。"是说,结婚了还寻求那种"在别处"的爱情。还有周耀辉作词、卢巧音演唱的《佛洛伊德爱上林夕》唱道:"跟你重复穿梭多一次异域,可多一次乐极。"也是在说,渴望那种突破日常生活沉闷的"在别处"的"旅游式的爱情"。当然,请注意这里并非特指婚外恋。它可以是指婚外恋;也可以是指跟爱人重温曾经的浪漫;也可以是指跟爱人外出旅行找回浪漫感;也可以是指,开始一段新的恋情。而当这种"在别处"的"旅游式的爱情"与"在此处"的日常生活碰撞时,往往会显出那种美的脆弱性。

浮云游子意

　　爱情是人们的追求,但并不是唯一的追求。所以在一些十字路口,人们不得不做出抉择:是留下来陪伴爱人,还是继续出发。理想、金钱、更多的阅历、另一种生活方式,都是促使人们继续出发的动力。这种离别有可能只是空间距离上的远离,也可能意味着恋爱关系的断裂。而选择离开的游子,和留下来的故人,难免产生种种恩怨。

你的飞扬,我的离愁

　　诗仙李白在《送友人》一诗留下了千古名句:"浮云游子意,落日故人情。"即将远行的友人踪迹像云那样漂泊不定,大概内心也憧憬着未知的远方;而为他送行的自己心里则像落日那样充满低沉厚重的离思。"浮云"是个轻盈、飞动的意象,"落日"是个滞重、下坠的意象。"浮云"和"落日"这两个比喻,十分有洞察力、概括力地摹写了将要远行之人和送行之人各自的心境。当然,诗人的用意不在强调二者心境的区别,而是重在描写人世间的别离之状。虽是写友情,爱情也同理。许多写送别的诗歌都印证了李白这句诗的概括力。元稹的《古决绝词》写道:"我自顾悠悠而若云。"在人生的一个关键路口,他在犹豫要不要和爱人分手。于是用浮云来比喻自己挣扎而漂移不定的心意。

南朝梁简文帝萧纲的《春江曲》立意也与"落日浮云"之喻相似："客行只念路,相争度京口。谁知堤上人,拭泪空摇手。"游子只顾着赶路,争先恐后地在渡口坐船离开。可是堤上的人,一边流泪一边挥手。这是写女人为情郎或丈夫送别的场景。"客行只念路,相争度京口"讲的是"浮云游子意"。"谁知堤上人,拭泪空摇手"讲的是"落日故人情"。

五代词人孙光宪的《上行杯》也有咏叹过游子和故人的心境区别："离棹逡巡欲动,临极浦,故人相送。去住心情知不共。全船满捧。绮罗愁,丝管咽。回别,帆影灭,江浪如雪。"船就要开动了。故人在渡口相送。她很明白,离开的人和送行心情是不一样的。满捧着酒杯为他饯行。她满怀愁绪,吹奏的音乐也分外悲咽。这就告别了。他的帆影消失在天际,只有江浪翻涌如雪。"去住心情知不共"这句对人情世故也极富洞察力、概括力。"去住心情"有何不同呢?其实就是"浮云游子意,落日故人情"的意思,但没有点破,耐人品味。

柳永的《采莲令》也写过类似的:"一叶兰舟,便恁急桨凌波去。贪行色、岂知离绪。万般方寸,但饮恨、脉脉同谁语。"渡口送别,游子急着离去,留下的故人则有千回百转的离愁。

法国哲学家罗兰·巴特在《恋人絮语》的《远方的情人》这一节写道:"许多小调、乐曲、歌谣都是咏叹情人的远离。……而远离是就对方而言,对方离开了,我留下了。……思念远离的情人是单向的,总是通过呆在原地的那一方显示出来,而不是离开的那一方。"这些结论可以和上述诗词相印证。如果罗兰·巴特读过李白的"浮云游子意,落日故人情",读过孙光宪的"去住心情知不共",他应该会佩服这些中国诗人用这么精简的语言概括了他所展开阐述的意思。

罗兰·巴特的这一节文字还暗示离开和留下未必是发生在物理空间意义的,也包括抽象意义的感情"在场"和"不在场"。他举了《少年维特之烦恼》中维特的例子,说维特的生活中并没有发生"情人远离"这一场景,但在抽象意义上符合这种情形。指出这一点非常重要。

我们来看周杰伦作词作曲并演唱的台湾歌曲《安静》里的一句:"你

已经远远离开,我也会慢慢走开。"很容易看出,这里所说的"离开"和"走开"不是指从一个渡头、车站、房子离开走开,而是指从抽象的感情中离开、走开。

我们可以观察到一个有趣的现象,古典诗词中写的恋人的分离常常写的是其中一方在物理空间上的离开,是具体意义的离开。现代情歌写的恋人的分离绝大多数是源于恋人中的一方不再沉浸于这份爱了,提出结束恋爱关系,是抽象意义的离开。在这两种情况下,正如罗兰·巴特所言,留下的那方往往都是离愁和思念更多的。

也拟待却回征辔,又争奈已成行计

"浮云游子意""客行只念路""贪行色岂知离绪"这些例子暗示(故人认为)游子没有什么离愁,只向往远方。但柳永的《忆帝京》却写出了游子的离愁与内心挣扎:"薄衾小枕凉天气。乍觉别离滋味。展转数寒更,起了还重睡。毕竟不成眠,一夜长如岁。 也拟待、却回征辔。又争奈、已成行计。万种思量,多方开解,只恁寂寞厌厌地。系我一生心,负你千行泪。"薄薄的被子,凉意侵袭。刚刚才感到别离的滋味。在床上翻来覆去数着钟点。一会儿起来一会儿又躺下。怎么样都睡不着。一个晚上,漫长得就像一年。也打算停下征程,留在这里。但无奈已经决定出发。有很多留恋和考虑,不断自我开解,却仍然感到寂寞和闷闷不乐。哎,我将一辈子为你牵挂,辜负你为我流那么多眼泪!

古典诗词一般喜欢用景语写情语,让情绪从中隐隐透出来,极少用很长的篇幅直接作心理描写。而这首词纯用白描手法细致地呈现出游子彷徨在去留之间的矛盾心理,算是比较特别的写法。用语俗而不俚。写得很到位、很经典。主人公知道离开会让爱人非常难过,自己其实也很难过。但再难过也毅然决定离开,去奔赴远方的召唤。哪怕觉得会一辈子为这姑娘牵挂,也决定做一个负心人。也许古今很多决定向爱人辞行的多情游子都能从这首词中找到共鸣。

周耀辉作词、黄耀明演唱的《一个人在途上》可以视为柳永《忆帝京》的现代版。《一个人在途上》是我心目中写游子的最佳情歌,写法比《忆帝京》更加精致透彻。

歌中唱道:"当一切消失了以后我怀念你,当从头开始的时候要抛弃你。是因为我害怕再一次见到你,徒然想起了我自己。想念不想念之间,一个人一个世界。"这和柳永的"也拟待却回征辔,又争奈已成行计"讲的是同样的意思。但柳永的那句表述得更为客套。《一个人在途上》出于一种内省的诚实,对抒情做了克制:"无论我多怀念你,如果再给我一次选择的机会,我还是会离开。我必须对这一点保持清醒和诚实。如果留下来陪着你,我就无法成为我自己。这会让我充满沮丧、不安和无力感,觉得自己体内有什么珍贵的萌芽在渐渐死掉,多少柔情蜜意都弥补不了。所以我必须克制自己的软弱依赖,再次独自出发,听从内心声音的召唤,去探索自己的形状。我的心,一半留给了你,一半留给了未知的远方。其实每个人本质上都是'一个人在途上',都是'一个人一个世界',都有别人无法了解和爱莫能助的部分。你能够明白这一点吗?"我不禁想起《简·芳达回忆录》的一句话:"只有在独处时,我才能听到来自内心的声音。知道这声音将带我去向何方。"

之所以说《一个人在途上》比《忆帝京》深刻,是因为它写的孤独不仅仅是没人陪的寂寞,还有对"每个人都是独特而孤立的存在"这一点的觉知,同时认识到自己也是主动在寻求独处。这是分属三个层面的孤独。

《忆帝京》用"系我一生心,负你千行泪"来写分离之后两人情感的牵缠,非常经典。游子对那位故人,既有深深的愧疚,也有郑重的情谊。"一生心"和"千行泪"足见这份感情分量之重。《一个人在途上》也写了分离之后的牵缠:"头发在我后面飞扬,飞扬也始终在纠缠。纠缠的总看不见,不见却永远不散。""飞扬的头发"象征着洒脱、自由以及个性的张扬。"纠缠"这个词则象征情感的牵绊。即使爱情已成往事,甚至有可能不会再见,但这份感情却留下了一些很重要的东西,深深交织进生命中。"不见却永远不散"也是写深厚缘分的妙语。

《一个人在途上》也擅长运用意象:"夕阳在我后面低沉,低沉的红色染我身。我身后是我一生的红尘。"给了夕阳一个特写镜头,造境开阔而凝重,很美。这夕阳,是"落日故人情"。游子的背影浸在里面,感到一种温暖的、深厚的、沉甸甸的情绪。一刹间,甚至要被淹没。在这种氛围中,游子展开一生的回忆。《忆帝京》讲的是一次具体的别离。《一个人在途上》则用抽象的方式写尽游子的整体生命历程。

也是力量,也是牵绊

林一峰是个特别喜欢旅行的歌手,他的歌中也常常体现游子情结。《游子意》是他的一首代表作,不仅歌名用了李白诗句的典故,歌中还用了整句诗:"一站一站浮云游子意,一段一段落日故人情。一点一滴也是力量,也是牵绊。不是别人,都是自己。"可见林一峰也认为,李白那句是写游子的最经典诗句。后面的阐发也极棒。这一段一段的情谊,带给他帮助和鼓舞,使他更有力量继续前行。也让他低徊流连,展露脆弱。游子渐渐明白,这一切最终不是关于别人的什么,而是自己的成长和领悟。

这首歌结尾的英文部分蛮有意思,翻译出来是这样的:"天上的星辰带着我飞翔,我穿梭过冰与火的大地,我航行过爱的海洋。但过了一会儿,我又开始想念你眼中的巴黎。一次又一次的,我想念你眼中的巴黎。"

"你眼中的巴黎"(Paris in Your Eyes)是有典故的,《Paris in Your Eyes》是一首美国歌曲,林一峰翻唱过。这首歌讲的是:和一个人遇见并相爱,在那个人眼中仿佛看见了巴黎。这份爱情有一种叛逆的、清鲜的、真正使人激动的气息。这份爱情仿佛是主人公关于远方的渴望。后来那个人和主人公说分手,再次各自踏上旅程。

林一峰写的"我想念你眼中的巴黎"应该指的是想念那位爱人带来的那种爱情气息,那种气息永远提醒着他不要忘记远方,不要变得麻木,要鲜活地活着。

林一峰还有一首写游子情怀的歌曲很值得一听,是他作词作曲并演唱的《离开是为了回来》。这首歌讲的是游子即将乘上飞机再次出发时的所思所感。歌中唱道:"如爱上一个人,一起上路,才骤觉尚有一些心野。……如放弃一个人,孤身上路,才骤觉尚有一些心软。"这也是柳永"也拟待却回征辔,又争奈已成行计"的现代版。"心野"又"心软",也是对游子心态的精准概括。歌中对游子的离愁也描写得非常细腻:"忙着让伤口尽快风干,沿路风光没心机细看。明明是太软弱,偏装作硬朗。"游子这样决然离开,故人想必怨他薄情。游子没有为自己辩解,可他踏上新的征程时,并非意气风发,而是在默默疗伤。"装作硬朗"的描写令人莞尔,也让人心底柔软。歌中唱道:"遗憾若是放不下,仍可学习去感激得到过的。"这一句无论对于游子,还是故人,都非常治愈吧。歌中唱道:"我离别你全为太专心爱,怕忘掉了世间的色彩。"这一句解释了主人公离开的原因,也大概是很多游子选择在路上的原因。歌的开头结尾都说:"朋友都轻松奉上祝福,旅途愉快。"让人感到很温暖。这首歌的基调阳光、轻松、纤细、柔软。听这样的歌曲,可以减轻离别的沉重感。

横刀立马的女游子

从古到今,诗歌中写的游子,一般都为男性。这些男游子,四海为家,也到处留情。而女子一般则扮演留在原地相思和等待的故人。唐代诗人孟郊的《车遥遥》写道:"丈夫四方志,女子安可留。"就突出了游子一般为男性这个特点。不能把古代男人喜欢做游子简单解释为男性贪玩、对家庭不负责任。他们选择在路上,不仅是为了游玩,更是为了增广见闻,为了考取功名,为了给家庭挣取经济基础。而且,在路上并不只是风花雪月的享受,更有很多艰难困苦。

现代情歌中,还出现了女游子的身影。林振强作词、林忆莲演唱的《野花》就是一首写女游子的歌。女主人公把自己比作一朵风中的野花:"谁能忘怀晨雾中,有你吻着半醒的身。……然而从没根的我必须去。抬头前行吧,请你。尽管他朝必然想你。来年和来月,请你尽淡忘,曾共风中一野花躺过,曾共风中一个她恋过。""晨雾"那句朦胧唯美。女主人公说,让我独自承担离别和想念的忧愁就好,你不如忘了我,大步向前走。用意极温柔敦厚。这首歌很好地展现了林忆莲缥缈动人的嗓音特点。

内地歌手陈粒的《历历万乡》也是一首写女游子的歌,陈南西写的歌词太帅了:"她住在七月的洪流上,天台倾倒理想一万丈。她午睡在北风仓皇途经的芦苇荡,她梦中的草原白茫茫。……她想要的不多,只是和别人不一样。……相逢太短不等茶水凉,你扔下的习惯还顽强活在我身上。……单薄语言能否传达我所有的牵挂。……夕阳燃烧离别多少场。她向陌生人解说陌生人的风光。"

《历历万乡》的风格刚好和《野花》是相反的。林忆莲把《野花》唱得优柔、虚幻,陈粒却把《历历万乡》唱得粗犷、结实。《野花》带给人的形象感是一个纤纤弱质的女子,让人想疼惜又难以捉摸。《历历万乡》里则是一个横刀立马的女汉子的形象,仿佛随时会出现在某个古镇的小店,温二两黄酒和陌生人侃大山,而就算遇到几个小毛贼也绝对不是她的对手。《野花》注重写在感情上的不安定。《历历万乡》则带着理想主义,有种渴望踏遍历历万乡的气魄,虽有柔情元素但仍以豪情为主。

离开是为了回来

游子在外面漂泊,也许终想停留在一个最让他心甘情愿的家。《简·方达回忆录》里有这样一句话:"我可能先离开,然后才能找到满足,离开然后又回来,我就能在家中得到满足。"印度诗人泰戈尔也有格言:"旅客要在每个生人门前敲扣,才能找到自己的家门。"当然泰戈尔所说的"自己的家门"更加抽象。并非指一份让人甘愿停留的感情,而是讲通过在外探索,才能逐渐发现自己,明白自己的皈依和趋向。

好些写游子的流行歌也都提到了家、回归这些概念。比如前面讲到的林一峰的《离开是为了回来》,歌中的游子暂时还不想在爱情中停留,还想继续探索世界,但他声称:"离开是为了回来。"还有前面讲到的内地歌曲《历历万乡》也唱道:"踏遍万水千山总有一地故乡。"还有内地歌手马頔作词作曲并演唱的《孤鸟的歌》:"越过翻腾的山梁,飞过高耸的海洋。……总有一天,我会变成一只不再垂涎自由的鸟,在你的笼子里陪着你衰老。"这都是一种往而必复的悟性。

曾经沧海难为水

　　若论元稹最著名的诗,当然要数那首《离思》:"曾经沧海难为水,除却巫山不是云。取次花丛懒回顾,半缘修道半缘君。"曾经经历过沧海那样深广的感情,其他的江河就都会让他觉得没什么大不了的了;曾经游历过巫山幻云缭绕的梦境,就觉得其他的云没什么好看的了。失去了你,我对谈情说爱都没什么兴趣了。这一半是因为我修出世间法,欲心淡了,一半是因为那么特别的你啊。也许,"曾经沧海难为水"这句诗之所以值得重视,除了它写得动人,还因为它表述了一个关于爱情的至关重要的命题:爱情中存不存在独特的爱、最爱、永远的爱、唯一的爱、确定性的爱? 这是个历来被争论不休的问题。

元稹的"曾经沧海"

　　讨论"曾经沧海"这个命题,我们不妨先考察《离思》这首诗本身的写作背景及元稹自己的恋爱经历。一般的说法是,这首诗是元稹怀念妻子韦丛之作。其实我也希望这首诗是写给韦丛的,但我不得不认为,这首诗明显是元稹写给结婚之前的恋人崔莺莺的(元稹和崔莺莺的恋情请参《决绝词》这一章,此章不再解释故事背景)。元稹另一首诗《梦游春七十韵》即是证据,此诗兼写崔莺莺、韦丛,对二女都流露出很深的感情。其中写莺莺的部分才与这首《离思》的意思相符合:"梦魂良易惊,灵境难久寓。夜夜望天河,无由重沿溯。结念心所期,返如禅顿悟。觉来八九年,不向花回顾。……我到看花时,但作怀仙句。浮生转经历,道性尤坚固。近作梦仙诗,亦知劳肺腑。"从这些诗句可知,莺莺对元稹而言,就是一个美丽而短暂的梦境。和莺莺分手之后,元稹日夜思念她,并似乎从中获得了某种禅悟。八九年的时间里,他丝毫没有寻花问柳之心,看到那些女孩,只会让他越发怀念莺莺。这番如梦幻泡影的经历让元稹修出世间法的决心更加坚定了。后来元稹为莺莺魂梦牵萦,为莺莺写诗,也自知只是一番徒劳。"觉来八九年,不向花回顾。……浮生转经历,道性尤坚固。"这些句子与"取次花丛懒回顾,半缘修道半缘君"几乎同义。两相对照,《离思》的感慨为莺莺而发无疑。

"曾经沧海难为水,除却巫山不是云"这句诗虽然让很多人非常感动。但这诗无论是算作写给莺莺的,还是算作写给韦丛的,结合元稹真实的情感经历(他结婚好几年后亦有喜欢别的女子),都会让大家觉得很矛盾,不知如何理解去调和这种矛盾。

我觉得倒不妨采取这样一种观点:因为古代的女性太过弱势。所以人们普遍同情感情上被辜负的女孩,因此觉得元稹这个大渣男为莺莺写"曾经沧海难为水,除却巫山不是云"太假了。但如果我们把他们视作平等的,也不谈谁对谁负责这个问题,只论恋爱带来的心灵冲击的强度,那么"曾经沧海难为水,除却巫山不是云"这番感慨也有可能是比较真诚的。当然,从当时社会的性别观念来说,良家妇女的贞洁还是很被看重的,而男性则拥有相当的性自由。于是被元稹哄上床的莺莺相对元稹来说还是非常弱势的。莺莺完全靠她的应对之佳拯救了局面,使她和元稹显得平等,使故事显得只是自由恋爱没有修成正果而已。

《莺莺传》对莺莺的为人做了颇为细致的描写:她极其具有浪漫的情怀和天赋,对元稹的感情非常真挚热烈,甚至不顾礼教做出私荐枕席之举。她既谦卑又骄傲,并不因为和元稹有过肌肤之亲而容许他一味乱来。她也有极其理性、稳重的一面,无论这段感情发生什么变故都能镇静应对。在分手的过程中，她善解人意、温柔敦厚但当断则断、绝不纠缠，绝不做破坏美感和伤人伤己之事，哪怕再难过她都能做到这些。对于一个古代女孩来讲，这真是太不简单了。

《莺莺传》里还有一番对她个性的集中赞誉："大略崔之出人者，艺必穷极，而貌若不知；言则敏辩，而寡欲酬对；待张之意甚厚，而未尝以词继之。"莺莺在她所习的技艺上，一定要去到登峰造极，但却从不炫耀，就好像她并不懂一样；她的口才非常厉害，但平时却懒得和人说话；她非常钟爱关心元稹，但渐渐感觉到对方是存心轻薄，也就懒得回复他的挑逗了。这些都是优秀、罕见的人格素质。

也许正是莺莺美丽的外表再加这些独特的综合素质，给元稹留下了其他女性无法超越的深刻印象。不过，莺莺是不是元稹的"曾经沧海"，只有他自己知道。

东方古典的曾经沧海

那种"曾经沧海难为水"的感情，其实早在《诗经》就已经被写过。

比如《诗经·唐风·羔裘》："岂无他人，维子之故。……岂无他人，维子之好。"难道没有别人可以选择吗？而你就是我不爱别人的理由。难道没有别人可以选择吗？只因你是那样美好。

又比如《诗经·郑风·出其东门》写道："出其东门，有女如云。虽则如云，匪我思存。缟衣綦巾，聊乐我员。"走出东门，美丽的女孩子多不胜数。虽然那么多美女，却不是我心中想的那一个。只有那白衣青巾的女孩，让我感到衷心的快乐。"虽则如云，匪我思存"可视作"曾经沧海难为水，除却巫山不是云"的前身。

还比如《诗经·郑风·叔于田》："叔于田，巷无居人。岂无居人，不如叔也，洵美且仁。"亲爱的，当你去打猎时，我便觉得街巷空空荡荡的，一个人都没有。哪里是没有人，只是他们都不如你，只有你是如此俊美而善良。这首诗用夸张的笔法写出了女主人公心目中爱的唯一性。以至于，眼中只有那个人，当一切别人都是透明的。

还有南北朝的乐府诗《华山畿》："奈何许，天下人何限，慊慊只为汝。"有什么办法呢？天下那么多人，只有你让我那么牵肠挂肚。

还有南北朝诗人沈约的《效古诗》："岂云无我匹，寸心终不移。"哪里是找不到新的伴侣，只是我对你的心永远不会移改。这首诗和《出其东门》是古典诗词中少见的男人对女人表示专一忠贞的作品，值得注意。

这些都是关于你是我"独特唯一的最爱"的经典表达，意思非常简单纯朴。

现代版的曾经沧海

其实现代流行文化中的爱情叙事中，也不乏关于"曾经沧海"的经典表述。

2010 年的美国电影《怦然心动》有句台词被很多人赞叹援引："总有一天你会遇到一个彩虹般绚丽的人，当你遇到这个人，其他人都只是浮云而已。"还有 2014 年内地热播的一部偶像剧《何以笙箫默》，里面有句台词也是被广为传颂："如果世界上那个人曾出现过，那么其他人都会变成将就。"

现代流行歌也写到这种"曾经沧海"的感情。比如港乐中，林夕作词、张国荣演唱的《怪你过分美丽》："一想起你如此精细，其他的一切，没一种矜贵。"主人公觉得那个美人在他心目中的地位无可比拟。台湾歌曲中，方忭作词、邓丽君演唱的《我的心里只有你没有他》，歌名就表白了爱情的专一。

有三首咏叹"曾经沧海"的港乐比较特别，写的是主人公分手后仍然认定这份爱深刻独特，能够永存。这三首歌是：林振强作词、张国荣演唱的《春夏秋冬》；林振强作词、张学友演唱的《爱是永恒》；林夕作词、黄耀明演唱的《永恒》。

《春夏秋冬》讲的是，主人公和一个深爱的人不能终成眷属，但这份爱开启了他、点亮了他，从没有别人给他这么深的触动。他觉得这份爱让他看到了某种确定性,能够永驻心中:"能同途偶遇在这星球上,燃亮飘渺人生,我多么够运。无人如你逗留思潮上,从没再疑问。这个世界好得很。能同途偶遇在这星球上,是某种缘分,我多么庆幸。如离别,你亦长处心灵上。宁愿有遗憾,亦愿和你远亦近。"此处对于情感的论述新颖、深挚、深刻。主人公的这段短暂恋情竟然足以让他一改悲观,哪怕人生飘渺无常,仍然认定世界很美好,可见这个爱人在他心中起到了多么强有力的支撑作用。

这首歌分春、夏、秋、冬来写对那位爱人的怀念。遣词造句温柔至极,张国荣的嗓音唱功也完美诠释了这种温柔。一般来说,秋、冬会带给人衰飒、寒冷之感,但歌中描写的这份感情仿佛给这两个季节也注入了美好、温暖、光明、积极。是的,什么样的天气彼此都不许沮丧。

你看歌中是采取怎样的写法把秋、冬两季的衰飒基调扭转过来的:"秋天该很好,你若尚在场。秋风即使带凉,亦漂亮。深秋中的你填密我梦想。就像落叶飞,轻敲我窗。冬天该很好,你若尚在场。冬天多灰,我们亦放亮。一起坐坐谈谈来日动向,漠视外间低温这样唱。"而到了春夏这两个季节呢? 这份感情则显得更加灿烂、旖旎。歌中是这样写夏天的:"暑天该很好,你若尚在场。火一般的太阳在脸上,烧得肌肤如情,痕极又痒。滴着汗的一双这样唱。"夏天带来的感受就如同这份感情的灼热难耐。大家可能注意到一个有趣的地方,这首词的季节是按秋、冬、夏、春的顺序写的,而非按正常的季节轮转的顺序写的。为何要把春天放在最后写呢? 因为春天是一个充满希望的季节,是这首歌里精心描写的最美的一帧图画,要留到最后。歌中写道:"春天该很好,你若尚在场。春风仿佛爱情在蕴酿。初春中的你撩动我幻想,就像嫩绿草使春雨香。"想起了最初,定格在最初:一切都那么轻柔、鲜嫩、梦幻、芬芳,余味隽永。

张学友唱的《爱是永恒》与张国荣《春夏秋冬》似是姊妹篇。也是对这种不能在一起却刻骨铭心的爱做无尽的咏叹。主人公认为,这份爱虽然没有契约,却永远存在。这首歌的抒情方式是壮丽的:"有着我便有着你,真爱是永不死。穿过喜和悲,跨过生和死。"也有写的极细腻温存的地方:"其实你没有别离,在我心湖中。每掠过也似风撩动,令这湖上无尽爱浪涌。"这番描写真是让人心都化了。歌中这样诠释爱的永恒:"爱是永恒当所爱是你。"虽然分手了,这份爱却能永存,是因为你真的很特别,让我看到了这种确定性。

如果说《春夏秋冬》《爱是永恒》咏唱的"曾经沧海"浪漫从此,那么《永恒》咏唱的"曾经沧海"则充满痛苦辛酸:"道别你令我从此信念都改变,亦令我自觉我们不会变。……陌路人极多,若是能着魔,但愿仍像当初你我,灼得干恒河。……但是无什么漫长过当天痛楚。任何伴都是同样,任何幸福都寄生于你痛痒,随我们短促一生增长。"主人公和这位爱人分手痛苦到几乎是生命不可承受之重,但他仍然认为他们之间的情谊从某种层面来讲永远不变,哪怕两人都再有别的恋情也不会改变。我觉得,《永恒》的基调稍嫌阴郁沉重了些,有一种令人生畏的疯魔执念,还是《爱是永恒》和《春夏秋冬》比较阳光可喜。

因为懂得,所以深刻

黄耀明演唱的那首《永恒》对这份爱为何永恒做出了一点解释:"自问再没法有人更懂欣赏你,日后血液里渗着你的美。"内地歌手马頔作词并演唱的那首《南山南》也有类似的表达:"他说你任何为人称道的美丽,不及他第一次遇见你。"主人公说自己才是最懂欣赏她的美的人。我认为,《永恒》《南山南》所说的那人的美,关乎色相,但绝不仅仅关乎色相。《南山南》中也强调了,二人之间存在一种特殊而深刻的互相理解,犹如别人无法介入的孤岛。这个道理,就如同宋代大诗人黄庭坚在《赣上食莲有感》写的:"食莲谁不甘,知味良独少。"有一些事物,谁都知道是美好的,但真正能够食髓知味的人并不多。识人和食莲差不多:懂得、知味,才构成一种深刻而特殊的缘分。苏轼《题文与可墨竹》有一句讲的也是这个意思:"举世知珍之,赏会独子最。"

流行歌中还有一些关于"知味"的表述,或深或浅的,收集起来列在这里。比如黄佳添作词、Twins演唱的那首经典的《死性不改》:"无奈

313

你最够刺激我,凡事也治到我。"林夕作词、黄耀明演唱的《花非花》:"是你花粉般感染着我。"还有林夕作词、谢霆锋作曲、王菲演唱的经典的《迷魂记》:"别要我吃出滋味,愉快得知觉麻痹。……怕什么怕习惯豁出去爱上他人。……但却不知道如何死里逃生。"这讲的都是"知味",或者说两人间某种微妙的敏感。不过这样的爱情如果分手,结果有可能是《迷魂记》写的那种"死里逃生"般的痛苦。而这样"知味"的感情,就很容易成为"曾经沧海",和之前之后两人有否别的爱人并无太大关系。

法国哲学家萨特和波伏娃的爱情亦能很好地佐证这一点:萨特和波伏娃既不是夫妻,也不算是一般意义的情人关系,但他们却是公认的终生伴侣。波伏娃从小就是个智力超群的女孩子。她21岁时通过了法国的哲学教授资格考试,并取得了第二名的好成绩,第一名是萨特。当波伏娃遇到萨特,她第一次感到遇到一个罕见的具有和她一样智力的天才。她觉得他就是她从15岁起就向往的那种伙伴。她说:"从他身上我发现了足以使我的热情上升到白热化程度的东西。……我知道他再也不会走出我的生活。"请注意"热情上升到白热化程度"这一表达和《永恒》这首歌里说的"灼得干恒河""着魔"这些形容的相似之处。而且她感到的这种激情,不是被一时冲昏了头脑,而是出于一个深刻敏感的灵魂对另一个同样深刻敏感的灵魂的精准辨认——他们应该是彼此的第一知己。所以,初见之时,她就知道这份感情是确定的、永恒的,后来时间证明的确如此。

他俩曾订立一个著名的爱情契约:他俩的关系是有确定性的,最重要的爱情,但他们各自还可以自由体验偶然的爱情。这个把爱划分为"有确定性的爱"和"偶然的爱"的恋爱理论后来遭到了波伏娃一位情人的大肆嘲笑。

必须指出的是,这一段看似很酷很平等的关系实际上也并不完美。这个契约是萨特首先提出来的,而萨特也明显在这种关系中更如鱼得水,他简直花心得要命。波伏娃则时常在这种关系中感到不自在,且有好几次她都以为要彻底失去萨特了。萨特生病了波伏娃会照顾他,但波伏娃生病了萨特却不会照顾她——萨特还是比波伏娃自私。而且他们之间的身体关系只持续了短短几年,波伏娃便不肯了。理由是,如果她和萨特有身体的关系,那么萨特的风流会让她感到更难受;但如果他俩之间没有身体关系,那么波伏娃对萨特和别的女人的那些关系倒比较容易接受——这是一种很微妙的心理。但波伏娃自己其实也不想黏在萨特身边,她曾刻意选择数年不在萨特身边,以保持自己独立地去接触这个世界。看起来萨特在这份感情中更占便宜,波伏娃更吃亏。但萨特却因放纵而导致身体虚弱,最后的日子还是波伏娃以及他的另一个情人共同照料他。波伏娃身体却相对较好。无论有什么恩怨,他们彼此终究是相爱的。

讲了一个女人对男人痴心的例子,再讲一个男人对女人痴心的例子。爱尔兰诗人叶芝爱了一位美丽的女演员兼著名的民族主义者毛德·岗一辈子。他给她写了好多诗,包括那首著名的《当你老了》:"多少人曾爱你青春欢畅的时辰,爱慕你的美丽,假意或真心。只有一个人爱你那朝圣者的灵魂。"虽然哪怕毛德·岗婚姻出现波折时都不肯接受叶芝,但叶芝对她却痴心不改。毛德·岗也因为她的外在美和内在美而成为叶芝的"曾经沧海难为水"。不过很囧的是,50来岁的叶芝第 N次向毛德·岗求婚失败后,还曾试着向毛德·岗的女儿求婚,当然更是被拒绝了。之后叶芝就和别的女人结婚了。

萨特和波伏娃,叶芝和毛德·岗的例子都证明的确有那种经得起聚散考验的"曾经沧海"的感情。其实这样的感情往往不是"遇到"的,而是首先源自当事人是什么样的人,对方是什么样的人,以及他们之间的"知味"。也源自双方相遇的样子与初心,以及他们的成长,当事人自己心灵有某种特殊而坚韧的禀赋,才能让触动这些禀赋的某些感情凝结不散,否则这些感情早就在时间中风化了。还源自当事人所爱之人身上的某种珍贵的东西,未被时间磨蚀,反而愈发砥砺成熟,一回头,还是像初见那样让人心中一凛;或者是,和后来的样子无关,只是最初的印象太过强烈炫目,以至于别的人都很难盖过。

在莎士比亚的名著《罗密欧与朱丽叶》中,在罗密欧与朱丽叶发生那段双双殉情的凄美生死恋之前,罗密欧其实曾爱过一个叫罗瑟琳的美人,但罗瑟琳不爱他。罗密欧曾用怎样的语言去形容罗瑟琳在他心目中的地位呢?当罗密欧的朋友告诉罗密欧,罗瑟琳其实很普通。但罗密欧回答道:"要是我的虔诚的眼睛会相信这种谬误的幻象,那么让眼泪变成火焰,把这一双罪状昭著的异教邪徒烧成灰烬吧。"也是把罗瑟琳当成了"曾经沧海",甚至把这份痴情推至为宗教信仰般的高度。后来呢?他还不是马上又被朱丽叶的魅力打败了,心里就没有什么罗瑟琳了。这也很自然,因为他跟罗瑟琳之间其实也并无什么特别的,所以一时情欲的冲动过去了也就罢了。这说明很多的"曾经沧海"只不过是误以为,这跟"波伏娃见到萨特就认定'我知道他再也走不出我的生活',然后结果的确如此"对比很有意思。可证我所说的,"曾经沧海"往往会关涉双方各是什么样的人以及他们之间的"知味"程度。

元稹说莺莺是"曾经沧海",会不会是罗密欧对罗瑟琳那样,只是一时冲动的夸张之词?我们不得而知。但他俩之间的羁绊,毕竟没有萨特和波伏娃那样深。若再要举例,海德格尔和汉娜·阿伦特的爱情,肖邦和乔治·桑的爱情,也类似萨特和波伏娃那样。这三对恋人"知味"的爱情,可以借用宋代诗人张炜的《买剑》的诗句来形容:"物虽有价瑶无价,瑶逢识者逾精鲜。"一切都有价,只有青瑶宝剑是无价的,青瑶宝剑只有遇到真正识货的人才能愈发显露锋芒、发挥威力。那些非凡的人物,只有遇到与他们相当、相契的人,才能愈发淬历彼此。

总之,"曾经沧海难为水"这种感情,不是刻意封赠、刻意保持的。它成为那样,就成为那样;不成为那样,就不成为那样。它有可能简单,有可能复杂。它既有"情不知所起,一往而深"的成分,或许也有充分"知味"的成分。它有可能使当事人不愿再接受其他的恋情,也有可能使这段情谊经得起其他恋情的侵蚀。

试问于谁分最多

我认为"曾经沧海"意味着很深刻的感情,但有时未必意味着"最爱"，因为"最爱"这个概念太绝对化了。

不如拿柳如是的感情为例。陈子龙大概可算柳如是的"曾经沧海"。这一对顶尖的才子才女曾有一段短暂的同居岁月，非常恩爱甜蜜。但他们注定不能终成眷属：陈子龙风流成性，除早已家有妻妾之外，和柳如是交往期间还在物色美女为妾；柳如是身份为风尘女子，陈子龙的家庭只允许他娶良家妇女；陈子龙的女性观非常传统保守，柳如是性格放诞，他消受不起；柳如是在恋爱上要求平等尊重，陈子龙给不了她。

陈子龙之后，柳如是又遇到了另一片"沧海"——钱谦益。钱谦益也是大才子，在家国大义的气节上不如陈子龙，但在爱情上，却给了柳如是更多的专注和尊重——他按照娶原配夫人的礼仪娶她进门。

只能说陈子龙和钱谦益对柳如是来说都是很重要很深刻的感情，都算"曾经沧海"，不必强分深浅。对于有多段恋情的传奇人物，人们历来喜欢八卦谁是他的最爱。但有时候所谓"最爱"，的确只是个八卦问题，不是个真实的生活问题。

谁能凭爱意要富士山私有

有一首林夕作词、陈奕迅演唱的经典歌曲叫《富士山下》。林夕关于这首歌有个著名的"富士山理论":"你喜欢一个人,就像喜欢富士山。你可以看到它,但是不能搬走它。你有什么方法可以移动一座富士山,回答是,你自己走过去。爱情也如此,逛过就已经足够。"而《富士山下》的歌中有一段词可与之共参:"谁都只得那双手靠拥抱亦难任你拥有,要拥有必先懂失去怎接受。曾沿着雪路浪游,为何为好事泪流。谁能凭爱意要富士山私有?"这都是在讲,有些爱情就像风景名胜,只能游览,不能拥有,但这也挺好的。如果有这样的情况发生,那么也应该开心,而不应该伤心。林夕的徒弟林若宁也曾在《曾在桥上看风景》用过《富士山下》的典故:"眼前雪山,难于将它放入我家。正如这感情,溶于身体里面会更潇洒。"

把一份爱情比作富士雪山,可见这份感情在心中之重。不少流行歌抒发过类似的感慨——铭心刻骨的感情无法终成眷属。比如林夕作词、张惠妹演唱的《我最亲爱的》;郑国江作词、张国荣演唱的《最爱》。甚至有些歌还得出"最爱一般都得不到"这种结论。比如林夕作词、杨千嬅演唱的《亦舒说》写道:"即使将他封最爱亦不要恨,一般都得不到。正如亦舒说,做到生子结婚,终须都与较平凡那位至会衬。"亦舒是香港畅销书作家,擅写都市情感小说。亦舒对香港流行歌坛的两大填词人林夕和黄伟文影响都很大,听港乐不可不知这一点。黄伟文的精选集《After ten 黄伟文十年选》就有向亦舒致敬。此处林夕甚至将亦舒的名字写入歌中。

当然啦,也有不少人是跟"最爱"在一起了。我们在这里考量那种"最爱"得不到的情况。(当然,必须指出,"最爱"这种说法本身也值得商榷,说是"某些刻骨铭心的感情"更审慎,但我们姑妄言之吧)为何"最爱"得不到? 这是天忌圆满么? 我们来看一些歌曲里是怎样说的。

求近之心,反成疏远之意

留不住"最爱",或许因为两个人的相处互动存在问题。比如林夕作词、王菲演唱的《我也不想这样》唱道:"不是不明白,太想看清楚,反而让你的面目变得模糊。越在乎的人,越小心安抚,反而连一个吻也留不住。"这首歌不妨和林夕作词,谢霆锋演唱的《最爱之后》一同听。《最爱之后》唱道:"总是太在乎,才会在意。然后太在意,才会不满意。总是爱到底,拥抱不留距离。然后冲突无处回避。总为了叹息而忘了珍惜,总是太刺激忘了感激。……爱到回肠荡气,结局离不开分离。……爱得平心静气,反而能永远在一起。"这两首歌都在说:太在乎彼此,反而在情感关系中增添了不必要的复杂。两个人彼此太刺激对方,于是各种做作,各种折腾,结果容易让关系出问题,彼此容易受伤和疲累。

关于这类情况,其实曹雪芹在《红楼梦》中就已经写得很透彻。比如第五回写道:"(宝玉和黛玉)既熟惯,则更觉亲密;既亲密,则不免一时有求全之毁,不虞之隙。""求全之毁"的意思是指:在关系中追求完美反而导致的伤害和裂痕。"不虞之隙"的意思是指:意外的矛盾和误会。还有第二十九回写道:"(宝玉)故每每或喜或怒,变尽法子暗中试探。……(黛玉)也每用假情试探。因你也将真心真意瞒了起来,只用假意,我也将真心真意瞒了起来,只用假意,如此两假相逢,终有一真。其间琐琐碎碎,难保不有口角之争。……看来两个人原本是一个心,但都多生了枝叶,反弄成两个心了。……如此看来,却都是求近之心,反弄成疏远之意。""求全之毁,不虞之隙""求近之心,反弄成疏远之意"这两句太精辟,也可以用来概括《我也不想这样》《最爱之后》这两首歌。

假如爱上仙鹤或野马

留不住"最爱",还有可能是因为对方是太特别的人。太特别造成非一般的吸引力和深深的眷爱。但太特别也造成变数太多,难以掌控,让人不得不犹疑这样的爱在平凡的日常生活中如何放置,是否宜室宜家,等等。"求全之毁,不虞之隙""求近之心,反成疏远之意"这些特点在这种情况下表现得也往往分外明显。

周耀辉作词、黄耀明演唱的《一千场恋爱》就是谈论这种情况的最经典曲目。主人公觉得人生很沉闷,遇见的人也很沉闷,对他们提不起恋爱的兴趣。歌中唱道:"有太多意中人,太多意中情,全没有意外。"这个文字游戏玩得很好,"意中人"本义是指所爱之人,这里同时暗含另一层意思:"意料之中的人。"主人公其实期待有一个特别一点的人出现。结果真的出现了一个很特别的爱人,让他很惊喜:"但你却不可思议,却使我惊呆,似花再开。愿意将一千场恋爱,换你的一点滴爱。刹那间一千样感慨,极美的一出意外。愿意花一千年光阴,共你爱得天昏地暗。"主人公对这段爱情、这位爱人充满了赞叹。但最后却叹息:"但我知不一样的爱,在爱的掌握以外。"是的,你有可能遇到这样一位爱人,他有独特的禀赋,有丰富的积累。他不必刻意去表现什么,只是他日常的状态、随意的谈吐就已经那么有趣出众。一旦和这样的人相爱了,那么他必不会平平淡淡地擦过你的生命。他会唤醒你生命的活力,带给你绚丽的感受、豁然的领悟,总之是别的千千万万的人都没法给你的东西。你多么想这份爱情能持续到天长地久,但往往却做不到。

比如那些有艺术敏感的人固然能够创造出了不起的艺术品,但倘若这种艺术敏感延伸到日常生活中,有可能会表现为过分敏感、挑剔、多疑、自我、偏执这些特点,造成难以相处。拿一些最特殊的人来举例説明吧。比如肖邦，不世出的音乐天才也。在遇到乔治·桑这位叛逆的女作家之前，他的一大部分潜能都还在沉睡。乔治·桑出现了。他们相爱了。乔治·桑是那样地理解肖邦，犹如肖邦理解他自己一样深透。他们的出现对于彼此都是不可思议的，都是带来一千样感慨和美好，一千种灵感的。他们在一起的日子，是他们两人的创作高峰期。尤其是肖邦，创作出了他那些最光辉灿烂的作品，简直像天鹅在鸣唱。而在这份爱中，乔治·桑是扮演一个耐心的照料者，肖邦则是扮演一个极端任性的角色。同为文艺创作者，乔治·桑显然更具有生活能力，更阳光积极且情商较高；而肖邦却是天才。肖邦是爱人，是天才！这两点就足以让乔治·桑愿意宠坏他。爱一个天才自有代价啊。可是肖邦的过分别扭、敏感终于还是让乔治·桑忍无可忍了，比如他甚至妒忌每一个和乔治·桑接触的男人。同居九年后，他们分手。虽然这份惊艳的爱情没法"花一千年光阴，爱得天昏地暗"，但肖邦在这段恋爱期间所创造出的音乐已然千年不朽。

敏感的肖邦已经很"不好爱"了，像海德格尔、毕加索这种花心成性的天才才更加"不好爱"。不过对方如若真的是让人"愿意将一千场恋爱，换你的一点滴爱"的这种人（未必是有才，或是其他方面有吸引力），那么就算是一段无法长久的恋爱关系，也应该甘心和知足了吧。

肖邦、海德格尔、毕加索这些例子非常典型地说明，特别的人虽然极具魅力，有时却不是好爱人。其实这个道理，清代词人龚自珍的《定庵语》也写过："拟聘云英药杆回。思量一日万徘徊。毕竟尘中容不得。难说。风前挥泪谢鸾媒。 自古畸人多性癖。奇逸。云中仙鹤怎笼来。须信银屏金屋里。一例。琪花不称槛前栽。"我也想娶那个可爱的女孩回来，一天会盼望一万次同时也会犹豫一万次。觉得那个女孩不像是红尘俗世的人啊。所以还是算了吧，就流着眼泪谢绝了这段姻缘。自古以来那些奇人都不好相处。这姑娘犹如云中的仙鹤，阆苑的琪花，怎么可以豢养栽种在家中当宠物和盆景呢？

好玩的是，"云中仙鹤怎笼来""琪花不称槛前栽"这样的表述其实也有现代版，见内地歌手宋冬野作词作曲并演唱的著名歌曲《董小姐》：

"爱上一匹野马,可我的家里没有草原。这让我感到绝望,董小姐。"我们来总结一下,富士山、琪花、仙鹤、野马、肖邦、海德格尔、毕加索和董小姐都"不好爱"。而这些说法似也佐证了林夕在《亦舒说》的那个说法:"做到生子结婚,终须都与较平凡那位至会衬。"但这也并不是绝对的,只是说与这些奇人的姻缘有可能会难一些,双方彼此都需要审慎一些,才有利于幸福。

"最爱"难以留住,除了有可能是相处上的问题和花心的问题,也有可能是双方追求上的分歧。比如其中一方有别的追求要离开,或者双方都有各自的追求所以要互相告辞。蓝奕邦作词作曲并演唱的《你伦敦,我纽约》就写了这种情况:"大家都太渴望爱,却只懂跪拜自由神像。如像双生却朝异向,无幸相依却互欣赏。若此际告别了,唯有夜幕下异地同望那月亮。"这讲的是两个人绝配到犹如双生儿,却都太有个性,太有追求。个性和追求也是让彼此深爱的原因,也是让彼此分开的原因。也许某一天,就奔向不同的方向。虽然分开了又会彼此想念得不得了,但也只能如此了。

等待风景都看透

　　苏东坡在一首《贺新郎》中有名句:"待浮花浪蕊都尽,伴君幽独。"林夕在王菲演唱的《红豆》中亦有名句:"等到风景都看透,也许你会陪我看细水长流。"这两句词颇有异曲同工之妙,讲的都是某种等待,等到了人生的某一阶段,看透那些世事的风景、爱情的风景,便和某人选择相守相伴。不过"幽独"这个词指向一种脱俗的、安静的、隐逸的趣味,而"细水长流"则指向的是琐碎平凡的日常生活。

　　说起来,东坡这首《贺新郎》和林夕这首《红豆》对比起来还挺有意思的。我们先来看这首《贺新郎》:"乳燕飞华屋,悄无人、桐阴转午,晚凉新浴。手弄生绡白团扇,扇手一时似玉。渐困倚、孤眠清熟。帘外谁来推绣户?枉教人梦断瑶台曲,又却是,风敲竹。 石榴半吐红巾蹙,待浮花、浪蕊都尽,伴君幽独。秾艳一枝细看取,芳心千重似束。又恐被、秋风惊绿。若待得君来向此,花前对酒不忍触。共粉泪,两簌簌。"小燕子飞过华美的屋子。没有人来访,只有梧桐树影像大笨钟一样慢慢转着,显示着时辰的流转。傍晚,女主人公洗完澡,在仲夏赢得一段清凉。她闲闲地玩着手中的白团扇,扇手均是如玉一般的莹洁,互相辉映。可惜这一瞥的惊艳却没有观众。她渐渐困倦了,不知不觉睡着了。独睡的梦境清澈安恬。可是恍恍惚惚感到谁推门走进来,好梦惊醒。原来没有人，只是风拂过竹子。她起来去看中庭的石榴花，花半吐而皱缩，就像她未说出口的话和皱着的眉头。春天姹紫嫣红都凋谢了，夏天只剩一片绿荫，还好仍有榴花带给人安慰。也许就像人的感情世界吧，会有很多喧嚷的过客，但那些花言巧语都是多么轻飘，经不起考验。只有一个人会陪你到最后，像榴花一样在严酷的季节里也不离不弃。榴花多么美艳，但它层层紧攒的花瓣仿佛有千重未展开的心事。怕到了秋天，花老花落。如果等到那个人回来，他和她立在花前，温一壶酒聊天。那时候，也许不忍去触碰那花那人，只怕眼泪和榴花会一同簇簇落下。

很美的一首词。苏轼在这首词另有什么寄托且不论，我们仅从字面作情词来解。这讲的似乎是一个痴情的女人等一个浪子回来。希望等他看透了外面的风景和人情，而和她安静低调地相伴到老。

讲了《贺新郎》，现在我们来看《红豆》。《贺新郎》写的是夏景，《红豆》写的是冬景。《红豆》的开头写道："还没好好地感受，雪花绽放的气候。我们一起颤抖，会更明白，什么是温柔。"在冬雪飘降时，那种雪花的清寒与情感的灼热混合成一种分外细腻的感受。而这样梦幻的光阴，总是过得飞快。然后歌中唱道："还没跟你牵着手，走过荒芜的沙丘。可能从此以后，学会珍惜，天长和地久。"如果我们能够牵手走过患难的话，也许从此懂得彼此珍惜，能够天长地久的厮守。歌中唱道："还没为你把红豆，熬成缠绵的伤口，然后一起分享，会更明白，相思的哀愁。"只有等我们互相伤害了，分开了，才会明白，思念是多么让人心痛。虽然古典文化中喻指相思的红豆并非食用的红豆，但此处将二者混用可令人发生这样的联想——煎熬、缠绵、甜蜜、泥泞。歌中唱道："还没好好地感受，醒着亲吻的温柔。可能在我左右，你才追求，孤独的自由。"你的出现就像一场梦，醒来后就已经不见了。也许与我相伴时，你才会格外警惕，怕沉溺在爱情中失去自我，于是选择独自上路去寻求更多的阅历，那么这样也好。歌中唱道："有时候，有时候，我会相信一切有尽头。相聚离开，都有时候，没有什么会永垂不朽。可是我，有时候，宁愿选择留恋不放手。等到风景都看透，也许你会陪我看细水长流。"

我多么地清楚一切无常，尤其是人的聚散。我也觉得，不会有永远的爱情。可有时候，不知道为什么，我仍会留恋。也许有一天，你也会觉得那些纷繁热闹的风景都不再有吸引力，会回来安心陪我过平凡的日子。

如果对《红豆》做这样的理解，那么它就和《贺新郎》非常像。《红豆》的女主人公在爱情中惊梦醒来已吻不到爱人，亦如《贺新郎》中的女主人公"梦断瑶台曲"。《红豆》的女主人公所眷之人是个想寻求"孤独的自由"的浪子，亦如《贺新郎》中的未归人。《红豆》的女主人公感到缠绵的相思之苦，亦如《贺新郎》的女主人公"芳心千重似束"。《红豆》的女主人公想伴爱人走过患难并陪他到最后，亦如《贺新郎》的女主人公希望等春天那些浮艳的花儿都过去后如榴花般单独陪着爱人。而且《贺新郎》与《红豆》对这种结果都是一种想象和假设。不过，《贺新郎》纯是一腔千回百转的痴情，似乎是一种停在原地的等待。而《红豆》呢，则从头到尾充满着对无常的觉知，有一种闪烁不定的光。《红豆》像是在说，那个人离开了，那么两人就各走各路，边走边看吧。很有可能这段感情就彻底结束了，这是最正常的节奏，和世上千千万万的感情一样。不过也不排除这种微小的可能性，就是主人公仍然放不下，而那人也想回头，于是再聚首再也不分开。显然《红豆》描写的这种情感形态比《贺新郎》里的更现代。

如果问，世上是否真的有这种分开很久之后再复合的感情？的确是有。巧的是，这首歌的歌者王菲就是这样。2000 年初，娱乐圈传出王菲和谢霆锋恋爱的消息，举世哗然。彼时结过婚离过婚还有孩子的歌坛天后王菲 31 岁，而歌坛新生代偶像谢霆锋才刚刚 20 岁，比王菲整整小了 11 岁。但他俩还是很甜蜜地在一起了。但这段惊世之恋并不顺利，两人分分合合，期间谢霆锋又和张柏芝传绯闻。2002 年王谢二人分手。之后谢霆锋和张柏芝结婚生子，王菲和李亚鹏结婚生子。本以为这两人从此就没有交集了。哪知 12 年后的 2014 年，此时都已离婚的两人传出复合的消息并得到证实。

两人似乎真的应了《红豆》里的吉言："等到风景都看透，也许你会陪我看细水长流。"有意思的是，谢霆锋在 2000 年，也就是刚传出和王菲恋爱的那年，"星登场"歌友会上，点歌环节，歌迷猜他会唱《谢谢你的爱1999》，他却大声说："我本来想唱《红豆》，《红豆》!"全场歌迷起哄。不过这只是谢霆锋的一句戏语，他没有唱《红豆》，唱的是《谢谢你的爱1999》。谢霆锋好像真的从来没有公开演唱过《红豆》这首歌。没想到，谢霆锋却终和王菲用十多年感情的离合"合唱"了一曲《红豆》。不过，两人的感情真的能否"细水长流"下去，那也是他们自己的私事，只祝福所有当事人都开心吧。

当然啦，其实还可以对《红豆》这首歌做这样一种更简洁的理解，不必涉及多年后复合这种荒唐剧情，它也可以作为任何一对感情很顺利的小恋人结婚时的心声：希望两人可以共谱浪漫，也可以共度艰难。分享那些小别的忧伤，也分享那些切近的甜蜜。既亲昵，也互相给予个人空间。虽然知道人世充满无常，仍愿在无常中看到有常——有常就是双方对这份感情的坚守，任凭世上的浮华风景有多少诱惑，也当它们是透明而绝不动摇。这种理解方式似乎也很合理呢。

有多少爱可以重来

有时候，一对爱人因为彼此的伤害、误会，或在某些人生节点上选择的道路不同，或因为某些外力的影响分开了。那么，多年后，他们还可以再续前缘吗？

不如我们从头来过

何厚华作词、黄仲昆演唱的台湾歌曲《有多少爱可以重来》是写"爱情是否能重来"这个题材的最经典之作。这是一首 1994 年的老歌。

歌中讲的是：有一对恋人十分相爱，可还是分手了。每每回想起来，都觉得十分后悔。哪知天意弄人，再次遇到了。发现心中那份情愫仍然存在："有多少爱可以重来？有多少人值得等待？当懂得珍惜以后回来，却不知那份爱，会不会还在？"是啊，爱情隔了很多年，还有可能重新开始吗？香港电影《春光乍泄》中，主角何宝荣很喜欢说的台词是："不如我们从头来过。"这话说起来容易，实际上往往很难。

一般来说，一个人追求不到他所爱的人，过一阵子就会离开。而一个人在一段感情中被伤害了，过一阵子也会走，不会继续在原地等待。而那个拒绝别人、伤害别人的人终于明白谁是自己最牵挂的人，谁是最值得珍惜的人后，想回头，很可能已经晚了。很可能那个人已经不再爱他，或者不想和他在一起，甚至已经结婚了。

歌中又唱道："当爱情已经桑海沧田，是否还有勇气去爱？"感慨也是颇为深沉。你曾深深伤害过那位爱人，后来你发现你还很爱他，你有勇气向他提出复合吗？那位爱人曾被你深深伤害过，好不容易才走出来，他有勇气接受你的示爱吗？难道他敢于相信你，难道他不怕你们的感情会悲剧重演吗？即使复合，以前的事情不会造成阴影吗？俗话说："破镜重圆有裂痕。"而且，当历经了一些生活的变故后，已经明白情感关系并不能单单靠感觉去成就，还涉及很多方面，而那些方面，可能很重很重，不一定负担得起。这种种的缘故、疑虑，造成分开多年的情侣再复合困难重重。

《有多少爱可以重来》最流行的版本应该是迪克牛仔的翻唱版。黄仲昆的原唱呢，中规中矩，不温不火，虽说也算唱得好，但也没有特别动人之处。而迪克牛仔呢，则唱得更具情感张力，很像是在社会摸爬滚打多年的人从肺腑里唱出的爱情，有一种二锅头般的辛烈。但我个人比较喜欢韩庚与张靓颖合唱的版本，感觉比较斯文，它是2015年内地的青春偶像电影《万物生长》的主题曲。我主要喜欢的是这个版本对歌词的改编。比如原词："是否我们总是，徘徊在心门之外。"这个版本改作："是否我们总是，徘徊在幸福之外。"我觉得，如果没有进入彼此的心，才是徘徊在心门之外。而剧情明明是，相爱，互相走进了对方的心，却没有修成正果。那份相守的幸福，本来很接近，却得不到，所以说"徘徊在幸福之外"更加精准。还有原词："命运如此安排，总叫人无奈。"这个版本改做："命运如此安排，总有它精彩。"还有原词："当爱情已经桑田沧海，是否还有勇气去爱。"这个版本改做："当世界已经桑田沧海，是否还有勇气去爱。"我觉得都是改过了更好，读者自可品味。另外一个亮点就是把独唱改成了男女对唱，在对唱的整体设计上有点像陈奕迅和王菲唱的《因为爱情》。

香港版《有多少爱可以重来》

港乐也没少写"爱情是否能重来"这个题材。比如潘源良作词、黎明演唱的《情深说话未曾讲》。这首歌讲的是和爱人天天相伴的时候，不懂珍惜。现在分开了，发现和身边的人的交往都没法像跟他那么走心。于是特别想他，想再和他联系上，向他表白情意。想再和他相依相守，共闯天地，共创未来。如果说《有多少爱可以重来》这首歌是有一些悲伤、低徊、畏怯、纠结，那么《情深说话未曾讲》则具有一种更明朗的气质。歌中提到那位爱人给予自己的爱就像晨光，让自己不断自强。而且歌曲是以展望自己和那位爱人的美好明天收尾的。关于这首歌的明朗气质，我觉得黄耀明的翻唱版本渲染得最到位。梁基爵给这首歌做了一个恢弘大气、昂扬向上的编曲。再加上黄耀明清逸矫健的唱腔，特别有晨光熹微，朝阳从云层中喷薄而出的感觉，听起来让人很受鼓舞。我觉得如果两人之间的爱如果是这种感觉，那么就算因为某些原因分开了，复合的可能性也应该很大。

这首歌如此富有正能量，大概和它的创作动机有关吧。你想问这首歌背后有啥动人的爱情故事？噢，不是。它本来是一个电讯公司的广告歌。然后你就会发现这首歌的构思有多巧妙了。请看这一段歌词："这晚我独来独往，却是太后悔浪费共对时光。你这刹那在何方？我有说话未曾讲。如何能联系上，与你再相伴在旁。爱意要是没回响，世界与我又何干？"你看它的层次感。首先说，共对的时候没珍惜，还有话要讲。然后说，希望能联系上，这里就暗示电讯公司能帮你向所爱的人遥遥致意。最后说，要是没法联系上那位爱人，整个世界都显得不重要了，正是凸显电讯公司的作用无比重要。插入电讯公司软广告的同时，也赠送给大家爱情的正能量，鼓舞大家勇敢追回真爱，让大家更加喜闻乐见这首歌，那么广告的效果也因此变得更好。它插入广告的方式毫无斧凿痕迹，单作一首纯粹的情歌来讲也非常优秀。这首歌斩获了好多奖项，不仅有"1996 年度叱咤乐坛我最喜爱的广告歌"这种广告类歌曲的奖,还有"1996 年度十大劲歌金曲","1996 年度十大中文金曲"等不分类别的歌曲奖项。这些奖大概让当初仅仅想推出一首广告歌的电讯公司喜出望外了吧。

还有潘源良作词、郑少秋演唱的《心事有谁知》。这首歌词写得很细腻,郑少秋唱出的是一种中年男人沧桑、儒雅、内敛、痴情的味道,蛮有杀伤力。开头也是和《有多少爱可以重来》相似,讲的是曾经错失的爱人多年后再遇。主人公其实心里一直很想念她,非常想对她倾吐心事,但又不知怎么开头。简直只想祝她幸福,不去打扰她。但是心里又放不下她:"在你往日眼内那点真心真挚,如星星之火,孤单中漆黑中给我支柱。如果拥有的失去的现在可再挑选多一次,你的一切让我尽留住。"她的真挚对主人公而言曾是那么重要的正能量,阅世既多,越发知其珍贵。虽然知道希望很渺茫,主人公还是想尝试向她示爱。哪怕只落得被她讽刺,这份心意也无休无止。

还有刘卓辉作词、张学友演唱的《还是觉得你最好》。这首歌和《情深说话未曾讲》《心事有谁知》不同的是,它是从被辜负者的角度去写的。《还是觉得你最好》有一种儿歌般朗朗上口的节奏感,让人很想挥手或拍掌打节拍。歌曲没有前奏,用一段唱词轻快地引入:"即使你离开,我热情未改。……假使你怀念我,为何独处感慨?"歌中用了一个很美的比喻来形容主人公的状态:"花不似盛开,爱渐如大海。"我跟你的缘分就像还没绽放的花儿一样前景尚未明朗,但我对你的爱已经泛滥如海。然后歌曲节奏放缓,很抒情地唱出:"但我不懂说将来,但我静静待你归来。"不懂这份情会不会有未来,但还在傻傻等待。是啊,这份情带来苦恼,到如今已经爱痛不分。可是,没办法呀。还是觉得那个人最好,还是最爱她,还是想等她。歌中主人公最盼望的是:"在这心灰的冷冬,共你热烈再相逢。"歌曲最后又以开头做引子的那段唱词结束,既形成呼应,又有袅袅不尽之意。这首歌讨人喜欢之处在于,听上去并无悲伤、纠结、压抑的感觉,而是阳光朴健的。

旧情复炽

有多少爱可以重来？这种感情悬疑大戏有一种结局是——旧情复炽。陈少琪作词、关淑怡和谭咏麟演唱的《旧情复炽》是写这种情形的第一经典。

歌词写得真好，尤其善于设譬。比如："黑暗闪出曙光，凭面前熟识凝望。仿似初春再访，只有你的眼光。"曙光、初春，多美好的比喻，生动地形容出再次见到那位爱人所感到的光明清鲜的激动和希望。又比如："如绝望的灯塔，等海鸥再造访。"这个比喻也可谓新妙。一对恋人其中一个如海鸥般远去，另一个则如灯塔留在孤独中等待。还有："疲倦候鸟归家，找到安躺地方。"那个如海鸥远去的爱人也回来了，不仅给等待的人带来安慰，自己也找到了安心的休憩之所。还有："同流着一颗泪，是我星光。"重逢时相对而泣，泪光晶莹，此情晶莹。是的，终于团聚了，感到不能再失去了。于是歌中唱道："随着抱拥收放，旧情复炽更疯狂。……曾遗落的希望，抱紧了永不放。"歌曲整体让人感到优雅而热烈。唱得也很好，关姐姐的声线素淡清飘，谭校长的唱腔则给人一种敦实可靠的感觉，时而带点可爱的木讷。两人相和着轻轻哼唱的时候，真是醉人。

还有黄霑作词、张国荣演唱的《当年情》写道："一望你，眼里温馨已通电。心里边，从前梦一点未改变。今日我，与你又试肩并肩。当年情，再度添上新鲜。"这是形容和爱人久别重逢后再续前缘的幸福感。我觉得《当年情》很适合拿来做《情深说话未曾讲》的续篇。《情深说话未曾讲》写的是渴望重聚，《当年情》写的是已然重聚。而且两首歌的气场很像，都很简单、纯真、明朗。《情深说话未曾讲》写的爱情"如晨光"，而《当年情》写的爱情也几乎用了相同的意象："像红日发放金箭。"

有些人，一旦错过就不再

但时隔多年后还能复合的感情实在太戏剧性了，一般都不会发生在现实生活中。所以，那些写"一旦错过就不再"的歌曲才会激起更多共鸣。

施人诚作词、刘若英演唱的台湾歌曲《后来》应该算是这个题材作品里最经典的一首。你看歌中唱的那当年的爱情是多么美啊："栀子花，白花瓣，落在我蓝色百褶裙上。'爱你'，你轻声说。我低下头，闻见一阵芬芳。那个永恒的夜晚，十七岁仲夏，你吻我的那个夜晚。让我往后的时光，每当有感叹，总想起，当天的星光。"

青春岁月中的这段爱情，在女主人公心中印下了永远清隽如栀子花香一样的回忆。在愈发看到这个世界的驳杂不纯时，曾经那样纯美的感情就愈发显得珍贵。她感慨、追悔年轻时两人的倔强和互相伤害。只可惜，她明白："有些人，一旦错过就不再。"多么痛切的领悟，大概也能引起很多人的共鸣吧。因为年轻时任性不懂事而错失美好恋情的事，发生的几率也非常高。歌的结尾唱道："永远不会再重来，有一个男孩，爱着那个女孩……"很淡的一笔，却有无限的眷恋惆怅缭绕。

林夕作词、林俊杰演唱的《可惜没如果》也是这个题材的经典歌曲。歌中假设了很多"如果"："如果早点了解，那率性的你。或者晚一点，遇上成熟的我。……如果不是我，误会自己洒脱，让我们难过。……倘若那天，把该说的话好好说，该体谅的不执著。如果那天我，不受情绪挑拨，你会怎么做？"这种种的假设把主人公的极度后悔写得很生动——因为还很在乎那个错过的爱人，所以才会在脑子里琢磨无数遍在一起的可能性。但这些假设都是白搭，分手的结果已不可改变。歌曲最后叹道："只剩下结果，可惜没如果。"

还有一首二十世纪六十年代的经典台湾老歌——庄奴作词、青山演唱的《回头我也不要你》也是在讲不可重来的感情。这首歌最出名的版本是徐小凤的翻唱。它和《后来》《可惜没如果》那种"想破镜重圆却

"有心无力"的情况不同,是主人公主动扼杀复合的可能性。从歌名就知道主人公是多么傲娇、决绝了。歌中唱道:"为了什么爱上你? 为了什么爱上你? 又为了什么被抛弃? ……就是这样被抛弃,就是这样被抛弃。再回头我也不要你。"女主人公好端端地突然被情郎抛弃了,于是由爱生恨,对情郎撂下狠话:"你走了就别后悔回头,回头我也不要你!"是的,临走也要气他一下。不过,这首歌有可能是真的决绝,也有可能只是在赌气。歌曲的风格简单诙谐。总之,是一首很解恨又很逗趣的歌。

李安修作词、刘德华演唱的《忘情水》也是这个题材的歌曲。这首歌在二十世纪九十年代简直流行到"烂大街"的程度。歌中唱道:"曾经年少爱追梦,一心只想往前飞。行遍千山和万水,一路走来不能回。蓦然回首情已远,身不由己在天边。……啊,给我一杯忘情水,叫我今夜不流泪。"主人公年少时因为追求理想而放弃一段爱情,后来追悔莫及。"忘情水"应该是指酒,酒可以用来麻醉自己,令人忘掉爱情的痛苦,这个名字起得倒也新鲜有趣。这首歌可以和《浮云游子意》这一章参读。

古代版《有多少爱可以重来》

现代流行歌有好些关于"有多少爱可以重来"的故事,那么古典诗词有这样的故事吗? 是有的。首先不得不提的是"破镜重圆"的故事。

"破镜重圆"是隋朝初年的故事。隋朝建立之初,只是统治长江以北地区的政权。当时南方还存在陈朝这个政权,统治者是昏庸的陈后主。陈朝的乐昌公主嫁给了太子舍人徐德言,两情甚笃。他们担心亡国后不能相保。就把一面镜子打碎成两半,各持一半。约定如果失散,正月十五就到集市上卖镜,以期重逢。

公元589年,隋灭陈。乐昌公主被掳后,成了隋朝越国公杨素的女人。正月十五,公主把自己珍藏的半面镜子托一个老仆人到集市上高价叫卖,果然与徐德言联系上了。徐德言觉得与公主团聚无望,于是在半面铜镜上题了一首五言绝句《题半镜》:"镜与人俱在,镜归人未归。

无复姮娥影,空留明月辉。"公主看到诗后伤心得吃不下饭。杨素就问她。了解到情况后,杨素召见徐德言,并让公主赋诗。公主写道:"今日何迁次?新官对旧官。笑啼俱不敢,方信作人难。"今天是怎么回事啊?我的新官人对着我的旧官人。不敢哭也不敢笑,才知道做人是这么难!公主见到心爱的徐德言,本来是悲喜交集,但又不敢哭也不敢笑,因为不知道杨素这番安排是什么意思,怕哭笑流露感情后会触怒杨素,那么她和徐德言就惨了。哪知杨素不仅没生气,反而非常感动。于是成全了公主与徐德言再续姻缘。"破镜重圆"这个成语也往往被后世拿来形容情侣夫妻分开后重聚复合。"破镜重圆"可谓是"有多少爱可以重来"这种题材的始祖级典故。

总体说来,古代的"有多少爱可以重来"这种故事很多都是"破镜重圆"这个模式的:一对爱侣,女方被权贵霸占。权贵被写这对爱侣间的感情的诗(或是这对爱侣自己写的,或是别人代写的)打动,于是成全了他们俩。所以说,穿越回古代最好学会写诗,有的时候还可以解决一些爱情上的麻烦事儿。比如有个宁王霸占"烧饼西施"的故事也是这样。唐玄宗的哥哥宁王有次看上了一个卖烧饼的人的美貌媳妇儿,于是把她强行带回自己宫中。虽然宁王非常宠爱这少妇,但少妇仍然闷闷不乐。有一天,宁王大发慈悲,让那个卖烧饼的男人来和少妇见上一面。这对夫妻相对而泣,而在座的客人们也为之悲伤和感动。宁王就让这些宾客来为这件事写诗。让别人来描写一个自己造成的悲剧,这真是一种奇怪的心态。大诗人王维也在座,他的诗最先写好,诗叫做《息夫人》:"莫以今时宠,能忘旧日恩。看花满眼泪,不共楚王言。"这诗用了一个典故:春秋时期,楚文王为了得到息夫人(即息国国君的夫人),就把息国这个蕞尔小邦给灭了。息夫人给楚王生了两个孩子,却不肯对楚王说一句话。王维是用息夫人、息国国君、楚王来分别对应比喻少妇、卖烧饼的人和宁王。宁王读了这诗,也许是感动了吧,就让卖烧饼的人把少妇领回去了。

还有一个著名的"杨柳枝"的故事。这个故事讲的是唐代的韩翃和他的爱姬柳氏的爱情。他俩本来也是恩爱甚笃。因为安史之乱失散。

柳氏被一名武将沙吒利抢去。韩翃打听到柳氏的下落,托人送去这样一首《章台柳》:"章台柳,章台柳!昔日青青今在否?纵使长条似旧垂,也应攀折他人手。"柳氏啊柳氏,你现在还好吗?纵使你还是像以前那么美丽,那么也大概落入他人手中了吧。柳氏读到诗后非常伤心,回了一首《杨柳枝》:"杨柳枝,芳菲节。可恨年年赠离别。一叶随风忽报秋,纵使君来岂堪折?"杨柳枝啊,曾摇曳在芬芳的春日。只可惜只能用来酬赠离别。(注:古人有折柳送别的习惯。)而现在已到了萧瑟的秋天,就算你回来了,我这残败的柳枝又哪配让你攀折呢?柳氏担心现在自己色衰又身属他人,再也配不上韩翃。这两首词都是表白自己复合的盼望以及试探对方的状况和心意,可谓是古代的男女对唱版《有多少爱可以重来》。这个故事后来也是大团圆结局,不过不是沙吒利被韩、柳二人的诗感动了,而是韩翃的友人用了些计策帮助韩翃和柳氏重聚了。

那么有没有什么古典诗词的故事讲的是"旧爱不可重来"这种结局吗?当然有,比如著名的陆游与唐婉的故事。南宋大诗人陆游与唐婉是一对很恩爱的夫妻。然而陆游的母亲不喜欢唐婉,就硬是逼得他们离婚了。后来,陆游再娶,唐婉再嫁。但两人心中劳燕分飞的悲苦只有他们自己知道。有一次,他俩在沈园不期而遇。心中的千愁万绪一下子都被触发了。于是陆游写下了那首著名的《钗头凤》:"红酥手,黄縢酒,满城春色宫墙柳。东风恶,欢情薄,一怀愁绪,几年离索。错!错!错! 春如旧,人空瘦,泪痕红浥鲛绡透。桃花落,闲池阁,山盟虽在,锦书难托。莫!莫!莫!"你美丽红润的手,轻轻斟着黄縢酒。春光正好,满城绿柳映着红墙。多么美丽的一幅图画。只可惜风儿是多么无情,我们的欢聚又是多么短暂。几年来都怀着深深的离愁。真是一场错啊一场错!年年的春色相似,只是人儿徒然的一年年消瘦,泪痕常常把手帕浸湿。桃花落了,池阁萧索了。相爱的盟约虽然还在我们的心中,但是连一封信都难以寄去。哎,算了吧算了吧。唐婉读了十分伤感,后来她也写下了一首《钗头凤》:"世情薄,人情恶,雨送黄昏花易落。晓风干,泪痕残,欲笺心事,独倚斜栏。难!难!难! 人成各,今非昨,病魂常似秋千索。角声寒,夜阑珊,怕人寻问,咽泪装欢。瞒!瞒!

瞒!"世情是多么凉薄,人情是多么险恶。已是黄昏,还下着雨,花儿多么易落。晨风吹干了雨,而泪痕依然残留。想把心事写下来,独自倚着阑干发呆。哎,不知怎么下笔啊!我和你分开了,今日不同往昔。我病得魂魄就像秋千一般虚弱地晃荡。远处的角声增添了寒意,而夜色将尽,我还没睡着呢。却怕别人追问我的心事,只能咽下眼泪装作自己很高兴。瞒了又瞒!过了不久,病弱的唐婉就因积郁而亡。真是一对可怜的有情人!

宋代的幼卿姑娘写的《浪淘沙令》也记载了一个"旧爱不可重来"这样的悲剧:"目送楚云空,前事无踪。谩留遗恨锁眉峰。自是荷花开较晚,孤负东风。　　客馆叹飘蓬,聚散匆匆。扬鞭那忍骤花骢。望断斜阳人不见,满袖啼红。"我目送你远去,往事已成一场空,只留下愁怨锁在眉头。对不起,是荷花开得晚了,辜负了春风当初的殷勤。我们在旅舍中匆匆重遇。你怎么忍心扬鞭促马离开得那么快?你的背影消失在斜阳中,我还在痴痴望着,泪水沾满了衣袖。

这首伤感的词背后有着怎样凄美的爱情故事呢?原来,这位幼卿姑娘从小和表哥一起读书,互生情愫。表哥向幼卿家提亲想娶她,但幼卿的父亲因为表哥还没有考取功名就坚决拒绝了。幼卿被嫁给一个武官。第二年,表哥也考取进士当了官。他俩有一次相遇了。但表哥不想和她说话,狠狠地扬鞭打马,催促马儿快走,都不回头看她一眼。是在恨她么?是误会她薄情么?是对她爱得不深,所以得志后就不屑理她了?还是说,对她爱得太深,内心太多翻腾绞痛,所以不想和她面对?我们都不得而知。我们只是从幼卿的词中知道,这个姑娘心中对表哥有着深深的爱恋和歉意,她的心中充满悲哀。

灵气大概早被污染，不如不见

如果和老情人多年未见，久别重逢时会是怎样的情形？港乐中的《好久不见》《不如不见》这一对歌曲就是写这种题材的最经典之作，它们是同一首曲子的国语版和粤语版。两首歌均为陈奕迅演唱。《好久不见》为施立作词，《不如不见》为林夕作词。

《好久不见》讲的是主人公来到老情人居住的城市，发生这样的想象和盼望："你会不会忽然地出现，在街角的咖啡店。我会带着笑脸，挥手寒暄。和你坐着聊聊天。我多么想和你见一面，看看你最近改变。不再去说从前，只是寒暄。"主人公对老情人还有牵挂，还有感情，但知道两人间再也没有什么可能，所以不去提以往两人恋情的甜蜜和伤感。这份感情已经升华为希望简单了解一下彼此近况，希望彼此过得好。整首歌的基调惆怅而温厚，有一种在午后的阳光中喝着咖啡的感觉。

《不如不见》作为《好久不见》的粤语版，可以说是《好久不见》的同题作文，都是在写久别重逢。或者说是"翻案作文"，类似古人所说的"翻案诗"，意指以新颖的乃至相反的视角去写旧的题材。《好久不见》打的是温情牌，《不如不见》则有种残酷的现实主义。《不如不见》说，哪怕多么怀念老情人，也最好不要再见。怕见到之后，连当初的美好回忆都破坏了。这种立意，应该能激起很多人的共鸣。

《不如不见》的主人公是多么急切地见到那位老情人啊。他一大清早冒着雨，忍着困倦，就是要从伦敦乘早班机飞去见她！他觉得相见的愿望强烈到"似等了一百年"。可见到的那一刻，却幻灭了："越渴望见面然后发现，中间隔着那十年。我想见的笑脸，只有怀念，不懂怎去再聊天。……即使再见面，成熟地表演，不如不见。"已经找不到什么共同话题了，说起话来再没有真挚走心的感觉，只有世故的客套。歌中最让人印象深刻的大概是那句："灵气大概早被污染，谁为了生活不变。"以前灵气四溢、容光灿烂的少男少女，在生活的磨蚀下往往也变得"言语乏味，面目可憎"。再见面，只会让彼此失望。古典诗词早有类似的感慨，清代词人龚自珍的《百字令》写道："客气渐多真气少，汩没心灵何已。"这个不是写和老情人见面，而是写和儿时好友见面的感慨。也是在说，人在社会上混久了，渐渐地客套和世故多了，真挚和灵气少了。描写人的这种蜕变一直可以追溯到先秦时代屈原的《离骚》："兰芷变而不芳兮，荃蕙化而为茅。何昔日之芳草兮，今直为此萧艾也。"这是用香草变为茅草来比喻人的退化、变质。这种令人遗憾的事情几乎不可避免发生。屈原认为，这种变质是因为没有努力增进自己的才德的缘故。但这种变与不变并不完全由自己的主观意愿和努力决定。有时候努力了，也敌不过命运、社会、生活、时间这几种力量的摆布。

人总是会变的，但未必是不好的变化。不断觉得"今是而昨非"而调整改变自己，也是一个成长过程。就看这变化是何种层面以及何种程度的，在变化的同时又是否有哪些坚守不变？黄伟文作词、薛凯琪演唱的《给十年后的我》不妨作为我们给十年后的自己的一份调查问卷："那时候你所相信的事，没有被动摇吧？……当初坚持还在吗？……你忘掉理想只能忙于生活吗？"能够向理想迈进固然可嘉，忘掉不切实际的幻想踏实过好日子也不失为另一种进步。

只是，这些变化造成恋人分手多年后再复合已近乎一个不可能的童话——也许，不如不见。

此心安处是吾乡

苏轼有个叫王定国的朋友,和他一样经常被贬谪。有次王定国从岭南贬谪回来,让他的歌女柔奴给苏轼敬酒。苏轼问柔奴:"岭南那边的生存环境应该很糟糕吧?"柔奴款款答道:"此心安处,便是吾乡。"颖悟如东坡,顿时咀嚼出柔奴这句平常言语中的禅味。于是他特地写了首《定风波》来记录这番对话。这首词的下阕是这样的:"万里归来年愈少,微笑,笑时犹带岭梅香。试问岭南应不好,却道,此心安处是吾乡。"柔奴从万里迢迢的蛮荒之地回来,反而显得更年轻了。她微微地笑着,笑容里仿佛还带着岭南梅花的香气。结句写的就是苏轼和柔奴那番关于"安心"的问答。柔奴之所以更显年轻以及有那么美好的笑容,其实也和她能够"安心"有很大关系吧。

在诗词中谈论"安心"和"家乡"的关系并非苏轼的创举,唐代诗人白居易已有"身心安处为吾土""心安是归处""大抵心安即是家"之句。这些诗句至今耐人寻味:心安了,才是找到家的感觉了;心不安,在哪里都是漂泊。苏轼和白居易是在谈论一种综合了多方面人生阅历的领悟。这些"吾土""归处""家""吾乡"之类的词,指涉的不是地理、籍贯、人伦的概念,而是指内在生命意义的家。

原来安心，才能开心

现代港乐里，"心安即是家"的道理被用到谈论婚恋上。人们在爱情中最终寻求和最终需要的其实不是轰烈的浪漫传奇，而是安宁的日常生活。可以在一份感情中安心，是缘分，是幸运，也是一种修为。这份让人安心的感情，就是最合适的归宿，就是我们的家。

林夕作词、杨千嬅演唱的《原来过得很快乐》就是采取这种立意的。这是一首谈论婚姻生活的歌。而在 2009 年，这首歌推出之时，正值杨千嬅和丁子高结婚之际。由她父兄般的密友林夕来写这份歌词，既是代言和分享这份成家的喜悦，也饱含了祝福。《原来过得很快乐》点题的一句是："原来安心，才能开心。"为何能快乐？因为安心。在一份让人安心的感情中安顿下来，组成了一个家。

我视这首歌为林夕词作里面非常重要的一首，它对林夕词作的整体平衡感起到了很大的作用。林夕太多佳作是写那种悲伤的、不安的、紧张的、刻意的、复杂的、低到尘埃里的、激烈的感情，但这首歌却是写那种幸福的、安心的、放松的、自在的、简单的、自信的、平和的感情。这首歌之所以写得那么到位，也许正是因为林夕太会写与之相反的那种情歌。太知道悲伤是什么，才最知道幸福是什么；太知道紧张是什么，才最知道放松是什么；太知道刻意是什么，才最知道自在是什么；太知道不安是什么，才最知道安心是什么；太知道复杂是什么，才最知道简单是什么；太知道卑微是什么，才最知道自信是什么；太知道激烈是什么，才最知道平和是什么。是的，《原来过得很快乐》对那些复杂的情歌起到了对治的作用，形成一种对峙的张力。

这首歌很舒服，是把所有不舒服的感觉一层层剥去的那种舒服。歌曲一开头唱道："原来在快乐中便不必明白快乐，原来愉快共处未必需要学。看情人安躺，看耐了不会自觉，衣着厚薄。"记得《庄子·达生篇》讲过一种"忘适之适"的境界：让人忘记了脚的鞋子，就是舒适的鞋子；让人忘记了腰的腰带，就是舒适的腰带；让人忘了舒适的舒适，才是最舒适。"原来在快乐中便不必明白快乐"也是一种"忘适之适"。现代情歌中写了太多"相爱很难""相爱总是简单,相处太难"的剧情,真是吓到人,让人听多了不禁会将爱情视为畏途。还好有这首歌说,原来愉快共处可以比较自然地实现,未必需要太艰难地学习。而久久看着情人的睡容这一细节,也写出了这份痴情的从容和惬意。

然后歌中还从各个方面去描写这种安心的状态:"未怕被嫌讨厌。……傻或错,也深知他允许。……谁还管笑容可吸引?从此缠绵的手势,涂鸦般都不要紧。遗忘缺憾未靠修行,亦再不必证实我多么勇敢。找到使我自信的人,自然会一直动人。"不必担心被嫌弃,不必刻意保持吸引力,不会觉得不满而时时记挂旧情人,不必用力地去争取维系,总能得到对方的肯定和鼓励而保持自信。十分地放松、舒展、自在。是的,这不完美。但没有任何一段感情是完美的。安心,一部分要靠找到对的人,一部分要靠知足惜福的心态。

这段歌词的写作,林夕大概也有从杨千嬅的婚姻本身寻找灵感。在杨千嬅的婚礼上,林夕发表了长长的献词,他说:"农历年,千嬅同丁生来我家拜年,好多人说,麻将台上见真章。千嬅打牌打错,丁生的笑容却一片温馨,像看着一个小朋友做错事,但又好疼爱这个小朋友的样子,我好放心这个姊妹交给丁生。"这个细节,像极了歌词中那句:"傻或错,也深知他允许。"

歌的结尾为"安心的感情"提供了一个反面的对比:"曾经与某人一吻,动心得不放心。如此小心,再爱亦不合衬。"回想起来,或许仍会觉得,曾经爱过的那人真的很有魅力。但如今已经完全放下执念。因为充分认识到,他并不适合自己。那样的爱情再耀眼,也太累了,根本不能变成一种日常生活。幸运的是,终于找到了真正适合相伴此生的人。

在一份安心的感情停留,组建家庭,身心都得到安顿。真好。力气不必用于爱侣间的内耗中。家务琐事、生养子女、工作事业、业余爱好、亲友交际都能一一排上日程。这样才有利于长期的健康快乐,进步成长。

《原来过得很快乐》的前世今生

听港乐的一个乐趣在于,有好些歌曲并非孤立的存在,而是与其他歌曲存在关联。这些相关的歌曲或是相反相成,或是可以衔接成连贯的剧情。《原来过得很快乐》就是典型的后一种情况,可以围绕着它听一系列杨千嬅的歌曲。

《原来过得很快乐》这首歌有两个前身,两个引子。两个前身分别是林夕作词、杨千嬅演唱的《再见二丁目》和《姊妹》;两个引子分别是林夕作词、杨千嬅演唱的《真命天子》和林若宁作词、杨千嬅演唱的《我在桥上看风景》。

《再见二丁目》中有名句:"原来过得很快乐,只我一人未发觉。"正是《原来过得很快乐》的歌名出处。《再见二丁目》这首1997年的歌是杨千嬅的成名作和代表作之一。《原来过得很快乐》则是杨千嬅的庆婚之作。这两首歌代表杨千嬅两个重要而美好的人生转折点,它们的内容又具有呼应关系。

《再见二丁目》讲的是,思念一位难以捉摸的爱人的惆怅之情。这首歌听起来有一种半透明的灰白色的氛围感。歌词用淡笔写深情。歌中的主人公正漫步在日本东京的繁华街头,但一直牵挂着那位爱人,因而心不在焉,以至于完全无法融入外部世界的五光十色中,觉得一切都是一派无意义的啾啾嘈嘈。

歌中唱道:"原来过得很快乐,只我一人未发觉。如能忘掉渴望,岁月长,衣裳薄。无论于什么角落,不假设你或会在旁,我也会畅游异国,放心吃喝。"表面看来,主人公完全具足了快乐的条件。还能在异国旅行,小日子过得不错嘛。唯独主人公自己不觉得自己快乐。多么讽刺。自己并不觉得的快乐又是什么快乐呢?都是因为幻想着一个不可能得到的爱人啊。主人公很爱那个人,那个人却不够爱主人公。

《再见二丁目》写的感情,正是《原来过得很快乐》所说的"动心得不放心"那种。《再见二丁目》中,主人公感到孤独冷清,故有"岁月长,衣裳薄"之叹。《原来过得很快乐》中,主人公有爱人体贴陪伴,感到很温暖很踏实,所以凝视爱人睡容时忘了披衣也没觉得冷。《再见二丁目》中,主人公是看起来快乐,但内心并不快乐。因为不放心,所以不快乐。《原来过得很快乐》中,主人公是真的快乐了。因为安心,所以开心。

《姊妹》是《原来过得很快乐》的另一个前身,也是杨千嬅的代表作之一。在《原来过得很快乐》中,主人公是出嫁的新娘;而在《姊妹》中,主人公还是送嫁的姊妹。(注:姊妹是送新娘出嫁的同辈女性亲属或闺蜜,给新娘做姊妹必须是未嫁之身)歌词的语感絮絮如话家常,模仿闺蜜间说体己话的口吻惟妙惟肖。

《姊妹》唱道:"眼见你快做新娘,做密友的真想撒娇。我与你太好姊妹,为你竟哭了又笑。"女主人公想跟新娘撒娇,"撒娇"一词,既写出了真心地为好友开心,又很贴切地描绘出要好的女孩儿间相处的情状。为之哭笑,更加凸显出主人公是个性情中人,且对这位新婚好友的感情真挚深厚。

作为闺蜜,女主人公知道热闹喜庆背后,新娘这段修成正果的感情曾经有过多少辛酸不易。新娘和新郎曾有过很多分分合合的折腾。新郎很深地伤害过她,她还是选择了原谅。这些都不重要了,女主人公此刻只想对新娘奉上最美好的祝福,并转而感慨自己的情感经历。

主人公说新娘的幸福可以"守得到",而自己和喜欢的那位却"忍不到"。新娘曾劝告主人公要对男友的错扮糊涂。主人公认真而刚烈的性子显然没法贯彻新娘的那种隐忍,于是每每落得分手的下场。

最后主人公倾吐心声:希望新娘分点福气给她,不要剩下她孤单一个。希望有人爱惜她,也值得她爱。她唱得那么恳切,连听者都不禁为之心疼。

《姊妹》这首歌终于分了福气给杨千嬅,正如林夕在杨千嬅婚礼上那番动情的长长的献词中说的,"千嬅由姊妹升级为新娘"。林夕还开玩笑说曾担心千嬅嫁不出去,还说千嬅结婚了他发现这回他是那个"剩下的姊妹"。这个比喻也极见林夕和千嬅情谊之深厚。

是的,杨千嬅"升级"的同时,《姊妹》这首歌也相应地"升级"为《原来过得很快乐》。在《原来过得很快乐》中,主人公豁然发现,原来感情走到开花结果不一定要像《姊妹》中说的那样"百忍成双",而是有可能近乎"无伤而爱"。

《真命天子》《我在桥上看风景》这两个引子和《原来过得很快乐》出自同一张专辑。分别是这张专辑的第一、第二、第三首歌。专辑名也叫《原来过得很快乐》,说明这首是专辑的核心歌曲。《真命天子》和《我在桥上看风景》在内容上相当于给《原来过得很快乐》做一个铺垫。

林夕写《真命天子》采取了他独擅的那种缜密繁复的笔法。其实这首歌和《原来过得很快乐》又可以看作一枚硬币的正反面。《原来过得很快乐》里婚姻和爱很简单。《真命天子》里,婚姻和爱很复杂。《真命天子》让我想起徐志摩一句名言:"我将于茫茫人海中寻找我唯一的灵魂伴侣,得之我幸,不得我命,如此而已。"这句话说得实在太浪漫主义,不是很接地气的感觉。《真命天子》则相当于徐志摩这句话的一个世俗化展开版:女主人公觉得要找到自己的真命天子太难了,没有任何征兆帮助她判断。她甚至用了"我命悬在哪位"这样的叹息来表现她的忐忑不安。她想到爱的代价,想到为爱需要做的妥协,却不知会不会遇到让她觉得心甘情愿的人。曾在爱中动摇,爱中受伤,又担心青春短暂而恋爱其实不会有太多个下次机会。觉得恋爱中真心假意无常,悲喜无常。实现幸福美满的概率低到几乎是个不可能事件。这首歌的结尾杨千嬅用微弱的声音唱道:"趁未到我心灰透时。"既表明这个历程让主人公灰心至极,又留下一点余地迎接后面蓦然来到的美好。

如果说《真命天子》是首让人很不轻松的歌,那么接下来的《我在桥上看风景》则会让人比较放松。林若宁的词笔清丽疏爽。很容易看得出,歌名典出卞之琳的《断章》:"你在桥上看风景,看风景的人在楼上看你。"这首歌讲的是以前的恋情,就如旅途中看过的美丽风光,躺在纪念册就够了,不必有把它们带回家的执念。心境要潇洒些,通透不染尘埃。我很喜欢这首歌里面玩的两个文字游戏。一是:"镜头对焦,湖光山色也是镜花。"二是:"留得低风光照,抱不紧温泉,风光背后有代价。"前者是讲那些过去的恋情的美好而虚幻;后者是讲过去的恋情看起来很美,但其实背后有辛酸。

《真命天子》讲的是寻找命中另一半的波折旅程,《我在桥上看风景》讲的是告别以前的恋情,用这两首歌来迎接《原来过得很快乐》真的是太合适了。

从轰烈到静好

除了《再见二丁目》《姊妹》《真命天子》《我在桥上看风景》这四首歌,杨千嬅还有一些歌曲可以和《原来过得很快乐》对照着听。

比如黄伟文作词的《勇》有句很经典的词:"我没有温柔,唯独有这点英勇。"这首歌,可以说代表了杨千嬅整个歌曲路线,她的那些经典情歌很多都带着点英勇的味道。比如林夕作词的《飞女正传》:"下半生不要只要下秒钟。……世界将我包围,誓死都一齐,壮观得有如悬崖的婚礼。"还有林夕作词的《少女的祈祷》:"唯求与他车厢中可抵达未来,到车毁都不放开。"这样英勇地爱人固然诚意可嘉,但对于真实的情感互动来说未必是好事。前面提到的《姊妹》这首歌就写道:"每当我爱到跌入漩涡,将错就错,关系亦出错。我总太爱人,逼到爱人,变作朋友再变生疏。"《原来过得很快乐》中就刚好有一句与这种"英勇路线"相对应:"亦再不必证实我多么勇敢。"

从杨千嬅一路以来的经典歌曲到《原来过得很快乐》,我们仿佛见证了"杨千嬅"的成长。"杨千嬅"不等同于真实生活中的杨千嬅,而是由一系列音乐作品塑造出来的具有较稳定的性格特征和延续性的形象,当然这个形象和杨千嬅本人的性格气质也有一定关系。曾经在感情上怀着一腔热诚不切实际、用力过猛、求而不得,到后来轻松自然地拥有婚姻家庭,这个"杨千嬅",可能是任何一个女孩,或者男孩。

还有一些别的情歌写过从轰烈到平静的回归。林夕作词、陈奕迅演唱的名作《爱情转移》就写道:"荡气回肠是为了最美的平凡。"是啊,飘风不终朝,骤雨不终日。任何激烈的形式都是不能长久的,这是自然规律。如果我们把兴奋、激烈的爱才定义为幸福的话,那么我们等于在理论上把一切长久幸福的可能性都证伪了。实际上,我们最终只能在安心、平和的淡而不厌中得到幸福。由唱惯了轰烈恋歌的杨千嬅去演绎这种回归,特别动人,特别有说服力。

一回头,想起《诗经·郑风·女曰鸡鸣》写婚姻的名句:"琴瑟在御,莫不静好。"我和你弹奏着琴瑟,一切都安静而美好。说明先民早已认识到:我们在婚恋中寻求的,终究是平静而安心的那种美好。

沿路旅程如歌褪变（时代史）

把古典诗词和现代香港流行歌拿来比较，可能会让一些潜意识里认为"诗尊歌贱"的人产生腹诽，认为后者根本不配和前者相提并论。但实际上，在中国古代的诗史中，诗与乐一直处于暧昧的离离合合中。很多诗本身就是可以配乐演唱的歌词。每个时代最典型而流行的诗歌类型，也基本上充当了那个时代的"浮世绘"的作用。这一章，我会把历代诗歌中爱情叙事的特点，以及诗和乐的离合过程，做一个简单的梳理。如同坐一台时光机，御风而行，感受每个时代情感世界的色声香味飞快地渐变，掠过……借用林夕在《约定》的一句歌词形容："沿路旅程如歌褪变。"

《诗经》时代：一边采菜一边想你

诗、音乐、爱情的纠缠，从中国第一部诗歌总集——先秦时代的《诗经》就开始了。《诗经》诚然是一部诗集，它同时也是一部歌曲集。《诗经》的诗，皆可入乐歌唱。《诗经》分为《风》《雅》《颂》三部分。其中《雅》

《颂》为贵族、宫廷、郊庙的音乐，而《风》则大多是民间男女唱来表达自己感情的"里巷歌谣"，近似于现在的流行歌曲。

周代有向民间采诗的制度：每年的固定时期，王宫都会向各地派出专门的人，摇响木铎向路人征集歌谣。歌谣的作者有可能是农民、思妇、士兵等。然后这些歌谣被呈给专业的乐师。乐师会对歌谣的词曲进行润色，然后再把它们献给天子。这些歌谣是天子了解各地民风、观察政治得失的一种重要途径。据说《诗经》中《风》这一部分诗歌就是这样来的。

《诗经》所选的歌谣里面，有好些都是写爱情的，虽然曾一度被某些腐儒通通附会上政治。比如《关雎》《静女》《采葛》《草虫》《蟊斯》《古风》《野有蔓草》《将仲子》《狡童》《野有死麇》《氓》《桃夭》《蒹葭》《君子于役》。这些情诗均脍炙人口，包含求偶、相思、约会、性爱、私奔、结婚、生子、流言蜚语、弃妇、征人思妇、丧偶悼亡等多种内容。有的是浪漫主义，有的是现实主义；有的清婉，有的盛丽；有的庄静，有的诙谐；有的专情，有的花心；有的保守，有的性感；有的欢乐，有的悲伤。那是一种朴拙的、野生的、带着大地泥土气息的美。看似粗粗的，却丰富而精准，具有穿越时空的魅力。后世写的很多爱情遭际和心理，都可以在《诗经》找到渊源。

《诗经》中的爱情叙事的特色在于：

①《诗经》的情诗出现的最多的镜头竟是——采集植物！植物的种类包括荇菜、卷耳、苤苢、芍、菲、葛、艾、薇、蕨、麦等。这反映了当时真实的社会生活面貌，采集植物是最主要的日常劳作之一。所以那时候的相思往往表现为：一边采菜一边想你。

②《诗经》喜欢用鱼来比喻爱人。中国古典文化最常用来比喻爱人的动物是鸳鸯。但在《诗经》的情诗中，鸳鸯还没被赋予这样的寓意，反倒是鱼，被反复地拿来设譬。闻一多先生的《说鱼》一文论之甚详。

③富有喜庆色彩并带有仪式感的新婚诗，在《诗经》屡次出现，在后世诗词却罕见。

④《诗经》的性爱描写非常直接，比如《草虫》《野有死麇》。后世诗

词则喜欢采取含蓄的写法,比如用"巫山云雨"这个梦幻的典故将其朦胧化,或是采取"坠钗""钗横鬓乱"这些旁敲侧击的写法。当然后世诗词也有写得直接的,但容易显得猥亵。《诗经》的那种直接则带有一种自然舒展的平常心,如同描写喝水吃饭一般。二者存在微妙的区别。

⑤《诗经》有很多对生育的祷祝及赞颂,体现了初民对婚恋的原始质朴的理解。后世诗词则罕见此种。

汉魏六朝:采桑女和采莲女的倩影

汉代朝廷设立乐府采诗,这些诗可以配乐歌唱,其中包括大量民间诗歌和一些宫廷郊庙诗歌。其中有好些优秀的爱情叙事,比如《孔雀东南飞》《陌上桑》《上邪》《有所思》《白头吟》《团扇诗》《定情诗》《饮马长城窟行》等。

东汉无名氏所作的《古诗十九首》被誉为"天衣无缝,一字千金""千古五言之祖",一些论者认为它们也是可以入乐歌唱的。其中不乏动人的爱情叙事,比如《涉江采芙蓉》《行行重行行》《迢迢牵牛星》《客从远方来》《孟冬寒气至》等篇什。

古乐府在汉魏时期风格朴健,到了南朝声色大开,渐趋旖旎。其中重要的乐府题目有《子夜歌》《读曲歌》《华山畿》《江南弄》《自君之出矣》等。每个题目下均有多首作品,包括民间无名氏所作以及文人的拟作,佳作迭出。

在不属于乐府的文人诗中,汉代秦嘉的《赠妇诗三首》,其妻徐淑的《答秦嘉诗》;晋代潘岳的《内顾诗二首》《悼亡诗三首》都是展现夫妻间深厚情感的佳作。

南朝时期还出现了"宫体诗",它诞生于以宫廷为中心的文人圈,以描写艳情为主,讲究辞藻、对偶、声律。"宫体诗"更是轻弱艳靡。

汉魏六朝诗歌以五言为主,比采取四言为主的《诗经》抒情更加细腻,涵盖的内容更丰富多样。它们的一个显著特点是:充斥着采桑女和采莲女的倩影。这时的妇女大多在家从事纺织,采桑喂蚕成为她们的重要日常活动,于是诗人歌者不断地将她们采桑的身姿艺术化,谱入诗歌。采莲这一活动的娱乐性和审美性比采桑更强。莲花丛中的衣香鬓影、巧笑清歌,是这个时代女性最美丽的剪影。

采桑、采莲是汉魏六朝诗歌阳光美丽的一面,其中亦有愁叹之音。愁叹包括征人思妇的相思,也有被抛弃的女子的哀泣。年老色衰和婚后无子都是导致女子(担心)被抛弃的原因。

唐代:渐趋精致的写作

唐代是我国诗歌艺术的成熟鼎盛时期,有非常多优秀的诗人和诗篇。情诗在《全唐诗》中所占的比例并不高,《全唐诗》中最多的是表现友谊的作品。尽管如此,唐诗中还是有好些优秀的情诗,它们多半在李白、李商隐、杜牧、孟郊、李贺、温庭筠、张籍、韩偓、白居易、元稹、王建的作品里。

唐代的爱情叙事,比前朝写得更加精致。其中李商隐的情诗成就最高,他用华丽朦胧的笔,去写极其私人化的浓挚相思。他的《燕台四首》幽咽迷离、如仙如幻,或许可以代表唐代情诗的最高美学成就。他喜欢以《无题》为题写情诗(当然其中一部分《无题》是否是情诗也存在争议),似乎暗含"讳道相思""相思无以名之"的寓意,引起了许多后人效法。白居易的《长恨歌》和《琵琶行》则是唐代情诗中讲故事的杰出代表。《长恨歌》讲的是宫廷故事——唐明皇和杨贵妃的凄美传奇。《琵琶行》则讲的是民间故事——琵琶女年轻时颇受追捧,老了嫁给商人,夫妻情感淡漠。这种歌女"老大嫁作商人妇"的现象,在当时非常典型、普遍。

考察唐诗的入乐情况,有很多文献证据表明,唐代的绝句是时常用来演唱的,称为"声诗"。唐代薛用弱所著的《集异记》中就记载过一则演唱绝句的佳话。王昌龄、高适、王之涣三位诗人有一天聚会喝酒,看见一群乐伎也在聚会唱歌。于是他们悄悄打赌,看谁的诗被唱得多,并约定,谁的诗被唱得最多就代表谁写得最好。这类似于如今乐坛的填词人赌赛谁写的歌词在 KTV 的点播率最高一样。宋代词学家王灼的《碧鸡漫志》说："唐时古意未全丧，《竹枝》《浪淘沙》《抛球乐》《杨柳枝》乃诗中绝句，而定为歌曲。"明代戏曲理论家王骥德的《曲律》说："唐之绝句，唐之曲也。"关于唐代绝句入乐的这类证据至少有十多则，其他诗歌体裁的入乐情况也偶见记载。与此同时，虽然唐人仍在创作乐府诗，但古乐府的唱法在唐代已近乎失传，白居易等人倡导创作的"新乐府"，也不再以是否入乐为标准。

宋代：最精致的爱情音乐文学

我们津津乐道宋词，实际上词这种文体是唐代中期产生的，经五代时期发展繁荣，到宋代臻为极盛。词从文体本质来讲就是最典型的音乐文学，因为它是先有音乐的声谱，再按谱填上词的，作词又叫"倚声填词"。这种"先曲后词，以词从乐"和以前诗歌的"先词后曲，以乐从词"迥异。词在唐宋之时有"曲子词""歌词""乐府"等叫法，也生动地反映出这种文体与音乐的密切联系。词也是最典型的爱情音乐文学。历来就有"词为艳科""诗庄词艳"的说法，词也的确要比之前出现的那些诗歌文体更经常地用于描写艳冶的爱情。唐五代的词，绝大部分是爱情题材。宋词中，爱情题材也占了大半。这些词作中的女性，以青楼女子和贵族家姬为主。词也是古典诗词各种细分文体中最擅长精致抒情的一种，能够表现隐秘微妙的情感。唐五代的温庭筠、韦庄、孙光宪、李后主、冯延巳，宋代的晏殊、晏几道、欧阳修、张先、苏轼、柳永、秦观、贺铸、周邦彦、李清照、姜夔、吴文英等众多词人都有优秀的情词。总论起来，唐五代词沉艳，北宋词浓挚，南宋词清泚。词的唱法在南宋时期逐渐失传，词逐渐脱离音乐变成了纯文学，也逐渐典雅化。

古典诗词和音乐的关系

讲了宋词，就不再赘述之后的元曲、明清剧曲了。这里小结一下古典诗词和音乐的关系。

《诗经》是可以配乐演唱的，后来唱法逐渐失传。汉代有了乐府诗，也是可以唱的，到唐代唱法逐渐失传。唐代演唱绝句声诗，到宋代唱法逐渐失传。唐代中叶出现了词，它本来就是一种按照音乐的准度填上文字的音乐文体。唐代曾有过一段声诗和词并行的时期。到了宋代，几乎都是演唱词了。词的唱法从南宋开始逐渐失传。

《诗经》在先秦，乐府诗在汉，声诗在唐，词在宋，都可谓是一种音乐文体在属于它的时代，往往都受到了当时整个社会（包括宫廷、贵族、文人、普通老百姓）的喜爱。每种音乐文体过了一定时期，唱法失传，于是作为一种纯文学体裁传承下来。这个时候，往往只有文人热衷于它的创作，它不再受到整个社会的热烈追捧。文体"过时"，并不代表再无佳作，甚至会内容更加丰富，技法更加成熟。比如词这种文体，在清代还迎来一个兴盛期。清词甚至有比宋词更加进步的地方，但清代毕竟不如唐五代和宋代——词这种文体最富有元气的时期。乐府诗这种体裁也是直到清代都还有人写，但唐代之后，乐府就佳作寥寥，不成气候了。一种音乐文体"过时"，脱离音乐变成纯文学后，不管其从文学意义上讲发展得好还是不好，普罗大众出于表达情感的内在需要，都呼唤着新的音乐文体出现。这些更新换代的音乐文体既有迥异于上一代音乐文体的风貌气质，也具有传承性，比如继续使用曾经流行的音乐文体所积累的语言素材和写作技巧来表现新时代的情感。

这些规律，是我们可以从中国古代的诗、乐交织演进中总结出来的。其实关于人们为何需要诗与乐，以及诗与乐的紧密联系，古人早已有过精彩的理论表述。先秦时期的《尚书》说："诗言志，歌永言，声依永，律和声。……此万世诗乐之宗也。"用诗抒写心声；延长音节把诗唱出来，使之具有悠飏回翔的美感；一边唱一边用钟磬琴瑟去应和；再进行细微调整，使文字、演唱、器乐相和谐——这被认为是万世诗乐的起源。这里似乎在谈论一个作词、演唱，然后再进一步配器编曲的过程。

汉代关于《诗经》的重要文献《毛诗序》说："诗者，志之所之也，在心为志，发言为诗，情动于中而形于言，言之不足，故嗟叹之，嗟叹之不足，故咏歌之，咏歌之不足，不知手之舞之足之蹈之也。"这也是在谈论，诗起源于人们抒发感情的需要，但纸上静态的文字不足以表达人们丰富而强烈的情感，要把诗抑扬顿挫地唱出来再应节舞蹈，通过这样立体的形式，才尽致、尽兴。

唐代学者孔颖达主持编注的《五经正义》被唐王朝颁为经学的官方标准解释，其中也认为诗、乐自古以来就是一对密不可分的双生儿："五帝以还，诗乐相将，故有诗则有乐。"

宋代词学家王灼的《碧鸡漫志》说："诗至于动天地，感鬼神，移风俗，何也？正谓播诸乐歌，有此效耳。"因为配乐演唱，所以诗的感染力和影响力大大增强了。这是非常深刻的见解，可以在古典诗乐的发展史和我们的日常生活得到印证：在古代，一种诗体，如果可以演唱的话，会更容易影响到较广泛的社会层面，甚至可以引起社会风俗的变化；当这种诗体脱离音乐变成纯文学后，影响面就较窄了。在现当代更加明显，如果一首歌写得好唱得好，会迅速得到广泛传播，受到热烈追捧；如果一首诗写得好，只有较少数人会去读。诗的受众变小也跟社会整体失去读诗的意识和氛围有很大关系，但不可忽略配乐演唱的形式对传播力的极大影响。另外，一首流传甚广的歌曲，有可能是真正的动人杰作，也有可能是哗众取宠的"洗脑神曲"。

现代港乐的"到肉"

现代华语流行乐是中国古典音乐文体的延续。先不论现代华语流行乐的质量，从文体意义而论，这样讲大约是成立的，它和那些古典音乐文体都诞生于各自时代的人们唱歌抒发感情的内在需要，都见证了各自时代的特点。如果我们考察现代华语流行乐的流变史，这种延续性会更加明显。比如港乐词坛中，在陈蝶衣活跃的时代（五十年代到七十年代）和黄霑活跃的时代（七十年代到八十年代），流行歌词的古典元素还是很多的，这是承接了传统剧曲戏文的写作方式，也和为大量古典题材影视作品创作主题曲有关。后来港乐才逐渐发展到现在我们熟悉的这种采用现代白话文写作、充斥现代意象的面貌。内地和台湾地区的流行乐发展过程有类似之处。如果不考察这种流变史，霎眼看上去，如今的华语流行乐和古典音乐文体是断裂的、面目迥异的，因为不再大量袭用古典语言素材了。造成这种面目迥异的原因也非刻意求新，必须注意到，我们的现代工业社会和古代农业社会的生活方式、婚恋形式、日常所见存在较大差异，流行音乐敏锐、忠实地反映这一变化，才能真正唱到人们心里去。当然，较为新兴的"中国风"或"古风"歌曲也借用了大量古典素材，但往往仅在表达一种对古代的想象，而较少将之用于表现如今的情感生活。

现代华语流行乐中，我之所以主要将港乐作为和中国古典诗词（包括入乐和不入乐的）比较的对象，是因为它在反映现代人的情感特征上尤为出色，堪称范本。乐迷最喜欢拿来赞美某首港乐的一个词是"到肉"，意思是这首歌并非隔靴搔痒，而是能把某种情感处境、恋爱心理写得很透彻，击中人的身心。现代港乐具有如下显著特征：

①港乐几乎都是"倚声填词"，这点和宋词非常相似。港乐大多是粤语歌，粤语有九个音调。粤语歌词音调的高低走势必须与旋律相合，否则就会别扭难听。所以往往是先有旋律，然后填上契合旋律的歌词。如果先写词，几乎等于把旋律都写了出来。词人"倚声填词"已然十分不易，用词来创制好听的旋律则难度高到几近不可能，所以先词后曲的情况甚为稀有。"倚声填词"的难度虽高，但也带来了好处：香港的粤语歌听上去词曲特别水乳交融。粤语保留了华语古音的入声，入声字短促有力，唱出来非常有风味。现在的国语则没有保留入声。

② 港乐存在大量"一首旋律，国粤两词"的情况，这是它尤为独特之处。这种共用一曲的国粤两词往往存在有趣的互文性。比如林夕作词、张国荣演唱的《最冷一天》和《取暖》；林夕作词、陈奕迅演唱的国粤两版《Shall We Talk?》；林夕作词、陈奕迅演唱的《明年今日》和《十年》；李焯雄作词、陈奕迅演唱的《白玫瑰》和《红玫瑰》；黄伟文作词、卢巧音演唱的《好心分手》和周耀辉作词、卢巧音演唱的《至少走得比你早》；施立作词、陈奕迅演唱的《好久不见》和林夕作词、陈奕迅演唱的

《不如不见》。这几个例子的互文方式都不太一样，大家可以自行对比。

③港乐的老歌和新歌呈现出不同的特点。老歌和新歌之差异，凡是听港乐听得多的人都有察觉。老歌和新歌是笼统的说法：我们不妨把黄霑活跃时期的香港乐坛称为老歌时期，林夕、周耀辉、黄伟文活跃的时期称为新歌时期，其中林振强可视作一个老歌和新歌的过渡时期的关键人物。老歌和新歌的断代大致在九十年代末期。其中必有重叠交叉之处，不必细细计较。总的来说，老歌厚重、大气、朴实、开朗、劲健；新歌后出转精，更细致且饶有理趣，但失去了老歌那种元气淋漓的力量感。

④港乐的景语和外貌描写少。景语和外貌描写都是古典诗词注重的，它们也是诗词的美感的重要来源。港乐中的外貌描写几近于无。景语也少，新歌中尤其少。但如何用一种富有美感的语言描写现代城市景观呢？这是个问题。似乎在农业社会，用美丽的语言描写身边的自然风光是件很容易的事情。再加上古代诗人词人非常善于发现美、捕捉美、定格美、营造美，不断累积关于美的语言素材，更使诗词中的美丽景语蔚为大观。景语和外貌描写少，也给港乐的美感打了很大的折扣。但港乐中还是有一些很美的作品，比如：林夕作词、黄耀明演唱的《四季歌》；郑国江作词、张国荣演唱的《风继续吹》；黄霑作词、陈淑桦演唱的《流光飞舞》；周耀辉作词、黄耀明演唱的《忘记她是他》。

⑤港乐富有理趣。港乐少在景语和外貌描写下功夫，转而向内探求，在心理描写上转深转细。港乐情词在探讨人情世故的精准度、丰富度、柔软度、平衡感、幽默感、分寸感上都有不错的成绩。比如林振强作词、张国荣演唱的《心跳呼吸正常》；林夕作词、陈奕迅演唱的《爱情转移》；林夕作词、梅艳芳演唱的《似是故人来》；黄伟文作词、卢巧音演唱的《三角志》；黄伟文作词、陈奕迅演唱的《葡萄成熟时》。有的是概括了现代独特的情感现象，比如林夕作词、陈奕迅演唱的《十年》写道："十年之前，我不认识你，你不属于我。我们还是一样，陪在一个陌生人左右，走过渐渐熟悉的街头。十年之后，我们是朋友，还可以问候，只是那种温柔，再也找不到拥抱的理由。"有的是提炼出了前人没指出过的古今爱情一些共同特点，又比如林夕作词、陈奕迅演唱的《不来也不去》："谁

亦难避过这一身客尘,但刚巧出于你。"有的是对古人隐隐察觉到的道理表现出更高的敏锐度和更深透的觉知,比如唐代张籍的《妾薄命》写道:"人生各各有所欲,讵得将心入君腹?"林夕作词、张学友与梅艳芳演唱的《相爱很难》也写道:"也许相爱很难,就难在其实双方各有各寄望怎么办?"两句的意思几乎完全一样。但张籍的诗写的只是一个女人从自身个体的婚姻命运而生发出的一种叹息;林夕的词则将这点上升到普遍性的高度,列为"相爱很难"的各种难处之一。港乐比古典诗词对人性和爱情的不完美更加清醒和坦诚,但它很少引导人们苛刻地看待爱情,而是往往引导人们宽容、柔和、善意地处理情感问题。

在渲染挚情和分析感情上,林夕是成绩最突出的一位词人,故有"香江词神"之称。但他有时也存在过度分析导致把感情问题复杂化的倾向,三千词作中精华和糟粕并存。

⑥港乐写失恋题材致力于引导人们走出失恋悲伤,古典诗词写失恋一般只是抒发悲情。港乐也有好些抒发失恋悲伤的佳作,但它同时提供了很多疗愈情伤之方,鼓励人们用平常心面对失恋,积极地展望未来,可谓是在失恋题材上指出"向上一路"。

⑦港乐写爱情和古典诗词注重的细节不同。一个最典型的例子是,古典诗词中的爱情叙事几乎从不写亲吻,港乐中的爱情叙事却常常写到亲吻,且佳句迭出。比如林夕作词、黄耀明演唱的《春光乍泄》:"以嘴唇揭开,讲不了的遐想。"还有林夕作词、黄耀明演唱的《身外情》:"微暖质感,留在脸上还未泯。"还有潘源良作词、达明一派演唱的《Kiss Me Goodbye》:"只想一生,都记住你的吻。他乡里,做我心窝里孤灯。"还有陈少琪作词,谭咏麟、关淑怡演唱的《旧情复炽》:"嘴角轻轻探访,唇上的形状。只要酒都喝光,不要讲出晚安。"黄伟文作词、郑伊健演唱的《吻感》甚至用了全部篇幅去写亲吻,笔触颇为细腻:"主角原因情景场地及气氛,微细动作近观的眼神和将要吻的兴奋。……唇上那些味觉温度都通向心。"

沿路旅程如歌褪变(个人史)

　　林夕作词、王菲演唱的《约定》写道:"还记得当天旅馆的门牌,还留住笑着离开的神态。当天整个城市那样轻快,沿路一起走半哩长街。……剪影的你轮廓太好看,凝住眼泪才敢细看。……还记得当天吉他的和弦,还明白每段旋律的伏线。当天街角流过你声线,沿路旅程如歌褪变。"歌中用极细腻抒情的笔法描绘了这样一个故事:主人公曾经和一位美丽的爱人在晚上散步唱歌。后来两人分手,才惊觉这份荡气回肠的感情的开始、经过和结局,就如同那位爱人当晚款款唱出的凄美情歌,仿佛命运早已在歌中埋下伏笔。

　　不仅《约定》的爱情故事中"沿路旅程如歌褪变",每个时代的诗歌作品,都记载了很多音乐陪伴和见证恋情的例子。

琴挑女神,琴挑男神

　　《诗经》的第一首诗——著名的《关雎》就写到了用音乐来谈恋爱:"关关雎鸠,在河之洲。窈窕淑女,君子好逑。……窈窕淑女,琴瑟友之。……窈窕淑女,钟鼓乐之。"鸟以关关鸣叫来求偶,人用曼妙音乐来求偶。那个美丽娴雅的姑娘啊,是我心仪的好对象。我要弹琴鼓瑟来与她交往，我要敲钟击鼓来使她欢悦！谈恋爱，用聊天的方式来谈不就行了，为何要用到音乐呢？这大概是因为，音乐能够捕捉模拟爱情在人心中带来的那种梦幻的感觉，闪烁、流动、回旋、奔放、躲藏、追逐、飞扬、下坠。音乐的表达功能比说话更加立体、丰富、悠扬、尽致。它能够倾泻个人的感情，也能够在两个人之间交换心灵的密语。音乐还能引导、梳理意识的流动，好的音乐能陶冶人的心灵，让那阵情欲的躁动变得更加细腻、优美、温柔、清澈、纯挚。

在爱情中运用音乐的最著名故事绝对要数汉代的司马相如琴挑卓文君。司马相如是当时名动天下的帅哥才子，但比较穷。卓文君才貌双全，还是四川临邛最大富豪卓王孙的女儿。司马相如到了临邛后，因其才名，成为了卓王孙的座上宾。司马相如听说卓文君这位白富美刚刚成为了寡妇，不禁情思骀荡。卓文君喜欢音乐，恰巧相如又擅长弹琴，于是他就弹琴来挑逗卓文君。这真是《关雎》"窈窕淑女，琴瑟友之"的汉代版啊。

据说司马相如弹的曲子叫做《凤求凰》。《凤求凰》有两首词，其中一首是这样的："有美一人兮，见之不忘。一日不见兮，思之如狂。凤飞翱翔兮，四海求凰。无奈佳人兮，不在东墙。将琴代语兮，聊写衷肠。何日见许兮，慰我彷徨。愿言配德兮，携手相将。不得於飞兮，使我沦亡。"卓文君你这个大美人啊，让我一见难忘。要是一天见不到你，我都会想念得要疯掉。就像凤要飞遍天涯海角去寻找它的凰。无奈你，却不在我的近旁。我用弹琴代替言语，来诉说我的心事。你什么时候能答应我的追求，安慰我这个为情所困的可怜小子。我求爱的目的是光明正大的婚姻，我想和你携手走过未来的日子。要是不能和你成双成对啊，我会难过消沉得要命！音乐加上文采加上长得帅，这真是击中卓文君的死穴啊。

然后，真爱至上的奇女子卓文君就很"坑爹"地跟司马相如私奔了，她爹大概被气得吹胡子瞪眼吧。卓王孙本来不打算给小两口钱，想在经济上给宝贝女儿施压，好让她迷途知返。哪知道高一尺，魔高一丈，更坑爹的事发生了。顽皮的卓文君居然不顾千金小姐的体面，当街卖起酒来。卓老爷感到十分难堪,只好给了女儿很多钱,让她别再那样抛头露面了,好好和司马相如过日子。就这样,司马相如通过弹琴唱歌娶到了有才有貌有钱有德有情有义有胆有识的卓文君。可谓是用音乐谈恋爱的一个最成功的例子。

司马相如琴挑卓文君的故事太富浪漫色彩,戏曲故事于是纷纷借用这个桥段。比如《西厢记》,张生就是学司马相如那样琴挑崔莺莺的,弹的也是那首《凤求凰》(堪称撩妹神曲),张生当时的心思是:"虽然我远远比不上司马相如,但希望小姐能够有文君那样的意思啊。"

司马相如琴挑文君之后,"琴心"这个词渐被用来表示"情心"。今天的那些小男生弹吉他追女孩,可以说都是司马相如玩剩的。而且,他们弹吉他能逆袭卓文君这种级别的女神吗? 显然不能啊。

有用音乐追女神的,当然也有用音乐撩男神的。这就要讲到三国时期一位男神——周瑜。周瑜是三国时期吴国的名将。他不仅擅长领兵打仗,还长得很帅,还精通音乐。他精通音乐到什么程度呢? 哪怕是喝酒喝得醉醺醺的,别人演奏音乐中分毫的错误,他都能捕捉到,并用目光示意演奏者,提醒那人改过来。所以当时有句俗语叫"曲有误,周郎顾"。

在一首唐诗中,"曲有误,周郎顾"开始变得有一丝香艳色彩。唐代诗人李端的《听筝》写道:"鸣筝金粟柱,素手玉房前。欲得周郎顾,时时误拂弦。"在一间雅洁的屋子里,华美的筝上,筝弦闪烁着细碎的金光,映衬着弹筝女的纤纤玉手。弹筝女为了得到那个男子的一顾,时时弹错了音。很美丽可爱的一首小诗。弹筝女为何会"误拂弦"呢? 可以做三种理解吧。一是,她知道弹错了,她所心仪的知音之人就会望向她。这是博得他的注意,也是在和他进行一种微妙的交流。而在座的其他人,是无法知道和介入这种交流的。二是,她太渴望他的关注,所以过分紧张,乃至弹错了音。三是,她在考验某个人是不是知音会心之人,于是故意弹错一些音去试他。真是一个慧黠娇羞的妹子。

我听了她的演奏会

音乐不仅可以用来谈恋爱,还可以用来诉说自己的爱情经历。大唐元和十一年秋,九江郡的湓浦口,一艘船上。有个女人在弹奏琵琶。这个女人弹得真是好啊。幸亏当时在座的还有大诗人白居易,他正在这里给友人饯行,偶遇琵琶女,特请她弹奏,还为她写诗以纪。不然我们都不会知道,那是一场怎样魔音灌耳的惊艳。

白诗人在《琵琶行》写道:"转轴拨弦三两声,未成曲调先有情。弦弦掩抑声声思,似诉平生不得志。低眉信手续续弹,说尽心中无限事。轻拢慢捻抹复挑,初为霓裳后六幺。大弦嘈嘈如急雨,小弦切切如私语。嘈嘈切切错杂弹,大珠小珠落玉盘。间关莺语花底滑,幽咽泉流冰下难。冰泉冷涩弦凝绝,凝绝不通声暂歇。别有幽愁暗恨生,此时无声胜有声。银瓶乍破水浆迸,铁骑突出刀枪鸣。曲终收拨当心画,四弦一声如裂帛。东舟西舫悄无言,唯有江心秋月白。"是的,琵琶女没有唱一个字,却让人觉得她的琵琶弦上说了好多好多话,好像倾注了她极复杂的心情,好像诉说了她一辈子的故事。她还没怎么弹的时候,仅仅在弦上试了几声,某种情绪就已经被勾勒了出来。她有时候低徊,有时候激越。有时候像艺术女王一样骄傲自信,有时候又回到现实充满颓丧的无力感。有时候那么沉浸在温柔秾丽的梦幻中,让听众也感到春风拂面,和她一起醉了,侧头微笑,喃喃呓语。蓦地这个梦幻又被冰冻,时光和声音也仿佛被冰冻,寂止了。继而梦幻、时光、声音一齐炸裂。所有人都被镇住了,张大嘴久久说不出话来。只有白纷纷的凉月洒遍了天地。

等大家稍微回过神来,琵琶女叹息一声,说起了她的身世。她说她年轻时曾是教坊里最美丽和技艺最高的女子,得到了很多富二代疯狂的追捧。那个时候,她以为这样的日子可以天长地久。于是态度骄慢,生活奢侈,纵乐无度。渐渐地,她的亲人相继去世和远离,而她也老了。那些只爱慕她年轻时的容颜的富二代也都弃她而去,另捧新欢。她这才感到孤零零的，空荡荡的，害怕了。于是她也照例嫁了人，一个商人。商人不懂艺术，不懂感情，不懂她，不懂欣赏她。商人满脑子只想着钱、钱、钱。这不，又抛下她去很远的地方谈生意了，也不知什么时候才能回来。她觉得现在的生活是多么无趣啊，每当她梦见少年时的盛丽，醒来都会暗自垂泪。

很奇怪，她讲的这个故事，让人觉得刚刚在琵琶声里其实已经从头到尾听过了，每个细节都听过了。琵琶女的故事，也引起了那位著名的在场听众白居易的感慨。他说："你的音乐，你的故事，让我想起了自己的遭际。我现在既被贬官，又生病了，这儿的居住环境又不好。最让我这个文艺男中年郁闷的是，这儿的人毫无文艺细胞，他们那些所谓的音乐都土得掉渣，难听得要命。今天遇到了你，才有幸得聆一回仙乐飘飘，大饱耳福啊。我们可谓是同病相怜。我必须写一首诗来报答你的音乐！"琵琶女乍逢知音感激不已，于是又弹了一曲，是首更悲的曲子。大家都听哭了，白居易哭得最厉害。他那件被哭湿的江州司马牌青衫，也托琵琶女之福成为了中华诗史上一个赫赫有名的符号。

她来听我的演唱会

《琵琶行》讲的是，琵琶女用音乐倾诉自己的感情故事，从少年讲到中年。港乐中，梁文福作词、张学友演唱的《她来听我的演唱会》则讲的是，歌手在台上唱的歌曲仿佛就是台下坐着的女人的故事，也是从少年讲到中年。

《她来听我的演唱会》构思十分巧妙，把爱情故事用听演唱会串联起来，共讲了女主人公的三段恋情。十七岁时的青涩初恋，当时的男友花了半年的积蓄给她买了偶像张学友的演唱会门票，让她好感动啊。三年后分手了。她一边听偶像的歌一边哭，那承载了她最纯真的恋爱记忆。二十五岁了，新的恋情绽放。而她也出落得更具有成熟之美了。她再来听偶像张学友的演唱会，决定要好好珍惜感情，从此做一个幸福的人。后来男朋友出轨了。年轻气盛有感情洁癖的她完全接受不了这样的事情。她不听解释不接受挽回，就这样一刀两断了。睡不着的时候，她就一边听偶像的歌一边哭，还跑去唱 K 发泄。三十三岁的时候，她又恋爱了。这个时候，她明白生活不易，时日无多，不敢任性了。哪怕这个男友也有和别的女孩鬼混，她仍然想保卫这份感情，步入婚姻的殿堂。就是搭伙过日子吧。于是她就这样结婚生子了。四十岁的时候，她又来听偶像的演唱会，和老公孩子一起来的。人到中年，分外体会到上有老、下有小等种种压力。她尽量担起自己的责任，并让自己不显得那么手忙脚乱。然而往日的种种，好像一一在歌中浮现。她不禁流下泪来，她想：人生就这样了吗？这种选择是对还是错呢？孩子问："妈妈你为什么哭啊？"老公却早已睡着了，他只关心最实际的东西。她的老公，和琵琶女的老公是同一类人。但这有什么办法呢？人生啊，就这样吧。

就像《琵琶行》说中了古代很多歌伎的爱情悲剧的模式，青春风光，晚景凄凉；《她来听我的演唱会》也大概说中了某些现代女人的爱情悲剧，年轻时投入心力去恋爱而未果，后来终于结婚了但也似乎没感到很幸福。《她来听我的演唱会》也形容出了现代流行歌在现代爱情中发挥的作用，即记录、宣泄和陪伴。

林夕作词、陈慧琳演唱的《最爱演唱会》和《她来听我的演唱会》类似，也是讲女主人公的爱情和听演唱会的经历交织在一起。如果说《她来听我的演唱会》弥漫着一种深深的哀伤惆怅，《最爱演唱会》则哀而不伤。

《最爱演唱会》的女主人公曾和她的前男友去听演唱会。其实她本身并不喜欢听那位歌手的歌，只是因为前男友很喜欢听，她才陪他去的。于是她懂得，爱情会让人喜欢上一些自己本来并不喜欢的东西，并为之感到衷心甜蜜。后来他们分手了。女主人公伤心之余，自我开解道："如此多演唱会，坐过你两边像很配。曾经多热情，散过的心也别要灰。"她学会了像感激一场美好的演唱会那样鸣谢前男友。并祝愿自己和前男友都能从这段夭折的恋情中吸取经验教训，能和下一位恋人牵手到曲终人未散。

你是我一首唱不完的歌

爱情被比作演唱会，但更多地被比作歌曲。比如陈少琪作词、张靓颖演唱的《画心》写的："爱着你，像心跳难触摸。画着你，画不出你的骨骼。记着你的脸色，是我等你的执着。你是我一首唱不完的歌。"

古人早写过类似的：你是我一首弹不尽的曲。见南北朝才女鲍令晖的《拟客从远方来诗》："客从远方来，赠我漆鸣琴。木有相思文，弦有别离音。终身执此调，岁寒不改心。愿作阳春曲，宫商长相寻。"客人从远方带给我一张琴。琴身的木纹仿佛是相思在缠绕，轻轻试弹，弦上缭绕着别离的哀音。一辈子都只想弹这首恋曲，到天寒岁末、人生暮年都不改心。但我不想把这首曲子弹得那么悲凄，希望可以弹奏出春暖花开的境界，而我和你就像曲中欢悦的音符那样互相追逐嬉戏。这首诗前面写相思的哀愁，却以暖意融融的对幸福的憧憬结尾，令人喜悦。这种写法在诗词中十分罕见。

我们都希望某首荡气回肠的爱情之歌永不停歇，只可惜有时会事与愿违。晚唐大诗人孟郊的《古薄命妾》就做过这样的叹息："不惜十指弦，为君千万弹。常恐新声至，坐使故声残。弃置今日悲，即是昨日欢。将新变故易，持故为新难。青山有蘼芜，泪叶长不干。空令后代人，采撷幽思攒。"哪怕十指弹得鲜血淋漓，我还要把我俩的爱情之歌弹上千遍万遍。我怕一首新的歌到来，这首旧的歌就显得乏味，就会被淡忘了。今天被哀哀抛弃的歌，就是昨天带给你快乐的歌。新的变旧很容易，旧的却很难再让人有新鲜感了。汉代乐府诗《上山采蘼芜》讲的正是一个弃妇在某一天上山采蘼芜时，与有了新妻的前夫重逢的故事。所以山上的蘼芜叶啊，至今还沾着那女人的泪水。令后人来采蘼芜之时，都被感染了那种愁绪。诗中的怨情痴意，臻于凄厉，动人至深。

一边听张靓颖唱的《画心》一边读孟郊的《古薄命妾》，令人脑海里回荡着这些词儿："不惜十指弦，为君千万弹。你是我一首唱不完的歌。……你是我一首唱不完的歌。常恐新声至，坐使故声残。……青山有蘼芜，泪叶长不干。你是我一首唱不完的歌——歌——歌——。"真是有种没倒过来时差的感觉。我们不妨趁着这古今时空混乱之际，来听黄伟文作词、谢安琪演唱的《年度之歌》。这首歌刚好和孟郊的《古薄命妾》弹的是反调，真是好一场"关公战秦琼"啊。

《古薄命妾》和《年度之歌》都把一个恋人、一段恋情比作一首歌，都在讲一首歌被另一首取代，一个恋人、一段恋情被另一个恋人、另一段恋情取代。《古薄命妾》讲的是痴情、凄苦，《年度之歌》讲的是随顺、优雅。

《古薄命妾》的开头写道："不惜十指弦，为君千万弹。"是写还要不断弹旧曲。而《年度之歌》的结尾唱道："还愿我懂下台的美丽，鞠躬了就退位，起码得到敬礼。谁又妄想一曲一世，令人忠心到底？"则是说既然这首旧曲让你倦闷了，那么我就优雅谢幕吧，又怎能妄想你一辈子都只听我这首歌呢？《古薄命妾》叹道："常恐新声至，坐使故声残。弃置今日悲，即是昨日欢。"是说害怕被取代，害怕乐事成悲，充满不安全感。而《年度之歌》唱道："良夜美景没原因出了轨，来让我知一切皆可放低。……全年度有几多首歌，给天天地播，给你最愉快的消磨。流行是一首窝心的歌，突然间说过就过。谁曾是你这一首歌，你记不清楚。我看着你离座。真高兴给你爱护过，根本你不欠我什么。"则是说，歌曲过气了，爱人变心了，不想盘问原因，只是接受这个事实。自己从中懂得了无常，懂得了不执，懂得了体谅。那些昨日欢，那些最愉快的消磨，过了也就随它过去吧。感恩地目送，而不在双方之间制造什么情感的债务。

这彰显了古代和现代价值取向的区别。古代有点喜欢盲目赞美女人的痴情，而现代则对不做盲目的痴情这一点有了更多的觉知和强调。但并不是说《年度之歌》这种做法就一定比《古薄命妾》这种做法更高级，也需要看具体情况。我觉得《古薄命妾》真是写得好，这首诗并没有过时，也不会过时。爱情存在兴替，失恋后，当事人可能会非常悲伤，可能会非常用力去挽留，深情难免这样。女人、男人都可能会遭遇这种情况，这是千古同叹。而《年度之歌》呢，则指出了分手后另一种值得参考的行为模式。任凭分手是怎样突然的打击，仍然一丝不乱、云淡风轻、通情达理、言行柔善。它简直可谓是分手礼仪学和分手美学教材。

把爱情如歌写得最暖心的港乐大概要数刘卓辉作词、陈奕迅演唱的《岁月如歌》，它是 2003 年香港电视剧《飞上云霄》的主题曲。这部电视剧以航空业为主题，主题曲也紧扣这一点。歌中说，爱情和理想，就如同心中的晨曦，让人充满盼望，充满欢喜。如果要起飞，最想随身携带的行李永远都是这位爱人。但世事无常，如果哪一天真的要分离，只希望回忆还能愉快。歌中的尾句最为经典："当世事再无完美，可远在岁月如歌中找你。"也许年纪越大，就会看到越多的残缺。但往日的那些美好，已经封存在歌中。每当重温那些歌，我都仿佛看到你，盈盈笑靥如初见。

弦肠俱断，连麦克风也动容

诗词写音乐的时候，你经常可以看到这样的表达：弦断，肠断，有时候是弦肠俱断。关于这点，最出名的句子应该是宋代名将岳飞《小重山》那句："欲将身世付瑶琴，知音少，弦断有谁听。"不过，这讲的是岳飞精忠报国的壮志未酬，无人懂，无处说，故将一腔积郁弹入琴中。"弦断"必是由于用力过猛，可见出弹琴者倾注的感情是多么强烈。这个例子虽和爱情无关，但"弦断"的原理是一样的。

举两个因爱情而弦断、肠断的例子。唐代女诗人李冶的《相思怨》写道："弹着相思曲，弦肠一时断。"宋代词人晏几道的一首《蝶恋花》写道："却倚缓弦歌别绪，断肠移破秦筝柱。"这两个例子都讲的是用琴弦倾诉爱情，到了感情的激切处，不禁弦断、肠断！

到了现代，大家不怎么用琴、瑟、筝、琵琶来倾诉自己的爱情了，而是选择唱 K 的方式。关于这一点，最经典的歌当然要数林夕作词、陈奕迅演唱的《K 歌之王》。

《K 歌之王》有国语、粤语两个版本。两个版本内容差不多，只有细节差异。歌词讲的是：主人公在唱 K 的时候，用歌曲向他所恋之人暗中致意。主人公唱得非常卖力，粤语版写道："给你卖力唱二十首真心真意，麦克风都因我动容。"其实这和古人的"弦肠俱断""弦断有谁听"是类似的情境，都是说倾注强烈的情感在音乐上，甚至连乐器都产生极大反应。而且他唱的歌都是非常煽情的，所谓"叫几百万人流泪过的歌"，但他所恋之人却不为所动，只夸主人公歌儿唱得好，对主人公的情意却佯作不知，并感到倦闷。借用内地歌手宇桐非唱作的《感动天感动地》的词儿来说，这真是"我感动天，感动地，怎么感动不了你"啊。

《K歌之王》的写法也非常有意思。它是个杂烩拼盘，在歌中嵌入了几十首歌的名字和一些歌的句子，同时这些嵌入的元素形成一个连贯的意脉。它的细节上虽还是有毛糙之处，但还是挺棒的。如果你不知道《K歌之王》所用的歌曲典故，你可以理解它的大意，但不免会觉得有些语言表达挺费解。但如果你知道它的用典，你会从中得到更多乐趣。《K歌之王》中蕴含的歌曲似乎暗示了主人公的情感处境和心境，也很有可能是主人公唱的歌单。歌曲和现实似有还无地交融，扑朔迷离，耐人寻味。《K歌之王》捕捉了一个很典型的场景，揭示了现代社会中，唱歌和爱情一般是怎样发生联系的：大伙儿去唱K，首先都是为了娱乐，很多时候唱歌只是为了唱歌。但所唱的流行歌大多讲的是感情的事。某某或者被歌曲偶然触动了心事，或者感情不自觉流露于歌中，或者有意凭歌传情。而唱K穿上了娱乐这件外衣，无论感情表达得多么大声，都显得非常含蓄。

关于《K歌之王》具体所涉及的歌曲，网上已经探讨得很多，甚至有那种给国语版和粤语版分别找出了五十多首歌的。但每份歌曲整理都似存在谬误。比如这一句："谁曾经感动，分手的关头才懂得，离开排行榜更铭心刻骨。"其实里面涉及的很重要的一首歌曲是易家扬作词、黎明演唱的《排行榜》，但好像没人指出过。还有这一句："我已经相信有些人我永远不必等，所以我明白在灯火阑珊处为什么会哭。"其实用的最重要的典故是李宗盛作词、陈淑桦演唱的经典老歌《梦醒时分》中那句："有些事情你现在不必问，有些人你永远不必等。"这个典故用得非常有韵味。但歌迷往往误会而把"我已经相信有些人我永远不必等"从字面上分拆成几个歌名，就错得远了。大家有兴趣可以把网上整理出的歌单搜来略听一下，但不必全信就好。

《K歌之王》这种拼盘式的写法，在后来也得到了传承和仿效，比如古巨基演唱的《劲歌金曲》。但在拼盘歌这种类型上，《K歌之王》无疑是最经典的。

写以歌传情的经典歌曲，除了《K歌之王》，还有黄伟文作词、李克勤演唱的《我不会唱歌》。这首歌讲的不是一个不会唱歌的人，而讲的是主人公苦苦给一个不爱自己的人唱情歌。歌中唱道："情话要是沉住气唱不上，高八度也许太夸张，我泪流但你懒得拍掌。你若要是其实渴望听他唱，恐怕任我声线再铿锵，你亦无视我在投入演唱。"这段非常妙，用唱歌时尝试着升调降调，来比喻恋爱中调整自己的姿态，是傲娇一点呢，还是谦卑一点呢？但无论唱歌用什么调，恋爱中用什么姿态，都是白搭，都是唱错做错。只因为那个人不想听你唱。尤其李克勤本来就超会唱歌，这首歌也很好地展示了他的唱功，于是使歌名"我不会唱歌"显得更加反讽。好像在说，哪怕你唱到李克勤那种境界了，在情场上遇到那位不爱你的评委，你也只能得零分出局啊。

类似《K歌之王》和《我不会唱歌》这种以歌传情但对方不领情的故事，台湾歌曲也写过。见陈升作词并演唱的《牡丹亭外》："写歌的人假正经啊，听歌的人最无情。……写歌的人断了魂啊，听歌的人最无情。"其实啊，类似的故事古人的诗词也早已写过。南北朝汤惠休的《怨诗行》写道："愿做张女引，流悲绕君堂。君堂严且秘，绝调徒飞扬。"我想弹奏一曲《张女引》，让悲哀的旋律徘徊缭绕你的厅堂，但你的门窗紧闭，歌曲只能徒然地飞扬。"君堂严且秘"是个比喻的说法，实际上指的是君心不肯向我敞开。还有白居易的《和殷协律琴思》："秋水莲冠春草裙，依稀风调似文君。烦君玉指分明语，知是琴心伴不闻。"那个美丽的女孩眸如秋水，带一顶莲花冠，着一袭春草色的裙子。她的风韵气质仿佛卓文君再世。你明明是在学司马相如琴挑文君那样用音乐向她倾诉爱慕。哎，可是，她听懂了却假装没听懂。还有唐代诗人张籍的《吴宫怨》写道："君心与妾既不同，徒向君前作歌舞。"你和我不是一条心，我再表演怎样美妙的歌舞都无法打动你吧。《K歌之王》《吴宫怨》讲的是唱歌之人和听歌之人的故事,《牡丹亭外》讲的是写歌之人和听歌之人的故事,《和殷协律琴思》《怨诗行》讲的是弹琴之人和听琴之人的故事,均是落花有意流水无情。

如果以歌传情,在歌声中心心相印,该是多么美好啊。诗词中就写过这样的故事。南北朝诗人鲍照(前面提到的才女鲍令晖的哥哥)的《夜坐吟》写道:"冬夜沉沉夜坐吟,含声未发已知心。霜入幕,风度林。朱灯灭,朱颜寻。体君歌,逐君音。不贵声,贵意深。"冬夜,夜色深沉。我们坐在一块儿,你唱歌给我听。你还含辞未吐的时候我就已经懂得你的心。寒霜飘入罗幕,北风吹过树林。灯忽地灭了。又冷又黑,我的目光寻觅到你的脸才安心。我体会着你唱的歌,我的心追逐着你唱的每一个字。重要的不是歌声,而是你寄托在歌声中的深深爱意。真是一首浪漫暖心的诗,很适合在冬天温一壶茶来读。诗仙李白也仿写过一首《夜坐吟》:"冬夜夜寒觉夜长,沉吟久坐坐北堂。冰合井泉月入闺,金缸青凝照悲啼。金缸灭,啼转多。掩妾泪,听君歌。歌有声,妾有情。情声合,两无违。一语不入意,从君万曲梁尘飞。"这首写得更曲折幽隐:冬天的寒夜显得格外漫长,我们坐在北堂,久久一言不发。井水被冰冻住了,冷月照入房帷。金色的灯盏上闪着青荧荧的光,照见人儿在悲伤哭泣。灯蓦然灭了,泪水越流越多。你唱起歌来,我掩住泪容听你唱。歌曲悠扬有声,而我激荡有情。歌声与情感完全相合,毫无违碍。这种境界是多么美好。如果你唱的并非我的心声,那么哪怕你动情地唱了一万首,歌声美妙到余音绕梁、尘埃乱舞,也是没有用啊。这首动人的诗,写的是有情人历经坎坷而终于团圆,喜极而泣呢?还是他们即将分别,一边珍惜短暂的依偎,一边流泪唱着离歌呢?

这两首"情声相合,两情相悦"的《夜坐吟》和《K歌之王》《我不会唱歌》的剧情刚好相反。

太多情歌,没有爱情

周耀辉作词、达明一派演唱的《天花乱坠》可谓是写音乐和爱情的关系的歌曲里极特别的一首。它讲的是流行歌天花乱坠地唱着各式爱情，但生活中却没有爱情，而是充塞着其他各种毫不浪漫甚至让人头疼的大事小事："我今天歌歌多，你股票价格怎么？你工作报告几个？你心里世界没变几多？我今宵歌歌多，你家里老幼怎么？你炒过芥菜几棵？此刻我声音令你的心中充塞着什么？"这首歌大概也能激起很多人的共鸣。《天花乱坠》似在感慨没有爱情，也似在感慨流行歌与真实生活脱节。港乐的爱情叙事虽然会经常显示出贴近生活的努力，但还是和很多人的生活有所隔阂。《天花乱坠》去描述这种隔阂，也是一种贴近生活的方式。

黄伟文作词、Twins演唱的《下一站天后》则用一种更富浪漫色彩的方式去咏叹"只有情歌，没有爱情"："在百德新街的爱侣，面上有种顾盼自豪。在台上任我唱，未必风光更好，人气不过肥皂泡。……几多爱歌给我唱，还是勉强。台前如何发亮，难及给最爱在耳边，低声温柔地唱。白日梦飞翔，永不太远太抽象。最后变天后变新娘，都是理想。在时代的广场，谁都总会有奖，我没有歌迷有他景仰。"歌手唱尽情歌，却还没有爱人。她觉得，其实情歌最应该唱给爱人听，而不是在舞台炫技。她认为，普通人的真挚爱情，不输给万众瞩目的风光。爱比名利更重要，而事业和爱情都值得追求。我觉得，"在时代的广场，谁都总会有奖"这句特别令人感动。它是对世俗生活的肯定，是对爱的颂扬，是对多种价值追求的肯定，也是对每个人的美好祝福。

感谢永远有歌，把心境道破

有人这样形容流行歌："总有一首歌让你对号入座。"这句话很流行，但我总嫌它太煽情。其实古人就已经这样说过："游子不堪闻，正是衷肠事。"

这句词出自宋代词人晏几道的一首《生查子》："狂花顷刻香，晚蝶缠绵意。天与短因缘，聚散常容易。　传唱入离声，恼乱双蛾翠。游子不堪闻，正是衷肠事。"花光惊艳，花香酷烈，却只有一瞬间。而惜花的蝴蝶却有无限缠绵流连之意。天意让缘分这么短暂,聚与散都太轻易了。这样的故事被唱成离别的歌曲,让姑娘含愁蹙眉。而四海漂泊的男子也不忍心听啊,因为也说中了他的心事。

宋代词人杜安世的《卜算子》也把听歌伤怀写得很生动:"尊前一曲歌。歌里千重意,才欲歌时泪已流,恨应更、多于泪。 试问缘何事。不语如痴醉。我亦情多不忍闻,怕和我、成憔悴。"宴席上,听那人唱了一首歌,歌里好像藏了好多好多心事。歌还没唱出声,眼泪就已经掉了下来。那人心中的愁怨,应该比眼泪还多吧。问她到底是怎么了?她却不说话,如痴如醉。其实我也不忍听她的故事。怕听了既为她而感伤,也触动我自己的心事,和她一起惨恻。这首《卜算子》可谓是一首袖珍版的《琵琶行》,都是讲一个人用音乐诉说伤心事,而听众也被其触动伤心事。当然这首《卜算子》没有《琵琶行》那样华丽精致的音乐描写,也没有讲什么具体的人生故事,而是非常质直无华的语言。正因为没有具体的故事,反而有了容纳更多可能性的空间,可以引起更多共鸣。

那些触动心事的歌啊,不忍听是一回事。但人们或许同时也会觉得:"感谢永远有歌,把心境道破。"这是林夕作词、陈奕迅演唱的《歌,颂》里的一句。如果说杜安世的《卜算子》讲的是唱歌者和听歌者的感受,那么《歌,颂》则相当于歌曲创作者的心声、感言。歌中说,那些很触动人心的歌是怎样写出来的呢?是那些具有最善感心灵的人写出的,他们投入而沉静地观照人情世故,透视人的寂寞,捕捉那些情感的快慢高低、悲喜起伏;定格那些乐如仙境的画面,抚慰那些情感的伤痕,帮助人们发泄,提醒人们反省,引导人们结束过去,开启未来。歌中唱道:"每一拍为这时代作证。感谢永远有歌,把心境道破。哪论动或静,谁也有情。情绪有它抚摸。风景里随身听,思想里随心听。怀着万万万个心的结晶,炼成时代最亮发声。"

《歌,颂》的歌词虽不算精致,却可谓是一份写得比较到位的现代港乐的自白书。有些人鄙视流行歌曲的一个重要理由是:"流行歌是代言集体感情的,所以不如抒发自己个人真情实感的诗可贵。"这种说法有一定道理,因为真情毕竟是最珍贵的,最易动人的。但我觉得,首先,优秀"代言体"的深处可能有真情作为基点，但这涉及隐私，是外人无权过问的。其次，哪怕"代言体"纯属基于洞察力写出来的，能够把人情世故写得精准到位，也很可贵。反之，如果自抒己情的作品隔靴搔痒，陈腐浅陋，那么并不能算比"代言体"有价值。不能因为流行歌词是"代言体"而不分青红皂白地轻视它们，但也不应虚捧"代言体"，而应就事论事针对具体歌词文本的写作水平进行评价。其次，不管创作的初衷是自言己情还是"代言"，若能引发别人的深切共鸣，让人觉得"正是衷肠事"，具有一种代言大众感情的能力，那么都是很了不起的。因为这意味着触及到了人性很深层的、具有普遍性的东西。

附录一

古典诗词与现代港乐相似句摘

　　我搜集了近两百组诗词和歌词相似的句子,这里选了五十组供大家把玩,尽量不选正文提到的例子,主要是爱情叙事但不局限于爱情叙事。在诗词港乐之外,偶有列出零星的其他文本共参。

　　1. 和你保持高度一致

　　同声好相应,同气自相求。我情与子亲,譬如影追躯。……子静我不动,子游我不留。——《合欢诗五首·其一》魏晋·杨方

　　子笑我必哂,子戚我无欢。来与子共迹,去与子同尘。——《合欢诗五首·其二》魏晋·杨方

　　欢愁侬亦惨,郎笑我便喜。——《子夜歌四十二首·其十九》晋代

　　你眉头开了,所以我笑了。你眼睛红了,我的天灰了。……喜怒和哀乐,有我来重蹈你覆辙。——《你快乐所以我快乐》现代港乐·林夕

　　2. 光阴流转

　　岁去甚流烟,年来如转轴。——《与柳恽相赠答诗》南北朝·吴均

四时如湍水,飞奔竞回复。——《春怨》南北朝·王僧孺

辘轳春又转。——《瑞鹤仙》宋·吴文英

四季似歌有冷暖,来又复去争分秒。又似风车转到停不了,令你的心在跳。——《四季歌》现代港乐·林夕

3.后悔

不我以,其后也悔。……不我以,其后也处。——《诗经·召南·江有汜》

自愿吻别心上人,糊涂换来一生泪印。……糊涂是你的一颗心,他朝你将无穷地后悔。——《等》现代港乐·郑国江

终有一天,你会为了我而哽咽。——《哽咽》现代港乐·周耀辉、卢凯彤

4.借酒消愁

我姑酌彼金罍,维以不永怀。……我姑酌彼兕觥,维以不永伤。——《诗经·周南·卷耳》

欲将沉醉换悲凉。——《阮郎归》宋·晏几道

桂酒已消人去恨。——《玉楼春》宋·晏几道

容我醉时眠。——《满庭芳》宋·周邦彦

拿来长岛冰茶换我半晚安睡。——《可惜我是水瓶座》现代港乐·黄伟文

5.爱情如风

终风且暴。——《诗经·邶风·终风》

习习谷风,以阴以雨。——《诗经·邶风·谷风》

彼何人斯,其为飘风。胡不自北,胡不自南。胡逝我梁,只搅我心。——《诗经·小雅·何人斯》

习习谷风,维山崔嵬。无草不死,无木不萎。——《诗经·小雅·谷风》

这次季候风,吹得格外凶。仿佛世上一切已经消失所踪。——《季候风》现代港乐·林振强

来又如风,离又如风。或世事通通不过是场梦。——《如风》现代港乐·林振强

一阵风,一场梦,爱如生命般莫测。——《画心》现代港乐·陈少琪

当风筝遇上风,即使快乐的痛。仍能乘着狂风,天空中爱得英勇。——《风筝与风》现代港乐·林夕

6.一切如梦

休言万事转头空,未转头时皆梦。——《西江月》宋·苏轼

情爱就好像一串梦,梦醒了一切亦空。——《侬本多情》现代港乐·郑国江

7.人言可畏

墙有茨,不可埽也。中冓之言,不可道也。所可道也,言之丑也。……言之长也。……言之辱也。——《诗经·鄘风·墙有茨》

岂敢爱之?畏人之多言。仲可怀也,人之多言,亦可畏也!——《诗经·郑风·将仲子》

旧缘该了难了,换满心哀。怎受得住,这头猜那边怪。人言汇成愁海,辛酸难捱。——《葬心》现代港乐·姚若龙、小虫

8.再不分手以后都没幸福

及尔偕老,老使我怨。——《诗经·卫风·氓》

回头望,伴你走,从来未曾幸福过。赴过汤蹈过火,沿途为何没爱河。下半生,陪住你,怀疑快乐也不多。——《好心分手》现代港乐·黄伟文

9.出游排遣忧愁

驾言出游,以写我忧。——《诗经·卫风·竹竿》

向晚意不适,驱车登古原。——《乐游原》唐·李商隐

欲上高楼去避愁,愁还随我上高楼。——《鹧鸪天》宋·辛弃疾

十二号,漫步加州的果园,遗失一脸幽怨。没对你再有留恋。十六号,沐浴九州的温泉,遗失痴心一片。大概我,情绪快要复元。……逐点留低挂念,直到没法心软。——《到处留情》现代港乐·黄伟文

往事留旧城，铺展了风景。世上客机大可帮我逃命，流浪到地中海总会蝶泳。……震荡过的内心只有承认，逃避到地心都不会入定。——《地尽头》现代港乐·林夕

10. 自爱的人最美

菱花里，自看妖冶，却胜薄情眼。——《霓裳中序第一·咏镜》清·曹溶

原来自爱，随时能比他眼光，更耐看，更耐看，比恋爱，更耐看。——《嫁妆》现代港乐·黄伟文

11. 痛苦到宁愿没有生命或没有知觉

我生之后，逢此百罹。尚寐无吪。……我生之后，逢此百忧。尚寐无觉。……我生之后，逢此百凶。尚寐无聪。——《诗经·王风·兔爰》

心之忧矣，维其伤矣。……知我如此，不如无生。——《诗经·小雅·苕之华》

不如饮待奴先醉，图得不知郎去时。——《鹧鸪天》宋·夏竦

若这一束吊灯倾泻下来，或者我已不会存在。即使你不爱，亦不需要分开。若这一刻我竟严重痴呆，根本不需要被爱。永远在床上发梦，余生都不会再悲哀。——《明年今日》现代港乐·林夕

12. 一起躲起来

邂逅相遇，与子偕臧。——《诗经·郑风·野有蔓草》

找到爱，幸福的人肯不肯躲起来。——《爱爱爱》现代港乐·周耀辉

（注："偕臧"有解释为"相好"的，也有解释为"一同藏匿"的。）

13. 及时行乐

今我不乐，日月其除。——《诗经·唐风·蟋蟀》

山有漆，隰有栗。子有酒食，何不日鼓瑟。且以喜乐，且以永日。宛其死矣，他人入室。——《诗经·唐风·山有枢》

今者不乐，逝者其耋。……今者不乐，逝者其亡。——《诗经·秦

风·车邻》

劝君莫惜金缕衣，劝君惜取少年时。花开堪折直须折，莫待无花空折枝。——《金缕衣》唐·杜秋娘

酌一卮，须教玉笛吹。锦筵红蜡烛，莫来迟。繁红一夜经风雨，是空枝。——《摘得新》唐·皇甫松

来日别操心，趁你有能力开心。世界有太多东西发生，不要等到天上俯瞰。——《爱得太迟》现代港乐·林夕

14.及时相爱、相见

素身为谁珍，盛年将可惜。——《月节折杨柳歌十三首·其五》魏晋

难道要等青春全枯萎，至得到一切。——《春光乍泄》现代港乐·林夕

人间桑海朝朝变，莫遣佳期更后期。——《一片》唐·李商隐

世事无常还是未看够，还未看透。……风花雪月不肯等人，要献便献吻。——《夕阳无限好》现代港乐·林夕

人生能几何，莫厌相逢遇。——《寻人偶题》唐·邵真

见我爱见的相知，要抱要吻要怎么也好，不要相信一切有下次。相拥我所爱又花儿多秒？这几秒，能够做到又有多少？未算少，足够遗憾忘掉。——《爱得太迟》现代港乐·林夕

15.不乖的女人

此妇无礼节，举动自专由。——《孔雀东南飞》汉·佚名

许多旁人说我不太明了男孩子，不受命令就是一种最坏名字。——《野孩子》现代港乐·黄伟文

16.悲喜循环

忧喜更相接。——《明月篇》魏晋·傅玄

忧喜相寻。——《满江红》宋·苏轼

一霎欢娱一段愁，霎霎浑无据。——《卜算子》近代·陈方恪

悲有时喜有时，暂时没法知，只不过是为未来留下往事。——《真

命天子》现代港乐·林夕

寻找中各有失落,都有惊喜匆匆闪过,每个笑脸蕴藏了多少沧桑。——《红河村》林一峰

17.念亲恩

低回愧人子,不敢叹风尘。——《岁暮到家》清·蒋士铨

日夜做,见爸爸,刚好想呻,却雾眼看出他,多了皱纹。而他的苍老感,是从来未觉,太内疚担心。——《爱得太迟》现代港乐·林夕

18.分开了才觉得好

不曾远别离,安知慕俦侣。——《情诗》魏晋·张华

见来无事去还思。——《阮郎归》宋·欧阳修

离别以前,未知相对当日那么好。——《似是故人来》现代港乐·林夕

19.有情、无情、真情、假情

无情一去云中雁,有意归来梁上燕。有情无意且休论,莫向酒杯容易散。——宋·晏殊《玉楼春》

世事短如春梦,人情薄似秋云。不须计较苦劳心,万事原来有命。……片时欢笑且相亲,明日阴晴未定。——宋·朱敦儒《西江月》

人生如一梦,难记缘去来。尽贺这晚相逢。真痴假情,亦是一样笑容。——现代港乐·林振强《夜温柔》

妻儿语笑意全真。——宋·王谌《渔父词》

明月直入,无心可猜。——唐·李白《独漉篇》

(附记:前三例是达观,第四例是返璞归真,读了前四例然后读第五例特别有味道。)

20.悲伤随时间递增递减

行行日已远,转觉心弥甚。——《代葛沙门妻郭小玉诗》南北朝·鲍令晖

初别意未解,去久日生悲。——《咏邯郸故才人嫁为厮养卒妇》南北朝·谢朓

人间别久不成悲。——《鹧鸪天·元夕有所梦》宋·姜夔

时间令痛苦都医好。——《感冒》现代港乐·林夕

快不快乐有天总过去。——《人来人往》现代港乐·林夕

每个劫数时间会善后。……长年累月就算你多念旧,明天一滴也不留,爱与痛如昨夜喝的酒。——《会过去的》现代港乐·黄伟文

21. 不是真正想在一起

有意相思无意共。——《谒金门》宋·石孝友

也许喜欢怀念你,多于看见你。我也许喜欢想象你,受不了真一起。——《怀念》现代港乐·黄伟文

22. 誓死不分开

结带与我言,死生好恶不相置。——《拟行路难十八首·其九》南北朝·鲍照

总有天亲耳听到,我爱侣对天宣布,生与死都爱惜我。——《姊妹》现代港乐·林夕

宁同万死碎绮翼,不忍云间两分张。——《白头吟》唐·李白

情愿一起沉没,也不欣赏泡沫。不愿立地成佛,宁愿要走火入魔。……情愿两个人不快活,也要一起生活。——《阿修罗》现代港乐·林夕

终须买个小船儿。任风吹。尽东西。假使天涯海角、也相随。纵被江神收领了,离不得、我和伊。——《江神子》宋·虞某

唯求与他车厢中可抵达未来,到车毁都不放开。——《少女的祈祷》现代港乐·林夕

23. 恋爱大过天

天长地久有时尽,此恨绵绵无绝期。——《长恨歌》唐·白居易

天涯地角有穷时,只有相思无尽处。——《木兰花》宋·晏殊

让我肤浅,只知恋爱大过天。——《恋爱大过天》现代港乐·林夕

24. 悄悄想你

语笑向谁道,腹中阴忆汝。——《子夜歌四十二首·其十二》晋代

转街过巷,就如滑过浪潮。听天说地,仍然剩我心跳。——《再见二丁目》现代港乐·林夕

25. 择偶别太挑剔

衡门之下,可以栖迟。泌之洋洋,可以乐饥。岂其食鱼,必河之鲂。岂其取妻,必齐之姜。——《诗经·陈风·衡门》

谁亦能呵一呵,一张嘴一副面容差不多。但别要选出色一个,用尽气力去拔河。——《怪你过分美丽》现代港乐·林夕

26. 好风景想与你共赏

每遇登临好风景,羡他天性少情人。——《忆乐天》唐·刘禹锡

此去经年,应是良辰好景虚设,便纵有千种风情,更与何人说。——《雨霖铃》宋·柳永

无论于什么角落,不假设你或会在旁,我也可畅游异国,放心吃喝。——《再见二丁目》现代港乐·林夕

27. 你绝情,我流连

君心匣中镜,一破不复全。妾心藕中丝,虽断犹牵连。——《去妇》唐·孟郊

今天相依他朝相分你有你所恋,然而剪它不断任谁处理都一样乱。……算我错了爱你太深是我的缺点。——《女人的弱点》现代港乐·潘源良

28. 生病的脆弱

主人夜呻吟,皆入妻子心。客子昼呻吟,徒为虫鸟音。妻子手中病,愁思不复深。童仆手中病,忧危独难任。——《病客吟》唐·孟郊

在家非不病,有病心亦安。——《遣病十首·其六》唐·元稹

少年心壮轻为客,一日病来思在家。——《秋日卧病》唐·杜荀鹤

如今病也无人管。——《虞美人》宋·向滈

新来衰病无人管。——《渔家傲》宋·吕本中

闷无人理,愁无人管,病了无人问。——《青玉案》近代·顾随

你要陪住我,你要陪住我,你要陪住我。我怕我有病,望着支探热

针,烧得这么滚,却欠缺你为我担心。——《PG 家长指引》现代港乐·黄伟文

29. 被宠坏了

君宠益娇态,君怜无是非。——《西施咏》唐·王维

被偏爱的都有恃无恐。——《红玫瑰》现代港乐·李焯雄

30. 愁人如鱼难闭目

羁绪鳏鳏夜景侵。——《宿晋昌亭闻惊禽》唐·李商隐

你太了不起,害我长一身鱼鳞。冰冷我血液,从此闭不上眼睛。——《哽咽》现代港乐·周耀辉、卢凯彤

(注:古代有"鳏鱼不寐"的典故。)

31. 有名无实的爱人

良人何处醉纵横?直如循默守空名。——《艳情代郭氏答卢照邻》唐·骆宾王

永远静静地寂寞地演你爱侣,别管你想谁。——《冷战》现代港乐·林夕

32. 无数次失望

思君如孤灯,一夜一心死。——《古曲五首·其三》唐·施肩吾

挨得过无限次寂寞凌迟,人生太早已看得化,也可怕。——《好心分手》现代港乐·黄伟文

犹如最结实的堡垒,原来在逐点崩溃逐点粉碎。极固执的如我,也会捱不下去,每天扮着幸福始终有些心虚。——《可惜我是水瓶座》现代港乐·黄伟文

33. 请将此爱转赠他人

还将旧来意,怜取眼前人。——《告绝诗》唐·崔莺莺

我断不思量,你莫思量我。将你从前与我心,付与他人可。——《卜算子》宋·谢直

给我的转送下个吧,不要浪费你眼泪。——《有人》现代港乐·黄

34.人心变化无常

人心回互自无穷,眼前好恶那能定。——《白头吟》唐·张籍

小心啊,爱与不爱之间,离得不是太远。——《寂寞的恋人啊》现代港乐·李宗盛

此心随欲转,轻躁难捉摸。善哉心调伏,心调得安乐。——《法句经》

轻动变易心,难护难制服。智者调直之,如匠搦箭直。——《法句经》

应无所住而生其心。——《金刚经》

35.对反复折腾的反省

种树皆待春,春至难久留。君看朝夕花,谁免离别愁。心意已零落,种之仍未休。胡为好奇者,无事自买忧。——唐·孟郊《观种树》

若再悉心栽种或会再萌芽,还是根本一够时间浪漫会残?为何始终都为百般花事兜转,难道我还未领受够吗?——现代港乐·周耀辉《逆插玫瑰》

36.酒为忘情水

家人强进酒,酒后能忘情。——《古意》唐·权德舆

给我一杯忘情水,换我一夜不流泪。——《忘情水》现代港乐·李安修

37.爱如潮水

相望潮水阔,相思潮水深。——《纪梦》明·余继登

我的爱如潮水,爱如潮水将我向你推,紧紧跟随。爱如潮水它将你我包围。——《爱如潮水》现代台湾歌曲·李宗盛

没理由,相恋可以没有暗涌。——《暗涌》现代港乐·林夕

38.不要问

休相问,怕相问,相问还添恨。——《醉花间》五代·毛文锡

云情去住终难信,花意有无休更问。——《玉楼春》宋·晏几道

越问越伤心,明明无余地再过问。——《越吻越伤心》现代港乐·林夕

有些事情你现在不必问,有些人你永远不必等。——《梦醒时分》现代台湾歌曲

39.苦后回甘的橄榄和苦瓜

纷纷青子落红盐,正味森森苦且严。待得微甘回齿颊,已输崖蜜十分甜。——《橄榄》宋·苏轼

端如尝橄榄,苦过味方永。——《次韵子由绩溪病起被召寄王定国》宋·黄庭坚

苦过后更加清。——《苦瓜》黄伟文

40.抱影

抱影无眠坐夜阑。——《夜雨二首·其一》宋·朱淑真

向抱影凝情处,时闻打窗雨。——《法曲献仙音》宋·周邦彦

对闲窗畔,停灯向晓,抱影无眠。——《戚氏》宋·柳永

剩我共身影长夜里拥抱。——《如风》现代港乐·林振强

41.爱谁最多

试问于谁分最多。——《浣溪沙》五代·孙光宪

谁能预测于对方心里的尺度。——《明天你是否依然爱我》现代港乐·卢永强

42.忍泪怕对方伤心

尊前只恐伤郎意,阁泪汪汪不敢垂。——《鹧鸪天》宋·夏竦

心里亦有泪,不愿流泪望着你。……要强忍离情泪,未许它向下垂。——《风继续吹》现代港乐·郑国江

43.情话令人伤情

我为情多,愁听多情语。——《点绛唇》宋·蔡伸

不能说,惹泪的话都不能说。——《秋意浓》现代港乐·姚若龙

44.女人打扮被人催

画眉难称怯人催。——《临江仙》宋·贺铸

我对镜,看多几眼便要催。——《男左女右》现代港乐·林夕

45.牵挂回忆令人很难受

忆后教人,片时存济不得。——《促拍满路花》宋·秦观

请牵一牵挂试验爱的残忍。——《下一站天国》现代港乐·林夕

46.以爱穿过人世无常

尽教春思乱如云,莫管世情轻似絮。——《玉楼春》宋·晏几道

只盼相依,哪管见尽遗憾世事。——《胭脂扣》现代港乐·邓景生

47.没有永远的安稳

山河夜半失故处,何地藏舟无动摇。——《古乐府白纻四时歌》宋·黄庭坚

其实没有一种安稳快乐,永远也不差。就似这一区,曾经称得上美满甲天下。但霎眼,全街的单位,快要住满乌鸦。——《喜帖街》现代港乐·黄伟文

48.迟早结果都是一样

十年后或现在失去,反正到最尾也唏嘘。——《可惜我是水瓶座》现代港乐·黄伟文

勿嗟迟速把心劳。——《阻水戏呈几复二首·其一》宋·黄庭坚

49.不必刻意想起,但不会忘

不思量,自难忘。——《江城子》宋·苏轼

从来不需要想起,永远也不会忘记。——《酒干倘卖无》现代台湾歌曲·罗大佑、侯德健

你已在我心,不必再问记着谁。——《风继续吹》现代港乐·郑国江

50.老来情怀渐减

何逊而今渐老,都忘却,春风词笔。——《暗香》宋·姜夔

再唱不出那样的歌曲,听到都会红着脸躲避。——《因为爱情》现代港乐·小柯

附录二

蔷薇胥梦集

这是我给港乐写的一个诗词集。虽然水平有限,但它们是我关于古今诗歌文体探索的重要组成部分。在这个集子中的大部分作品是用诗词翻译的港乐。我努力去呈现丰富多样的情感类型,这些爱情有的浪漫,有的平实;有的简单,有的复杂;有的快乐,有的悲伤;有的明爱,有的暗恋;有的得到,有的失去;有的缠绵,有的决绝。我希望它们去组成一系列复调:时空的复调、诗歌的复调、雅俗的复调、明暗的复调、悲喜的复调。

引子二首

蔷薇

一水盈盈,雨脚无声。忘言之情,蔷薇之馨。

愿言同梦,载笑载泪。美人之馈,蔷薇之刺。

在天之涯,在心之漪。愿言相嬉,蔷薇之时。

咏三生石

走避游人语笑喧，风幡影下步苔痕。

我来欲问三生事，杳杳霜钟石不言。

杂感二首

写港乐有感

红豆千春撷未殚，南天怨曲又兴叹。

梦边河汉盈盈在，笺上心花字字难。

流月无声牵暗涌，随风有泪化清欢。

终疑捉错逃筌意，却误谁人缓缓看。

书成有感

千丝欲理伴青灯，爱好天然恨未能。

屡说梳成才许看，出门还恐发鬅鬙。

劝爱四部曲

劝爱

击石乃有火，不击元无烟。爱人始知道，不爱非自然。

万事须己运，他得非我贤。青春须早为，岂能长少年。

婚礼赞

星空绽花火，仙裙曳雪烟。敢持一生誓？君诺我曰然。

琴瑟倘在御，行乐并进贤。相对可忘忧，相守可忘年。

生子颂

可以传香火，可以慰风烟。阴阳聚为胎，情浓乃自然。

举头念亲恩，低头望子贤。遥想廿载后，翩翩佳少年。

反劝爱

甲乙击有火,丙丁击无烟。天理兼人欲,勉强非自然。

此事须己运,媒劳谢诸贤。所托非我侣,亦是误华年。

(注:孟郊《劝学》:"击石乃有火,不击元无烟。人学始知道,不学非自然。万事须己运,他得非我贤。青春须早为,岂能长少年。"四首均本此而来,第一首仅改了三个字,可谓是个大大的山寨版,但发现改了还蛮贴切的。)

唱片一首

水龙吟·唱片

小城锁梦惵惵,飘来旧曲橱窗畔。前尘唤起,回眸宛在,惘然不见。浓笑清歌,跫声谑语,风中吹淡。听千回百折,真真幻幻,霜天晓,都凄断。

便把当时靥景,付流年、暗潮收卷。销凝一晌,倦步难停,余音轻暖。锦瑟繁弦,狂香未歇,春人忘返。怪无心唱片,替谁兜转,说闲恩怨。

《K歌之王》众生相九首

《K歌之王》众生相(悲情版)

一曲清歌讳说痴,有心无力两难弥。

歌中唤泪荒唐语,深意从来不愿知。

《K歌之王》众生相(单相思版)

一曲清歌讳说痴,有心无意两难移。

歌中唤泪荒唐语,只是斯人不愿知。

《K歌之王》众生相(傻乐版)

一曲清歌讳说痴,无猜镇日两相随。

歌中唤泪荒唐语,深意从来不必知。

《K歌之王》众生相（喜极而泣版）

一曲清歌讳说痴，天从人愿会有时。

歌中唤泪荒唐语，真意从来只自知。

《K歌之王》众生相（神仙眷侣不知人间疾苦版）

一曲清歌讳说痴，唱随况乃璧人姿。

歌中唤泪荒唐语，都做闲时助乐词。

《K歌之王》众生相（未染情尘版）

一曲清歌讳说痴，还惭薄技献呈时。

消闲贪爱新声好，俊友休猜有所思。

《K歌之王》众生相（秀恩爱版）

一曲清歌讳说痴，众中狂逞唱和随。

歌中甜腻荒唐语，不道旁人怎禁持。

《K歌之王》众生相（失恋版）

一曲清歌讳说痴，曲终惟愿不相思。

柔情似水都成泪，密友深怜久抱持。

《K歌之王》众生相（酒酣耳热版）

一曲狂歌醉象姿，满堂拍手更雄奇。

歌中睥睨山河语，走调从来不自知。

（注：《K歌之王》为林夕作词、陈奕迅演唱的歌曲。前两首翻译得
比较接近歌曲原意，后面七首则想象了更多唱K时可能出现的情形。）

暗恋二首

隐括《如果你知我苦衷》（又名:《越人歌》之前世今生）

今夕歌诗替我愁,与君笑默两悠悠。

可知起伏心中事,仿佛当时越鄂舟。

（注:《如果你知我苦衷》为林夕作词、周慧敏演唱。）

皂罗特髻·隐括《其实我…我…我》

欲言又止,算坐想眠思,此情何极。欲言又止,正乱愁如织。衷肠事,欲言又止,梦花开,共醉春风夕。欲言又止,愿一生相惜。

真个、欲言又止,惹芳心生惑。奈何我,欲言又止,对轻笑、蓦地脸先赤。欲言又止,且抚膺调息。

（注:《其实我…我…我》为黄伟文作词、古巨基演唱。）

相遇一首

虞美人·隐括《新房客》

藏身人海为孤岛,初未知烦恼。奇花异蕊手亲栽,袭梦芬芳消息带愁来。
天方青鸟遗纤羽,风送谁敲户。诧然微笑与君言,约看潮生潮落伴年年。

（注:《新房客》为林夕作词、王菲演唱。）

轮回一首

醉翁操·隐括《彼岸花》

天荒,星芒,芬芳。是风飏,心扬,红尘瞥闻优昙张。羽衣如雾之凉,生泪光。绵绵付淡忘,曰奈何寂寥路长。

转街过巷,虚嚣之乡。莫弹锦瑟,都是轮回断肠。云暂停而何方,心暂托而何伤。惶惶何事忙,从容兮徜徉。欲界黑茫茫,谨持犀炬犹守望。

（注:《彼岸花》为林夕作词、王菲演唱。《寒武纪》《新房客》《香奈儿》《阿修罗》《彼岸花》这五首歌构成一个连贯的意脉,被称作"寓言五

部曲"。我是把对"五部曲"整体的理解写入了这首,不然这个词牌太长,填不完。犀炬:用犀牛角燃成的火把,古代传说它能照见幽冥中的精灵和魔怪。)

怀念三首

浣溪沙
改贺铸词隐括《绵绵》

或待他年许再寻,燕窥莺怨只沉吟。飞鸿踪迹入烟深。

飘雨有时惊暂梦,闻歌还似说初心。一从灯夜到如今。

(注:《绵绵》为林夕作词、陈奕迅演唱。贺铸《浣溪沙》原词为:"闲把琵琶旧谱寻。四弦声怨却沈吟。燕飞人静画堂深。欹枕有时成雨梦,隔帘无处说春心。一从灯夜到如今。")

隐括《春夏秋冬》

五月骄阳,照灼双双。艰辛契阔,心存此光。

萚兮飘飔,复敲我窗。愿言思君,不在我旁。

雨雪其凉,君自何方?君莫颓唐,我和君唱。

春草池塘,吉梦初长。逢君一笑,细雨扬香。

(注:《春夏秋冬》为林振强作词、张国荣演唱。《诗经》有《萚兮》这一篇,讲的是在落叶时大伙儿一起唱歌的情景。"萚"指的是飘落的木叶。)

谒金门·隐括《那个下午我在旧居烧信》

书一札,分付火中化蝶。风起心灰还暂热,那是何年月。

拂我花香酷烈,闻我梦深呜咽。偶厌徒怜盈旧箧,悄与前身诀。

(注:《那个下午我在旧居烧信》为何秀萍作词、黄耀明演唱。这首歌,这首词,是周邦彦"把闲言闲语,待总烧却"的后身。)

决绝一首

如梦令·隐括《不想拥抱我的人》

年少抛人去骤,灯火阑珊时候。

若待倦游归,信道柔情依旧。

知否,知否,不可为君回首。

（注:《不想拥抱我的人》为林夕作词、张国荣演唱。）

旅程一首

醉花阴·隐括《少女的祈祷》

两处绿灯都过了,望眼迷远道。今与子同车,怕到红灯,又被离歌恼。

浮云聚散徒纷扰,梦此程偕老。愿得一心人,天父须怜,少女之祈祷。

（注:《少女的祈祷》为林夕作词、杨千嬅演唱。）

倦怠一首

定风波·隐括《新浪漫》

锁箧衣裳葬旧馨,别来睡味渐清宁。一笑拟歌欢乐颂,休问,三生泪雨怎收晴。

沙上游人两两行,微冷,未妨独看一天星。说着多情今已怕,何似,当时用意不辞辛。

（注:《新浪漫》为黄伟文作词、黄耀明演唱。）

健身二首

隐括《跟珍芳达做健身操》（情海篇）

情海谁堪勇弄潮,心调步稳韵方高。

莫思依黯无穷事,且跳阳光健美操。

隐括《跟珍芳达做健身操》（人海篇）

人海谁堪勇弄潮,心调步稳韵方高。

莫思幽暗无穷事,且跳阳光健美操。

(注:《跟珍芳达做健身操》为周耀辉作词、容祖儿演唱。)

无常一首

金缕曲·隐括《红豆》

又为相思惘。证前缘。雪花轻漾,心花悄放。盈指消融无声响。记得温柔同酿。不欲信,此情浮浪。却怕留君成勉强。溯红尘,荒忽何宽广。难执手,历激荡。

熬成红豆谁分享。隔天涯,各成痴怅,寻思都谅。待他年,离鸾相访。桑海茫茫君善忘,说重逢,或者为谵妄。这一曲,请君唱。

(注:《红豆》为林夕作词、王菲演唱。"这一曲,请君唱"出自今人孔相逢写的《金缕曲》。)

分手十一首

隐括《一个人在途上》

飞扬缠结两厮磨,还忆相思子夜歌。

行计已成如可赎,无心赢得负卿多。

(注:《一个人在途上》为周耀辉作词、黄耀明演唱。)

菩萨蛮·隐括《你这样恨我》及《祝君好》

梦中割断秋千索,盈盈笑语都惊落。君怨负心人,负心亦怆神。

愿君心绪好,系我千千祷。一曲试相开,临歧宜勉哉。

(注:《你这样恨我》为林夕作词、张国荣演唱。《祝君好》为周礼茂作词、张智霖演唱。)

菩萨蛮·代答《你这样恨我》及《祝君好》

梦中割断秋千索,盈盈笑语都惊落。还欲诉衷情,沉酣人乍醒。

知君期我好,亦有无端恼。若是两为难,相忘心始闲。

隐括《心债》

还因聚散悔前身,梦里盈盈向我嗔。

省识春风千古叹,惜花人是负花人。

(注:《心债》为黄霑作词、梅艳芳演唱。)

集前人句隐括《心债》

何似当初莫做春,(宋·无名氏)

惜花休便著花嗔。(民国·沈曾植)

更无别计相宽慰,(唐·白居易)

生怕情多累美人。(近代·郁达夫)

隐括《薰衣草》

蹉跎何所有,泪珠得来多。

汤泉滑且柔,以此藉沉疴。

紫雾香氛氲,如烟忆经过。

一洗爱欲垢,清眠养天和。

明朝日出后,心兵应止戈。

(注:《薰衣草》为林夕作词、陈慧琳演唱。"以此藉沉疴"用南北朝鲍照句。)

集句隐括《心跳呼吸正常》

一怀幽绪付流萍,(当代·谷海鹰)

客里劳君访旧盟。(近代·薛青萍)

说与不须多借问,(宋·华岳)

也无风雨也无晴。(宋·苏轼)

(注:《心跳呼吸正常》为林振强作词、张国荣演唱。)

集句隐括《可惜我是水瓶座》

是非一付与春醪,(宋·方岳)

竟日衷肠似有刀。（唐·韦庄）

聚散何妨成小劫，（清·黄景仁）

勿嗟迟速把心劳。（宋·黄庭坚）

（注：《可惜我是水瓶座》为黄伟文作词、杨千嬅演唱。）

蝶恋花·隐括《秋意浓》

红尊芳时浑漫喜。开落因风，好梦都如此。

便作今生难再会，从容惜取相看是。

细捧霞觞无限意。待欲叮咛，怕惹双双泪。

我自伤春容易醉，那人不许成憔悴。

（注：《秋意浓》为姚若龙作词、张学友演唱。）

咏现代离歌·其一

离人难禁起贪嗔，明镜台颣一点尘。

何似初盟先自誓，休凭絮果诋兰因。

咏现代离歌·其二

惜取初心亦已焉，情天之外有新天。

及时互免伤身泪，记取加餐与早眠。

同性恋一首

隐括《忘记他是她》

刺青肩膊映蓝瞳，

黑发薇香散在风。

都是迷离和扑朔，

谁人刻意辨雌雄。

（注：这首歌为周耀辉作词、黄耀明演唱。歌儿很美，但翻译得
很差。）

女生一首

隐括《不脱知女生》

冉冉惜春阳,濛濛开嫩目。

道长须力行,焉能瘦如束。

书山何所有,但觉气自馥。

崎岖学立身,休因世议蹙。

(注:《不脱知女生》为周耀辉作词、卢凯彤演唱。)

男生一首

隐括《男儿当自强》

十年书剑伴萧斋,壮气尘中未肯埋。

入世先将山作骨,陶情常以海为怀。

观云省识千机变,誓日何殚万险排。

碧血丹心谁与共,更邀浮白弟兄侪。

(注:《男儿当自强》为黄霑作词、林子祥演唱。"陶情常以海为怀"用唐代诗人杜荀鹤之句。)

终成眷属二首

减字木兰花·隐括《原来过得很快乐》

生涯此去,只向君心柔处住。轰烈非真,修到平常爱始深。

宜嗔宜喜,唤醒人儿听梦呓。十指相缠,漠漠尘寰便忘寒。

(注:《原来过得很快乐》为林夕作词、杨千嬅演唱。)

隐括《玫瑰奴隶》

素愿何尝与世旋,同心之语最相怜。

道旁每日经行者,谁识鸳鸯小隐天。

(注:《玫瑰奴隶》为周耀辉作词、林二汶演唱。诗词中有"壶公小隐天"这个说法,用的是道教的典故。讲的是有个卖药的老翁累了就跳进

他的壶里,壶里有仙乡,而路人一般都不会注意到。)

词人三首

听林夕词

云自朦胧月自明,清歌浓笑散如樱。

当时蝴蝶迷花事,梦底心澜万劫迎。

(注:这首只能概括林夕老师写的那些伤感的歌。)

听周耀辉词

骑鲸捉月酷儿姿,欲觅精灵唱与嬉。

行到流沙仍筑梦,不成愿景也成诗。

(注:这是个很"酷儿"的词人。)

听黄伟文词

天桥市井自熙怡,谁识含辉七彩衣。

我见词人多妩媚,任君怪怪与奇奇。

(注:这是一个喜欢七彩时装的词人。)

番外一首

山中船屋听爵士乐

不觉迷津到洞天,藏山辞海有楼船。

游方云意凝难去,浸夜音波碎又圆。

复道踏歌归带月,清谈着酒至忘筌。

陶陶欲向时人说,只恐重寻一惘然。

现代诗二首

一

时空的栅栏在我眼前碎裂

于是看见无数的红线在纠缠

像古与今重重的叠影

像诗与歌重重的叠影

像他与她重重的叠影
那些深深的凝视、微笑和眼泪
仿佛能够穿透一切
不断飘散、稀淡又努力凝聚
像一些斑驳的晨光
洒落在幽深的森林上

二

愿眼泪让我们更通透
愿欢笑让我们更轻盈
愿分歧让我们更幽默
愿信任让我们更简洁
愿分离让我们更开阔
愿厮守让我们更虔诚
愿生活让我们更踏实
愿相爱让我们更幸福

后　记

　　从打算写这本书到完稿,差不多花了八九年时间。无数次自我怀疑、自我否定,无数次想放弃而将精力转向别的事情,但最终还是坚持下来了。搁笔之际,我心中充满的情绪竟然是——对家人和编辑的愧疚之情。因为稿子一拖再拖,给他们造成了太多困扰和麻烦。必须在这里置顶致歉!

　　本书极力展示了现代港乐在表现今人情感上所作出的突出贡献。在爱情的各个细分领域,港乐皆有经典作品,它们深挚、深刻而不乏优美,带给我们安慰、启迪和娱乐,为我们的时代作证!

　　本书还力图迂回地证明古典诗词的"现代性":现代港乐表现了今人的情感。本书搜集的大量例子表明,港乐中写的好些情感体验,古典诗词早已写过。本书还用诗词这种文体翻译了一堆现代港乐。这证明古典诗词能够表现今人的情感,这种文体还能继续抒写现代情感。当然,古典诗词的主要价值还是作为历史留下的瑰宝,作为一种充满优美仪式感和清气、静气的语言艺术。但它的"现代性"仍然耐人寻味:其中蕴藏着"什么是亘古未变的人性"这种有趣秘密,也关乎文体上"旧瓶装新酒"的新鲜挑战。

　　本书渴望用古典诗词和现代港乐去编织一个关于爱情叙事的体

系,这个体系流动、平衡、缜密,可以较明晰地呈现情感世界的多样性和古今人性的异同。现在本书基本可以实现这个构想,但它其实还应该具有一些内容:比如它应该有写单身的一章,以免显得有"婚恋霸权主义"的倾向;比如它还应该有写性别的一章,书中一些章节稍稍触及了性别的话题,但最好有个整体探讨;比如它还应该有探讨诗歌文字美学的一章,不仅探讨美学本身和美学的价值,还探讨美学和人情世故的相通和悖反,以免显得只注重人情世故这一维度。这些内容将使整个体系更加平衡、缜密、深刻。可惜,很多该有的内容都还没有。总之,缺憾多多!

不过,令人欣慰的是,这本书基本能胜任的功能是:读者能在书中找到大多数情感处境对应的诗歌。希望这些诗歌能够帮助大家缓解悲伤,增添快乐。我始终希望它是一本令人感到轻松愉快的"诗选"和"点歌本"。而这本书的本质是一个深深的祝福!

作者才疏学浅,五音不全,本书的写作形式近似荒唐,而错谬之处也肯定难免,万望各位读者海涵并不吝指正!

最后,要再次向家人致歉并致谢,没有他们的包容和支持,就没有这本书!要再次向编辑王雨吟女士致歉和致谢,谢谢她为本书付出的辛勤劳动,提出的宝贵意见!还要感谢惠唐、果子、阿晶、马爷、小风以及一些没有提到名字的朋友!

2016 年 10 月于荔城

图书在版编目(CIP)数据

人生唯有情难懂 / 方灵子著. —杭州:浙江大学出
版社,2017.3
ISBN 978-7-308-16693-5

Ⅰ.①人… Ⅱ.①方… Ⅲ.①通俗音乐－歌词－
研究－香港②古典诗歌－诗词研究－中国 Ⅳ.①I207.2

中国版本图书馆 CIP 数据核字(2017)第 031348 号

人生唯有情难懂

方灵子 著

责任编辑	王雨吟
责任校对	余梦洁
封面设计	徐筱逸
出版发行	浙江大学出版社
	(杭州市天目山路 148 号 邮政编码 310007)
	(网址:http://www.zjupress.com)
排　版	浙江时代出版服务有限公司
印　刷	杭州钱江彩色印务有限公司
开　本	700mm×1000mm　1/16
印　张	25.75
字　数	358 千
版印次	2017 年 3 月第 1 版　2017 年 3 月第 1 次印刷
书　号	ISBN 978-7-308-16693-5
定　价	52.00 元